李秋生——

著

罗马教授

作家出版社

李秋生

　　北京人。幼时父亲远赴四川攀枝花参加三线建设，故本人可以算半个三线子弟。

　　半生混迹高校讲坛，自觉无愧学问学生，然不羁放纵爱自由，终以讲师身份离场。

　　拍摄纪录片数百集，沐风栉雨，感时叹世，终常觉乏善可陈。

　　2015年草就长篇小说《谎言或回忆录》付梓《大家》杂志，聊表情怀，亦知称者盖寡。

　　如此种种，略似于小说中某男，然才华远逊其人……

　　六十耳顺之年，耳愈发不顺。无应有之豁达，宽容，反倒"两眼带刀，不肯求饶"。只能强行静心，回顾经历种种，感慨良多。于是编个故事，写个小说。

目 录

001	第一章	失踪
025	第二章	遗嘱
047	第三章	精致的利己主义者
086	第四章	双相情感障碍
108	第五章	林涛
141	第六章	致凯恩
151	第七章	萨里埃利
169	第八章	108信箱
201	第九章	索尔维格
226	第十章	乌川
262	第十一章	慈善基金会
293	第十二章	索维维
321	第十三章	密室
338	第十四章	朋友
358	第十五章	山鹰崖
368	第十六章	热搜

第一章　失踪

2022年9月25日

　　那只赤麻鸭摇摆着身躯在岸边觅食，它专注的样子不亚于校庆纪录片里那些手不释卷的教授。

　　一直觉得这个让全国读书人景仰的小湖没什么灵性，即使是在这一天中最好的时辰。晨曦倒映湖中，湖水被一层一层分成红色、橙色、灰色……这本应唤起浪漫的想象，激情的宣泄，唤起对这所大学据说辉煌历史的敬意，以及对德先生赛先生的涂鸦式描画。

　　但疫情使这里似乎安静了许多，使得色彩之外的一切都显得很平庸。候鸟、游鱼、水波、微风、行人……它们似乎都按照一个声音放慢了节奏，这个声音可能来自一台陈旧的、坏了的电唱机，转速缓慢，沉沉欲睡。原来慵懒、混沌才是这里的主旋律。

　　这时，不知是受到了什么惊吓，湖面上所有的飞鸟都振翅高飞，同时太阳"腾"的一下跃起，湖畔的景色迅速从清晨变成白天，斑斓的色彩褪去，强烈的阳光使这里更加平庸。

　　我眨了眨眼，努力适应光线的变化。我用余光看到对岸有人在用长焦镜头拍我，我装作没有发现。我希望有人拍下此刻的自己——身材颀长，长发飘飘，穿着时尚运动时装的女博士。今天可能是我一生中最重要的日子，两个小时后，我将进行博士论文答辩。

从小，大概从在农村上高中的时候开始，我就在憧憬这个日子。而到了这一天，我忽然发现自己没有兴奋感、幸福感和成就感。我在怀疑，在计算自己为这一天所付出的一切是否值得——我从我的导师罗马教授那里学会了将抽象的事物具体化、数字化，用算术的方法来分析。有位老先生管这叫作"精致的利己主义"，其实他没弄明白，从十九世纪以来，"利己主义"逐渐成为褒义词。我写论文时看到尼采说，利己主义是高尚灵魂的本质。

但利己怎样？拿到学位又怎样？像罗马那样一生混迹于那个学术大染缸？尽管他已经成了文艺学界旗手般的人物，但他依然整日郁郁寡欢。

他如此成功，却如同断线的风筝随风飘荡。我呢？我怀疑……

——凌丽在湖边用手机写下这些文字，以纪念这个特殊的日子。她给导师罗马发去了微信。

凌丽：大叔起床吧，别忘了今天是我答辩的日子。希望你今天戴那条红色领带，吉祥。

许久没有回音，她只好起身，悻悻地向图书馆走去，不是要看书，是要在安静的环境里安静一会儿。

门口不断传出"嘀嘀"的声音，那是每个进入答辩现场的师生扫健康码的声音。对于比较敏感的凌丽来说，这声音很刺耳，烦人。

投影仪的光线直接照到凌丽的身上，她知道PPT的若干文字会投到她的脸上。她想起在一次上大课时，罗马教授的脸上被投上了"犬儒主义"四个字，学生们哄堂大笑，而罗马浑然不知地晃了晃头，任由那四个字在脸上晃来晃去……

凌丽希望至少在陈述的开场不看PPT，她要用自己美丽的眼睛去直视那些评审专家。她默念着："感谢各位学者参加我的博士论文答辩，我论文的题目是《论达尔文主义对中国文学的影响》……"

直射的光线使她的视觉有些模糊，对面的答辩委员会前面摆着一张铺着白布的长桌，老师坐成一排，后面是旁听席，再往后是三扇椭圆形大窗户——只有这所历史悠久的大学才会有这种西式窗户。刹那间，凌丽想起了那幅著名的油画《最后的晚餐》，涌起一丝不祥的预感。她看到大部分评审老师都已落座。

后面的旁听席，凌丽的几个同门同学一起对她做出了V的手势。其后，那个高高帅帅的、从警官大学硕士改专业考过来的赵临江自己用双手组成了一个"心"形。凌丽冲他们笑了笑，单手举起拳头。

按照疫情防控的要求，封闭场所的集会，大家都应当佩戴口罩。但除了后面旁听的学生，这里的老师都没戴口罩——当然这是因为罗马教授还没来。疫情以来，他在所有公共场所都会佩戴N95口罩，而且从不摘下。

社科院的高老拿出了他那辨识度极高的搪瓷大水缸子，"噗噗"地吹着漂在水上面的茶叶，他是今天的答辩委员会主席，坐在耶稣那个位置。师大的梁震教授西装革履，溜光水滑，可能因为老上电视，就整了一副名人派头。他坐在犹大的位置上，目光投向天花板，似乎若有所思。本校的于嘉教授应该算个资深美女，她是学校里少见的精通化妆的女教授，粉底很淡，口红很浅，精致而不流俗。她不时打量凌丽，可能是在琢磨她时装的牌子。

凌丽不断望向门口，但她的导师罗马一直没有出现。答辩时间已经到了，凌丽感到恐惧，只有她知道，罗马患有严重的双向情感障碍，该不会……

几个人都在拨打罗马的手机，但均为关机。

于嘉教授走到凌丽身边，打量了她一下，问："这么重要的时候，他怎么会失踪呢？连你也不知道？""连你"两个字加重了语气，显然是在表示她知道这对师生之间有特殊关系。

"我怎么会知道？您似乎更关心他，您更应该知道他的行踪。"这是凌丽本心想回答的，但因为于嘉也是答辩委员，她只好忍住了。

"我真的不知道，从一星期前他在我的答辩申请书上签字以后，我就再也没联系上他。"这也是实话。

评委们都是罗马的熟人，大家交流的结果是，一星期内谁都没有和他见面或通电话。气氛紧张起来。

"问题是他昨天还在发微博呢。"看来于嘉确实很关注罗马。大家纷纷打开手机，的确，罗马在前一天的早晨5：30发了一条微博，题目是《关于鲁迅遗嘱的随想》。

高老轻咳了一声，说："导师没到，按规定答辩可以进行，可这么做合适吗？"

"这种情况我没遇见过，看看是不是请示一下文学院的领导？"名人梁震从来都很有组织观念。

评审席和旁听席的人都在窃窃私语。

凌丽感到心跳加速，她肯定已经发生了大事。她尽力调整情绪，对大家说："各位老师，我觉得……是不是应该报警。"凌丽的话使现场一下子安静了。

"有那么严重吗？"高老也有些不淡定了。

"我现在很慌……我怕……包括我在内，大家都有好长时间没见到他或联系上他了。"

"报警要慎重，罗马教授是全国著名的大学者，微博的粉丝有上千万。一报警会迅速上热搜。"同为名人的梁震想得周到。

"各位老师，今天可能是我一生中最重要的日子。但在这种慌张的情绪下，我脑子都乱了，也很难正常答辩。人命关天，还是先找老师吧。"凌丽强装镇静，用力戴上了口罩。

答辩延期。文学院报警。

凌丽骑共享单车来到校外的停车场，开上了她的SUV。因为她和罗马的隐秘关系，她不敢把车开进学校。路上她把车开得飞快，可能还闯了红灯。泪水让她的视线有些模糊，她脑子里闪现出各种可能性，每个都是她不愿意看到的。

罗马的家位于西北五环，一个高档别墅区。那个青砖灰瓦的两层别墅很像个地主的庄园。凌丽拿出钥匙——这把钥匙可以使您确认他俩的特殊关系。罗马有一套学校分的房子，而眼前这套房除了他俩，其他人并不知道。

宽敞的欧式设计的客厅和别墅的外观构成了极大的反差。在进门处的桌子上放着两瓶0.5升的消毒酒精。门上还贴了一张纸条："三十分钟消杀一次！！！"客厅整洁干净，依然如故。而二楼的书房则和以前大相径庭。书柜的门都敞开着，几本书被扔到了地上。靠窗的躺椅是罗马平时看书的地方，边上的茶几上放着几本书，有一本打开后扣在那里。这几本书有《陀思妥耶夫斯基论作为文化机制的俄国自杀问题》《灵感毒药名作家自杀揭谜》《自杀论》……打开的那本是《丰饶之海》，凌丽知道这是日本作家三岛由纪夫最后的小说，他早就计划好写完这部小说就自杀。

凌丽顿时毛骨悚然。她随手拿起一瓶饮用水，一饮而尽，每每紧张的时候，她都会这样。她努力在回忆他和她的最后一次见面，但紧张之中想不起细节，那天的他就很不正常。凌丽在手机里找到了那天的日记。她与罗马相恋以后就开始记日记，她崇拜罗马，觉得自己可能就像鲁迅身边的许广平。

9月18日，阴

昨天见他，他表现异常，所以我要详细记录，我怀疑他的双向情感障碍又严重了。

这波疫情以后，他更加紧张了，很少去学校。除了在家，就是一个人开车去爬没人去的野山，他认为那里最安全。

大叔已经几天不出门了。我一进门就闻到了强烈的消毒酒精的气味，而烟灰缸里还有很多烟头，边上有两盒打开的555牌香烟。

"你不要命了，喷完酒精还抽烟，这是要自杀呀！你一个人在家，有什么必要反复消杀？"我看到他头发蓬乱，正在躺椅上读《丰饶之海》。

他转过头来，胡须凌乱，显然已经好几天没刮了。我脱去外衣，斜着身子躺到他身上，用手抚摸他乱糟糟的胡茬。而他露出倦怠之色，有一个月了，他对我的身体似乎失去了兴趣。

我很害怕，尤其在他摘掉眼镜之后。长期佩戴眼镜使他的双眼周围比其他部分苍白一些，有点像京剧里的丑角，眼睛因没有聚焦而显得茫然绝望。

他的样子让我心疼，我抱住他，发现他的身子在颤抖。

"乖，这是怎么了？告诉我发生了什么？我们不是说好以前的事情相互不问，当下的事情绝不隐瞒吗？"

他的身子渐渐停止了颤抖，重新戴上了眼镜。

"对不起，可能是我的病又犯了。没事，岁数大了，情感脆弱，看个小说居然这么入戏。我饿了，一天没吃东西了……"

我叫了日料外卖，两人喝着清酒，品着寿司，其乐融融。他问起了论文答辩的事，还在答辩申请书上签了字。

"尽管论文已经定稿了，我觉得你关于达尔文主义引进中国后如何被中国作家接受这部分似乎还可以写得更具体一些……答辩时不要紧张，我找来的人都是好朋友，他们对你的印象也很好，你发在《评论界》的那篇论文在圈内反响很好……"

他突然打了个喷嚏，似乎又有些紧张。不待我发问，他主动解释：

"这疫情确实让我感到可怕，我觉得空气里总在飞着能要我性命的病毒，我不断洗手，往手上喷酒精，你看这手都脱皮了。我知道这是强迫症，可我控制不了我自己。疫情以后，我老觉得自己随时会中招死去，也就开始思考我这一辈子做的事哪些是有意义的，结果发现有意义的事不多。唯一有意义的事是我写的以我爸为原型的那本小说，却写不下去了，老是失眠。"

"你不是说不搞创作了吗？你整天批评别人的小说，现在动笔压力肯定不小。"

"跟你一样，不一定要发表。我父亲去世之后，我经常梦见他，他老在梦里和我说话。他只读过几年书，后来进厂当了谁都不愿意干的翻砂工。所以他活着的时候，我觉得他没文化。在梦里，他不一样了，他说，咱们的祖上可是写三国的罗贯中，你写了那么多东西，可比得上《三国》的一句话吗？我们家是没落的书香门第，我父亲这一生老老实实，平淡无奇，是十几代人里活得最憋屈的。所以我想写他。"

"写得怎么样了？"

"写了一些了，写不动了，就想从三岛由纪夫那找点灵感,结果一看就陷进去了……你放心,身体肯定没事。"

已经是晚上十点了,他没有挽留的意思,我就起身告别,拥吻。在我点燃自己的SUV时,看到他站在二楼阳台招手。

车子驶出小区,开向四环路。手机突然响了。他说:"能回来吗?"

这个激情四射的桥段从进门后那让我感到疼痛窒息的拥抱开始。即使是我们三年前第一次缠绵也没有此刻狂热。看着癫狂的他,我只享受了片刻,就开始担心这个六十多岁的人的身体。他的情绪越发亢奋,喃喃说着:"谢谢你,上帝对我唯一的公平就是把你给了我……对不起……对不起……"然后他竟然放声痛哭。

当清晨的阳光照进卧室的时候,我醒了,身边没有人。打开手机,有他的微信留言:"你太迷人了,我真不舍得走。好几天不爬山了,我去凤凰岭了。我爬山不是为了锻炼身体,而是为了强健精神,每次爬山出一身大汗后,我都会感到身心愉悦。这些天我要闭关写小说,先不联系。也许在答辩之后,你可以读到我小说华彩的段落。祝答辩顺利,祝你拥有美好的未来。起来后吃点猕猴桃——你的马。"

望着那一盘切好的猕猴桃,我觉得这十几个小时很魔幻。

凌丽重新打量这间一星期前来过的书房:阳光透过窗户照射进来,将光影铺设到书房里,写字台和书柜的边缘被刺激出强烈的反光。墙上那幅达尔文的照片被光影分成上下两部分,分界线在达尔文的鼻子和眼睛之间,下面是亮的,上面是暗的。而另一面墙上,挂着一幅书法作品,是明朝人洪应明《菜根谭》里的话:

宠辱不惊，看庭前花开花落；去留无意，望天空云卷云舒。

达尔文的"物竞天择，适者生存"和洪应明的看淡风云，这不是太矛盾了吗？

她哭了——担心，伤心，委屈，不解……

她一遍遍拨打着罗马的手机，尽管电话里听到的都是"您所拨打的电话已关机"。

她忽然感到天旋地转，她不知道这是因为绝望还是因为低血糖。她躺到沙发上，觉得屋顶的吊灯在摇晃，随时可能砸下来。砸死我吧，我也不想活了……我害怕，我害怕……她又抄起了一瓶水，喝完之后，吊灯不晃了。

为什么他那天要说"对不起"？他在我走后又叫我回来，那个激情桥段是不是在和我做最后的告别？

那天他显然掩盖了双向情感障碍加剧的事实。

他说要闭关写小说，现在看来肯定是在说谎。

他为什么把那几本关于自杀的书放在茶几上？是在慌乱中，在病症的影响下匆忙离去，来不及收拾，还是做出假象，欲盖弥彰？

凌丽打开手机，发现仅过了一个多小时，罗马失踪的信息已经霸屏，并上了热搜头条。

连国家级媒体的网站都发出了消息：

本报记者闫岩报道：9月25日，京北大学文学院教授、著名文艺理论家罗马先生失踪。今天上午9点，本应举办罗马先生的博士生凌丽同学的论文答辩。但导师罗马一直没有出现，导致论文答辩延期。据在场的不愿透露姓名的人士透露，他的电话关机，与他熟悉的几个人都已经有一个星期没有联系上他了。但他昨天还发了一条微博。海淀警方已介入调查。

罗马先生出生于1957年，1977年考入京北大学中文系，其后在京北大学获得硕士和博士学位，毕业后在京北大学文学院任副教授、教授。

还有许多视频出现，有罗马在电视台与人辩论，罗马讲座中出了常识性错误……还有一些现场报道，其中一个拍了文学院博士论文答辩的现场，另一个拍了罗马在京北大学宿舍的家，警灯闪亮，几个警察正在上楼……

警察会不会来这里抓我？凌丽明白，尽管外人都不知道这幢别墅的存在，而且别墅的购买人用的是她的名字，但如果罗马迟迟不出现，警察早晚会发现这里。只要警察来到这里，他们的关系就会暴露。

她想象着警察进入房间把她带走的画面在网上疯传，自己第一次上热搜，却是如此不堪的画面。名教授和女学生的故事会炒翻网络，连自己在东北的父母都会看到，他们会被邻居嘲笑，会没脸见人。太可怕了……我要不要争取主动，向警方汇报一切？那样警方会替我保密……不，现在罗马去了哪里谁也不知道，我俩的私情谁也不知道，这件事本身又没有犯法。现在当务之急还是找到他出走的原因，镇定！

罗马常用的笔记本电脑已经不见了。打开台式机，都已经格式化了。看来罗马还是做了准备。凌丽想起同门师弟赵临江本科毕业于警官大学电子信息工程专业，觉得他一定有办法。凌丽在手机上搜索，按照视频指导，拆下了两块硬盘。

她打开储藏室，那里面有罗马以前用过的手机和BP机，从摩托罗拉到爱立信、诺基亚，到索尼、三星，到苹果、华为。罗马觉得这些通信产品就是一部历史，所以都精心收藏。凌丽认为这里可能隐藏着他的过去，她拿了两部离现在比较近的非智能手机，和硬盘一块装到了一个电脑包里。

这时手机响了，是警察的电话，让她去做笔录。

这个区有许多大学，公安局的许多警官经常和大学的师生打交道，据说有些警官拥有硕士学位。

二级警司杨腾就是刑侦学硕士毕业，一米八五的大个，板寸发型，显得干练帅气。此时的杨腾正在重新阅读凌丽的笔录。

问：姓名？

答：凌丽。

问：年龄？

答：35岁。

问：与失踪者的关系？

答：罗马教授的博士研究生。

问：与失踪者是什么时候认识的？

答：就是三年前博士录取面试的时候。

杨腾记起这时凌丽有片刻的迟疑，这没有逃过他的眼睛。她为什么在这个问题上说谎？

问：您最后一次见到失踪者是什么时间？在什么地方？

答：是……大概是9月15日，在文学院文艺学研究中心，我让他在答辩申请书上签字。

问：那次见面，你发现失踪者有什么异样吗？

答：没有。他显得很兴奋，说我的论文质量非常高，可以去竞争京北大学优秀博士论文。他说他对近三年他带的博士生的论文都不满意，我能写到这个水平他特别高兴。

问：近段时间您和失踪者接触相对比较多，没有发现什么异常吗？

答：没有。就是他的脾气有些变化，有时候特别容易兴奋，有时候一点小事就不高兴。

问：能举例子吗？

答：比如说，他对论文早就了如指掌，但十几天前他特别兴奋，我觉得有点奇怪，他夸奖得有些过分。同样是这篇论文，定稿时他发了脾气，说我不听他的，去掉一段引文的最后一句话。我向老师道歉，他越发痛苦，后面我一直在解释，检讨，他一直一言不发。

问：你这是在暗示失踪者可能有精神方面的疾病吗？

答：完全不是，我只是在陈述现象。

问：你还发现他其他的异常表现吗？他是否曾经到医院就医？

答：我和他只是师生关系，像我这样的博士生，他还有5个，我怎么会发现这些。

问：对不起，我们是在排查各种可能性。所有相关的人我们都会询问的。我还想问问，罗马教授在你们学校里，或在你们专业里和什么人有矛盾吗？

答：我的老师比较高调，或者说比较狂傲，得罪了不少人。不光在您说的这些地方，您上网看看，他的粉丝很多，骂他的人也不少。不过因为观点不同而谋害他，这种可能性，我觉得是零。

问：在你之前我们还询问过其他人，有人说他最后一次见到罗马教授是9月13日，他路过中关村的一家日料店，在停车场，他透过窗户远远看到教授和一个女士在吃饭，那个女士背对窗户，好像是你。

答：那天是我的论文最后定稿，我请导师吃饭感谢他。

被询问人：凌丽
询问人：杨腾
书记员：魏明霞

杨腾印象很深，自己突然抛出最后这个问题后，凌丽的眼神里透出一丝慌乱，然后她笑着说："男导师，尤其是这么著名的男导师和女研究生很容易被传出绯闻，这是无聊的人茶余饭后的谈资。但是一个警官说出每一句话都应当和案情有关，都应当是负责的。"

说完她将签字笔往桌上一扔，转身就走。高跟鞋的声音渐渐远去，女书记员冲杨腾做了个鬼脸，杨腾笑了一下。他开始觉得凌丽扔笔的动作有点挑衅，后来觉得那动作很帅气，像自己的女朋友彭安妮，她也正在攻读博士学位，也正在准备论文答辩。

杨腾继续看这几个小时的调查材料。

殷启亮和左蕾去了罗马的住所，写来报告：

9月25日11时25分，我们进入位于京北大学西侧的宿舍区36号楼5层502室的罗马教授住宅。住宅为四居室，其中一间为书房。电脑被格式化了，格式化后关机的时间为9月21日11：36。冰箱冷藏室里的真空包装豆制品已经变质发黏，一盒猕猴桃已经部分溃烂，表明已长时间没有做饭或打开冰箱。整个住宅内只采取到罗马一人的指纹。我们调取了监控录像，罗马最后一次出现在这里是在9月21日11：52，他背一个电脑包，戴着口罩，乘一辆出租车离开。

根据出租车号牌，我们找到出租车司机，他说罗马下车的位置是北五环外中国农业大学附近的一个老旧小区。经与当地派出所联系，该处的监控录像损坏。

殷启亮　左蕾

移动公司发来传真：

接你局协查罗马手机请求后，我们调取了相关数据，该手机于9月19日4：32开始处于关机状态。

网络公司发来传真：

关于微博名为"罗马不设防城市"的用户罗马的微博发送情况，我们在后台查到，该用户于9月19日5：06设置了预约发送功能，设置为每隔48小时发送一篇，发送时间为早晨5：30。用户按排序上传了3篇微博文章，现已发送完毕。

"罗马不设防城市"微博的关注量在今天5个小时内从934万猛增至1285万。

这时市局发来排查信息：

经查，失踪人罗马的身份证号未出现在北京所有机场、火车站、长途汽车站。北京市周边河北省、天津市的检查站未出现失踪人的身份证验证记录，或健康码、行程码的检验记录。

这个人真的人间蒸发了？杨腾去卫生间用冷水洗了脸。他提醒自己一定要冷静，要清醒。显然，罗马或挟持他的人布下了一个个陷阱，阻挠他找到真相。居然能想到预定时间发送微博的办法，看来这个陷阱一定很深。

一个千万粉丝的人的案件一定是被社会高度关注的，要不是加强了保安，今天不知道有多少记者或博主要拥进他的办公室。

这时女朋友彭安妮的电话响了，让他到边上的麦当劳吃饭。

这间大学边上的麦当劳几乎成了大学生的自习室。他们总是一杯饮料、一个汉堡就在这里待上几个小时。幸亏彭安妮早来占了座位。

尽管已经二十八岁了，彭安妮看上去还像个本科生，身穿白色的法式方领连衣裙，很像日剧里的女孩。她对饮食要求不高，能吃到麦香鱼汉堡她就很满足了。此时汉堡已经吃了一半，她在舔沾在手上的卡夫酱。

"对不起，我饿了，就先吃了。"

"我也饿了，赶紧吃。"

"有一个好消息，一个坏消息，先听哪个？"

"那，先听好消息。"

"奥博亚生物制药公司录取我了，起薪一万五。"

"好呀，你是学生物的，专业也对口。"

"坏消息是，我考公务员失败了。"

"这是什么坏消息？学了这么多年生物，去当公务员，浪费人才呀。"

"我对奥博亚生物制药公司有两点不满。我学的是生物工程，我多次跟你说，我的理想是做疫苗，你看这回疫情夺去了多少人的生命。另外，这个公司是私营股份制公司，解决不了北京户口。"

"你和我结婚以后不就有了。"

"亏你是个警察,得结婚满五年,还有别的条件。我让你问领导的问题你问了吗?"

"什么问题?"

"我的事你从来都不放在心上!就是你们公安系统对家属户口进京有什么特殊优待?我从本科开始就在北京,十年了,念了那么多书,最后还是个外地人。"彭安妮脸上泛起红晕,看来是真生气了。

"抱歉,真的对不起,出了个大案子,太忙了。"

"能有什么大案子?不就是京北大学的罗马失踪了吗?这种网络大V为了吸引眼球什么都做得出来,没准是为了增粉才玩失踪的。"

"你都知道了,网络时代太可怕了。罗马是个名人,所以关注度这么高。因为我是研究生,局长很重视我。他曾经把两个重要案件给我,一个到现在还没破案,另一个因为情况紧急就转给了老刘,我到今天寸功未立,这次局长还把这么大的案子交给我,我可不能辜负了他。从事发到现在,一刻没得闲。"

"有什么发现吗?"

"乱糟糟的,没有。对了,我请教一下,像罗马这样六十多岁的知名学者,会有三十多岁的女生真的爱上他吗?"

"电影里有这样的事,生活里绝不可能。如果有女生和他发生点什么,也肯定是为了世俗利益,不可能有真爱。六十多岁的糟老头子,想想我都恶心。你一定是有什么线索了,让我猜猜,这个女生一定长得很漂亮,一定是外地的,一定是野心勃勃的。她想用美色做交易,换取好工作,或者发论文,拿课题。"

"我觉得你不要去制药公司,也别考公务员,直接替我当警察吧。什么信息都没有,你竟然全猜对了。"

"这算什么,本姑娘向来料事如神。"杨腾猛然想到,安妮也是外地的,也很漂亮……

回到办公室,杨腾继续看其他的调查笔录。第一份是殷启亮做的。

问：姓名？

答：郑经吾。

问：年龄？

答：59岁。

问：职务？

答：京北大学文学院行政副院长。

问：请您谈谈失踪人罗马在失踪前的基本情况。

答：我来之前大体梳理了一下。罗马教授这个学期只有一门博士生的大课，所以9月1日开学以后，他只来过学院两次，都是来上课。第二次来在课后去了办公室，在那里和他的博士生凌丽谈毕业论文答辩的事。今天上午本来是凌丽答辩的时间，但他没有来，我们才发现出事了。我问了一下，包括他的6个博士生和他们教研室的同事，还有他在学术界的同人。所有人在9月19日后都没有见过他，或同他通过电话。

问：失踪人一直没有结婚，还是曾经离异？

答：一直未婚。

问：您一直在文学院工作，据您了解，失踪人是否谈过恋爱？

答：他太出名了，关于他的传说太多，时常也会见到他和某个学校里或校外的女性出双入对，但都没有结果。

问：有没有发现他和女研究生有超出师生关系的接触？

答：有些传闻。但负责任地说，都没有依据。作为罗马单位的代表，我不能提供任何证明。

问：他父母那边的家庭情况是怎样的？

答：他1977年考上大学前生活在陕西省乌川市，好像是那里的三线工厂子弟学校毕业的。他的父母原来是当地农民，后来被招进三线厂当工人。他的父母都去世了。他有一个妹妹，一个弟弟，都在北京。今天上午出事后，我们联系他们，他妹妹没找到，只找到了他的弟弟罗成。

问：失踪人是否患有什么疾病，身体上的或精神上的？

答：具体情况你们可以去查他的病历，在我个人看来，他身体很好，经常爬山锻炼，还是我们学校登山俱乐部的领队。他从不参加体检。

问：还有什么与此案可能有关系的事吗？

答：我不知道这件事和他失踪有没有关系。按理说他这个级别的教授是可以干到70岁退休的，但他在前年找到我，说希望那个学期结束后就退休。我问他为什么，他说就是不想干了，烦了，想静下心来搞创作。我说你那么多硕士博士学生怎么办？他说以后不招了，在读的退休以后给带完。但过了一个月，他又给我发微信，说上次说退休的事欠考虑，就当没说。

被询问人：郑经吾
询问人：殷启亮
书记员：魏明霞

杨腾翻阅从校医院复印来的罗马的病历，三十多年没看过几次病，除了感冒，就有两次轻度骨折，都是爬山导致的。他为什么会提出退休又收回了呢？

杨腾开始看第二份笔录，是左蕾做的。

问：姓名？

答：罗成。

问：年龄？

答：58岁。

问：职业？

答：无业，就算摄影师吧。

问：住址？

答：陕西乌川108信箱。

问：我问的是居住地址，你回答的是通信地址吧？

答：三线工厂都是保密单位，都是用信箱命名。

问：职业？

答：摄影师？也不算，修电脑的？算了，您就写无业吧。

问：请谈谈你与失踪者罗马的关系？

答：就算是弟弟吧。

问：为什么是"就算"？

答：弟弟。

问：你能讲一下失踪者在失踪前和你交往的事情吗？

答：我和他都好几年不见了，我什么都不知道。

问：亲兄弟为什么好几年不见面？

答：那您得去问他，如果他还没死的话。人家是大教授、大名人，我这小老百姓，小北漂高攀不上。

问：你对他有什么意见？

答：人都找不着了，还有什么意见呀？就是，他对我爸妈不好，很少回家。以前他都不承认他是乌川人，老说他是西安人。我妈去世他说要去法国开国际会议，没回去。我爸去世，他回去了，也不在家里守灵，老在市里和市长喝大酒。出殡完了，我打了他一个大嘴巴，也算是报了仇了。我跟你们说这有什么用啊？

这么一个人，以前从来不拿我们家族当回事，反而视作耻辱。我爸去世的时候，他已经成名，来了个一百八十度的大转弯，开始宣扬自己家世显赫，自己能够光宗耀祖。他愣说自己是《三国演义》作者罗贯中的第二十一世长孙，还胡诌了好多证据。我看不懂，也不信。

为此他要重修罗氏祖坟。重修可以呀，别伤天害理。他通过在乌川市的关系，还找了风水先生看，以象征性的价格买了一块将近四亩的所谓荒地。他找了一块看不见字的石碑，说这里就是罗氏宗祠的所在地，申报了市级文物保护单位。然后大兴土木，修建了"罗园"，按照家谱，摆上各代先祖的牌位。

这件事得罪了两拨人，一拨是我们家人，主要是我。我们老家的风俗里，迁坟是最忌讳的，因为这会惊扰祖先。以前"破四旧"时，我们家的祖坟早就没了，能找到的只有我爷爷和大爷的坟。当时我在北京，他背着我把那两处坟都迁到了他那个破陵园里。这事，我跟他没完。

第二拨人是这片地原来的所有人，共三户人家，也都姓罗。罗马买的所谓荒地其实是一块风水宝地，三面环山，冲南的方向很开阔，而且平坦。这块地离村子比较远，在联产承包的时候，村里把这块地分给了这三家人，土地性质是林地。三家人把最北边当坟地，其他地方种满了果树。罗马仗势欺人，仅仅给了三家人每家六千块钱就把那片地据为己有。三家人把这事告到市里，当然是不了了之。罗占全的父亲为此闹了脑血栓，看病把家里钱都花完了。他叔叔阻止迁坟，砍树，被打断了右腿。这个叔本来在乌川城里开出租车，右腿一断，工作也没了。总之这三家人丢了坟地，愧对祖先；丢了林地，生活无着……不说了，你们文人管这叫罄竹难书。

问：他过去在乌川经历过什么大事吗？有什么仇人吗？

答：罗占全不是他的仇人吗？其实他最大的仇人就是我吧。

问：现在你的亲哥哥失踪了，尽管你和他有过节，难道你一点都不担心，不难受吗？

答：以前我当面跟他说过，他死那天，我要放鞭炮，喝大酒。现在我确实没有放炮喝酒的心情。我爸临死前跟我说，我哥是干大事的人，忠孝不能两全，让我别忌恨他，对他好点。说尽管他现在名利双收，但他活得并不痛快，遇到事一定要帮帮他。我答应了。我肯定他不是什么干大事的人，别看我初中没毕业，他那博士生导师写的东西我就是看不上，他那些粉丝都瞎了眼，他写的东西他自己都不信。什么世道，他这种人也能成精。现在算他遇到事了，他失踪了，我怎么帮？你们放心，他不会自杀的，自杀是要脸的人做的事。总之，我永远看不起这个人。

被询问人：罗成
询问人：左蕾
书记员：魏明霞

杨腾把罗成的名字和电话记到笔记本上，他觉得这个人还有必要进一步问询。尽管他并不认为罗成会是导致罗马失踪的元凶，但要了解兄弟之间到底是因为什么反目成仇，这有利于了解罗马的真实面目，进而探究他的行为动机。多次经手大学里发生的案件，杨腾发现多数案件都有着高学历人群案件的特征，即个性和心理因素在案件动机和结果上的权重远远大于其他人群。

杨腾打开了第三份笔录，是殷启亮和左蕾一块儿做的。

问：姓名？

答：梁震。

问：年龄？

答：62岁。

问：职业？

答：教授。

问：应该是教师吧。教师是职业，教授是职称。

答：对，教师。

问：和失踪者关系？

答：我们是三十年以上的朋友。我也是京北大学毕业的，我俩同班，本科毕业后，因为专业方向问题我考了师大的硕士，后来留在师大工作。我们俩学科背景相似，专业方向趋同，所以经常会共同出现在不同的会议或论坛上。

问：您能谈谈失踪者失踪之前一段时间，您和他的交往情况，以及他有什么异常吗？

答：出事这几个小时里，我一直在回忆，真想不出有什么异常。最大的异常是他从半年前开始不喝白酒了，只喝啤酒、红酒或清酒，喝得很少，啤酒也就喝一听，以前他酒量很好，五十多度的白酒从来都是半斤起步。我问他为什么，他不肯说。

问：您觉得失踪者最近有什么不如意吗？

答：没有。相反，好事连连。年初他当选了中国文艺评论家协会常务副主席。英国最有名的大学聘他为终身教授。他的两篇论文在国际A类期刊上发表。他还获得了两个国家级科研项目，项目标的一个是三百万，一个是二百五十万。他的微博和公众号的关注量都在一千万左右，每个月他能从账号经营公司那里拿到不菲的收入。

问：但是，网上对他的争议比较大，你对他的学术造诣怎么看？

答：罗马教授在中国文艺评论界地位很高，他运用西方的文艺批评方法研究中国的文艺现象，在国内评论界应该说无出其右，在国际上也很有影响。近些年，他又拓展了研究领域，从文艺研究发展到文化研究，引起了国内外广泛的关注。

问：他现在已经超越了文化研究，经常对各种社会事件、社会新闻、社会现象发表评论，对此您怎么看？

答：古今中外的大学问家都不会只关注他自己的领域，像法国的罗曼·罗兰、中国的鲁迅都是这样。罗马教授的社会评论非常犀利，表现了他的社会责任感。

问：我们关注的是，他对别人的批评似乎过于猛烈，不留情面。他对于一些作家、导演、明星、企业家的批评会不会引起对方的敌视或报复？

答：这也是我今天出事后想得最多的。我觉得文艺界的事情不要紧，文人嘛，对骂一下也就算了。比如有篇文章说他是精致的利己主义的典型，那显然是嫉妒他的知名度。我觉得最大的问题是他对娱乐圈和企业界的批评可能涉及对方的经济利益，有的甚至会引起司法介入，这方面被报复的可能性还是存在的。比如他上个月对华盟娱乐公司财务状况的质疑，对方就很紧张。

问：我们有专人翻阅了他的文章，发现他掌握了一些公司的非公开数据，这些数据是怎么来的？

答：这个我不知道。

被询问人：梁震
询问人：殷启亮　左蕾
书记员：魏明霞

补记

梁震教授离开后半小时又返了回来，补充了以下信息。

梁震：我思前想后，觉得还是要对警方说出这件事，也许和案件有关。我在罗马的住宅里看到了抗双相情感障碍的药，我问他是不是他得了病，他说没有，是帮一位朋友开的。我知道这类药都是处方药，只有患者本人能开出来，他在说谎。从我的观察看，他确实有时亢奋，有时阴郁，也许真的患有那种病。我刚才没说是觉得这是他的个人隐私，但想了想又觉得他忽然失踪很蹊跷，万一和这个病有关呢？我就回来了。

杨腾在记事本上写下了几个字：

双相情感障碍！

第二章　遗嘱

凌丽漫步街头。她忽然感到十分压抑，猛地扯下了口罩。她做了几个深呼吸，觉得周身清爽了许多。

街道上汽车依然缓缓而行，行人少了许多，多数是在溜达。只有那些送外卖的电动车更加风驰电掣。凌丽看到那家占据写字楼底商的电子用品商店关张了，店门门框上"店庆20周年大酬宾"的横幅被风吹得瑟瑟发抖，门上那张停业启事已经残缺不全，隐约可以看到"含泪大甩卖""清仓二折"等字样。

凌丽觉得眼前的情景就是对她此时心情的写照，用罗马教给她的一个术语来说，就是"情感外化"。她不愿意找一个有情调的地方独自伤悲，她觉得这落寞的大街能使她舒适一些，行走于此，更利于她梳理思路。

她一夜没睡，泪水在这个夜里已经流干了。这个夜里，她反复在思考她和这个大自己二十多岁的男人的关系。她坚信，他们之间产生了爱情。而这种被视作畸恋的情感是那些俗人无法理解的。

为此，她找出了自己三年前写的短篇小说——她此生唯一的小说，永远不会给别人看，只给罗马看过的小说。小说的名字叫《短发》，是梁咏琪一首歌的名字。

短发

"这么长的头发,发质又好,剪下来太可惜了。"发型师是个留着五颜六色的长发的小伙子。他端详着涵悦,头摇来摆去,像被舞动的彩色拖把。

"我好不容易下定决心,您就别再劝了。"

"这么漂亮的面孔,配上飘飘长发,多飒呀。我真不忍心下手。"

"别贫了,再贫我叫你们老板了。"

当那秀美的长发真的被剪下的时候,涵悦闭上了眼睛,不忍目睹。似乎有些泪水在眼皮里转悠,但涵悦没让它们流出来。

当她睁开眼睛的时候,镜子里呈现的是另外一个人。那个人是中分的齐肩短发波波头发型,显然不如披肩发艳丽,但多了些知性。这个发型是涵悦自己设计的,她发现知识女性大多留短发。理发前她用手机里的几张名人照片给那个长发发型师讲了好久自己的设计。

头顶着新的发型,身穿白色的衬衫,涵悦走进了"文化产业发展论坛"的会场。新发型让她很不自在,短发的发梢不断摩擦着她的脖子,痒痒的。作为辽宁省一个地区日报的记者,她并没有成为被邀请的媒体记者的一员,但她非常坦然地签到,进入,坐下。

会议开始,但会场还是乱哄哄的。她发现多数来这里的人都不是来开会的,而是……有的人是来社交的,比如坐在前面的那个年轻人可能是某权威核心期刊的编辑,他前后左右的人都在和他搭讪。有的人似乎是离开熟人环境来这里猎艳的,她边上的这个看上去得六十多岁的老头吐沫横飞地跟她吹嘘自己，见她不为所动，就用那双深度近视的老眼四处去看那些稍显年轻的女士，嘴都合不上。

终于进入正题，主持人说："有请京北大学教授贾铭做主旨发言。"现在这论坛搞得跟晚会似的，演讲人出场居然还有音乐和追光。贾铭身着浅色休闲西装缓步登台，引来一阵掌声。没有开场白，贾铭直奔主题："美国文化产业的概念比我们更宽泛，它包括影视业、广播电视业、报刊出版业、广告业、体育业、旅游业等。最新数据显示，美国文化产业的产值已占GDP总量的25%，而中国的文化产业到现在只占GDP的不到4%，差了6倍多……"

贾铭讲话之后，会场迅速安静了。涵悦根本没听清他说什么，她在充分享受一个大学者带来的宏大的气场。她是为他而来的。她踏进那家二本的师范学院后的第一节课是文学概论，课上老师放了一段贾铭讲座的视频。课后她找到这段视频反复看，贾铭成了她演艺圈之外的唯一偶像，也可能是最后一个。她佩服他的锐气和胆识，他不仅敢批评贾平凹、陈忠实，连鲁迅他也敢批评。她更欣赏他那激情而不失儒雅的气度，乃至他那并不清秀却十分耐看的面庞。这是一种畸恋吗？她问过自己，回答是，管它呢。

但他与她离得太远了，距离和层次都差太远了——她一度这样告诫自己。她考上了省城的新闻学硕士研究生，后来当记者。她准备只把这段青春冲动放在心里。但贾铭在互联网上声名鹊起，经常能看到他的文章和视频，躲都躲不掉。她发现自己自从知道贾铭以后就再没正视过别的男人，她知道这是一种病，但无药可救。同时她实在不能满足于小报记者的生活，她应当在北京的学术圈有一席之地。她借出差采访的机会来到了那所大学，望着湖畔那些自信满满的男男女女,她说:如果我能够来到这里,我肯定是你们这里最优秀的。她知道,这很像巴尔扎克小说里的外省青年拉斯迪涅,他对着巴黎说:巴黎,让我们斗一斗吧……她在这里决定,报考贾铭的博士研究生。但是第一年,她在分数过线的情况下在面试时被贾铭刷掉了。

茶歇时间,涵悦一直在盯着贾铭。他所到之处,都会有人和他寒暄。终于机会来了,贾铭向卫生间走去。涵悦走过去,等在卫生间的门口。

"贾老师,您还认识我吗?"

贾铭望着涵悦,竟然有些紧张,脸上泛起了红晕,完全不像一个六十岁的知名学者。

"你是……"

"我叫曲涵悦,去年报了您的博士生。"

"记得,当然记得。"

"我来这里找您,是想问您,为什么我在面试时被刷掉,而您录取的那个男生的笔试成绩比我还低。我想继续报考您的博士,想总结一下经验教训。"这些话是她事先想好的。她觉得对付这种强势的成功人士,奉承,甚至哀求是无效的,他整天面对这些。只有这种微弱的进攻姿态才能加深他的印象。

"这个……袁运晖同学的研究方向是比较文化学,和我现在的方向比较契合,而且他在面试时对历史比较法的阐述获得了所有答辩专家的认同。你知道,招收谁并不是导师一个人说了算。"涵悦发现,他在说话时目光投向了别处,像个犯了错的学生。看来是自己的策略成功了。

"那您觉得,我需要在哪些方面再做努力,才能考上您的博士生呢?"

"这……京北大学文学院除了我还有许多优秀的导师,比如……"

"贾教授,我只想考您的。"

"让我想想……"

"贾教授,马上就开会了,我能加您的微信吗?回头您微信里指导我?"

贾铭犹豫着,拿出了手机……

会议接下来是对话环节,由贾铭和三个文化企业的老板对谈。和茶歇前相比,贾铭判若两人,不再神采飞扬,口若悬河,而是有些心不在焉。面对企业家的质疑,他的回答过于简练,略显含糊,似乎无心恋战。偶尔,他还会把视线投向台下,好像在寻找谁。

涵悦觉得他是在找自己。他怎么会如此失态?包括刚才在卫生间外面。

难道是我的美丽吸引了他?问题是在面试的时候他见过我呀,那时他没有表现出一丝对我的关注呀,而且后来还刷掉了我。

也许他对我有所愧疚?听同一天面试的一个男生说,被录取的袁运晖的父亲是清华大学化学系的教授、院士,还是学校学术委员会的副主任。但贾铭会因为委屈了我这么一个素昧平生的学生而内疚成这个样子吗?

无论是哪种原因,涵悦对他的喜爱都加深了。漂亮的容貌使她从高中开始就面临许多追求者,当记者以后尤其如此。这使她对男性有了比较深入的了解,也形成了自己独特的观念。她发现羞涩感是一个感性、善良男人的标配,这和他的年龄、社会地位无关。在和男性的交往中，她只对偶尔会脸红的男人有好感。

贾铭在见到她之后的种种表现使她同样产生了羞涩感，也许就在同时，她在小说里看到过的那种爱神降临的感觉出现了。但这种感觉稍纵即逝，她马上想到自己可能是一个圈套的设计者和执行者，因为她在此之前的动机就是考上他的博士，并进行了精心的策划。包括她特意剪去长发，代之以相对知性、内敛的短发。

论坛之后的一个月，涵悦给贾铭发了很多微信，但贾铭的回答都非常简单，只是把指定的参考书目发了过来。涵悦要求当面指导，但对方总推说太忙，没有时间。

涵悦感到了些许羞辱，她决定不再留短发了。

那天，心绪烦乱的她答应了她在这个小城市里众多追求者之一——星空行传媒公司的黄总一起喝酒的要求。这个人是这群人里唯一在大城市上海上过大学的人。地点是这个城市唯一的体育酒吧。两人一起看着曼联对切尔西的英超联赛，喝着威士忌。涵悦平时看球不多，但她喜欢曼联，队里有她喜欢的两个大帅哥，比赛也异常激烈，两人玩得很嗨。涵悦觉得在这个小城市，这是唯一近似大城市生活的场景。

主题酒吧、音乐会、博物馆、话剧演出、美术展览……这是她对一线城市文化生活的印象。那个遥远的贾铭随他去吧，面前这个男人不是很可爱吗？

曼联终于扳平比分，两人欢呼雀跃，很自然地拥抱在一起。就在这时，手机振动了。涵悦看了一眼，竟然是贾铭发来的微信："刚从西安回来，这几天有空，你如有时间可面谈。"

她竭力抑制，但眼泪还是流出来了。黄总一时不知所措。

她坚持看完比赛。至于后来谁又进球了，曼联和切尔西谁赢了她就都不知道了。她走出酒吧，直奔美发店，又找到了那个留着五颜六色长发的发型师，重新剪了短发。

可怜的黄总。

一切都来得那么突然，又似乎都在复映涵悦曾经预想的画面。

她从未见过那么激情的、饱含泪水的眼神，他捧着她的脸，仔细端详。她不能直视他的眼睛，有些惧怕。在她闭上双眼之后，眼前红彤彤一片，像火山爆发的熔岩在翻滚。如此回肠荡气的激情时刻一生应该只有一次吧？

激情过后，他将头贴在床上，像个办了错事的孩子。这个姿势使他的声音发闷："谢谢，谢谢！我终于找到你了。"

"你，你找到谁了？"她感到自己还在眩晕之中。

"我从青春期的时候就梦见过一个女孩子，后来每过几年还能梦到，就是你的样子。你信吗？"

"我不知道自己是什么样子。还有，你在面试的时候也见过我呀。"她觉得自己此时必须清醒，能分辨真伪。

"那次我就觉得有些像，不过那时候你是披肩长发，化妆太浓。我小时候在山里，怎么可能梦见这样的人呢？"他坐了起来，她以为他要拥抱他，但他再次捧起了她的脸。

报名，笔试，面试，录取。她成了他的学生，她来到了北京，她来到了京北大学。前面的"蜜月期"，两人几乎天天在一起。

渐渐地，熟悉了。对崇拜的人的想象是一些缤纷的泡沫，会在生活琐事中"啪啪"破灭，如胶似漆之后有些意趣索然。那时候她曾经想写一篇小说，叫《不要和你挚爱的人在一起》……

直到那天，贾铭大醉而归之后。

"装，装了他妈一晚上，还是……还是看不起我。"他趴在卫生间的洗手盆上，一边呕吐，一边絮叨。

"谁会看不起你呢？"她使劲扶着随时可能摔倒的他。

"谁会看得起我呢？但凡我看得上的人，没有一个正眼看我的。"

她把他扶到沙发上，让他喝了些温开水，他却睡着了。

"滚……滚出去。"他忽然的大喊着实吓了她一跳。他醒了过来，抱住了她，轻轻啜泣。

"我从生下来就在努力，就在拼。你说你出身贫寒，我比你更苦。小时候家里为省电不让点灯，我就偷着点油灯看书，月亮好的时候，我能在月下看书……从小学到大学，我的成绩总是全班第一，我聪明吗？呸！所有的课文我差不多都能背下来……工作以后，我发现我最大的短板是英语，我就跟俞敏洪学，把英汉词典背下来了……为了赶论文，我曾经三天四夜没睡觉……我这么拼命，总得有人看得上我吧，没有，没有……我就是一头笨驴……"

宣泄之后的他不再哭泣，而她开始泪流不止。她不知道今天他遭遇了什么，她不知道是什么人给了他这么大的刺激，她没有问，也并不想知道。

她在感受身边这个拥有强大毅力的奋斗者，感受并享受这个强者的短暂的懦弱。她发现，成功和优秀可以使你崇拜一个人，而偶然暴露的失败和懦弱才能使你爱上一个人。

她觉得眼前的他如此可爱。她抱紧他，她觉得自己真的爱上他了。

她理了一下自己被他弄乱了的短发。

她觉得她就是从那个夜晚真正爱上了小说里叫"贾铭"的罗马，她坚信罗马也爱着她。这是她这一夜辗转反侧，思前想后得出的结论。

在窗帘映上红霞的时候，她对着镜子说，你不能再哭了，从今天起，你要坚强起来，他现在不能保护你了，你要保护他，你一定要找到他！

此刻，望着不再喧哗的街市，她又有些绝望，茫茫人海，到哪里去找他呢？她对自己见过的杨腾警官没有信心。人倒是挺帅，可太年轻了。局长怎么能把这么复杂的案子交给他呢？能指望他吗？我得自己查！凌丽攥紧了拳头，与之而来的庄严感是她从未体验过的。

怎么查？她觉得自己只能从罗马藏在网络、电脑、手机里的信息查起。她知道罗马每天都要记日记，和鲁迅日记差不多，大多只记事，鲜有情绪表露。不过他的新手机找不到，台式电脑被他格式化了，不知道能不能恢复。但他每次写完东西都会上传云存储，但用户名和密码她都不知道。她想起了警官大学硕士毕业的赵临江。赵临江比她小三岁，似乎有追她的意思。

凌丽发去了微信。

凌丽：你对罗老师失踪的事怎么看？

赵临江：他一定是遇到大事了，而且不是一般的事。

凌丽：你可是警官大学的硕士，我还等着你指点迷津呢。

赵临江：我本科学的就是中文，因为喜欢看侦探小说报考警大的研究生。我导师在半年之后就跟我说，我太脆弱，根本不适合当警官，我就考了咱导师的博士。我崇拜他的胆识，不管多大的作家、多大的权威他都敢批判。

凌丽：咱们抛开情感，你学过刑侦学，你分析一下他失踪最大的可能性是什么？

赵临江：你先看看这篇微博。

正本清源的微博

那个经常指责别人学术不端的罗马教授2019年1月发表的《论叔本华的非理性审美对二十世纪现代主义文学的影响》存在严重的学术不端。其基本论点抄袭了1998年1月刊登在日本熊本大学刊物上的《叔本华审美非理性特征的传播和影响》，其中4处直接抄袭原文，共392字，另有6处对原文进行了改写，涉及835字。熊本大学在日本并不是一流大学，且原论文作者名不见经传，论文发表已经有24年了，所以罗马教授才敢于公然抄袭。本人已向京北大学学术委员会实名举报。详情请见我的长文#京北大学教授罗马论文抄袭#

赵临江：你怎么看这个举报？

凌丽：我还没看具体细节，不过这个"正本清源"敢于实名举报，说明他觉得证据确凿。咱老师写东西太快了，一篇一万多字的文章他有时候两天就写完。快了，就会不严谨。比如你看过别人的文章，但写的时候就会忘了，以为是自己的研究所得。当然，说他故意抄袭，我不信。

赵临江：你分析得太对了，老师是绝不可能抄袭的。不过学术委员会里那几个理科的教授一贯歧视罗老师，他们让罗老师写出书面说明。老师的压力一定很大，不过他绝不会因为这个就失踪，一定还有别的原因。

赵临江：可以找他的家人，以前的朋友，还可以查他以前写的东西。我觉得你比我们都更了解他，你更有优势。

凌丽：为什么这么说？

赵临江：我个人搞刑侦不行，看人还行。现在老师都失踪了，我就直说了。你知道我喜欢你，所以我会关注你。关注的结果是，我发现你喜欢老师。尽管你们总是尽量拉开距离，但上大课的时候偶尔你们四目相对，那感觉……第一次发现的时候我心都碎了。

凌丽：对你我只能说实话。我不否认我喜欢他。

赵临江：好吧，我本来就不该说出来。

凌丽：我知道他这两年写完所有东西都会云备份，云存储的方法还是你教他的？

赵临江：是，不过用户名和密码我不知道……明白了，你是问我能不能破译？这个太难了，云存储设置了数据加密和访问控制，不是破译密码那么简单。

凌丽：那格式化的硬盘还能恢复吗？

赵临江：到高手那里也许能部分恢复。

凌丽：好，这个可以试试。

回到学校宿舍，凌丽打开了叫"罗马不设防城市"的微博。改论文期间，凌丽一直没有时间看微博。昨天早晨发的这篇叫《关于鲁迅遗嘱的随想》，名字很吓人。

关于鲁迅遗嘱的随想

疫情期间很少出门，心情不好。看不见的病毒对人构成了莫名的威胁，不知道什么时候自己会中招，于是不得不开始思考过往的人生。

刚刚重读了鲁迅的杂文《死》，它是1936年9月，也就是在他逝世前一个月写的。在文末鲁迅给亲属写下了七条遗嘱，读来觉得很有味道。下面选择几条分别聊聊。

"一、不得因为丧事，收受任何人的一分钱。——但老朋友的，不在此例。"

这是鲁迅一贯的做人逻辑，不愿意受恩于任何人。至于朋友，他的朋友显然屈指可数，该得罪的、不该得罪的都得罪光了。除了许寿裳等少数人，在同龄人里鲜有友人。还有几个小朋友，冯雪峰、萧红等，而这些人并没有接济他家人的能力。

"二、赶快收敛，埋掉，拉倒。"

他说了："我才确信，我是到底相信人死无鬼的。"于是他对身后的一切感到无所谓。这更是对人世的一种决绝。任何人都不要幻想死后受到真正的顶礼膜拜，绝大多数人死了就是一把骨灰，什么也留存不下。王菲唱得好："没有什么会永垂不朽。"

"四、忘记我，管自己生活。——倘不，那就真是胡涂虫。"

这显然是写给许广平的，尽管鲁迅知道许广平做不到。当然由此也可以看到鲁迅对许广平的真爱。两个相爱的人总有一个要成为先行者。先行者是幸福的，另一个人要在漫长的岁月里体验思念和哀伤。而鲁许二人的问题是，由于年龄和阅历的差距，许广平并不真正地了解鲁迅。鲁迅的思想观念，是非好恶就是许广平的是非好恶。这使得许广平的一生失去了自我。在鲁迅死后，许广平的后半生没有按照鲁迅的嘱托做，成了一个鲁迅思想文化资源的守护者。这是一桩不平等的婚姻。临终的鲁迅想到留下了这么年轻的妻子，内心愧疚，才写下了这一条。

"五、孩子长大，倘无才能，可寻点小事情过活，万不可去做空头文学家或美术家。"

才华是个奇妙的东西。有些人一生勤奋，励精图治，却只能写出庸俗的旋律，画出呆板的画作；有些人很少用功，漫不经心，就能创作出石破天惊的作品。比如钟阿城，没听说他读过多少名著，也没听说他写作有多费力。随随便便发了《棋王》《树王》和《孩子王》，就轰动文坛，最可气的是写完了就不怎么写了，玩别的去了。上天只把才华给那些不拿才华当回事的人。

"七、损着别人的牙眼，却反对报复，主张宽容的人，万勿和他接近。"

这句是遗嘱的核心。为了强调，他在结尾时又强调了："只还记得在发热时，又曾想到欧洲人临死时，往往有一种仪式，是请别人宽恕，自己也宽恕了别人。我的怨敌可谓多矣，倘有新式的人问起我来，怎么回答呢？我想了一想，决定是：让他们怨恨去，我也一个都不宽恕。"

那么，不宽恕的是什么人呢？鲁迅的敌人实在太多了。他批判过封建礼教，抨击过北洋政府，各路军阀，民国政府，日本人……在文化界，似乎多数名人都被他批判过。到了晚年，他的火气似乎主要发泄在左联内部，似乎对周扬、田汉等人的仇恨超过了梁实秋、陈西滢……敌人怎么变得越来越近？

其实，所谓"不宽恕"并不是指的哪个具体人，而是表现了鲁迅悲观主义的价值观。出生即逢厄运，鲁迅的一生，不管困顿的时候，还是后来扬名立万，生活富足的时候，他很少感受到世界的美好，他的世界永远是灰暗的，残酷的，没有温度的。他感受到的少有的温情，比如与三两好友的交情，海婴出生带来的温馨——这些被他视作与人世不同的另类世界。

> 许多人都有和鲁迅一样的悲观心境和价值观,但在临终之时依然如此决绝,这只有鲁迅能做到。

凌丽打开窗帘,闻到了不知哪类树上的花朵散发的香气。对面男生宿舍楼多数房间已经闭灯,有三个房间开着台灯,可能是在看书,有两个房间开着大灯,几个人围在桌前,大概是在打牌。

万籁俱寂,窗外只传来秋蝉的叫声,慵懒而有些绝望。

凌丽感觉到这篇博客跟罗马以前的文章很不一样,首先是没有运用专业术语,写得很平实。其次似乎有许多真情实感,似乎把自己放到了和鲁迅一样的境地——临终。这使凌丽感到恐惧。是否可以把这理解为他的另类遗书呢?

凌丽打开了手机记事本。

> 他在失踪后发出了这篇博客,显然是有特定意义的,他是借评点鲁迅的遗嘱来表达或暗示自己已经在考虑身后事,并在检讨自己的人生。
>
> 1. 开头的意思是,疫情使他想到了死,于是开始梳理人生。尽管声名显赫,但他完全否定自己。"没有什么会永垂不朽",他特别喜欢这句歌词,经常唱《红豆》这首歌,他期待能留下"永垂不朽"的东西,但他感到自己缺少才华,做不到。
>
> 2. 鲁迅的遗嘱是写给许广平的。罗马在评论中使用了"真爱""哀伤""愧疚"……这样的词,他以前的博客里是不可能出现的,这些词是写给我的吗?不管怎样,我还是很感动。
>
> 3. 他看出了鲁迅临终前最大的悲哀——孤独。鲁迅没有几个朋友,罗马也没有,我也没有。大概这就是我和他能

走到一起的原因，我们抱团取暖。不过前一段，他说要帮一个朋友，分两次转走了一百二十万元。他从来不和任何人有经济往来，这个人和他的关系肯定非同一般。这个人是谁？前女友吗？

4. 他发出这篇博客肯定是设计好的，表明他知道自己将要失踪（主动的或被动的），他此刻可能正躲在一个角落里看评论呢。

——刚才去了卫生间，回来一看上面的文字，我很震惊——在如此诡异的突发情况面前，我竟然能做出如此理性的分析，看来人并不知道自己有多大能力和控制力。挺住，凌丽！

这时候手机响了一声，是短信，这年头谁会发短信？

凌丽小姐，我们知道罗马的部分存款在你手里，股票账户也是用你的名字开的，加起来有三千多万元。请你不要动这些钱，我们会在适当的时候找你。

凌丽感到毛骨悚然，她望向窗外，对面硕士生宿舍大部分灯光全都熄灭了。她隐隐感觉在某个黑暗的房间里，有人在用摄像机拍摄自己，她赶紧拉上了窗帘。

她走到门前，检查门是否锁好，其实她进门时肯定锁上了。

她躺在床上，却毫无倦意。她认真想了想，罗马确实有一部分钱放在她手里，两张卡，大概有一千多万元。罗马最新的股票账户确实是用她的身份证开的，但密码她没问过。股票现在的总市值自己也不知道。自己手里哪来的三千多万元？按他的各项收入，他的资产应该是一个很大的数目，估计要上亿。但凌丽从来不问，她认定自己不是因为钱才委身于他的。

凌丽在思考是否要报警，发短信的人肯定随时能找到她，她会不明不白地消失……

实在睡不着，凌丽打开了"罗门研究生群"。里面都是罗马的博士生或硕士生，有在读的也有已经毕业的，罗马的名字赫然存在于微信群的名单里，头像是古罗马斗兽场的照片。里面已经有一百多条留言，前面大多是表示惊讶、悲伤和祝福的。是赵临江发起了对罗马失踪原因的探讨。

赵临江/2020博：各位师哥师姐，大家光悲伤没有用，咱们都按自己知道的情况分析一下原因，也可能给警方帮上忙。从已知的情况看，无外乎四种可能：自杀、被谋杀、被绑架、自我失踪。（罗老师，我们以下的讨论就对您不敬了，我们都盼着您能立刻回到我们中间，您多担待。）其实这四种可能性我都认为不大可能，所以请大家来讨论。

1. 我认为自杀的可能性微乎其微。罗老师事业成功，学识渊博，生活态度积极，不管遇到多大的事也不会自杀。但作为一个学过刑侦学的人，我不能完全排除这种可能性。现代生活很复杂，像罗老师这样的大学者的内心世界也许是我辈不能理解的。

2. 关于被谋杀，理论上当然存在这种可能。但一个学者会得罪什么人？会得罪到取人性命的地步？他的自媒体涉及的领域太多，甚至写到了证券业和娱乐业……

3. 被绑架的可能性也非常小。绑架犯罪多数是要谋取钱财或因某种目的要挟与被绑架者相关的人。罗老师是个名人，绑架名人必然会引起社会关注，这应该是绑票者所忌惮的。

4. 自我失踪在这四条里看似最有可能的。我看了老师的博客《关于鲁迅遗嘱的随想》，我觉得老师对后来发生的事情是有预知的。这很像是预谋失踪。

——以上是我胡乱想出来的，想听听各位师哥师姐的见解。

刘茂田/2011博：@赵临江/2020博，师弟很认真，但以我对导师的了解，这四种可能性都不存在，我在想第五种可能。

周刊/2021博：我是硕博连读的。我注意到，在疫情后，老师像变了一个人。不光是讲课时不摘口罩，主要是讲课时没有了以前的自信，连声音都小了，再也没有了我上研一时的神采飞扬。他在电话里和我谈我的论文选题，我说要进一步论证导师那本书提出的学术问题。他说，我那东西就是垃圾，你不要在垃圾堆里捡废品……我觉得疫情之后他的自我评价变得消极了……

刘腾飞/2012硕：我在悲哀地思考第一种可能性。他指导我写的硕士毕业论文是《日本作家自杀现象与日本审美文化的关系》，我一跟他说题目，他马上就说出了十几本必读书目。显然他对这些很熟，问题是他并不是研究日本文学的。论文定稿的时候，他对我说，自杀是日本审美文化中最独特且为之自豪的一部分，评价不宜过于负面。我非常担心导师对日本审美文化的研究过于入戏了。

李诚/2020博：我最后一次见导师是在一个月前，他打电话给我，让我帮他去买十条白555香烟，他买不到了。因为我说过我叔叔是烟草专卖局的，他才找我。我给他送到家里，他戴着口罩，让我把烟放在门口。他说疫情紧张就不让我进屋了，他用微信支付多付了我五百元，我不要，但他很坚持。尽管戴着口罩，我还是看到他气色很差，屋里传来消毒酒精和烟草的混合味道。

张克斌/2016博：@刘腾飞/2012硕，你太幸运了，我的博士论文写了两年，只见过导师两次。

赵临江/2020博：@张克斌/2016博，师兄好，那段时间老师可能太忙，今天我们在探讨案情，就不要说这些了。

刘十佳/2013硕：导师对我也很关心，不过我的论文题目是他指定的，叫《对世界的绝望与告别——〈昨日的世界〉悲剧思想与茨威格自杀心理研究》，还是这方面的。

赵临江/2020博：我不认为这有什么必然联系，世界上从心理学、医学、社会学等方面研究自杀的学者多了，这些学者自杀的极少，倒是那些从事艺术创作的人自杀的相对多。

田永昊/2017博：那个网名"正本清源"的人发的那篇微博似乎影响比较大，我看了他举报的全文，又对照着导师那篇论文《论叔本华的非理性审美对二十世纪现代主义文学的影响》看了一遍，举报的内容有一半属实。他曾经多次举报别人抄袭，自己这回有口难辩，这件事对他打击比较大。失踪会不会与此有关？

张克斌/2016博：@赵临江/2020博，我关注过他揭发上市公司大通控股的文章，涉及了二十五年前企业改制时的国有资产流失，后来的大股东操纵股价，通过进军影视业洗钱等，公司股价因此暴跌30%，总裁辞职，其下属文化公司拍摄的电视剧半路夭折……这仇恨拉得有点大。我记得那段时间，他大概有三个月没来学校，也没有出现在公共场合，传说他接到了恐吓信。

刘茂田/2011博：@张克斌/2016博，师弟，听着挺吓人的。其中一些走投无路的人有可能铤而走险。不会是个恐怖片吧？

张克斌/2016博：反正前面的话已经得罪他老人家了，我也就豁出去了，反正罗马教授一直就不喜欢我。@齐开放/2014博，师弟太天真了，我们的导师没有你想的那么简单，那么崇高。据我所知，他在与他的老家乌川市联系上以后，就凭借乌川同乡会建立的各种关系开始从事商业活动，主要是勾连乌川的政商界和北京各部委的关系。他开始回乌川主要见的是一批文化界的人，后来接待他的都是市委书记、市长，还有乌川那几个大老板。我们的导师把自己的一切都设计得很好。

凌丽又打开微博，看到了梁震教授的文章《我寄愁心与明月，随君直到夜郎西》，凌丽知道这诗句是李白写给王昌龄的。想起梁震的有些猥琐的样貌，凌丽觉得很矫情，梁教授又在利用罗马的事蹭热度，圈粉呢。

罗马兄失踪之后，我一直寝食难安。

回想起来，我和他相识已经有44年了。我们在同一个班上学，住同一间宿舍，博士学位师从同一位导师，学术研究在同一个方向，同为教授、博士生导师，同为全国十佳文艺评论家评奖获得者，同为微博粉丝近千万的网络作者……这两天他的音容笑貌不断浮现在我眼前。

我和他最后一次见面是9月10日，也就是他失踪前半个月。那天他约我喝酒，我们本来约好，讨论组织一次关于新农村建设电视剧的研讨会，但一谈到因为疫情无法线下召开，话题就转到了疫情。他显得忧心忡忡，说自己只要咳嗽一声就怀疑自己中招了，自己的体温经常是37度，我猜这是精神紧张导致的身体反应。

他表现得十分悲观，说还开什么电视剧研讨会，不定哪天，核酸一红，住进医院，然后白肺，完蛋。我说，怎么就会轮到你呢？你怎么这么怕死？

他露出了这次见面唯一的笑容，说，怕死？我不是怕死，我是怕被那个微小的、看不见的东西弄死。除了虚名我一无所有，没有人真的关注我的死活，活着对我意义不大，我只是想用自己选择的方式去死。陀思妥耶夫斯基说过："当人失去了生活的全部希望目标时，他们经常会在痛苦中变成怪物。"我不知道我还有什么生活希望，我已经成了怪物。

我感到恐怖，怕这些负面情绪会导致不良行为。我说，普通人追求的一切你都有了，你已经财务自由了，你的学术地位、你的网络影响力都是常人无法企及的，你怎么能说没有生活希望了呢？我不明白你为什么非要研究死亡，整天尼采、陀思妥耶夫斯基、三岛由纪夫……你还要求你的两个博士生写三岛由纪夫的论文，我不明白你要干什么？

他说，日本文学是最接近人的内心的文学，它似乎有一个母题——爱与死的矛盾。尤其是三岛由纪夫，写得太扎心了。尽管可能是最好的文学，但我不看了，看进去就会影响我的人生观。我想庸俗地活着，我长时间不看三岛由纪夫、川端康成。快六十岁的时候，心情不好，就随便翻了翻，结果就离不开了，确实写得扎心。他们对人性、人生的探讨达到了极致！放心，我不会学习小说中的人物的。

我不知道他那次说这些是否有什么暗示，我也无法把这次谈话的内容和他的失踪联系起来。

罗兄，那么多粉丝在等着你的消息，那么多学生在等着你指点迷津，那么多学术难关等着你去攻克……你到底在哪里？"我寄愁心与明月，随君直到夜郎西"，你的"夜郎"是哪里？

等你归来，开我那瓶三十多年的茅台！

转发65　评论152

风乍起：梁老师写得情真意切，看了十分感动。愿罗马教授平安归来！

简约：文学评论界第一大谜案，可能以我们对世界的认知，不足以理解罗马教授这样的大学者的内心世界。

Hebeer：梁大师写这篇文章不是在呼唤罗马，而是在蹭热度上位，第二段写"同为全国十佳文艺评论家评奖获得者，同为微博粉丝近千万的网络作者"，把自己的学术地位写得跟罗马并驾齐驱。其实，你比罗马差远了，你也就罗马的一个学术小跟班。

你的文章在暗示什么？1. 罗马因恐惧疫情而产生了心理问题；2. 罗马有轻生的想法。且不说你所说的与罗马的对话是否真实，（你撒谎已经习惯了）就算是真的，你有什么权利公开私人谈话的内容？这篇文章假装深情依旧，实则是刻意在公众中丑化罗马教授。人心险恶，梁大师内心尤其险恶。

Zr：看来楼上是圈内的，内心更险恶，你是谁？敢出来走两步吗？

沫沫：你明知教授的很多粉丝痛恨日本人，教授也多次写过批判日本文学的文章，但你却偏偏把教授塑造成哈日一族，居心叵测。

山海经：你明知罗马现在不喝白酒了，还要开三十年茅台，几个意思？

鲁岩：@Hebeer，同意你对博主的攻击，别忘了，这两个人为一丘之貉，都是学术骗子。在这点上，所谓学术地位高的罗马更为突出。他是那种随便翻几页就能写出对一本书评论的写手，一条只会咬人的疯狗。

第三章　精致的利己主义者

杨腾和凌丽几乎同时看到了梁震的微博以及后面的评论,同时觉得梁震这个人需要留心。

清晨的阳光格外绚烂,凌丽觉得有些刺眼。对面的硕士生宿舍楼上披满了爬墙虎,在阳光的照射下呈现殷红的颜色。好看,不再有昨晚的阴险。她记得一本女性小说里有这样的话:想不明白就不要再想了。对,静观其变。

站在窗前,凌丽想,看来对这个曾经耳鬓厮磨的人,自己不光不了解他遥远的过去,甚至连他到京北大学后的情况都知之甚少。要想知道他去了哪里,必须知道他从哪里来。她觉得除了梁震,最了解罗马的应该是于嘉教授,她也是罗马上大学时的同班同学,尽管她似乎曾经把自己视作情敌。女人的直觉使凌丽感到这个于嘉似乎喜欢过罗马。于是她拨通了于嘉的电话:

"于教授您好,我是凌丽,打扰您很冒昧。我睡不着觉,特别担心……"

"凌丽呀,你是担心自己能不能拿到学位,还是在担心罗马教授的死活?"

"当然是罗老师的安危。"

"这就对了。我也很担心。"

"我觉得一般的世俗生活的得失不会使罗老师失踪,肯定是能触及他内心的人或事才能导致他做出这样的选择,所以我想跟您了解他的过去,毕竟你们已经认识三十多年了。"

"你难道不是能触及他内心的人吗?"这话太直接了,凌丽能想象出话筒那边那张带着冷笑的脸。其实打电话之前,凌丽就已经决定,既然于嘉早已猜到了她与罗马的暧昧关系,而且过几天随着警方调查的深入,事情肯定会败露,那就向她承认部分事实,以换取她的信任,获取自己需要的信息。

"我跟您承认,我确实爱上了我的导师,因为这种关系有些不伦,所以一直隐瞒。"

"既然你这么坦诚,我也愿意和你交流。但信息交换应该是双向的,我也想从你那里获得信息。罗马这几年确实对自杀很感兴趣,经常购买和借阅这方面的书。你和他最熟,你觉得他有没有自杀倾向?"

"于老师,下面要说的我对警方没说,因为这属于个人隐私,还会影响他的声誉,希望您也对此保密。他患有双相情感障碍,开始也瞒着我,过了半年才承认。他的病因为药物干预控制得还不错,但遇到一些大事,就会发作。比如疫情以后的过度恐惧,他好像觉得大限将至,总在检讨人生。他从这时候开始彻底否定自己,老说自己百无一用,写的东西都是垃圾。"

"谢谢你给了我这么重要的信息!好吧,说实话,我这两天也睡不着觉。我写了点东西,不会公开发的,是我自己在整理思路。还没写完,你先看看,不能给外人看。"

我眼中的罗马

看了梁震教授的微博,觉得怪怪的,越发觉得这个人很阴险。罗马兄生死未卜,梁震这是要干什么?我还是按自己的记忆回忆一下罗马,或许能够通过回忆找到他失踪的真实原因。也许是我侦探小说看多了，在森村诚一、松本清张这些作家的小说里，多数离奇案件的关键线索都发生在过去，甚至是几十年前。

A 起步

　　罗马刚入学的时候并不显眼，也看不出他是从山区来的。他的普通话很标准，还带些北京话的味道。他的穿着也和北京人差不多，我开始一直以为，他和我一样，是从北京四九城来的。他似乎很不愿意让人知道他的出身和身世。我问他为什么叫罗马，和意大利有没有关系，他笑而不答。十五年以后，他已经成名了，他才跟我说，取这个名字是因为他爸爸在当工人之前给生产队养骡子和马。

　　开学后，班里组织去天安门，中途换乘地铁，我看见他上车时特别紧张，几乎是蹿上去的，就知道了他从来没坐过地铁。我当时想，没坐过地铁有什么可自卑的呢？

　　很快，他就引人注目了，期中成绩全班第一。文学课上的好多作品，他在中学时都读过，还经常和老师探讨问题。现代文学课有个年轻女老师是工农兵学员留校的，她最怕罗马问问题，常常回答不了。

　　后来他又拿了很多第一，诗歌朗诵比赛，新生征文比赛，运动会3000米……尤其是我们全班去爬香山，他比第二名快了15分钟，后来他一直坚持登山，是学校登山俱乐部的领队。他自编自导的话剧不光在京北大学演出，还应邀到边上的几个大学巡演，我觉得那个话剧是他一生最优秀的作品，比他后来写的东西都强。那个话剧叫《A型血》。

　　这时他有了许多追求者。岁数大了，可以说了，我那时候也特别喜欢他，可惜被他拒绝了。不光是拒绝了我，他似乎完全不想在大学里谈恋爱，被他拒绝的人估计得有七八个人。大家都猜测，他可能已经结婚了，或者早就有了固定的恋人。后来，班里同学发现他每个月都能接到十元汇款，猜测是他的恋人给他寄的。

直到大三的下学期，他忽然和副校长的女儿，79级的尹若彤过从甚密。尹若彤大一的时候是罗马的话剧的女主角，据说当时就很崇拜他，但为什么在一年之后才开始恋爱，这个时候罗马和他的女友发生了什么不愉快，谁都不知道。

有人猜测，罗马是为了毕业能留京，分配个好工作，或考研究生才与尹若彤恋爱的。我不同意这种说法，至少以他的成绩，考京北大学研究生是肯定没问题的。他一定是先与原来的恋人出现了问题，才与尹若彤相好的。这段恋情维系了近两年，在尹若彤毕业半年后，二人分手。

B 攀爬

我目睹了罗马如何从一个普通学生成为学术大咖的攀爬过程。学术界的水太深了。文无第一，武无第二，文科这学术本来就缺乏标准，于是就约定了一些浅标准。一是看你大课题的承担量，二是看你在国内外权威核心期刊上的论文发表量。像我和罗马这样的平民子弟，想要做到这两点实在是太难了。罗马为在国内最权威期刊上发论文费尽了心机。

我考上硕士研究生的时候，他正在准备毕业答辩。但我发现他不务正业，整天在京北大学找各路高手下围棋，这些人里有老师，有本科生，有研究生，还有厨师和电工。为此，还要请人家吃饭——这可不像他。据说他本来水平不高，总是邀请比他高一点的人跟他下棋。在赢了这个人后，就找水平再高一些的下。后来他曾经代表京北大学教工参加全市高校比赛，获得了团体第二名。对此，我百思不得其解,他做任何事目的性都很强,这次是为什么?

后来,我的导师带我去长城饭店参加学术会议。那是我第一次参加这种会议,没想到会这么豪华,气派。餐饮、住宿、娱乐,在我看来都是一流的。晚餐后,大家分别去游泳、健身、打保龄球……我在棋牌室看见罗马在和一个长者下围棋。一打听,那位是国内顶级学术期刊的副主编。我这才明白!

人赃俱获,等他下完棋我问他,他只好承认了。他说,他从上硕士研究生开始,先后向这家刊物投了四篇论文,都石沉大海。这和他在本科时投稿发小说的境遇是一样的。后来导师帮他推荐,他才发出了一篇。这位副主编曾经在京北大学为研究生开过几次讲座,后来罗马在晚报上看到副主编写的一篇文章,提到他对围棋的钟爱……于是罗马开始苦练围棋,并和副主编成为忘年交。他在最权威的期刊上发表论文之后,其他期刊就对他刮目相看了。

如果听了这事,估计很多人都会看不起他,认为他为学术上位不择手段,更会有人说他是精致的利己主义者。但每个底层的人想往上爬,不都是得机关算尽,忍辱负重吗?

C 自卑点

罗马后来功成名就,但并不快乐,他有他的自卑点。如果说他最在乎而又做不到的,大概是文学创作。上学时我们有一门课,叫《中国文学批评史》,老师要求就曹丕的《典论·论文》写一篇读后感,罗马以《盖文章,经国之大业,不朽之盛事》为题写的文章被老师大加赞赏。具体的文字我记不住了,大意是,每个人都是这个世界的匆匆过客,只有文艺创作才能展现个人所处时代的社会风貌和个人感受,才是留给世界和历史的最宝贵的遗存。他把曹丕所说的"文章"具体化为文艺创作,说明在他心目中,创作是最重要,最神圣的。

有一段时间他整天研究罗贯中,我问他为什么,他不说。学校图书馆满足不了他,他整天往北京图书馆跑。后来,他根据1931年夏,郑振铎与赵万里发现的《录鬼簿续编》,以及在乌川发现的罗氏家谱写成了一篇论文,推断罗贯中后代的一支定居于乌川的罗家庄村。这篇论文他四处投稿却无人问津,后来发表在学生会的油印刊物上。我查到了这罗庄村就是他的老家,他认为自己是罗贯中的第二十一世后代。

也许因为这个原因,他把文学创作看作人生最重要的东西。上学期间他不断地往《人民文学》《北京文学》《北京日报》《北京晚报》等报刊投稿,但均被退稿,这对他打击很大。他把这些退稿信装在一个档案袋里,在上面写上了"走着瞧"三个字。

班里男生传过一个段子,说是一个男生隔着卫生间的隔板听罗马喊道:"凭什么,凭什么呀!你丫随便写一篇就发了,还得奖!"等他出来,见他手里拿着一张报纸。问他在喊什么,他说,他的一个中学同学得了全国短篇小说奖,他高兴。同学说,我觉得你是不高兴呀。他只好说,我写了十几篇都没发出去,他是在我的逼迫下随便写的,怎么还得奖了呢?什么天道酬勤,酬他大爷!我后来知道这篇获奖小说的名字叫《这匹马太犟》。

D 批判

读硕士研究生以后,他再也没有拿出过文学作品,不知道私下写没写。他把主要精力转到文艺批判,在这方面有比较大的突破,获得了业内的承认。他的评论文章的语言非常犀利，莫言、余华、路遥、陈忠实、贾平凹……这些最有名的作家他都批评过，有些评论还是切中要害的。但由于太锋芒毕露，也经常引来谩骂。他对女作家陈晨的小说《硬伤》，对作家林里的小说《那逝去的轰鸣声》的评论都有些过分，抛弃了文学评论的客观态度，进行了意识形态批判，引来的骂声最多。

后来，开始有人指责他学术不端，批判者开始被批判。"正本清源"说的那篇论文是刊物约稿，好像是为了纪念叔本华逝世160周年写的。应该说罗马对尼采和叔本华都有过非常深入的研究，掌握的资料至少在国内不会比那些哲学研究者少。文章写得仓促，但相关研究早就开始了。事后我问他为什么会出这样的问题，他回答，他以前做研究时把关于叔本华的资料、读书笔记等都写到了一个笔记本上，到写这篇论文时，有些读书笔记和资料摘抄弄混了……罗马经常写文章批评各种学术不端，所以这件事让他很郁闷，打击不小。

有人发文说，罗马这个精致的利己主义者被"精致"了。看来有人对此幸灾乐祸。

……

凌丽：谢谢于老师！谢谢您能分享您的私人记忆！这篇文章使我对罗老师的认识更加清晰、立体了。

于嘉：你能看出来，我尽量把我对罗马的认识全都写出来了，因为我们都希望能找到真相，希望他不至于有坏的结果。当然我知道，作为当事人，你不可能像我这样坦诚，我也能理解。最后我提醒你，可以对我隐瞒，但一定不要对警方隐瞒，那会害了罗马。破案时间越久，对罗马越不利。

凌丽：谢谢于教授！我把该办的事情做完就会主动去联系警察的。再谢！

凌丽发现现在有两个自己。一个急于了解与罗马失踪有关的信息，一个想了解那个自己并不熟悉的罗马，而后者似乎权重更大。我怎么分不清轻重缓急呢？

西四环外这片农村出租房过去小有名气，因为租金相对便宜，很多在城里写字楼上班的"北漂"都选择在这里租房，估计租户有上千人。这使得临街那一大排小餐馆很是红火，许多爱吃大排档的城里年轻人也时常光顾，夏天的夜晚这里人声鼎沸，好不热闹。不知是谁给这里起了一个好玩的名字——"小香港"。如今小香港大部分房子已被拆除，只能见到几个整天和戴大盖帽的人打游击的流动摊贩。

凌丽走下出租车，四处望了望，那个短信使她感到自己随时会被跟踪。她穿过一片刚拆除的房子，进了一个院子，院子里堆积着许多破旧的电脑机箱和元器件。推开屋门，还是一个乱七八糟的储藏室。她掀开右边的一个门帘，进入了一个比较宽敞的房子。

凌丽想象的这个地方应该像院子一样，满屋堆放着各种电子元器件，一个头发凌乱，邋里邋遢的电脑狂人在目不斜视地忙活着。可这里十分整洁，五个不同尺寸的显示器按大小一字排开，五个无线键盘闪着不同的颜色，电脑主机都被隐藏在桌下。一把精致的蓝色转椅可以让主人在桌前左右移动。主人郭威看上去也就二十出头，个子不高，脑袋很大，戴着大眼镜，样子很卡通。

"是赵临江介绍我来的，大神好年轻呀。"

"姐姐好漂亮呀。"二人互夸一句，进入正题。凌丽拿出了从罗马电脑上拆下的两块硬盘，郭威把它连上了电脑。

"这两块硬盘都被格式化过两次,第一次是快速格式化,这个好办。第二次是慢速格式化,这个需要用比较复杂的方法,估计能有效恢复40%。"

"这需要多长时间?"

"三天。"

"需要多少钱?"

"现在还不到谈这个的时候,你先看一下这个。"郭威拿出了一张纸。

客户须知:

1. 本工作室可为客户提供数据恢复、密码破译等电子服务工作。承诺对客户破译信息保密,否则愿承担法律责任。

2. 本工作室所承接业务的性质属于法律边缘地带,工作室采取充分手段使其业务不超越法律红线。在法律之上,本工作室更重视道德边界,捍卫社会的公序良俗。

3. 客户必须自证拥有所破译、恢复信息的阅读权。凡通过偷盗、欺骗等手段非法获取的待破译、修复资源,本工作室一概不予恢复或破译。

"你们的第一条让我很踏实。不过按我的理解,你们本来就是做地下工作的,怎么还公序良俗?我好多年没听过这词了。"凌丽忍不住问郭威。

"我们不违法,我们更讲道德,用'公序良俗'这个词表达我们的追求是再恰当不过的了。昨天来了个大款,他自己找了一堆小三小四,想离婚了,雇人偷了老婆的U盘,我就不接这活儿,他让我随便开价,我就是不理他。"郭威的回答很是霸气。

"那我怎么证明我和电脑主人的关系呢?"凌丽害怕会暴露自己和

罗马的关系。

"比如说他的授权书。"

"电脑的主人是我的博士生导师,他已经失踪了,我们学校已经报警。我想从他的电脑里找到些信息,帮助警方破案。"

"不对呀,这个硬盘应该由警方处理呀?"

"我导师是个名人,我怕泄露他的隐私,再说,我觉得警方按正常方式破不了我老师的案子。"

"信不过警方?隐瞒物证,你可能犯法了,佩服。你导师叫什么?"

"罗马。"

"他呀,听说过,就是那个老爱骂街的教授。你别不爱听,他的名声不怎么样。"

"是……争议比较大。"凌丽只好顺着他说。

"其实这个人我认识,打过交道。"

"你怎么会认识他?他也来这里恢复过数据?"

"这你就不用管了,你看过刚才那张客户须知,我答应为所有客户保密。好吧,既然是他,我倒挺感兴趣,我答应帮你破案。"

"太感谢了!"

"恢复数据的价格,一口价,五千元。"

"我这里还有老师的两部以前的手机,都已经恢复了出厂设置,这个还能恢复吗?"

"不确定,我得看看,恢复手机信息的价格得弄完后再说。"

"没问题。"凌丽准备出门。

"能背着警方拿到他的硬盘和手机,师生关系不一般呀。"郭威晃着大脑袋,坏笑着说。

凌丽回过身来,想想跟这种智商的人肯定是隐瞒不住的,就尴尬地笑了笑。

"姐姐小心,你现在的行为已经违法了。"郭威又冲她喊了一声。

坐在出租车上，凌丽看到了赵临江转来的长微博文章，一看标题，血往上涌。作者的网名叫"斯诺登"。

罗马教授和他的女学生

京北大学的罗马教授失踪了，网上猜测不断。笔者只想从他私生活方面提供一些信息，为警方和公众提供一种他失踪的可能性。

据知情人士消息，罗马今年63岁，但一直没有结婚。京北大学的八卦爱好者一直在猜测他不结婚的原因。有人猜测他一定有一场刻骨铭心的恋爱，因失败而伤心而不婚。但从他出名以后种种极为现实的作为看，他完全不可能是个重情重义的痴心汉。还有人猜测他患有男科疾病，这就更不可能了。因为他和若干女学生过从甚密。

他在京北大学交往的第一个女朋友是尹某某，严格地说，她不算罗马的学生，而是同学。她比他小两个年级，是当时某校级领导的独生女儿。罗马当时上大三，在学校话剧团自编自导了话剧《A型血》，尹某某是该话剧的女一号。他们的关系在罗马读硕士学位一年后就结束了。传说是因为尹某某的父亲反对，另一种说法是罗马在考上研究生后当了陈世美。据说尹某某为此曾患上抑郁症。

第二个女朋友是柳某某，是他1996年招收的硕士生，其父为某权威核心期刊的副主编。二人大约从1998年开始同居，2000年分手，原因不得而知。

第三个女朋友是凌某，是他两年多年前招收的博士生。知情人士透露，在罗马的5个博士生中，表面上他与凌某的关系最远，有时还会当众批评她。但有人看见二人在中关村和三里屯单独吃饭，样态十分亲密。凌某今年年初购买了一辆SUV汽车，售价四十多万元，尽管她说是家里出的钱，但她的父母都是东北农民，不可能拿出这么多钱。很多人认为这车是罗马送给她的。在和柳某某分手后，罗马连续多年拒绝招收女研究生，后来招收了两个，都是外貌比较差的。凌某是第三个，相当漂亮。凌某曾两次报考罗马的研究生，前一次是在过线之后，在面试时被刷下的。但第二次，她顺利地通过面试，被录取。因而有理由怀疑，他们的关系是从凌某第二次参加博士考试前开始的。

罗马突然失踪，案情扑朔迷离。本人只希望通过如上信息为警方和罗马的粉丝们提供一些新的思路。

……

凌丽感到事发之后发生的一系列事都可能是事先算计好的，她预感这篇长微博之后还会有事发生，最终把她逼向深渊。她没有直接回学校，这篇长微博已经使她成为焦点，回去会面临各种目光。

圆明园只有在黄昏的时候才呈现出人们想象中的那种苍凉。金黄色的，不，比金黄色更浓烈的暗红色的晚霞映在大水法上，大水法看上去像刚喝完酒，满脸通红，即将出征的将士。白天的它就是对付游客的一堆石头，现在的它如此激昂、浓烈。

回想这场经历了三年的情感旅程，尽管遭遇了不少波折，凌丽依然没有感受到浓烈的气息，就像寡淡的清酒，而她当初的期待是六十度以上的白酒。

她当下的心情也是寡淡的。这个男人既然丝毫不考虑她的处境和感受，她也不必过分伤心和担忧。那篇长微博已经将窗户纸捅破，她也就不在乎被别人隔着剩下的飘动的纸片多看几眼。至于自己掩盖案情线索的行为是否违法，自己和罗马的关系被曝光是否会影响她的博士学位？这些都由他去吧。

彭安妮先于杨腾看到了这篇长微博，她马上转了过去。

杨腾：谢谢你的转发，你开始帮助我工作了。

彭安妮：文中说的那个凌某，就是跟你谈过话的那个吧？

杨腾：对，就是她。

彭安妮：她一定长得很妖艳吧？把你迷住了。

杨腾：别拿这开玩笑，我们是警察和调查对象的关系。她在谈话中隐瞒了许多事实，还有可能隐藏了证据，延误了我们的破案时机，其中一件成立，就可以拘留她。

彭安妮：但是一看到她那么美丽，那么楚楚可怜，就有些不忍，有些怜香惜玉，呵呵。

杨腾：话接得真利落，点赞，你的幽默感在直线上升，眼看就超过我了。

彭安妮：谢谢夸奖。你认为文中所说都是真的吗？

杨腾：我见过凌某，所以有直观印象，我觉得至少关于她这部分是可信的。可惜呀，苦读了将近二十年，最后还要通过这种不光彩的方式上位，获得名利。真不知道她是怎么想的，女人的悲剧。

彭安妮：这不是女人的悲剧，而是底层社会的悲剧，是小地方人的悲剧。女人出卖的是肉体，男人则要出卖尊严，甚至灵魂。她的情人罗马也是底层出身，小地方人，你知道他混成今天的样子付出了什么？你这种北京出生，还是官员家庭的人很难理解这些。

杨腾：你别吓着我。一个理科生，怎么忽然这么严肃，这么批判现实主义？我好像没见过你这么愤世嫉俗。

彭安妮：这个凌某一定是理想高远又走投无路才会做出这样的选择。我们学校也有这类事情，研究生嫁给导师不是什么新闻，因为那样可以顺利地在北京安家，找工作，仗着男人的学术地位，女生至少可以在事业上少奋斗十年，就能拿到丰厚的回报。教我化学分析的老师就多次暗示我，被我顶了回去，他就跟我同宿舍的女生好了。

杨腾：有这事，你一直没有交代。敢骚扰警察的女人，胆子忒大了。

彭安妮：我想说，我和那个凌某很相像，唯一的不同是我没有她那么大的野心，我只想在北京当个普通人。我唯一的要求就是要有北京户口，对你们来说它似乎可有可无，但对我们来说，有了户口才能过得安生，才能确认自己是这个城市的一员。上大一时我和一个从老家来的朋友骑自行车在长安街上，遇到城管检查证件。因为她没办暂住证，就带到了派出所，盘问了好久。走出派出所，我们俩抱头痛哭……

杨腾：抱歉，我过去真的不理解你为什么那么看重户口，我太不会换位思考了。我马上去问，肯定会有办法的。

彭安妮：我也很抱歉，怎么说着说着就这么沉重了？我的形象在你那儿变了吧，怎么这么务实，不再是那个你心目中可爱的本科生了。都是那个凌某闹的。

杨腾：不，我们马上就要走进婚姻殿堂了，你应该把内心的想法告诉我。我们都生活在现实世界，每个人都应该正视自己的内心。

彭安妮：临近毕业，我内心里很矛盾。我学了这么多年生物，一直没有确定从业方向，这次疫情使我坚定了做疫苗研发工作的决心，我的博士论文就是疫苗方向的。可是我看中的疫苗研发机构和企业在上海、成都和昆明。而我在北京待了十年了，一直想成为北京人，你又在北京……

杨腾：北京也有研究疫苗的机构和企业。

彭安妮：几个国家研究机构我都去过，都解决不了户口。

彭安妮：你十几秒没回说明你还是不理解我为什么这么在意北京户口。

杨腾：我确实在想怎么回复。我确实觉得五年后拿户口是可以的，你可能觉得需要凭借自己的努力拿到，而不愿通过嫁人拿到。

彭安妮：有这个因素。你看，我暴露了，现在有个时髦词，叫精致的利己主义者，我就是。

杨腾：这是个贬义词，不适合你。

彭安妮：我没觉得是贬义词，利己没什么不对的。

杨腾：好吧，我不懂这些。别着急，咱们再想办法。

杨腾放眼窗外，疫情使得街上十分冷清。往日这条繁华的街道要到夜里十点以后才热闹，如今，只能见到那些快递小哥骑着电动车风驰电掣。昨天他取外卖的时候见一个小哥特别兴奋，就问他为什么，回答是，跑完这一单，他这个月的收入就达到一万六了。这个收入大大超过了杨腾，他似乎有些嫉妒，但看到那个满脸是汗的小哥说完话就迅速骑上车飞也似的离去，杨腾又觉得这小哥太不容易了。这些外地来的人，包括凌丽和彭安妮，他们因为比自己这样的北京人有着不一样的起点，所以要付出更多的努力，有些人还要付出尊严，乃至肉体。

他觉得这几天见到的安妮和以前大不一样了，可能是因为博士即将毕业，她在考虑自己的未来，她确实比以前现实多了。杨腾这样记录了他们的相识，那时他正在派出所锻炼。

今天出警有意外收获。

110指挥中心来电，说有女生报警，大学男生殴打外卖员。赶到现场，我看见快递小哥嘴上流着血。但那位打人的男生说小哥送的快餐的包装被打开过，是小哥偷吃了他的外卖。而且先动手的也是小哥，几个男生都表示可以做证。这时，一个漂亮的本科女生站出来说是她报的警。她当时自己也在取外卖，看到了全过程。那个男生骑自行车来接外卖，他没下车，腿支在地上，歪着身子拿外卖包，动作太快，把菜撒出来了。他让快递小哥赔，被拒绝。他上手就是一拳，后来两人厮打在一起……这时边上的男生都在起哄，说学生应该向着学生，女生委屈得要哭。

我呵斥了这些学生，要将两人带回询问。那女生主动要求前去做证。做笔录时，我才知道她叫彭安妮，不是本科生，而是博士生，这漂亮姑娘长得太显小了。我问她，回去以后，那些男生会不会围攻她？她说，我不怕，仗着自己上了大学，就欺负外卖员，这些人太可恶了！多么有正义感！多么漂亮！我当时都不敢跟她对视了。

太好了，她主动加了我的微信。

现在，那个勇敢的、有正义感的女孩表现出了她现实的一面。这是正常的，完全应当理解的，但杨腾一时还适应不了。他猛然闪出一个念头，安妮在认识不久就总是打听他的家庭情况。如果自己不是北京人，不是官员家庭出身，这个漂亮的博士会中意自己这个硕士毕业的小警察吗？

你太渣了，你太卑鄙了，为什么这么想？杨腾轻轻地扇了自己的脸。

凌丽也轻轻扇了自己的脸。嘻，既然已经和于嘉建立了相对信任的关系，为什么不问问她呢，让她猜测谁是斯诺登比自己胡想要强得多，她给于嘉发去了微信。

凌丽：于老师您好，想来您肯定也看到了那篇署名"斯诺登"的长微博。我想知道什么人这么卑鄙，在罗老师生死未卜的情况下如此恶毒地诋毁他。当然，也不是诋毁，他说的可能都是事实。看来这个人了解罗老师到京北大学以后的全部历史，一定是熟人。您是与罗老师最熟的老师，您能分析一下这个人可能是谁呢？是不是就在京北大学内？谢谢！

于嘉很快回复了。

于嘉：正想给你发微信，我也十分气愤。尽管我没有证据，但我有把握认为，这个人就是罗马的好朋友，同样也是大名人的梁震教授。

有一次在深圳开会，我看见他夜里在酒店外的草坪上呕吐。他说，下午的会上，罗马的演讲超时二十分钟，使得他原本半个小时的演讲只剩了十分钟时间，在场的有文化部的副部长……他说，小人得志，一个农村来的，连买月票都是我教的。第一次吃烤鸭、吃冰激凌都是我请他吃的，神气什么？我说，你这就没良心了，你现在能混成名人，和罗马关系很大吧？你进中央电视台做节目不是罗马介绍的吗？他回答，罗马只是帮他搭了些关系，去央视做节目的人多了，有几个混成名人了……

他明面上很尊重罗马，但内心十分敌视，他一直试图在他们的专业领域取代罗马的地位。这些其实罗马也知道，只不过不了解这个人阴险的程度。你了解罗马，他好斗，好竞争，但只愿意跟比他强的斗。

于嘉：我们三个本科时是一个班的，毕业时考研究生，罗马战胜了梁震，考上了本系最有名望的王教授的研究生，而梁震被迫考到了师大。此后两人在同一学科，相近领域展开了竞争。到后来，罗马远远把梁震抛在了后面。这时梁震主动投降了，明确表示自己不行，希望罗马在学术圈给他一些帮助。罗马帮他弄课题，发论文，介绍他入学会，上电视。梁震表面上感激涕零，实际上依然把罗马视作敌人。

于嘉：我发给你那点文字还没写到本科毕业时的事。因为没有考上本校的研究生，梁震在离校头天晚上聚餐时当众羞辱罗马，说他给王教授送礼，两人扭打在一起……梁震提前离开了餐厅，临走时说，罗马，你就是一个土鳖，咱走着瞧！我提醒他，外地同学明天就走了，得送一下。他说，苟富贵，无牵连，别了，司徒雷登——我从来没见过这么狼心狗肺的人，这么看待同学四年的关系。罗马和他很不一样。

第二天学校租了许多公交车，把分配到不同地方的同学按不同车次的时间送到北京站。罗马忙着到各宿舍帮同学把行李搬到小广场。每辆车都会带走一些同学，罗马很失态，他和每一个上车的同学拥抱，开始是流泪，后来是号啕大哭。谁也没见到他这般样子，我们都很错愕。最后一辆车开走后，他自己坐在空荡荡的广场上发呆。

凌丽：不可想象呀！

于嘉（语音）：我被分配到一家大报社，我是两年后又考回了京北大学的。当天我送完外地同学，回宿舍收拾完行李，走到校门口的广场时发现他还一个人坐在那里。不管怎么说，我在班里是和这个不爱交流的人交流最多的。我走过去问他为什么，他许久不语，然后说："我把上大学也当成了一场比赛，甚至战争，我忽略了和同学的交流，他们都叫我独狼。本来我和梁震交往比较多，以为算个朋友，可是他竟然那么对我。现在大部分同学都离开了，我的大学生活结束了，我才发现我自己竟然在四年时间没有交到一个朋友！"

于嘉（语音）：我问他尹若彤不算朋友吗？他说："她是异性，不是我说的那种朋友。相对来说，大学生活是最简单的，同学之间并没有根本的利害冲突。我没有珍惜这段人生最宝贵的时光，后悔呀！以后就算走进社会了，那是黑暗的森林，在森林法则下就更不可能有什么朋友了……"

毕业一星期后，我收到了好多同学的来信，有一半人提到罗马怎么会有那么反常的表现……说真的，由于他拒绝了我，由于他总是那么孤傲，我一度很讨厌他。这次他的异常让我觉得他冰冷的外表下还是有着一颗美好的心。毕业时梁震和罗马两个人的表现让我认清了两个人。

于嘉：现在罗马失踪，梁震的机会来了，他一定会落井下石的。我怀疑，连那篇署名"正本清源"的揭发罗马学术不端的文章也是他指使人写的。因为杂志社本来是约他写那篇文章的，但他连续在央视录了一个月节目，没完成论文。杂志编辑赶紧找罗马救急，罗马匆忙之中写完了论文，才出了问题。梁震为了写这篇论文也看了相关论文，只有从事过同样研究的人才可能发现那么细微的问题。

凌丽印象最深的是罗马在本科毕业时的失态。他竟然会抱着每个即将离别的同学痛哭，这是凌丽从未见过，也难以想象的。她想起自己在那个省城师范学院毕业的情景，每个毕业生都会经历的那种情景：那些提着大包的学生丢下包裹，在校门口相拥而泣，号啕大哭。他们在告别同学，也是在告别大学生活。因为她在上学时比较孤傲，所以很少有人主动和她拥抱，她独自一人看着拥抱的人群，像罗马一样发现自己没有朋友，觉得自己被他们开除了，黯然神伤。自己怎么会和梁震差不多？

她的脑海里又浮现出梁震那张精致而猥琐的名人脸，还真有点恶心。现在想想，罗马失踪，在所谓学术界、电视讲座行当和网络大V里，获益最大的就是这个梁震。他会不会是利用了罗马的心理问题，在罗马失踪中起了一些推波助澜作用的人？

凌丽和梁震大约见过四五回，每次她都能感觉到梁震在暗处打量她，而迎面相见时又居高临下地视而不见。凌丽决定直接去问问他。

凌丽：梁教授您好！

我是罗马教授的博士生凌丽，不知您是否看到了署名"斯诺登"的长微博？里面还提到了我。到了这个境地，我个人的名誉无足轻重，我更关心的是我老师的名誉和安危。您和我老师最熟，我想向您请教"斯诺登"可能是谁？他的动机是什么？当然，如果可能，我还想知道您对我老师失踪这件事的看法。谢谢！盼复！

过了两个多小时，梁震回复了。

梁震：凌丽你好！

迟复抱歉。刚才有两个采访，央视电影频道和北京电视台的，这些采访很无聊，却也推不掉。

我看到了"斯诺登"的文章，很是气愤，简直是落井下石。显然，这个人是很了解罗马的，很可能就是京北大学的人。不过让我判断是谁，这还是有困难，有压力的。文章构成了对你个人名誉的攻击，你可以向网站举报，要求撤除文章并道歉。

凌丽：事已至此，我跟您承认，文章里关于我的内容都是事实，我和罗马教授确实是情人关系。我想，您和他很熟，一定也看出了端倪。我承认这件事是为了表达我的坦诚，希望您能够真实回答一个跌入人生低谷的人的问题。相对于我老师的生死，我的名誉并不重要。

梁震：是有些感觉，但不敢断定。我并不觉得这属于不伦之恋，毕竟罗马没有结婚。罗马运气真好，六十了，能找到你这样年轻、美丽、知性的女子。你确实很坦诚，我也应该以诚相待。就那篇文章而言，我怀疑是他们同教研室的于嘉所为。理由很简单，文学院现在多数老教师都退休了，能够了解他这三十多年历史的只有三个人：行政副院长郑经吾，他毕业后就做行政，和罗马没有任何竞争关系；他们教研室的陶若凡，中文系七八级的，硕士毕业后没读博士，从来不写论文，到现在还是个讲师，完全与世无争；再有就是于嘉了。于嘉在上学时就追求过罗马，上硕士时两个人过从甚密，传说曾经短暂同居过。后来有一段时间两人见面都不说话……是不是由爱生恨呢？于嘉在学术上悟性很差，她能当上教授完全是因为罗马的提携。我觉得她对罗马的感情是复杂的，既崇拜又嫉妒，既感恩又怨恨。如果罗马身亡或就此名誉扫地，最大的受益者肯定是于嘉。以她的学术修养，固然不可能取代罗马在学界的地位，但在京北大学，她无疑会成为文艺学的学科带头人，她会凭借这个位置迅速提升自己的学术地位。另外，你是否注意到博士论文答辩那天于嘉对你的态度？她显然把你当作敌人（不是情敌），她在听到罗马失踪的消息后没有表现出震惊和担忧，这正常吗？

作为罗马最好的朋友和同行，我很愿意与你共同探讨他失踪的原因。

凌丽完全没想到自己的坦诚会引起罗马在学术界的两位最好的"朋友"的互撕。看到"同居"二字时，她惊了一下，但很快想到当下这不重要，而且也未必是真的。要相信谁呢？她翻看了与于嘉的对话，直觉告诉她，于嘉没有撒谎。她倒是能想象出梁震在打字时露出的阴险的表情，她感觉到梁震有利用她急于知道真相而试探地抛出诱饵的意思。

凌丽梳理了一下思绪，决定立刻把自己变成一个楚楚可怜的女生。她冷笑了一声。

> 凌丽：梁教授，您上面的文字让我震惊，我反复看了好几遍。它对我构成了第二波冲击，似乎会颠覆我的价值观。人和人之间，同事之间会做出如此毫无人性的事情吗？我知道于嘉一直不喜欢我，也对我老师有所妒忌，但没想到她会不择手段，做出如此恶毒的事情。我怎么办，我刚刚失去了老师和爱人，还可能失去学位，现在又失去了人生的基本信念……我一无所有了。
>
> 梁震：小凌同学，你可千万不要这么想。我相信罗马还活着，肯定会重新出现在我们面前，最多是因此损害一些声誉。你的学位不会丢的，我和社科院的高老都看过你的论文，评价都很高，于嘉也不敢公开不让你过。有我呢，你放心。咱们当务之急是协助警方找到罗马。当此之时，你一定要平和心态，坚定信念。你为这个博士学位付出了很多，一定要拿下它，完成自己的理想。这个学位是你未来安身立命的依托，我相信你在我们的专业上能成为很有造诣的学者，未来可期。不管发生了什么，生活总要继续。

凌丽笑了，这个人怎么突然变成善解人意、循循善诱的知心大叔了？他是突然有了同情心，还是对自己有了别的企图呢？要进一步试探，要从他那里多挖出些东西来。

凌丽：谢谢梁教授，谢谢您的关心和开导！我的心情好一些了。在罗老师有下落之前，我不想考虑学位的问题，考虑也没有用。我想，您肯定比我更了解罗老师，更知道他失踪的种种可能性。如果是有人害他，会是谁呢？他学术圈内外都有哪些仇人呢？

梁震：学术圈内的事就算了，于嘉他们都没这个胆量。这些天我重点想的是圈外，他这些年手伸得有点长，光凭文艺评论，他怎么可能有千万粉丝？我不知道他为什么总是跟几个娱乐业上市公司过不去，也不知道他是怎样拿到那些公司的各种数据的。而这种揭发显然不是出于公义，而是基于各个娱乐公司之间的暗战。由于罗马被聘为广电总局影视剧的评审专家，他的看法常常能影响一部影视剧的过审，以及修改的难度，所以很多公司都想拉拢他。他抨击燕都影业电视剧的文章就让那家公司的股价跌了25%。你看看下面这篇文章。

梁震：

燕都影业的滑铁卢

燕都影业凭借去年两部取得月票房冠军的电影和两部收视率奇高的电视剧在国内影视行业异军突起，就在其厉兵秣马，准备再创辉煌的时刻，该公司遭遇了上市以来的第一个滑铁卢。公司股价在一周内从121.65元跌至91.35元，跌幅达25%。

5月21日，知名文艺评论家、京北大学教授罗马发表署名文章《岳飞岂能戏说》。文章指出，燕都影业的52集电视剧《满江红》总体上讴歌了岳飞的爱国主义精神，但具体叙事中过多地表现了岳飞的母子情、夫妻情和父子情，把岳飞描写成一个过于儿女情长的人，这对于从古至今流传下来的岳飞的爱国主义形象构成了错误的重新解读。电视剧中的许多剧情都没有史实依据，许多桥段来自《说岳全传》等评书。在这种创作观指导下，一代爱国主义民族英雄成了像乾隆皇帝那样被戏说的人物。这些都是错误的历史观和美学观导致的。

这篇文章发表后，在网络上引起巨大争议。多数观点认为罗马的文章超出了正常的文艺评论的范畴，不尊重艺术创作规律，过于意识形态化。编织罪名，乱扣帽子，有"文革"遗风。

尽管如此，因这篇文章，这部已经过审的电视剧被暂停播出，至今仍无播出消息。《满江红》是燕都影业斥资3.1亿元拍摄的历史大剧，本指望它一炮而红，却被搁置。罗马教授的文章的影响直接反映在燕都影业的股价上。

凌丽：梁教授，在我看来，这篇文章是站在燕都影业的立场上写的。里面对罗老师的观点是不是做了曲解？

梁震：罗马的文章我看过，大体是这个意思。他应该没想到一篇文章能有这么大的影响。这篇文章把燕都影业推上了风口浪尖，后来又有人揭发这家公司季报造假，信息披露不及时，关联交易等。还有人挖出了公司实际控制人是个姓巫的煤老板……罗马捅了个大马蜂窝。他在文章发表的第三天就接到了恐吓信，他没说过吗？

凌丽：没有，这些事他从不跟我说。

梁震：我打字有点累，改语音。

梁震（语音）：小凌呀，他可能是怕吓着你。有一天晚上，我已经睡着了，电话响了，是罗马的手机，但他没有对我说话，我听了一会儿，听出是他的车被人拦下，他在停车后拨通了我的电话，想要让我知道他的处境。那两个人显然坐进了车里，说要给他二百万，换取他撤下文章，并在片子审查会上说好话。罗马拒绝了收钱，但答应在审查会上客观表达观点。对方最后说，我们能在夜里十二点半在路上截到你，你应该明白我们的跟踪能力，咱们都是文明人，我们也不愿意犯法。

凌丽想象着那恐怖的声音，也想起了自己接到的恐吓短信。

梁震（语音）：别害怕，这事后来解决了。《满江红》后来播出了，只是因为前面的风波错过了热播档期，收入少了一些。那个巫老板心里还是有气，又派人要求罗马为燕都影业拍的一个电影写吹捧文章，被罗马拒绝了。不过巫老板身价近百亿，不会做出绑架名人的事。所以警方问询时，我没有提这件事，怕干扰警方的思路。这只是一个例子，罗马得罪的人确实很多，我正在根据罗马近期写的这种文章梳理思路，如果有发现，我会发给警方。

说实在的，在他失踪后，我除了接了三个推不掉的采访，除了以泪洗面，一直在思考原因和可能性，思绪很乱，不是一句两句能说清楚的，找个时间面谈吧。

这是什么意思？在暗示什么？凌丽又想起了以前梁震偷看她的样子，又感到了恶心。号称最好的朋友，却要在这个特殊的时候乘人之危，什么东西！凌丽犹豫了一下，做出了决定。

> 凌丽：我实在孤立孤独，正想找人指点迷津呢。出了那个长微博以后，我不敢回学校，今天住在学校西门外的酒店，酒店一楼有间古典风格酒吧，咱们约个时间到那聊聊，您看行吗？谢谢！

写完这些，凌丽发现自己的脸有些发热。去自己住的酒店下面的酒吧，这是不是在暗示有可能上楼？这就算色诱了吧？你什么时候变成电影里的女特务了？

凌丽迅速前往酒店。

所谓古典风格酒吧完全不伦不类，巴洛克风格的吊顶本身就不适用于酒吧，桌椅棱角分明又有些现代意味。墙上像一些艺术风格酒吧一样挂着各种人像，有牛顿、贝多芬、高更、雨果、林肯、伏尔泰、尼采……还有完全不古典的格瓦拉、甘地，甚至有马拉多纳……看来酒吧老板的观念很百搭，海纳百川。凌丽一直不明白，看了很多美学书的罗马怎么会十分偏爱这间酒吧？有一次她对罗马说：您喜欢这里，我得怀疑你们这些文艺评论家的审美品位了。罗马回答：你以为真的存在后现代艺术？就是现代人在艺术上超不过前人了，只能像这间酒吧一样混搭、胡来。凌丽表示不能认同。

"这个酒吧很混搭呀。"梁震坐定后的第一句话，跟罗马的说法一样。今天的梁震比平常似乎年轻了许多，他不再穿深色西装，而是穿了浅色运动款抓绒上衣。

"历经风雨，依然楚楚动人，看来你的心理承受能力很强。"梁震的第二句话就有些不怀好意。

"打击太大了，但老师生死未卜，只能强撑着。也许有了消息——不管是好的还是坏的，我都会崩溃的。"凌丽决定继续做楚楚可怜状。

"人生总要经历一些大事，遇到时总觉得天塌下来了，但事后看，天永远在那儿。"知心大叔玩哲理了。

凌丽点了一瓶南非红酒，向梁震敬酒。

杯中的红酒在碰撞后微澜暗起，隔着酒杯，凌丽看到梁震竟然有些兴奋，一副志得意满的样子。

"您对罗老师这些年的感情经历有多少了解？其中有没有可能导致他失踪的人或事？"

"我知道得很少，比如你和他的故事我是刚刚才听你说的。"梁震笑了一下，也许有一点嘲讽的意思。

"'斯诺登'那篇文章里提到的罗马的初恋，我问过他，他一个字都没说。至于那个尹若彤，我认识。我们当时都很嫉妒，居然是系花，副校长的女儿主动投怀送抱。罗马这小子艳福不浅，你们这些漂亮女生怎么都喜欢他？长相一般吧？才华也没有多出众吧？"

这时的梁震似乎已有些醉意，毫不掩饰他的嫉妒和轻视。看到凌丽看他的眼神，他耸起的肩膀低了下来，抿了一口红酒。

"他俩为什么分手谁也不知道，那时候我已经到师大读研究生了。听他的同班同学说，尹若彤在分手后抑郁了，没有考研究生，去了美国。到了美国，她变了一个人。先在一家音乐学院学习，一年后辍学，跟一帮黑人弄摇滚乐队，有三首歌上过美国Billboard音乐榜。后来她和乐队的黑人吉他手同居，生了三个孩子。她还因为吸毒被抓过几次……这个罗马，把我们那么优秀的系花给毁了！"梁震狠狠地喝着酒，索性不再掩饰了。

"我觉得，尹若彤后来的遭遇是她自己的选择，不能都怨在罗老师身上。"

"是，我只不过是为我们京北大学的一位美女、才女的遭遇感到惋惜。她真的很有才华，她上学时就发表过小说和诗歌。我给你听她在美国上榜的一首歌，是她的同学发给我的，叫《五十号公路》。"

这时酒吧的顾客已经仅剩下他们两个人了。略显沙哑的女中音让凌丽很难将声音和那个京北大学美女联系起来。凌丽听出她的发音有很多美国黑人英语元素，听了两遍才大致听懂了歌词。

五十号公路人稀车少
见面的人都爱相互搭讪
只有你谁都不理孤独向前
你开着那辆我见过的最破的车
不断超车卷起尘烟
你在最孤独的路上散播孤独
这酷装得比较扯淡
可怜当时的我年少无知
还没见过男人的伪装和睾丸

我把悍马H2扔在路边
蹿上你的破车和你一起向前
你开始假装目不斜视
只是在换挡时偷看了我一眼
那一眼让你春心荡漾
你伸出手直奔我胸前的两朵云彩
我原以为你会把手指向天边
这时候破车飞进了沟里
去你妈的老娘可不愿意就这么玩完

你说你的目标是太浩湖
那里是马克·吐温灵感的源泉
那里有世界上最纯净的水和空气
那里是追梦者的乐园

你的话语改变了你的形象
你就是和我一样爱梦想的另一半
就在我可能爱上你的时候
你风云突变
梦想变成了避孕套和一堆臭汗

破车行进在五十号公路
你开着车依然是那个陌生的硬汉
你忽然说要回去找那辆我遗弃的车
顶级悍马怎么也得三十万美元
我说已经开出了六百公里
你梦想的太浩湖近在眼前
你说目标可以随时修正
你微笑着说得风轻云淡

我用一瓶浴液洗掉了你带来的恶心
离开你像吐出了一口恶臭的浓痰
几年后一个也被你睡过的小妞告诉我
你当时根本不是要去太浩湖的梦幻乐园
你听信了一个荒诞不经的传说
要去里诺寻找神秘金矿你真贪婪
如今的你是否已经当上了酋长
满口金牙的你是否天天都在数钱

  凌丽听哭了，不能自持。梁震慢慢坐到她的身边。吧台上的调酒师可能经常看见这种情景，冷笑了一下。
  "你被什么感动了？"

"一个梦碎的故事,这个女孩太可怜了。用词很脏,却塑造了一个纯洁的灵魂。我从来没有像她那么纯洁过。不过,我不相信她写的那个男人是罗老师。"

"这是尹若彤在十几年以后写的,用词比较狠,但确实是写罗马的。可以理解为,她把自己和罗马交往的两三年转移成在美国五十号公路的几天。主要写的是两个人价值观的不同。"

"我从来没觉得罗老师那么爱钱。"

"你见他时他已经成名,已经很有钱了。但是他和尹若彤交往的时候还是个穷学生。穷学生面临的问题是,没有钱,就不可能给编辑送礼,就发不出论文,在学界就无法发展。这是一个恶性循环。你老师硕士毕业前,觉得这样下去太穷了,就不想读博士了,想分配到一家大报社广东记者站,觉得到了广东肯定有挣钱的机会。他让尹若彤找她副校长的父亲去疏通关系,尹若彤坚决反对,这可能是他俩第一次吵架。那天晚上,他到师大找我喝酒,所以我记得很清楚。"

梁震说这些话时掩饰不住自己的得意。凌丽暗想,这个人给自己听这首歌目的就是丑化罗马在自己心目中的形象,他确实做到了,罗马在尹若彤心中的恶心形象不可能不影响到我。

梁震现在不断看表,显然他是想利用凌丽此时对罗马的失望占便宜。尽管此时凌丽已经没有那么伤心了,依然故做哭泣状,她要让眼前这个男人把戏演完,并利用他对自己的垂涎获取更多信息。

"为什么和您谈话以后我越来越绝望了呢?您似乎在我面前把罗老师扒得精光。"

"别,我可没见过他的裸体。"梁震笑得有些淫荡。

"您要知道,扳倒一个人的偶像可能使这个崇拜者万念俱灰,如行尸走肉。"

"不,我可没见过这么漂亮的行尸走肉。还是那句话,一切都会过去,你未来可期。"

"可能让您失望了，罗马的形象在我心中并未倒下，只是有些模糊了。"凌丽弄了个反转，试图打破梁震的节奏。

"你说哪去了，我怎么会贬损罗马的形象？我们是好兄弟。我就着你的问题介绍情况，当然要站在客观的立场上。回归正题，尹若彤人在美国，不可能漂洋过海来害罗马。有可能害他的人还有，就是不知道该不该说，回头你又说我诋毁罗马。"梁震的腿很自然地碰到了凌丽的腿。

"您又不写侦探小说，怎么还会卖弄悬念了？您说说。"

"真不能说，我困了，回去想想该不该说。"梁震打了个哈欠，表示自己很疲倦。凌丽完全明白他的意思。

"我也有点困了，这样吧，咱们上楼喝咖啡，我有上好的危地马拉咖啡。"听到凌丽的回答，梁震兴奋地站了起来，拉住了凌丽的手。

"哎哟，你抓疼我了，你不是都困了吗？我知道你在想什么，我也很寂寞。不过我怕你上了楼不喝咖啡，也不讲故事，把我掐死，呵呵。咱们还是在这把正事干完，然后您再上楼乘人之危。"凌丽扭着身子，坐回了梁震的对面，梁震只能坐下，调匀呼吸。

"果然是古灵精怪。也好。我犹豫的原因是这个人应该算个妓女。"梁震注意到凌丽惊异的表情，"你应该理解，罗马常年单身，偶尔去一些风月场所是正常的。问题是，在睡过一次后，他真的喜欢上了这个女人，他让这个女人从那家洗浴中心辞职，让她上夜大，学外语。知识分子总是有拯救落难青年的傻想法。我有一次去罗马家见到了这个女人，确实不是印象中的那种妓女的形象，羞涩、知性。两个人同居了半年多，忽然冒出了女子的男朋友，自然是以报告学校，网上发文为要挟，讹诈一通。那段时间罗马还向我借了四十万，我问他一共赔了多少钱，他没告诉我。这两个人拿着钱回到东北开了一个夜总会，据说在当地挺红火。不过好景不长，三年后那家夜总会被公安局查抄了。两个人被拘留后欠了一屁股债，那男的又要来找罗马要钱，那女的这时良心发现了,她偷偷给罗马打电话,让他想办法躲躲。"

看到凌丽听得发愣,梁震又坐到她身边,轻抚着她的手,降低了声音。

"这时候的罗马已经羽翼丰满,社交广泛。他知道躲不是办法,必须主动出击。他通过自己认识的一位公安部的老乡找到了当地公安局的刑警队长,队长找那男的喝了一回茶,这事就算搞定了。据说后来那女的混得很差,我担心他们还会来北京……这故事比较离奇,不过我有那女子的照片,咱们上楼看吧。"

凌丽发呆。她被这个离奇的故事惊着了,她完全没想到罗马竟然会去嫖娼,并包养妓女。对比一下,自己这两年和罗马是什么关系?是包养吗?看来梁震的离间计又得逞了。

现在梁震的手正顺着她的胳膊往上摸,该怎么办?凌丽从没想过要跟这个老东西上床,本来就计划在他讲完之后摊牌。

凌丽突然号啕大哭,梁震完全不明就里。

"你怎么了?不至于吧?吓的?"

"他竟然嫖娼、包养,我怎么就没看出来他是这么个渣男!"

"他不是渣男,每个人都有生理需求,走吧,咱上楼。"

"上什么楼,老娘现在的生理需求,就是杀人!"

"不是说好了吗?"

"你们男人没一个好东西。生理需求,你去你提到的那家洗浴中心吧。"凌丽趴在桌上,似乎在继续哭泣,她听到那个男人叹了口气,慢慢穿上外衣,走了。凌丽抬起头,望着他衰老的背影,冷笑了一声。她想起了尹若彤的两句歌词:

> 我用一瓶浴液洗掉了你带来的恶心
> 离开你像吐出了一口恶臭的浓痰

什么嫖娼、包养，因为是出自梁震之口，就不用去判断真伪了，但罗马在她心中确实减分了。凌丽严重怀疑，那个"斯诺登"就是这位梁震教授。她决定先弄清梁震在失踪案中的角色，她看过一本美国侦探电影，警察通过进入嫌疑犯的facebook账号获取了关键证据。她想到了郭威，但又想起这孩子已经声明不做违法的事了。她自己已经豁出去了，不在乎是否违法。赵临江呢？警官大学毕业，总能找到途径。她想了一会儿怎样表达，给赵临江发了微信。

师弟好！

上次你介绍的那个郭威技术很好，估计很快就会发给我恢复后的数据。谢谢！

现在出现了新情况，我怀疑梁震教授在罗马老师失踪这件事上起了不好的作用。想弄清真相，就得进入他的微信，看看他与罗老师的聊天记录。我知道非法获取他人信息是违法行为，我不想牵累你，只请你告诉我怎么能做到。老师命悬一线，我实在是没有其他办法了。谢谢！

赵临江很快回了：

师姐好！

你的心情我可以理解，但作为一个公安大学的毕业生，我必须提醒你，以黑客方式进入他人微信，犯的是侵犯公民个人信息罪。根据《中华人民共和国刑法》第二百五十三条规定：违反国家有关规定，向他人出售或者提供公民个人信息，情节严重的，处三年以下有期徒刑或者拘役，并处或者单处罚金；情节特别严重的，处三年以上七年以下有期徒刑，并处罚金。违反国家有关规定，将在履行职责或者提供服务过程中获得的公民个人信息，出售或者提供给他人的，依照前款的规定从重处罚。窃取或者以其他方法非法获取公民个人信息的，依照第一款的规定处罚。

这就是说，如果托关系找人，这个人是要负刑事责任的。你自己不涉及出卖信息，没这么严重，也肯定要负一定法律责任。请师姐三思而后行。

赵临江发来的法条还真让凌丽害怕。

谢谢师弟！没想到有这么严重，我看看有没有其他办法吧。

杨腾对着沙袋连出重拳。半小时的击打使他气喘吁吁，眼前模糊不清，那沙袋变成了灰暗的云团。突然他感到右肩剧痛，停了下来。他知道心绪繁乱使自己出拳的节奏和力道都混乱了，导致肌肉拉伤。这疼痛反倒使他冷静下来。事发两天多了，罗马失踪案依然毫无进展，明天局长肯定一顿臭骂。杨腾提醒自己，这个案子肯定是有人精心策划过的，可能是罗马本人，也可能是准备迫害他的人。时间越紧，越要按部就班地从细节入手。

杨腾返回了办公室，调出了问询凌丽的视频，反复看自己最后突然抛出那个问题后凌丽的反应。

当时，在凌丽认为问询已经完成后，杨腾突然问："有人说他最后一次见到罗马教授是9月13日，他路过中关村的一家日料店，隔着停车场，他透过窗户远远看到教授和一个女士在吃饭，那个女士背对窗户，好像是你。"

这时凌丽已经转过身要离开，听到问话，她的右肩耸动了一下，她站住，缓缓转过身来，表情淡定，但眨眼的频率超过此前。杨腾在课上学过微表情,耸肩和眨眼都是典型的,很难自我控制的说谎表现。

可以肯定,师生之间有不一般的关系。但从询问过程看,杨腾断定凌丽并不知道罗马失踪的原因。他翻阅着此案已经产生的所有卷宗,觉得有可能产生突破的是那个声称已经好久不见失踪人的罗成,罗马的弟弟。

通过罗成留下的手机号,他迅速找到了罗成的微信,以隐身方式进入。罗成的微信名叫"初中没毕业"。罗成发朋友圈的频率很低,平均一年也就十几条。内容里负面因素比较多,看来他是一个收入比较低的摄像,在电视剧剧组当过场工、剧务、摄影助理。后来更多的工作是婚礼摄像师。他总在朋友圈里骂各种人,骂老板,骂客户,骂演员……杨腾想这哥俩尽管社会地位不同,但公开骂人这点还真像。杨腾注意到,罗成转发的东西主要是关于"大三线"的,各种回忆文章,某位三线老工人讣告,老车间破败情景的照片。

三十几岁的杨腾还真不知道什么叫三线,于是开始搜索,脑补。

三线建设

"三线建设"是中共中央和毛泽东主席于20世纪60年代中期作出的一项重大战略决策,它是在当时国际局势日趋紧张的情况下,为加强战备,逐步改变我国生产力布局的一次由东向西转移的战略大调整,建设的重点在西南、西北。

所谓"三线",一般是指当时经济相对发达且处于国防前线的沿边沿海地区向内地收缩划分的三道线。一线地区指位于沿边沿海的前线地区;二线地区指一线地区与京广铁路之间的安徽、江西及河北、河南、湖北、湖南四省的东半部;三线地区指长城以南、广东韶关以北、京广铁路以西、甘肃乌鞘岭以东的广大地区,主要包括四川(含重庆)、贵州、云南、陕西、甘肃、宁夏、青海等省区以及山西、河北、河南、湖南、湖北、广西、广东等省区的部分地区，其中西南的川、贵、云和西北的陕、甘、宁、青俗称为"大三线"，一、二线地区的腹地俗称为"小三线"。

浏览之后，杨腾找到了罗成写罗马的那篇长文章，是一个长截图。发出时间是2018年7月。前面写着："我那神通广大的'哥哥'够牛，居然通过关系两次屏蔽这篇文章，看来是戳到了他的痛处。现在我截图再发！"

那个可能是我哥哥的名人

这个名人叫罗马，京北大学教授，粉丝量九百多万的大V。在血缘上，他可能是我的亲哥，但我这辈子从来没有叫过他一声"哥哥"。本来我们老死不相往来，我也懒得搭理这个大骗子。但是近三个月他屡次三番地咒骂写了反映三线生活的小说的女作家林里，作为三线子弟，我不能不管。

林里的小说《那逝去的轰鸣声》我看了，我这么个没文化的人看了三遍，每次都哭得稀里哗啦。它描写的就是我们过去的日子和现在的处境。可是罗教授是怎么评论的呢？你看看丫评论文章的题目：《阳光总在风雨后》《不应逝去的激情》。

我来扒一下这个人，他当然是三线子弟。但他刚到北京，刚进入京北大学的时候老说自己是西安人。你们会觉得罗马这个名字很洋气，据说在学校里很多同学都问过他为什么他的名字是意大利首都，他总是笑而不答。我就给他揭了吧，我们的父亲给生产队饲养马和骡子，我们家又姓罗，我爹就用眼前的牲口给他起名罗马。可笑吗？

大概是在我出生那一年，作为三线建设的一部分，北京电力器材厂搬到了我们山沟里。为了备战的需要，这里对外称乌川农机厂，其实根本不生产农业机械。这里人内部的说法是108信箱，通信地址也写这个信箱。厂里从当地农民里招收一部分人进厂当工人，我爹罗玉田因为是村里少有的念过几天书的人，被招进厂里当翻砂工，这是最苦、最危险的工种。这时罗马七岁，他跟随父亲进入了厂办子弟学校上小学。如果没有三线建设，我们一家毫无疑问将世世代代在山里务农，你们也绝不会看到这个叫罗马的大教授。

罗马这个地地道道的乌川人成了北京人，成了大人物。而对于从北京来到这里的那些人，他们的人生也同样发生了巨大的转变，只不过这种转变与罗马的转变是反方向的，是痛苦的。这些人的户口从北京变成了乌川，包括他们的子孙。

小说《那逝去的轰鸣声》客观描写了那些怀抱激情来到乌川的北京人几十年的生活。但在大评论家罗马看来，小说尽管正面描写了三线建设，但负面情绪表达了很多，冲淡了那一代人的创业激情。居然还引用了"牢骚太盛防肠断"来讽刺作者。我的很多三线子弟朋友看了他的评论都找我质问，我怎么回答？我只能说他不是我哥哥，我只能站出来揭露这个欺世盗名的小人。

罗马先生，你说，你记忆中的乌川"永远阳光灿烂，山清水秀，其乐融融"，但你还记得老娘因严重营养不良而全身浮肿吗？你还记得你的老爹因常年接触有毒物质而疾病缠身吗？如今你在北京耀武扬威，而那些真正的北京人却"赔了青春赔子孙"，老少三代至今仍生活在乌川，成了乌川人。在乌川，即使是五十年代大学毕业的工程师，退休金也只有三千多元。在北京，这个条件的人的退休金至少八千。三线人不知道自己是哪里人，乌川当地人认为他们是满嘴北京腔的北京人。而到了北京，他们没有房子，只有若干亲友，他们的身份证上写着他们是乌川人。

他小学时候的事我都不清楚，那时我太小了。我只知道父母特别偏向他，很稀缺的细粮和鸡蛋都只给他吃。我直到上初一都没有一件新衣服，穿的都是他剩下的。我们老家大部分父母都是疼老小，我们家太例外了，我和妹妹就像是后娘养的。可惜我父母疼爱、偏向的是个白眼狼。

他在学校不光学习好，所有能比出输赢的他都要拿第一。长跑第一，麦秋时捡麦穗第一。到学校最早，走得最晚。"文革"时他是最早开始学习红语录，第一个写大字报的学生，第一个公开批判老师，揭发老师。

他的语文老师叫高崇文，是北京四中毕业的老高中生。高老师很欣赏他，给他看了许多当年的禁书，好像有《红与黑》《悲惨世界》《复活》等。他当时特别兴奋，每天都看到夜里两三点。后来学校调查这些禁书的时候，他揭发了高老师，害得高老师差点被抓起来，后来被发配到厂里当了翻砂工。"文革"后高老师开始写小说，获得了全国优秀短篇小说奖，这是后话。

因为表现得太积极，他在我们子弟学校没什么朋友。唯独一个叫林涛的对他特别好。林涛是厂里总工程师的儿子，他特别聪明，多才多艺，上初一时就能自己做出短波收音机来。他的父亲是解放后为建设国家从美国归来的科学家。在我还不记事的时候，他父亲被抓起来了，因为海外关系复杂，被诬陷为特务。厂里让林涛寄养在我家，每月多给我家十块钱，算是寄养费。他俩同龄，就成了好朋友。但在"文革"后期，罗马在揭发高老师的同时，也揭发了林涛，除了偷看禁书，还多了两条：偷听敌台，偷盗厂里元器件做收音机……幸亏那时不像"文革"初期那么血雨腥风，厂领导和校领导都觉得林涛的父母一个在监狱，一个在干校，孩子太可怜了，就让他在全学校做了个检查了事。而我最不理解的是，那件事后，两人依然是好朋友，不明白不明白！

罗马是在到北京十几年，也就是他成名之后才承认自己是乌川人，把自己塑造成一个完全靠个人奋斗，从一个农家子弟考上京北大学的人。这么多年，他很少回家。他有时回乌川，也是住在市里的五星级酒店，作为乌川名人和市里的头头脑脑，以及乌川文化界一帮吹捧他的人混在一起。他还是乌川文化旅游的形象代言人。

这么一个喝乌川水长大的人，这么一个凭借三线工厂带来的教育资源考上大学的人，居然数典忘祖，攻击真实描写三线的小说，歪曲历史。作为一个三线子弟，我绝对不能容忍。今天我只揭露了罗马丑陋历史的一部分，如果他不思悔改，还会有猛料爆出。

这个号称"初中没毕业"的罗成的文字比他那个号称学界翘楚的哥哥似乎差不了多少。杨腾把手机放在桌上的时候想。

这哥俩之间到底发生了什么，使得弟弟出手如此之重呢？罗成应该不会是杀害或绑架罗马的凶手，没有一个人会公开谩骂之后行凶。但杨腾依然感觉到罗成有可能是能够推进案情调查的人。

第四章　双相情感障碍

左蕾发来了信息。

　　转：市领导电话记录：
　　罗马教授是全国知名的学者，是京北大学标志性的人物。他失踪后全国各大媒体都非常关注，海外媒体也有报道，其中不乏恶意的猜测。此事对京北大学的声誉、对全市社会治安状况构成了不良的影响。希望公安部门调动一切力量，迅速侦破此案，给公众一个合理的交代，维护全市安全稳定的大局。
　　另，局办通知，下午一点半在小会议室召开会议，请携带相关资料，准时出席。

下午一点半，没有下雨，但天色阴沉，会议室像晚上一样打开了所有的灯。闫局长身材魁梧，是个烟不离手的老烟民，只要十几分钟不抽烟就会犯困。据说在市局开会的时候多次因打呼噜被老局长训斥。又据说，自从他自己宣布会议室不许吸烟后，他主持的会议一般不超过二十分钟。

八个人分坐两边，闫局长快速翻阅了一下杨腾带来的资料，说："市领导的批示大家都看了，咱照办。他限期五天破案。小杨，说一下进展。"

"案发后，我们勘验了失踪者办公室、住宅等现场，问询了失踪者周边人士十七名……"

"这叫进展吗？说有用的。"

"有用的？"杨腾有些慌乱，"现在能肯定的是，失踪者对后来发生的事有预感，因为他在失踪前一天把电脑格式化了。还有他和他的学生凌丽存在特殊关系，他的弟弟罗成非常恨他。他因为过于高调，在文化界和其他行业都有不少仇人……"

"行了。你说勘验过他的住宅，几处？"

"一处。我们查了，他名下的住房就这一处。"

"京北大学多数教授都不会只有一处住房，何况罗马挣了那么多钱。这个快查。"闫局长的食指和中指之间夹着一支笔，像夹烟一样，"我多次说过，在大学里搞刑侦，要了解这些读书人的特点。那个叫凌丽的学生要继续查，但我们的眼神别老盯着眼前，这么个大人物，如果出事，一定是因为我们不知道的原因，所以要扩大调查范围，包括要调查他的历史。"

"我们已经开始联系失踪者老家乌川市的警方。"殷启亮反应很快。

闫局长从那一沓资料里抽出了两张，说："这个不是有用的吗？"杨腾看了一眼，是市公安交通管理局提供的罗马使用车辆的交通违章记录。

左蕾介绍道："罗马这几年只有一次违章，是在这个路口违反禁左标志左转，被摄像头记录下来，罚款二百元，记三分。这是现场照片。时间是2019年7月15日14点21分。"照片显示，一辆宝马X5白色轿车正在左转。

"然后呢？"闫局长明显有些生气，但所有人面面相觑，不知道他在问什么。

"在座的有三个研究生，就没有发现什么问题？这个地点离咱们局不远，轿车违规左转之后去了哪？"

杨腾想了想，说："我记得应该是进了一家什么医院。"

"那是一家专科医院，治疗心理疾病的。"

听到这，坐在两边的八个人都服了，发出了轻微的叹气声。

"您是怀疑他患有精神疾病？我们真的疏忽了。我查过他的社保卡，没有相关记录。"杨腾说完，看了一眼闫局长，又赶紧补充道，"我明白了，像他这样的人，如果看精神类疾病，是不会用真名的。"

"我并不是说他是因为精神病自杀或失踪的，但了解他的精神状况对我们判断案情肯定会有帮助。我说三点：一、继续查他的房子、车子；二、扩大人员查询范围，查他的历史；三、查他的心理状态。散会。"

闫局长边向门口走边掏出了一支烟，走到门口，他转过身来，说："刚才提研究生的事是我不对，其实就是一个电大毕业生嫉妒你们。"他露着坏笑开门走了。

屋子里安静了一会儿，有些尴尬。

"不服不行，那么多资料，他就看了三四分钟，就注意到了违章地点。这还真不是用经验能解释的，这是敏感，敏锐。"杨腾打破了尴尬。"说干就干，殷启亮，你负责查房子，左蕾，你跟我走一趟医院。"

这时技术科来电话，说突破了罗马的游戏账号密码。杨腾进入后发现这个大教授玩的游戏还挺多，有麻将、斗地主、围棋，还有王者荣耀。其中围棋账号留下了很多他自己下的棋谱。杨腾觉得没什么价值，抱着试试看的心理，他把账号和密码发给了警官大学的同学杨根宝，这个人号称围棋业余六段。

凌丽也找到了罗成的文章。此前她完全不知道罗马除了罗成弟弟还有一个妹妹。文章她看了三遍，她完全不能把文中的罗马和自己认识的罗马重合成一个人，她并不相信罗成的说法，这兄弟之间一定是因为什么事产生了深仇大恨。

她早就知道有这么一篇恶毒攻击罗马的文章，但她没有去找，自从她真的爱上了罗马之后，她就发誓不去探究他的过去，因为那会影响他们的现在。

她用冷水洗了脸，使自己清醒些。她意识到这篇文章最重要的价值是显示出了两个人：一是罗马的好友林涛，二是他的老师高崇文。这两个人她都没听说过，也许他们是找到真相的突破口。

这家精神卫生专科医院和想象中的完全不一样。没有看见表情怪异的病人，来这里就诊的人看上去比其他医院的就诊者还要斯文一些。

可能是因为许多案件都和精神疾病有关，这位张副院长似乎经常接待警方的人，对杨腾和左蕾的到来没有表现出一丝诧异。

杨腾说明了来意，张副院长说："来我们这里就诊的人有很多不愿意暴露身份，我们也承诺为患者保密。有些人宁愿自费，也不使用医保卡。但我们要求至少要出示身份证。这个只要输入他的身份证号就能查出来。"

挂号室迅速返回消息，没有查到罗马的身份证号。看来他用的是别人的或伪造的身份证。

杨腾说："我们有他来就诊的准确时间，是2018年7月28日14点05分到达医院的。能不能查一下这之后五分钟的挂号记录，即使是用假身份证，年龄也应该在55岁以上。"

张副院长离开后马上回来了，还带回来一位三十几岁的医生。

"从你们说的那个时间往后半个小时，只有一位55岁以上的人挂号，用的名字叫刘亚南。给他看病的是我们邢开元医生，你们谈吧。"

邢大夫个子不高，国字脸，略黑，白边眼镜很抢眼。

左蕾出示了罗马的照片，邢大夫点了点头。

"这位患者在我这里看了三年了，其实我早就知道他是谁了，名人嘛。按说我们医生要对患者的隐私保密，但我知道了他失踪的事，所以我会全力配合。"

"您能介绍一下罗马病情的发展过程吗?"

"我还是先介绍一下我和他的相识吧。他第一次来就诊是三年多前。开始的问诊,验血,和一个多小时的四项测试他都特别配合,温文尔雅。到最后我对他分析病情的时候,他突然暴怒,还打了我。"

"打医生,他竟敢打医生?"左蕾很是惊愕。

"我跟他说,从您的自述、验血和测试结果来看,您属于II型双相情感障碍……还没说完,他突然站起来,掐着我的脖子,使劲摇晃我,说我是个巫医,不学无术还胡说八道。骂着骂着,他忽然停下来大哭,连说对不起。我当然不能接受。"

"你为什么不报警?"左蕾问。

"当时他情绪失控,报警会更刺激他。见我不接受,他接着道歉,然后出门了。我动动脖子,确定自己没有受伤。这时下一个病人已经进来了。等看完这个病人,我正要报警的时候,电话来了,是我们医院的党委书记。他问了我受伤没有,然后说既然没有受伤,就先不要报警,他会认真处理这件事,给我一个交代。过了一会儿,电话又来了,竟然是他,刘亚南,当然后来我知道,他就是罗马。他反复道歉,还说要给我十万元做补偿。一听这个,我就把电话挂了。"

"后来,你显然是原谅他了?"杨腾问。

"听我说,后来书记来找我,我才知道这家伙能耐真大,居然让国家卫健委的一个司长帮他说情。书记让我顾全大局,可我这人就烦这种仗势欺人的,就不怕硬的,直接拒绝了书记。第二天他又来了,直接给我跪下了,说他从小受苦,好不容易成了大教授,如果这事在网上传开,他就全完了。我一看这么大岁数的人给我下跪,心就软了。我想,这不过是我的病人的一次发作,我当时就直接给他看病了。"

"您确认他给您下跪了?我完全无法相信。"杨腾站了起来。

"这我还敢编。大人物嘛,大丈夫能屈能伸。他把名声看得比尊严更重要。他一下跪,我同情他了,一直给他看病,但我更看不起他了。"

这时一名护士送来了罗马病历的复印件。

姓名：刘亚南

性别：男

年龄：59

民族：汉

家族史：父母无相关疾病

职业：科研人员

职称：研究员

婚姻状况：未婚

住址：北京市西城区鼓楼西大街26号院

主诉病史：

　　1982年读硕士研究生时，曾长期失眠，最长失眠时间可达5天，伴有浑身酸痛，食欲不振。校医院建议到北京安定医院诊治，但本人忌惮精神病的名声，没有去。后自行锻炼，爬山，并经中医治疗后痊愈。此后除经常发生轻度失眠未再发生过类似疾病。

　　2018年7月开始，突发重度失眠，最长失眠时间达到三天，伴有体重骤减，头晕目眩，最严重时曾产生轻生念头。其间经常情绪低落，独自流泪，记忆力衰退，完全否定自己过去的工作业绩，甚至删除了自己已经写了11万字的专著的书稿。有时精神很好，反复看自己过去写的专著、文章和微博，觉得自己的每篇文章都对自己从事的行业做出了巨大的贡献。还会频繁参加各种有意义或无意义的活动，参加饭局会滔滔不绝地说话，十分亢奋……后来自己查精神病学的书，自判患有精神疾病，于是来就医。

医生询问在病症突然爆发之前是否在精神或身体上受到过巨大刺激。患者在再三提示下只说在精神上受到了打击，但坚决拒绝详述。在被警告会对判断病情和治疗带来不良影响后，患者依然不说。

诊断：

经过实验室检查、影像学检查、脑电图检查，患者甲状腺功能未见消退，头颅无器质性疾病，脑电图正常。量表检查的结论明确指向双相情感障碍。结合患者主诉和相关医学观察，确诊为Ⅱ型双相情感障碍。

……

邢大夫带着杨腾和左蕾走进了自己的诊室。

"以前我和患者之间隔着一张办公桌。被罗马突袭之后，我加了一张，这样如果患者突然爆发，他得绕过桌子来打我，我就有了防御的时间。"邢大夫苦笑着说。

"难以想象，一个大教授会突然掐医生的脖子。"左蕾说。

"他是个读书人，自己知道自己有病，懂得尽量自我控制。但当这事从医生嘴里说出来的时候，他还是不愿接受，就爆发了。以前对自己压抑得越深，爆发就会越强烈。不过我看这个整天研究西方文化的大学者还真没什么文化。在西方，很多学者、艺术家都患有这个病。美国心理学家曾经统计了1400位艺术家，其中74%具有双相情感障碍的症状。凡·高、贝多芬、海明威都有这种病。所以它又被称作天才病。那些人都不把得了这种病当作丑事，相反，他们会公布自己的病症，并经常拿它开玩笑——这非常有利于治疗。罗马还是观念陈旧，估计对他最亲近的人都不说，这样很容易使病情加重。事实上治疗并不顺利，尽管一直在吃药。"

"在后来的治疗中，他有过厌世的表述吗？"

"有过。他说他爬山爬到山顶，从来不敢往下看，怕自己看一眼就会纵深一跃，他总是有这种冲动。在他确认我知道他是罗马之后，他总是说特别不喜欢现在的一切，名牌大学，著名学者，网络大V……他说自己奋斗了一生，来到北京，成了名人。现在忽然觉得自己追求来的一切都是无意义的，他现在既不喜欢北京，也不喜欢京北大学，更不喜欢大V的名声。他一定要离开这里，离开已经拥有的一切。"

"这话是什么时候说的？"杨腾提起了精神。

"说了好几次，说的时候表情都比较平淡。"

"谢谢，这个线索很重要。"

临出门的时候，杨腾回头望了一眼。就在这间诊室里，罗马多次就诊，他曾经在这里大打出手，曾经在这里下跪……这是个什么样的人？他会因病而自杀或逃逸吗？

回到办公室，杨腾看到了杨根宝的邮件。

师兄好！

我浏览了罗马（游戏昵称"马小无春"，是用国手马晓春的名字改的）的棋谱，时间跨度很长，有十八年。他有时一年多不下棋，有时一天下二十多盘。他一上来就是3D（不是业余三段，是网站设定的级别），后来升到过5D，时间很短就降为4D，也降回过3D。属于业余棋手的中等水平。

我试着总结一下他棋谱的类型。你不是也下过棋吗？我把有代表性的棋谱也发过去。

1. 他的多数棋谱都是比较本分，老实的。下棋很谨慎，极少先发制人，而是规规矩矩，亦步亦趋，等待对方犯错误。这很像韩国棋手李昌镐的棋风。业余棋手中这样的人凤毛麟角，所以他经常能赢水平比他高的业余棋手。比如下面这盘棋，对手的水平显然比他高很多，我觉得是让一子的关系。开局他都使用最保险的办法应对，有的很俗。到了四十多手，对方觉得他是个面瓜，下出过分手，他依然故我。对方更烦了，直接下出无理手，这下他果断反击，一举击溃对方。

【棋谱1】

2. 有的时候他像换了一个人，一上来就贴身战，碰、跨、扭断、杀大龙，结果都是"脆败"。而且明明已经输了好多，坚决不认输，下到最后一个官子。这在下棋的人看来是最没风度，最丢人的。他一定是在心情最压抑的时候才这样下棋的。下面的棋谱就是这样。

【棋谱2】

3. 有些棋一看就是酒后下的，思维混乱，有时握鼠标的手都不听使唤，落子位置明显错了。比如这盘。

【棋谱3】

4. 从他的游戏APP好友看，他加入了一个叫"终结者敢死队"的奇葩组织。我遭遇过他们，所以有些了解。成员之间也都是通过网络围棋认识的。各个网站的围棋段位级别一般都是这样：到达一个段位，在连续的多少盘内胜多少盘就升段，败多少盘就降段。这个组织专门组织人在某网络棋手还差一两盘就升段的时候进行阻击。他们里有各层次的棋手，阻击各段位即将升段的人。罗马是4D，他曾经连输七盘，都是胡下，很快认输，降成3D。接下来他以3D的身份连续赢了四个马上就从3D升4D的棋手。这种费力不讨好、损人不利己的事，他为什么会津津乐道，乐在其中？这是心理学的问题，你可以琢磨琢磨。

另外，他在2018年7月以后下棋比较多，有时候一天下十几盘，但基本没有【棋谱1】那种淡定、内敛的棋，大多是【棋谱2】和【棋谱3】那种棋，大部分是胡下，水平迅速降低，一度降到2D。看来多是在心绪不宁的情况下单纯过瘾，或消磨时光。从这些棋的内容上看，这个人很可能患有轻度精神疾病，比如强迫症、抑郁症等。

按时间具体分析，他从2018年7月22日到8月15日，突然下棋量大增，曾经连续下过二十个小时，此前他已经有六个月没下棋了。肯定是受了什么刺激。

2018年9月到2019年7月，没有下棋。

2019年12月底到2020年3月，下棋非常多，有时很认真，质量高，有时大杀大砍，质量很差。要注意，这段时间疫情初发。

2022年6月16日到8月8日，下棋量大增，但总是集中下两到三天就停一到两天。

2022年9月10日到9月19日，也是隔一两天就大量下棋，下棋的质量非常差。

到底是警官大学的同学，关于调查对象，除了名字什么都没告诉他，他就能做出这么多细致的分析。杨腾对"终结者敢死队"很感兴趣，世界上还有这样的人，费心费力，不惜自己降段，就是为了让别人升段的希望破灭。这是一种什么样的变态心理，难道别人希望破灭你就舒坦了？快乐了？罗马为什么要加入这个群体？

杨根宝挖出的那些时间点很重要，杨腾决定让左蕾将这些时间节点与罗马发微博的时间和数量进行对比，可能会对侦破案情有帮助。重点需要关注的是2018年7月和2022年6月，这两个时间节点一定都有大事发生。

凌丽接到郭威的微信。

> 姐姐好，抱歉，我吹牛了。我本以为一个文科教授只会用一般方法格式化，但这两块硬盘采用了专业的方法，一定是有专业人士指导。两块硬盘中的一块可能完全无法恢复，另一块恢复了45%，其他部分我再想办法，会去请教一些高人，所以原来说的5000元要减去3000元。两部手机有一部完全没有恢复，另外一部恢复了60%的数据。手机收费1200元。共收费3200元。请打到我的微信里。我还没有放弃，以后再恢复数据后另行收费。
>
> 祝漂亮姐姐迅速拨开迷雾，见到朝阳！

凌丽转钱后两分钟，郭威就把所有的修复数据都发过来了。凌丽觉得这个徘徊在法律边缘的小伙子真的挺靠谱，一切都是按规矩来，实在、讲究、透明。比那些学术圈的人强多了，表里不一，云山雾罩，包括这个自己苦苦寻找的罗马。你知道他说的哪一句话是真的？

现在自己可能已经超越了郭威，已经跨到了法律界限的里面。每听到警笛响起，那声音都可能越来越近，来到自己身边。还是主动点吧。

杨腾接到了殷启亮的微信：

> 在房地产登记系统里，罗马有两套住房，一套是京北大学分给他的，121平方米，就是我们去过的那套。另一套在乌川市开发区，是一套320平方米的别墅，是乌川市政府奖励给他的。给小区物业打了电话，回答说这幢精装修别墅一直闲置。我们走访了京北大学文学院，罗马的同事都说没听说他还有一套房。

根据已有线索，我们查询了凌丽的购房情况，发现她两年前购买了一套别墅，270平方米，售价为1900万元。显然这个价格不是凌丽能够负担得起的，怀疑这所房子真正的主人是罗马。

杨腾拿出手机要给凌丽打电话，凌丽的电话进来了："杨警官，我在你们局门口，到哪里找您？"杨腾心想，这个女人还真不一般。

凌丽这次穿的是蓝色西服正装，像个女律师的样子。

"到底是博士生呀，时间点把握得太好了，再晚一会儿，我们就可能申请检察院批准，要求你配合调查。你在上次问询中可能说了谎，还可能隐瞒关键案情线索或关键证据。"杨腾觉得必须给这个自作聪明的女人一个下马威。

"很抱歉，事情来得太突然，我怕我和老师之间的恋情曝光，那样我的名字就会上热搜，还可能会影响我的博士学位。"

"后来是怎么想明白的呢？"

"现在我已经上热搜了，那个网名叫'斯诺登'的已经把恋情公开了。我想，什么名誉，什么学位，由它们去吧。什么也没有生命重要，找到罗马教授才是最重要的。我是来晚了，但我带来的两样东西或许对你们有用，也算是戴罪立功吧。"

凌丽拿出了一把门禁钥匙和一块移动硬盘，说："这是罗马教授第二处房子的钥匙，我承认事发以后我去过一次。移动硬盘是他台式电脑在格式化后被修复的部分数据，还有废弃的两部手机在恢复出厂设置后被找回的数据。"

"有备而来呀。我觉得你这三天肯定做了不少事，你上次给我的感觉是，你信不过警方。"

"哪敢呀，我真的是慌了。"

"好了，高智商的人说说你有什么新的想法。"

"您又开玩笑了。这些破译的数据我还没来得及看,就赶紧找您来了,怕犯法。"

"好,等我们都看完这些再交流——你肯定备份了。你先带我们去一趟失踪者的家吧。"

打开屋门那一刻,凌丽突然鼻子一酸。她想起第一次打开这扇门的时候,罗马对她说,你有家了,永远的。她哭了,她记得罗马也哭了。那之后整整两天,尽管保洁公司已经把屋子收拾得窗明几净,但她还是擦拭了二百多平方米房子的每个角落,每件家具。罗马嘲笑她是洁癖加强迫症。

五个警察迅速展开工作,拍照、勘察、取证。

二楼书房还是上次凌丽来的时候那副凌乱的样子,杨腾指着《灵感毒药名作家自杀揭谜》《自杀论》那几本书问凌丽:"你觉得罗马教授是走得匆忙,来不及收拾,还是故意做了一个准备自杀的局?"

"事发以后,我是绝对相信他不会自杀的,但现在我有些怀疑了,尤其在我看了一些双相情感障碍的资料之后。"

"按你的观察,他的病情严重吗?"

"最开始他也是瞒着我的,后来我发现了他的药。他一直说他属于轻型。"

这时殷启亮在一楼喊了一声:"头儿,快下来,重大发现。"

两人同时一惊,凌丽马上转身要下楼,被杨腾阻止:"你不能下去,在书房待着。"

杨腾出门的时候特意关上了门。

凌丽紧张地想着在一楼能有什么发现,从声音传来的方向判断,那里是储藏室。那个地方能藏着什么东西呢?

离开罗马别墅时天已经黑了,杨腾决定让大家各自回家,他和左蕾带着凌丽回局里做笔录。

晚上十点,他们视频开会。

左蕾首先将刚刚完成的勘验报告共享在屏幕上。

现场勘验报告

地点：临山小镇2期103号别墅

时间：2021年9月27日14：20

勘验人：杨腾、殷启亮、左蕾、杨庆、薛玉婷

勘察内容和结果：

1. 该别墅270平方米，产权所有人为凌丽，系罗马全资购买。

2. 二楼书房里的电脑的两块硬盘被拆下，在机箱表面和内部留下指纹，是凌丽的指纹。经调查，凌丽承认是她拆下了硬盘。二楼书房里有罗马和凌丽的脚印。散落在地上的书籍上只有罗马的指纹。发现两条555牌香烟，屋里仍留有烟味，尽管这里已经若干天没来人了。

3. 一楼主卧的床上和沙发上均有罗马和凌丽的DNA。在床头柜的抽屉里发现了一个蓝皮笔记本。

4. 一楼储藏室的橱柜抽屉上有凌丽的手印，经调查，她从这里拿走了罗马的两部以前用过的手机。

5. 一楼主卧的卫生间里有罗马和凌丽的DNA。在其1.8米高的暖气片顶部获得含有PP-聚丙烯的合成纤维物质残留，在暖气片正面也有残留。后在一楼储藏室发现了一根长160厘米、直径0.85厘米的尼龙绳，在上面发现了罗马的皮肤组织。

6. 在一楼客厅和大门的门把手上，除罗马和凌丽外，还提取到另外两人的指纹。

7. 在二楼书房的抽屉里发现医用手术刀两把，上面没有血迹残留，但两把手术刀的手柄部分都留下了罗马的指纹。

8. 别墅外的小院里有三排猕猴桃的藤架，种植面积约20平方米，猕猴桃藤的生长期大约一年半，尚未产果。边上放着锄头、剪刀等农具。有一个小棚子，里面有氮磷钾等肥料和波美度石硫合剂等农药。鉴于这些肥料和农药都有剧毒，特记录于此。

9. 一楼储物间有登山鞋、登山杖、登山毛袜、头盔、电筒、头灯、防护眼镜、瑞士刀、冲锋衣裤、帐篷等。大部分登山设备上面落有灰尘，看来许久未用。只有登山杖、登山鞋和冲锋衣裤散放在外面，近期用过。

10. 别墅大门处的监控探头的录像保留十四天。除罗马和凌丽进出外，9月22日19点42分，有两名男子曾进入别墅，按了门铃，里面开门后进入。二十分钟后离开，能看清是罗马送出门来。

尽管经历了整个勘验过程，但杨腾当时并不知道来自技术侦查科的杨庆和薛玉婷当时的勘验指向。这个报告后面的内容还是让他震惊。

  杨腾：我们先按照现场勘查报告的顺序进行讨论。杨庆，请你从技术层面谈谈看法。

  杨庆：我觉得我在报告里已经写得很清楚了。现在可以肯定的是，卫生间暖气片上残留的合成纤维物质就是来自在储藏室发现的那根尼龙绳，尼龙绳上又有失踪人的皮肤组织残留，这就可以确认失踪人曾经想在卫生间自杀，只是没有最终完成。

  杨腾：那第7条也指向了他的自杀倾向？

  杨庆：尽管手术刀不属于管制刀具，但正常人家里是不会出现这种东西的。失踪人显然曾多次拿起过这两把刀，可见他至少曾经尝试或模仿过割腕的动作。

杨腾：第9条提到他有大量专业登山设备，你们为什么把它列进来？

杨庆：在文学院副院长郑经吾的笔录里有他爱好登山的记录，在疫情期间他爬过山，我觉得需要记录下来。

杨腾：你的结论？

杨庆：失踪人至少曾经产生过自杀的想法或试图自杀。结合医院提供的失踪人病历，他患有双向情感障碍已经有两年多了，自杀的这种可能性肯定是存在的。至于院子里的农药和肥料，我认为与自杀无关，只是不明白，一个文科教授为什么会种植猕猴桃？猕猴桃的种植难度是非常大的。

杨腾：关于散落在地上的那几本关于自杀的书，你们怎么看？这不是在提醒咱们他要自杀吗？

薛玉婷：我仔细勘验了书籍，失踪人书柜里的书码放得很有次序，自杀类的书都码放在第三排的左侧，地上的书都是从这一排掉到地上的。茶几上的几本书里，《陀思妥耶夫斯基论作为文化机制的俄国自杀问题》和《灵感毒药名作家自杀揭谜》显然是看完了，从头到尾的页面上大都留有失踪人的指纹，《自杀论》这本书，失踪人大概是读得比较烦躁，指纹是断断续续出现的，中间部分连续七十多页没有指纹，有两页有十厘米左右的撕痕，看来失踪人看到这里比较烦躁。

杨腾想起这个薛玉婷刚刚大学毕业，能分析得如此细致贴切，内心很是佩服。

薛玉婷：那本打开后扣在茶几上的是三岛由纪夫的《丰饶之海》，失踪人确实是看到了他打开的那个位置，后面的页面上都没有指纹。在67、68、105、106、137、138页，我们发现了水滴状褶皱，经生化分析，有失踪人眼泪的残留物。

杨腾：你们太棒了，谢谢！这次现场勘查，我们至少对失踪人的心理状况有了一些了解，这对下一步的侦查奠定了基础。你们对凌丽这个人怎么看？左蕾、小薛，你们两位女性说说。

左蕾：我们到京北大学查询了她的档案，可以看出两点：一、她出身贫寒，二、她在获得硕士学位后当过四年记者，有一定的社会阅历。所以她最初与失踪人，这么一个比她大二十七岁的人接触也许有一定的功利目的，比如说在经济上和学术上走捷径。但凭我的直觉，她对失踪人是有很深的感情的，不是那种相互利用的关系。她背着警方先去提取物证，是希望尽快知道真相，并不属于主观上故意隐藏证据，但客观上延后了我们的办案进度。组长既然没有对她采取措施，说明组长并不认为她构成了犯罪。

薛玉婷：我基本同意左蕾的判断。去勘查现场路上我坐在她身边。她一进入警车先是很紧张，但很快就放松了，说明她调控情绪的能力很强。她总是主动和我说话，很随意。但进入小区前，你们前面的车和保安交涉时，她的眼里有泪花，表情好像在回忆着什么。发现我注意她时又赶紧掩饰，冲我笑了笑。

杨腾：这一点我也同意。我感觉，凭她对失踪人的感情，她是会倾尽全力找到答案的。她比较了解失踪人，也许她能够想出新的思路。闫局长要求我们在五天内破案，以我现在的感觉，我们很难按时完成。没事，到时候最多是处分我。这种高级知识分子的案件，又涉及了心理学和医学，也许还有失踪人所研究的文艺学、文学史。我们进一步调查，深入地研究。希望凌丽这样的人能帮到我们。还有，她已经把硬盘和手机都交给我了。我觉得下一步，咱们分头看看失踪人在电脑和旧手机里都删除了什么。

　　杨腾：下面我们重点讨论一下最新出现在我们面前的两个人，他俩在事发前三天进入了失踪人的住宅，而按凌丽说，这处住宅的存在和位置只有她和罗马知道。小薛，请把那段视频打开。

　　天黑了，门前没有灯，视频很模糊。两个人进入画面后没有东张西望，直奔大门按门铃，没有慌张的感觉。一人身高一米五六左右，身穿有些肥大的深色西装，另一人身高一米七五左右，身穿一件灰色帽衫，背着一个军用挎包。

　　杨腾一惊，他觉得这个人像罗马的弟弟罗成，那天问询，他就是穿了一件灰色帽衫，背着军挎。放大以后的画面更模糊了，杨腾又反复播放这个人进出的画面，并让当时曾经问询的左蕾和魏明霞辨认。三个人一致认为画面上的人和罗成相似度极高。

　　杨腾拨打罗成的手机，但停机了。哥俩一起失踪了？杨腾感到事情更复杂了。他布置左蕾负责询问罗成上次接受问询时所登记的派出所，以及他身份证所在地——乌川市的派出所。他要求薛玉婷负责将现场采集的两个外人的指纹送公安部物证鉴定中心进行比对，确定是不是罗成的指纹。

　　散会了，杨腾在记事本上写道：

　　　　假如那个人就是罗成，他是否会谋杀或绑架自己的哥哥？那个跟他一起去罗马居所的人会不会是他上次笔录中提及的被罗马所修陵园遮挡家族坟地的罗占全？他们来见罗马的动机是什么？那二十分钟发生了什么？

　　从现有情况看，罗成谋杀和绑架的可能性都不大。罗成自己在问询中否认自己见过罗马，他撒谎了。但他承认了自己对罗马的仇恨，还主动提到了罗占全与罗马的恩怨。这一切都发生在他们私闯罗马住宅之后。如果他作案了，就绝不会说出我们完全不知道的这些。但是他为什么会手机停机了呢？

　　先等等那两个派出所和鉴定中心的消息吧。

杨腾打开电脑，准备继续看凌丽提供的罗马硬盘和手机里被恢复的信息。忽然想起，如果凌丽第一时间交代罗马别墅的信息，就有可能及时找到罗成。看来这个凌丽还是耽误了案情调查，对她采取司法措施也是可以的。

　　信息太多了，短时间内肯定看不完。他决定把这些信息连同罗马的微博、博客等媒体信息分类让几个人分头阅读。他打开了在罗马卧室找到的蓝色笔记本，扉页上写着"疫情观察"。

　　这个人也太变态了吧？里面主要内容是他的体温记录，还有咳嗽、吐痰等记录。最多的时候他每天量五次体温，连体温36.8度都用红笔单独标记。有时还会写下自己的猜测和担忧。杨腾用手机拍下了他认为有特点的一些记录。

2020年6月16日

　　8：20，体温36.6度。

　　10：30，36.5度

　　13：50，36.5度

　　18：00，36.6度

　　21：00，36.8度

但咳嗽一直加剧，白痰。18：30，服用连花清瘟胶囊，但体温反而升了0.2度。这是为什么？近期新发地市场疫情严重，我前天曾到边上的农贸市场买菜，那里的菜都是从新发地进的，卖给我菜的那位妇女一直在咳嗽，还没戴口罩。会是她传染了我吗？我想我没这么背吧。明天去医院检查。

2020年6月17日

6：30，体温36.6度

8：30，36.9度。升高了，去医院。

12：30，36.5度。上午驾车去海淀医院停车等了一个半小时。走到挂号大厅，里面挤满了人，犹豫再三，没敢进去。转去附近的部队医院，平时那里人很少，今天也是人头攒动，感觉空气里飞的全是病毒。回家，全身用酒精消杀，冲热水澡半小时。体温正常了。上苍保佑，千万别被传染。

这时闫局长发来微信，催要凌丽的笔录，杨腾赶紧发了过去，自己也看了一遍。

问：姓名？

答：凌丽。

问：年龄？

答：35岁。

问：与失踪者罗马的关系？

答：师生，我是他在京北大学的博士生。

问：你上一次做笔录，对公安机关隐瞒了许多事实。郑重提醒你，本次询问，你务必如实讲述，否则将负法律责任。你是什么时候认识罗马的？

答：我和罗马老师是在一次学术会议上认识的，那次互相加了微信。后来我提出报考他的博士研究生，以后的联系就多了。

问：你和他的亲密关系是从什么时候开始的？

答：上次我否认了这种关系的存在是出自我保护的心理，因为他是名人，会上热搜，也会影响我拿到博士学位。对此，我向警方道歉。以下内容我相信警方也会为我保密的。我多年之前就是他的铁粉，我报考他的研究生也是基于对他的崇拜。他开始对我是拒绝的，我第一次考他的研究生成绩第一，却没被录取。我们的亲密关系是从我读博士前半年开始的，是2018年。

问：罗马失踪，无非有以下可能：一、主观方面的可能是，因本人精神原因或基于某种现实恐惧，选择自杀和隐匿；二、被某人或某种势力绑架或谋杀。我们先谈主观方面，你知道罗马患有双相情感障碍吗？

答：开始他对我也隐瞒，后来我看到了他服用的药，他才承认的。他觉得这个病是见不得人的。

问：他表现出了什么症状？是否表露过轻生的念头？

答：我看了一些书，觉得他发病时的症状和书上说的双相情感障碍非常一致。应当说在药物的控制下，他多数时候和常人差不多。偶有发作的时候，他会突然对一切失去兴趣，整日睡不着，也不爱吃东西，不出门见人，整天躺在床上。他会把自己写了好多天的文章打印出来，然后一页一页撕掉，嘴里说着"垃圾，都是垃圾……"，会把自己骂得一文不值。有时候还会产生幻觉，说他死去的妈妈就在床边……这大概就是抑郁期吧？

另外的时候，他会突然变得亢奋、热情和自负，思维敏捷，语速变快，食欲大增。有一次他在二楼对着窗外大喊："我得了双相情感障碍，我叫罗马。你们知道吗？只有天才才能得这个病，凡·高，舒曼，毕加索，丘吉尔和我，我们都是这个病。你们都不配得这个病……"这大概就是躁狂期吧。他躁狂的时候很少，所以医院确诊的双相情感障碍Ⅱ期是准确的。

至于轻生，我从未发现过他有这种念头。

问：网上骂他的人很多，最近有人发文指责他论文抄袭，有人说他和利益集团勾结，通过文艺评论影响文化产品的收益，进而操纵文化产业上市公司股价。这些对他的心理构成影响了吗？

答：我近期忙着写毕业论文，不太关心这些事。您说的论文抄袭和操纵股价的事，我都是在事后听说的。最近一个月，因为疫情，他似乎不太愿意让我去他的别墅，怕我传染他。我正好要经常去图书馆，所以见面很少，我从未听他说起过这类事。当然，现在我才发现，他有很多事都不告诉我。

被询问人：凌丽

询问人：杨腾　左蕾

书记员：魏明霞

第五章　林涛

校门口传达室边上加了个蓝色的棚子，学生们排队扫健康码。凌丽觉得自己前面的两个男学生可能在回头偷看她，扫码时她觉得那个年轻的保安似乎也比较关注她。这是她在看到那篇长微博后第一次回学校，前两天她都是住在边上的快捷酒店。

"是你自己做贼心虚吧？已经到这个份上了，那个人不一定还活着，你的学位估计也没了，你还怕什么？"凌丽对自己说。

她觉得再次走进校园的自己已经变成了另一个人。不再像事发之初那样悲悲戚戚，六神无主，而是能够审时度势，冷静判断，精准处理。看来每个人都不了解自己的潜能，只有突发事件才能把这些潜能调动出来。

一进宿舍，她就打开电脑，开始研究郭威恢复的数据。两块硬盘加两部手机，恢复的数据竟然有2.3T，其中文字为48万字。

从何开始呢？凌丽和坐在公安局办公室的杨腾都很犯愁。凌丽决定先从数据较少的手机短信开始。

第一部手机是一部摩托罗拉手机，完全没有恢复。

第二部手机是一部诺基亚手机，使用时间为1999年4月至2003年3月。

凌丽关注的是罗成，内容很少。

罗马：刚从罗红那要到了你的电话，你来北京一年了，为什么从不跟我联系？我以前经常训你，是我的不对，但也都是希望你上进，为你好。方便时来学校，咱们见个面？

罗成：谢谢您，我一个初中没毕业的去见一个大学教授不合适吧，会给您丢人的。我在北京打零工，凭本事和力气吃饭，生活得很舒服，就不劳您惦记了。有这闲心您还是去看看老爸吧，他的身体不太好。

罗马：最近太忙，过一段时间我会回去的。我已经汇了2万元让老爸看病。北京很大，坏人不少，你在这里要小心谨慎，别惹事。有事来电话。

罗成：我在北京还没碰到坏人呢。

罗红是谁？看来是罗马的妹妹。凌丽找到了罗红的短信，内容也不多，最重要的发现是：她是林涛的妻子！

罗红：哥，你上次提到的让我考研究生的建议我考虑再三，也和林涛商量了。我弄了个本科，学得并不扎实，现在捡起来也比较困难。林涛说他手里有够我们在世界上转一圈的钱，我们要去周游世界。原谅我是个没有进取心的人，谁让我嫁了个没有进取心的老公呢。谢谢大哥，昨天师范大学研究生处的张处长给我打了电话，说可以给我安排和导师见面，看来大哥对这件事很上心，让您失望了，抱歉！

罗红：看到了好几个你的未接电话，抱歉！这些天我和林涛在科罗拉多大峡谷一带乱转，好多地方手机没有信号。是编书的事吗？林涛说，你应该了解他，他只是实在闲得没事的时候写了几篇小说，可能是赶上了风头。所以他不同意你把他的小说编入《中国当代优秀短篇小说大系》中。他说谢谢你的抬爱。

下面要关注的当然是"罗马最好的朋友"林涛了。

  林涛：看到了你在日报上批评《大话西游》的文章，深不以为然。多好的片子，我和罗红都看哭了。电影并不是你熟悉的领域，你的手伸得太长了。

  罗马：很多读者都认同我的观点呀。那么恶俗的电影你们能看哭？那我再看一遍。

  林涛：看到了你在《电影研究》上发表的关于《大话西游》的论文，五千多字。你这弯子转得真快呀。

  罗马：在仁兄的指点下，我才领悟了影片的意义，谢仁兄指点。

  林涛：问题是你所说的"后现代情感"，"对孙悟空的解构之解构"，"能指分析，所指分析"……这些概念对分析影片真的有用吗？我曾经简单看了看索绪尔、罗兰巴特……我觉得他们之前都没想到自己的发现会被滥用得如此不堪。评论电影，最重要的是用自己的内心和由自己的经历所带来的观念和趣味去感受它。

  罗马：反正我左也不是右也不是，你从小就看不起我，我再努力，再成功你也还是这样。

  林涛：抱歉，可能是我的话说重了，回头请你喝酒赔罪！

  罗马：看到你在北美、欧洲游历的照片，很是羡慕。其实这几年访学和参加国际学术会议，你去的好多地方我都去过，但总是忙于和国外学术权威交流，只能是到最有名的景点拍张照片。比如卢浮宫，我在外面拍完照片就去巴黎大学开会了。哪像你，在里面待了三天。

　　罗马：我还是要重复我的不满。你太随性了，太没有追求了。你的才华是我最嫉妒的。随便写点东西、画张画都能技惊四座。你的小说《这匹马太犟》一发表就轰动文坛，现在很多人都在打听这个林涛哪去了，为什么再无作品？是不是死了？你固然可以潇洒一生，我只想提醒你，要对得起自己的才华。我前几天跟高崇文老师谈起了你，他痛惜不已。

　　林涛：说得我无地自容了。高老师找我谈过两次，恨铁不成钢。其实我真的不像你说的那样有才华，我确实比一般人聪明一些（可能包括你，哈哈）。但是只是些小聪明，花拳绣腿。

　　林涛：最近上火了？肝火太旺。能把文学评论写得跟骂街似的，我真服了。

　　罗马：这些破作家就欠骂！

　　林涛："精致的利己主义"这词上个月刚出来，你就中奖了。有人写匿名文章，拿你作为例子，说你是最典型的。

　　罗马：文章我看了，这个人肯定跟我很熟，了解我的好多事，估计是我的同行。匿名文章，我不知道他是谁，也不知道怎么回击。

　　林涛：太简单了，利己主义是法制社会、市场经济的基础，而且利己不意味着不利他，不意味着损害他人利益。发明这个词的老先生使用"精致的"作为修饰词很到位，但中心词选错了，应为"精致的市侩主义"。

　　罗马：精彩！你写篇文章吧，马上会火遍全网。

　　林涛：要写你写，我不干这事。

罗马：那不成剽窃了？你这是重大的理论发现。

　　林涛：重大什么？没多大意义。我就好好过自己的小日子吧。

　　罗马：冥顽不化！对了，你怎么还发短信？现在都用微信了，你太老土了。

　　林涛：我这个穷人用的不是智能手机，上不了微信，要不你送我个手机？

　　罗马：你就装名士吧！有能耐你把电视也扔了，钱钟书家里就没电视。

　　林涛：我还真没电视，呵呵！

　　尽管不知道他长什么样子，但凌丽觉得林涛好像就站在面前。她赶紧在记事本上写下感受。

　　看了二人的短信聊天，可确认：

　　1. 二人太熟悉了，从小就认识。林涛追求洒脱散淡，不求功名，出世。而罗马追求成功显达，功名利禄，入世。

　　2. 罗马很看重林涛，即使林涛对他的文章百般挖苦，他依然苦劝林涛继续创作，看来二人的交情非同一般。

　　3. 看来罗成提到过的作家高崇文跟这两个人都很熟。

　　4. 罗红是罗马的妹妹，那林涛就是罗马的妹夫，这里有什么故事？

　　凌丽突然笑了，她发现了一条嫉妒链：罗马嫉妒林涛的才华，而梁震嫉妒罗马的名望。梁震处于这条嫉妒链的最末端。

　　高崇文这个作家好像曾经听说过。凌丽搜索"高崇文小说"，马上找到了。

高崇文：北京作家，中国作家协会会员。1952年生于北京，曾就读于北京黄城根小学，北京四中。1969年在陕西省乌川市插队，后任当地三线工厂子弟学校语文教员。1975年至1977年被下放车间当翻砂工。1978年底回京工作。

1973年和1975年分别在文学期刊《山丹花》上发表短篇小说《犟种》和《风华正茂》。

1979年，小说《钟老师》获全国短篇小说一等奖。

1981年，发表长篇小说《莫回首》。同年加入中国作家协会。

……

通过微博留言，凌丽迅速加上了高崇文的微信。

凌丽：高老师好，感谢您通过了我的微信。我叫凌丽，京北大学文学院19级博士研究生，是罗马教授的学生。

高崇文：我知道您，这几天我一直在搜索相关的消息。

凌丽：我没想到。

高崇文：老朽没有那么八卦，网上说的是不是事实都无所谓，罗马未婚，我相信他的选择。

凌丽：高老师，那我就直来直去了。现在警方已介入调查，我们这些学生想从多个角度分析案情，希望能给警方帮上忙。我们想从您那里了解一些罗老师以前的事情，冒昧地打扰您，不好意思。

高崇文：从网上看到这个消息后我很着急，但愿罗马同学平安无事。这几天我什么都写不下去了。三个多月的时间,我两个最得意的弟子,一个去世了,一个失踪了,我很难受。我也想弄清楚原因,理清楚思路,所以我很愿意和你谈,愿意提供与案情相关的线索,不必客气。但我有个条件,在我认真回答你的问题之后,我也要问你两个问题。

凌丽:好的,我一定如实回答。我们这些学生都认为罗老师这种大学者的失踪一定有非常复杂的原因。我们希望扩大视角,所以想通过您了解一下他的过去。我是从罗老师的弟弟罗成的文章里了解到您的,从文章里看,罗老师曾经揭发过您,这件事情,罗成文章里说的都是事实吗?

高崇文:这件事应该和案情无关吧。

凌丽:高老师,我只是想通过这件事印证一下罗成文章的可靠性。

高崇文:那篇文章我看过,也曾劝罗成撤回,但他说这件事上,他谁的话也不听。涉及1975年罗马举报我的事,文章说的大致过程是对的,但细节罗成并不知道。你这个年纪肯定不知道手抄本,这个事就是从手抄本开始的。高二一班有个叫冯子强的,他在寒假回北京时从邻居那里抄写了当时最流行的手抄本小说《曼娜回忆录》,这篇小说黄色描写比较多。一个星期的时间,学校里传抄出了十几本。政教处的何老师进行追查,冯子强被查出来了,为了戴罪立功,他揭发罗马、林涛等几个同学也看黄色书籍。其实他说的黄色书籍主要是《红与黑》那样的名著。这些书确实是我从北京带来并给他们看的。何老师干过公安,很有经验。他把几个同学分开,让他们在不同办公室写事件经过。我后来找到了何老师,跟他承认《红与黑》等书是我带来的。所以并不是罗马揭发了我。后来的事能证明这一点——几年后,他们复习功课,准备高考的时候,我正被下放到车间当翻砂工,罗马的语文、地理和历史都是我辅导的，我们的关系一直很好。

凌丽：您提到了林涛，罗成说他是罗马最好的朋友，他是个什么样的人？

高崇文：你们不用怀疑林涛，他已经死了，今年8月份。

凌丽：怎么会……对不起！他是怎么去世的？

高崇文：我很难过，不愿意提这件事，而且这件事应该和罗马失踪无关。

凌丽：太可惜了！

高崇文：林涛的学问比我大，小说写得也比我好。我只是在他高中的时候教了他语文课。在我认识的人里，他肯定是智商最高的。

凌丽：这么高的评价呀！看来在您心目中，林涛的地位要比我导师强许多？

高崇文：他们俩不可比。林涛敏而不学，罗马学而不敏。林涛这样的人，如果赶上正常年代，肯定会出类拔萃的。他们高中的数学老师是复旦大学毕业的，遇到难题，他能给老师说出另一种解题方案。他的作文，我们几个语文老师传阅，都觉得自己写不出来。可惜这小子恃才傲物，把什么都不当回事。他经常旷课，偷跑进厂里去琢磨各种机器设备。"文革"的时候，厂里管理混乱，他用车床车出过一个不锈钢的小地球仪，车间主任揍了他一顿后，拿着地球仪训那帮学徒工，说给你们两年时间赶上林涛。

凌丽：我能想象出您写这些话时的表情。

高崇文：林涛最让我吃惊的是他仅凭看书就在山里嫁接出了十几棵能够开花结果的猕猴桃。您肯定吃过猕猴桃，但可能不知道猕猴桃是雌雄异株的植物，母株需要雄株授粉才能开花结果。外国人用了好长时间才人工种植成功。而林涛在十几岁就弄成了，尽管那果子很酸，还不能吃，但这小东西也太聪明了。我一直让他学物理，这时候又改让他学生物了。当然他什么都没好好学。

凌丽：罗老师特爱吃猕猴桃，还在院子里种过，这和林涛有关系吗？

高崇文：应该有吧，我们是一块在山坡上摘下猕猴桃的，那猕猴桃太酸了，罗马嘲笑林涛，说哪天他研究研究，肯定比林涛的好吃。这话就是在斗气，那个年代，看不到国外的资讯，谁也弄不成。

假如没有林涛，罗马在108信箱可以算是神童。那时候只能看样板戏，他能把《红灯记》《智取威虎山》《沙家浜》的台词和唱段从头到尾，一字不差背下来。《毛泽东选集》的好多文章他也能背下来。他的天赋肯定不如林涛，林涛是那种有独立思想和创造力的人，罗马自己也承认这点。但罗马更有进取心，有超人的毅力。"文革"的时候上学，不允许搞什么排名，但他每次都找老师问成绩，每次他都要拿全班第一。他本来只有体育课成绩平平，但经过一年的苦练他拿到了全厂长跑冠军。

凌丽：您当时给他们看禁书，是为了培养他们搞创作吗？

高崇文：当时的孩子很可怜，没书看。能看到的小说只有《艳阳天》《金光大道》《欧阳海传》等那么几本，《三国演义》《西游记》《水浒传》是后来才让看的。有一次上课时，我发现林涛在看一本破旧的《青春之歌》，没有封面，是从第四页开始的……后来我就主动把几本我偷偷从北京带来的小说给几个我认为喜欢文学的学生看。我还把知青里流传的食指的诗读给他们听。这一点我可以肯定，罗马和林涛对文学的兴趣是我培养起来的，可惜因为不同的原因，他们后来都没有从事文学创作。

凌丽：他跟我说过，他是罗贯中的第二十一世孙，他热爱文学和这个有关吗？

高崇文：是的。他家里找到了家谱，家族历史很是显赫。他说家族里那么多文人，可能有罗贯中，让我帮他查查。我利用回北京探亲的机会去北京图书馆查了。回来后我告诉他关于罗贯中的生平有许多说法，连他的出生年代也是众说纷纭。唯一的史料就是1931年郑振泽等先生发现的《录鬼簿续编》抄本。等我去粘贴一下。

高崇文：里面写着："罗贯中，太原人，号湖海散人。与人寡合。乐府隐语，极为清新。与余为忘年交。遭时多故，各天一方。至正甲辰复会。别来六十余年，竟不知其所终。"但此罗贯中是否就是写《三国》的那位？争论也很大。

高崇文：当一个人已经确定了答案，再去探究的时候，他肯定会选择性地利用史料。我跟他说完，他更确信了。他说，家谱里写了他的祖上是为避战乱逃到乌川的，这证据够确凿了。

凌丽：看来他一直确信他是罗贯中的后人。咱们接着聊他这个人，在罗成看来，罗马也揭发过林涛，那么罗马和林涛的关系到底是怎样的？

高崇文：林涛的父亲林宗源是厂里的总工程师，"文革"开始后，他被打成历史反革命、特务，被警察带走了。那时候，林涛才10岁，后来他的母亲也被送去劳改。本来要送他到省里的福利院，但厂里有不少人很同情这个不幸的家庭。后来厂里决定，将林涛寄养在罗马家，每月给他家十元钱。这样，他们俩从小学三年级就住在一起了，当然是好朋友。林涛小时候在北京长大，他给一直生活在山里的罗马带去了一个不一样的世界。

开始是林涛护着罗马，因为一个班里只有罗马和另外三个同学来自当地农村，其他的都是从北京来的。后来，在林涛的父亲被定性为反革命后，是罗马护着林涛。两个人都曾为对方出头打过架，而且都留有伤疤。——这些都是我后来听他俩说的。

凌丽：嗯，我注意过罗老师右侧的发际线处有一处两厘米左右的伤疤，大概就是那时候打架弄的吧？

高崇文：应该是。罗马说过，子弟学校从北京来的学生也分两派，一派是工人子弟，一派是所谓知识分子子弟。108信箱刚建立的时候，所有人都住在临时建的干打垒的房子里。后来建起了一排一排的砖房，工人住的区域房子都相对小些，领导和工程师们住的相对大些，其实也就差个三四平方米。当时很多工人都不满意。后来厂革委会主任索铭恩带头搬到了工人那边，一些年龄大、人口多的工人搬进了宽敞些的房子，事情也就过去了。但这个阶层划分在孩子心目中一直存在。

林涛的父亲被定性后，有一天课间，几个工人子弟趁林涛出去翻他的书包，说他爸爸是特务，他书包里没准有密电码什么的。林涛回来后抢回了书包，被那几个围着打。罗马冲到前面，拦着书包让这些人不能靠近，一个大个子抄起椅子砸过来，一条椅子腿正砸中他的脑门，当时他就昏过去了……为这事，那帮人给他一个称号——"工人阶级的叛徒"。

凌丽：太赞了！想象不出，罗老师还会打架，很讲义气呀。

高崇文：再说你问的罗马揭发林涛的事。其实当时厂里管理松懈，好多孩子都去厂里偷东西，有的孩子还去厂里偷铜件，换鸡蛋、山楂糕吃。所以一让他们写汇报，多数人都承认了这些。比较起来，偷听敌台的事比较严重，但罗马也参加了偷听，他揭发什么？

凌丽：我还想问最后一个问题，罗马的初恋是谁？您了解情况吗？

高崇文：这个问题，第一，我作为老师，并不太清楚；第二，我认为这涉及个人隐私，我不能谈。请理解。

凌丽：罗马上学时除了学习好，喜欢文学，还有什么爱好吗？

高崇文：我觉得他和林涛都对自然课比较感兴趣，那时候把地理和天文统一称作自然课。我们学校尽管是个厂办学校，但办学条件比较好，专门有个自然实验室，这恐怕当时在全国是独一份。实验室里有中国地图的沙盘，有天文望远镜，有各种规格的地球仪。罗马和林涛整天在实验室里玩。他们俩对地球仪都太熟了，站在很远的地方，别人随便一指，他们就能说出是哪个山脉、海洋、平原、城市……我父亲解放前去过欧洲，他们就让我讲那些城市、山脉、湖泊是什么样的，其实我也是道听途说的。罗马当时说一定要走遍世界，我那时对未来很悲观，就说，那看你们的运气了。

凌丽忽然想起，在罗马的客厅有一张很大的世界地图。她打开手机，找到了那张地图的照片，上面用两种颜色标注了一些城市。罗马说红色的是他去过的城市，蓝色的是他想去的城市。

凌丽：谢谢您了，和我谈了这么长时间，提供了这么多信息。现在该您问我问题了。

高崇文：在提问之前，我能冒昧地要一张您的照片吗？

凌丽：哈，可以。您还会相面吗？

高崇文：不是，这涉及我对案情的判断。

凌丽：我不明白。

高崇文：也许是我想错了。

凌丽迅速发了一张近照。

高崇文：好漂亮。

凌丽：您夸奖了。您累了吧，您可以用语音。

高崇文（语音）：谢谢你的关心！我的第一个问题是：你在和罗马交往的过程中，是否发现他服用过精神类药物？

凌丽（语音）：这个……这也涉及个人隐私。不过事已至此，我回答。他患有双相情感障碍，大约有两年多了，这件事大概只有我和他知道。不过专家认为他的症状比较轻，通过服药完全可以控制。在绝大多数时间，他都是一个完全正常的人。您是怎么发现的？

高崇文（语音）：从他的微博里。事发之后，我把他的微博按情绪发泄做了一个曲线，抛开他对事物的观点，我发现他近两年比以前变得敏感、脆弱了，还总是怀旧，有的时候会忽然冒出一篇怒气十足的，简直就是骂大街的文章。而且，近两年来，他有时候连续两个多星期不发一条微博，有时候一天发十几条，经常在半夜三四点钟发，这正常吗？当然我不懂心理学，这条曲线有没有意义还需要其他因素来佐证。

凌丽（语音）：我认为心理因素肯定和他的失踪有关，但不是主要原因。

高崇文（语音）：我的第二个问题是，在8月，他有什么异常的举动，他得病已经有一段时间了，和以前相似的异常不算。

凌丽（语音）：我得想想。

凌丽（语音）：8月，他说去怀柔山里他朋友的别墅改稿子，去了几天。回来后，他约我去南城听郭德纲说相声，以前他对郭德纲嗤之以鼻，还写文章批判过。但听相声时他的笑声似乎总是比别人慢半拍，有时候我用余光看他，他似乎在发呆……那段时间，他的失眠问题更严重了，只有到天亮才能睡一会儿。

高崇文（语音）：疫情以后，他在微博里经常表达一些比较过分的忧虑，也可以说是恐慌。跟我通电话时也总是忧心忡忡，你觉得疫情对他的心理状况有影响吗？

凌丽（语音）：您看得很准，他确实有些恐慌，在家里采取了不亚于ICU病房的防护措施。出门总是戴两层口罩，里面是内科口罩，外面是N95口罩。在餐厅吃饭，除了吃喝的时候也戴口罩。那次看相声，只有他一个人一直戴口罩。我觉得疫情加上双相情感障碍，使他心情很坏，有时候确实有轻度厌世的倾向。

高崇文：我问完了，谢谢你的坦诚！

凌丽：您就不想分析分析吗？

高崇文：我又不是心理分析师，我得慢慢琢磨。谢谢！咱俩的对话涉及很多隐私，建议不要外传。

凌丽：还是您想得周到，谢谢！再见！

高崇文：我再提醒一句，罗马还有另外的房子，隐瞒是犯法的，你考虑考虑。

凌丽：谢谢！

凌丽在反复想着高崇文问他的两个问题，尤其是第二个问题。他为什么要问那个时间？估计他知道在某个时间发生了一件与罗马相关的，足以导致罗马失踪的事件。还有，他为什么要我的照片？还说这可能会影响他的判断？他在猜疑什么？

杨腾注意到了另外一个人。

罗马：季主任你好，上次您提到的申请创办经济开发区的事，我为此跟国家发改委的蔡阳副司长吃了饭。他是我在京北大学的师弟，恰好曾在乌川插过队，对乌川很有感情。我邀请他回乌川考察，他欣然接受。请尽快将开发区的规划做好，然后请他来。

季敏力：谢谢罗教授！到底是乌川老乡呀！开发区如能建成，乌川的经济格局就会有翻天覆地的变化，您将是乌川百姓的恩人。

罗马：为家乡效力，责无旁贷。您不用客气。

季敏力：我会马上向书记、市长汇报。到时请您陪同蔡司长前来。作为市委办公厅主任，我会全程负责蔡司长和您的接待工作。

季敏力：承蒙您的安排，昨天晚上已商定好，蔡司长一行四人将于下周一中午乘飞机到达乌川，他特意嘱咐，让我们邀请您同机前来，您的头等舱机票已订好。我们的驻京办张主任将全程陪同。乌川见！

罗马：谢谢！蔡司长不爱喝酱香型的酒，他说过特别喜欢喝乌川的烧酒，请准备一下。

季敏力：谢谢提醒，我马上去弄。

罗马：老季，下飞机后我看了一下接待名单，觉得人太多了。前两天的调研最好只由市里领导陪同，那几个当地企业家让他们第三天企业家座谈会上再来。第四天，蔡司长回他插队的那个村时，只你我陪同就行了，那天警车撤掉。

季敏力：遵命！我理解你的意思，谢谢！

罗马：季主任你好，回来的飞机上，蔡司长对此行非常满意，尤其他对见到当年插队时的老房东特别感动，他说准备带头拨一笔钱帮着那个村修公路，到时候请您安排一下，务必保证县乡不截留这笔钱。

季敏力：这笔钱谁敢截留？我让他坐大牢。谢谢了，乌川的发展就指着您呢！刚才送你们走之后，马书记说要聘请您为市委政策研究室的特聘研究员，每月只有一万元的专家咨询费，但每年都会有比较多的科研经费，希望您不嫌弃。

罗马：为家乡做贡献，我是不会要报酬的，谢谢了！

季敏力：罗教授，我们只是希望您能更好地为家乡做贡献，我们这小地方太需要您这种有战略眼光和国际视野的人才了。您别管了，我会安排好的。

季敏力：好消息，今天上午，省委常委会已经通过了乌川经济开发区的规划方案。省发改委将发文通告此事。由您策划、协调的这件乌川大事终于成功了，书记、市长委托我向您再次表示感谢，并邀请您参加乌川经济开发区的动工典礼。

罗马：恭喜恭喜！

罗马：季主任好！已将浙江童心玩具厂的相关材料发到您的邮箱。这个厂年产值达3.8亿元，希望在乌川开发区设立分公司和生产车间。老板董振明也曾在乌川插队，而且和省委刘秘书长是大学同学。如果您看后觉得可行，我就安排二位见面。

季敏力：感谢您为开发区再做贡献，我马上安排。

季敏力：我在今天的开发区管委会上谈到了童心玩具厂入驻开发区的事，并把资料分发给所有委员审阅。大家都很支持。有一位委员提到按照开发区章程，入驻企业需提供环保保障方案，请通知他们补齐。

罗马：保障方案已发到您邮箱。

季敏力：准备工作已完成。已确定董振明董事长一行三天后到乌川，已为您订好了三天后的机票。又要见面了，我这儿弄到了30年的飞天茅台，一直没舍得喝。

杨腾注意到，罗马和季敏力的短信联系到此就终止了，此后他们是中断了关系，还是用别的方式联系了？杨腾迅速搜索，找到了季敏力的消息，他很震惊。

省纪委省监察委通报季敏力接受调查

7月6日，省纪委省监察委决定对乌川市委常委、常务副市长季敏力进行立案调查。7月27日决定开除季敏力党籍，撤销其乌川市委委员、常委、常务副市长职务，移交司法机关处理。

季敏力履历：

1985—1987年，在乌川农业技校学习，后留校任教；

1987—1989年，任乌川农业技校团委书记；

1989—1993年，任市委组织部干事，组织科科长；

1993—1997年，任市委组织部副部长（其间在省委党校学习）；

1997—2003年，任市委办公室主任；

2003—2013年，任乌川市副市长；

2013—2022年，任乌川市委常委、常务副市长。

经查，1998年起，季敏力在担任乌川市委办公室主任和副市长期间，利用职务之便，在乌川经济开发区的申办、招标和建设中大肆行贿受贿，并导致部分建设项目存在严重工程隐患。其中最恶劣的是在明知生产塑料玩具的童心玩具厂环保不达标的情况下，违反开发区章程，将严重污染企业引入开发区，严重影响了开发区的环境安全，造成了巨大的经济损失。在2013年就任乌川市委常委、常务副市长后，在十八大之后仍不收手，继续收受贿赂。其总受贿金额达5300万人民币。

季敏力生活作风极为腐败，先后与四名女子同居，并有私生子2人。

季敏力的行为已完全丧失了一个共产党员和国家干部的基本原则，造成了极其恶劣的社会影响。希望广大党员干部以季敏力案件为戒，时刻牢记使命，不忘初心，让党纪国法在每个党员干部的心中警钟长鸣。

杨腾稍作沉吟，马上给乌川市公安局发出了协查函件。

乌川市公安局：

　　我局正在侦查京北大学教授罗马失踪一案。经查罗马在1998年之后曾担任乌川市委政策研究室特聘研究员，曾参与乌川经济开发区的申办协调工作。其间罗马与时任乌川市委办公厅主任的季敏力有过深度交往。目前季敏力已被组织调查，两个月后罗马教授失踪。我们在排除此失踪案件与季敏力被调查的关系。希望贵局在不涉及季敏力案保密原则的情况下提供如下信息：

　　1. 贵局是否曾就季敏力一案要求罗马协助调查？

　　2. 季敏力的行贿对象中是否包括失踪人罗马？如有，数量是多少？

　　3. 失踪人罗马在乌川经济开发区的建设过程中是否还参与了其他工作？他在开发区申办和建设过程中总计获得了多少利益？

　　4. 失踪人罗马在乌川有何投资或房产？（已知政府奖励别墅一套。）

发完协查函件，天已经黑了。杨腾望向窗外，心头一惊，怎么街对面突然出现了一个大广告牌？仔细一看，他笑了——原来公安局边上的LED广告牌反射到了对面写字楼的全玻璃外墙上。他心想，自己关注的季敏力是不是也是这种虚无的假象呢？

左蕾把乌川市公安局发来的传真递给了杨腾。

　　接到贵局协查函件，我局立即对所涉问题进行了调查。

　　1. 我局尚未要求罗马协助调查。经征询省纪委监察委调查组，他们曾以函件问询的形式要求罗马回答问题。经请示，罗马回函可以转发贵局，随后附上。

2. 关于季敏力是否行贿罗马，由于该案件相关案情尚在司法核实之中，恕不能提供相关信息。

3. 罗马将当时国家发改委的一名副局级官员介绍给包括季敏力在内的市领导，这是开发区项目能够立项的关键。他还介绍了浙江童心玩具厂入驻开发区，该企业因环保不合格被逐出开发区。他担任乌川市委政策研究室特聘研究员，每月有10000元收入，先后获得科研项目经费五次，共计285万元，经审计，未发现其中有违法问题。

4. 罗马在开发区建成后，获得市政府奖励住宅一套，320平方米。在开发区管委会办公楼内建有他的工作室，占用办公室三间，共计148平方米。经审计不存在违法问题。

下面是罗马写的《关于我与季敏力交往的情况说明》：

我与季敏力相识于1997年，地点是北京钓鱼台国宾馆。当时是乌川市政府驻京办宴请在京的乌川籍同乡，争取他们为家乡建设做贡献。

此后他曾单独约我吃饭，谈及乌川市计划建立经济开发区。作为在乌川土生土长的人，我当然希望家乡经济增长，人民生活水平提高。不久我就找到了京北大学的师弟，国家发改委的蔡阳副司长，他曾经在乌川插队。在蔡司长等领导的帮助下，乌川开发区项目获批。其间，他们二人在北京的两次会晤，以及蔡司长一行考察乌川我都在场。至少我没有发现季敏力曾经向蔡司长行贿。至于有无其他违纪行为，我认真想了想。蔡司长调研之行全程喝的当地酒，但他们在北京的两次饭局都喝了茅台，餐费都应该在人均千元以上。这在八项规定之后是违规的，但当时还没有严格的规定。

季敏力是市委办公厅主任，书记安排他代表市委从宏观角度领导开发区的申办和筹建。开发区的建设、招商等都是由当时的主管副市长主持。这期间我曾经介绍香港华林公司进入开发区，在季敏力与华林公司的代表联系上后，我未参与过相关谈判等事宜，对其间是否存在行贿受贿问题不知情。

关于浙江童心玩具厂入驻乌川开发区，我完全不知道这个厂因环保不达标被浙江省环保局责令停业整改的事。我还曾专门致电其董事长董振明，要求其按开发区章程认真填写环境保障方案。

因在开发区的申报和规划过程中我所做出的贡献，乌川市政府奖励我开发区住房一套，并在开发区办公楼为我提供了三间办公室为我的工作室用房。此事由市政府办公会议讨论决定，可查阅市政府办公会议纪要。目前三间办公室已经腾退，至于那套住房，如果觉得有违规的嫌疑，我随时准备上交。

我在乌川市领取的津贴和课题项目费在市政府财务部门都有账目明细和课题验收报告，请认真核查。

在我与季敏力接触的时候，我认为他是一个有魄力、有实干精神的、为地区发展努力工作的干部。当时我未发现他的贪腐问题。至于当时和后来他的罪行和错误，完全出乎我的预料。

杨腾打开了被恢复的罗马的电脑的文件，搜索"季"字。

在一个名为"旧电脑D盘"的文件夹里搜到了一些信息。在这个文件夹里有一个叫"WC"的文件夹，应该是"乌川"的缩写。

在其中"季主任"的文件夹里有几个文案。其中有《乌川经济开发区文化创意产业发展的总体规划》《乌川经济开发区打造西部文化创意园的设想》《西部文化研究工作室章程》等。大约有三四万字。

杨腾露出冷笑，这个大学者还懂经济呢，真是倾心投入呀，是为了家乡还是为了钱？

"记事本"里有一些非常简单的记录。

> 5月13日，鸿宾楼小聚，王、刘、季、柳，五人，谈及申报文件的问题。微醺。
> 6月2日，季来电，文件已通过。
> 8月6日，EricssonT18sc，2。好东西！
> 8月8日，约季与央视经济部石见面，确定乌川宣传片拍摄事宜，总共85万，我为总策划。
> 11月8日，到达开发区工地现场，建设速度很快，有深圳速度。见到马书记、张市长。
> 11月9日，季谈为马书记写报告文学之事，岂有此理！这个层级的干部让我写！回答自己没写过报告文学，会推荐相关作家来写。
> 12月15日，ThinkPad-770！！！太喜欢了！

经搜索，杨腾发现EricssonT18sc是当时最好的手机，而且还是两部。ThinkPad-770是当时最先进的笔记本电脑，在中国境内罕见的，售价曾达6800美元。这显然不是他自己买的，极有可能是季敏力送给他的。这是否构成了受贿，还需要结合当时的法律来界定。当然这也不是杨腾最关心的。他只是想判断罗马与季敏力案的关系，判断罗马对季敏力案的参与程度是否足以压垮一个当红学者。看来季敏力这条线索只能等乌川方面结案后，根据罗马的涉案程度再做判断了。

杨腾感到了些许失落，但他依然认为这是压倒罗马的稻草之一。后面再看，就是三年后的消息了。

  3月21日，父亲的丧事办完了，回到北京内心空落落的。独自在家，泪流不止。想想自己对父亲的态度，打了自己一个大嘴巴。作为罗家的长房长孙，我在穷困的状态下享受了最高的待遇，父亲一直对我另眼相看，呵护有加。可我从来都看不起他，在上大学后也很少回去看他。望着他骨瘦如柴的遗体，想起了他苦难艰辛的一生，而我却天天在歌颂太平盛世。儿子发达了，而他却没有享受到一丝幸福。我还是个人吗？那天罗成打了我一巴掌，在父亲的灵前，当着那么多人，但我没有任何抵抗，我该打！

  直接的缘由是他埋怨我这几天不好好守灵，这他有点冤枉我。我在市里见了几个人是为了买一块坟地，我要厚葬父亲，我要重修罗家的祖坟，我要让列祖列宗看到罗家的后代没有忘了他们。我还要重修罗氏家谱，经过这些年的研究，我确信我们是罗贯中的后人。我要续写上我的父亲罗玉田。我还要翻建家里的祖宅，等告老还乡的时候，我会回老家居住。我好好回顾了父亲的一生，很是震撼。只有在他故去之后，我才发现他是一个伟大的人，他一生的小历史，其实就是时代的大历史。我决定写写他，他太值得写了。

  季副市长亲自批示，层层落实，才得到了一片半山的风水宝地。现在土地管控如此之严，老季真是够意思，老朋友就是不一样。

  4月22日，手续办齐了，老季还发来了设计图，是他找开发区的设计公司弄的。我觉得太豪华了，跟他说要低调一些。他同意了。

  关于施工，我谢绝了他介绍的施工队，因为那些人肯定会少收钱的。现在查得这么严，千万不能给老季添麻烦。

线索连上了，看来罗成的这条线索很重要。

这时，公安部物证鉴定中心和罗成租房的八里庄派出所的回函都到了。

物证鉴定中心的回函写道：

  我中心将你局所送两件指纹样本纳入指纹库进行比对勘查，样本1被确认为陕西省乌川市的罗成（身份证号……），罗成于2016年因寻衅滋事罪被行政拘留15天，在拘留前留下了指纹。特此证明。

八里庄派出所的回函写道：

  经调查，罗成于2013年开始租住八里庄街道3巷67号院平房一间。自2021年9月22日起搬离此处，屋内其个人物品全部搬走。罗成租住此房期间无违法记录，仅一次深夜醉酒之后在屋内喧哗，被邻居举报至派出所。特此证明。

这边凌丽在搜索"林涛"，主流媒体上没有任何信息。在微博、微信上搜索，有一些关于他去世的消息。

罗红的微博。

  敬告各位亲朋：最亲爱的林涛于2022年8月15日22：15去世，他走得非常安详。林涛于2021年9月发现肺癌晚期，经请教北京协和医院医生，我和他一致认为要进行保守治疗，不进行放化疗治疗。林涛坚持返回乌川，为子弟学校的学生上了最后一学期课，直到自觉时日无多。其后，我们自驾穿过秦岭，进入四川，给他的祖父母上坟。后病情加重，体重严重下降，只得返回乌川，见了几个朋友，然后乘飞机回到北京。

各位亲朋，林涛认为他这一辈子够本了。做了自己想做的各种事，玩遍了全世界自己最想去的地方，交了许多志趣相投的朋友。他希望大家健康乐观地活着。

妻罗红携女林安迪泣告

张默生的微博。

痛悼林涛

温哥华时间晚上11点半，洗漱时看了一眼手机，看到了罗红的博客，林涛没了，顿时大哭，这一夜注定无眠。

我是最早来到温哥华的大陆华人之一。初到陌生之地，英语不行，没法和当地人交流，即使是华人之间也是老死不相往来，空虚寂寞烦。1998年，林涛来到了我们身边。我也算半个作家，以前读过他的短篇小说，知道他获过奖。但他很少谈文学，谈的都是三教九流的东西。

他回国后，我们几个老友时常想念他，没了他，好像没了半个温哥华。我们经常讨论一个问题，有什么是他不会的？

他的书法特棒，他来了以后，每年春节各家的春联都请他写。尽管他没上过名牌大学，但他能给这里的孩子们辅导各种功课，数理化都行。温哥华的冰雪运动特别红火，可我们这些华人很少参与，他一来穿上冰刀就和当地孩子赛起来了。他很有亲和力，很快交了很多朋友，他来那年的圣诞节，就组织大家联欢。他演奏了一首小提琴曲《圣诞快乐，劳伦斯先生》，技惊四座，好多人都哭了。

他还会木工、瓦工、油漆工，尤其他的电工手艺在社区里用处特别大，他特意考了电工执照，成了社区里最忙的人。他还是网络高手，还会改装汽车……

至于他的思想能力、语言功力，我相信看过他为数不多的文章的人都会佩服的。

上帝创造了一个天才，一个全才，但他完全淡泊名利，宁愿做一个像我们一样的俗人。

天堂里又多了一个有趣的俗人，天堂会因此趣味盎然。

老兄走好！

在"者也"网，一个叫"非云计算"的发起了话题。

非云计算：林涛老师去世了，我睡不着，想和大家一起回忆一下林老师。

讨厌考试：谢谢！我也正想创建这个话题。我是北京理工大学的大一学生。去年，我还是乌川京电中学（也就是原108信箱子弟学校）高三的学生，林老师在去世前半年还在为我们上课。今天早晨我们听到了林老师不幸去世的消息，全班同学都无心上课，后来班主任赵老师决定停课一天。后来林老师教的另两个班也停课了。我们买来了，采来了好多鲜花，鲜花围绕着老师的遗像。我们一起唱着老师教我们唱的歌，《三套车》《致音乐》《索尔维格之歌》……我们这位语文老师还是我们的乐队指挥！

后来觉得太压抑了，想起老师临走前还组织我们踢了一场球，我们就来到足球场踢球，我们知道老师不希望我们悲伤。刚开始还是很欢快的，但个子很高却很少进球的张民俭踢进第一个球后，他跪在地上喊了一声："林老师，我进球了！"大家都哭了，球也踢不下去了。

我们都知道，林老师早就从乌川返回北京了，后来挣了一些钱，就去周游世界了。大约在我们上初二的时候，因为学校附近污染严重，市教委在研究裁撤这所学校。而当时学校的小学和中学加起来还有五六百个学生，这些学生如果到市里上学，路程有几十公里，只能租房。但工厂改制已经好多年了，好多工人都下岗了，多数家庭肯定负担不起租房加学杂费加吃喝的费用……这时林老师从欧洲回来了，他带来了一大笔钱用于改善教师待遇，这样又招来了一些老师，学校得以保留下来。开始时他就是个救火队员，缺什么岗就干什么。为改造办学设施他当过后勤主任，为整治打架斗殴他当过教导主任。哪科缺老师他就教哪科，先后教过初中的物理、地理和高中的语文……

我们是在去年11月才知道林老师患病的消息的，后来得知他在9月就知道自己是肺癌晚期了。不知道他是上课前吃了止痛药还是什么原因，他上课时还是那么神采奕奕，风趣幽默，枯燥的物理课让他讲得情趣盎然。那天快下课的时候，他突然停止了讲话，脸上渗出许多汗珠，牙关紧咬，显然是为了不叫出声来。第二天，他又恢复了平常的样子，告诉大家自己得了病，正在接受中医治疗，他保证自己会尽量把课上完，但中途病情加剧，他就回北京了，这一走竟成永别。

如今他走了，我已经考上了大学，可惜他没有看到我的录取通知书。

半百老翁：我和楼上都是林老师的学生，不过岁数差一半多。我是北京文启中学毕业的，林涛老师在我初一和初二时教过我语文。他是我见过的最好的语文老师，不，最好的老师，而且还是我们班许多人的精神导师。我相信我今天的价值观，我在这近三十年的许多人生选择，包括我选择的爱人……无疑都有林老师的或多或少的影响。

林老师给我们上第一节课的时候就说，鉴于中考的压力，他希望我们把主要的课外精力都用在其他课程上。至于语文，他认为除作文之外，所有内容应该在课上完成，两年的时间，他确实是这么做的。他讲课幽默风趣，又务实有效。比如古文，他深入浅出，旁征博引，使我们对课文有了深入理解，这样背诵起来就快多了。一些短的古文，有时候在课堂上就背下来了。他说，如果课余有时间，就读点外国小说。他按同学兴趣成立了三个读书小组，大家一起交流体会，这对于写作文也很有帮助。

楼上谈到了他的多才多艺，他是学校天文小组和测震小组的指导老师。我是测震组的成员，我们的测震点是北京的众多测震点之一，每天都要向国家地震局报数据。不知道林老师这个语文老师是怎么学会使用仪器的。他手把手地教我们每一个人使用仪器，整理数据。我们很快就会使用地电仪、地磁仪和地应力仪了。最麻烦的是地磁仪，它是在暗房里的一个滚轴上安装一张相纸，一束光打到相纸上，滚轴的转动使得那束光在相纸上留下一条曲线。取出相纸，在暗房里显影、定影，然后用尺子量出几个关键点的数据。

林老师唯一一次跟我发火就和地磁仪有关，他发现我的一个数据偏差了0.2毫米。他说："你知道这些数据是直接报给国家地震局的，他们要根据这些数据判断一个地区的地磁变化情况，任何一个数据的偏差都可能带来整体分析的错误，你的工作关系到许多人的生命。"他越说越气，又加了一句："你这不是粗心，是时间长了，不当回事了。你这种态度……滚蛋！"他上课讲到兴奋的时候会带点脏字，但他从来没用这样的话骂过学生。

见我哭了，他马上就不知所措了，一个劲地道歉。见天色已晚，他用自行车把我送回家，路上还给我买了冰棍。

我现在是航天领域的一名工程师，林老师"滚蛋"两个字总是回荡在我耳边，他从来没有因为我做错题或犯其他错误骂过我，只是因为他太看重我们的测震工作了，才会那么生气。是他告诉了我应该怎样对待科技工作。

初三开学的时候，我们的语文课换了一位新老师，她告诉我们，林老师离开了我们学校。学校领导想要成为市重点，而林老师只是夜大毕业生，被认为影响了教师队伍结构。我们竟然没有来得及跟他告别。我们在班长的带领下找到校长，想要挽留他。校长说，校方早就让他去再弄个学历，以他的能力，考哪的研究生都能考上，但他就是不考……

大概在八年前，我去德国慕尼黑参加一个学术会议，正好赶上了拜仁的一场德甲比赛，机不可失，我就去看球。比赛一开始，我就发现前面隔一排有个中年的中国人特别兴奋，张牙舞爪，他穿着拜仁的队服，一直站着看球。我走到前面一看，竟是林老师！他也马上认出了我。

看完球，我们在球场附近喝啤酒。当得知我在航天领域工作并小有成绩时，他特别高兴，把一杯0.5升的啤酒一饮而尽。他跟我打听其他同学的情况，那么多年过去了，他竟然连续说出了十几个人的名字。

他跟我说，他已经到欧洲两个多月了，还准备再去冰岛玩玩。

那天我们俩喝了十几升啤酒，然后告别。没想到竟是永别。

我觉得那时候他身体很好，似乎生活也很富足。至于他为什么又回到国内，到乌川去当老师，就不得而知了。

林老师走了，我从此没有老师了！

东方也败：按说不该对死者不敬，不过我看各位楼主都快把林涛塑造成圣人了，我想以我对他的了解，他也不愿意这样，就不怕得罪大家，出来走两步。

我相信，林涛先生后来能有相对富裕的生活，还一度成为股票大户，和最早倒卖服装有关，那是他的第一桶金。八十年代初，我们是邻居。他第一次去广州进货是我带他去的，但过了两三个月，我就发现我在广州的朋友跟他的关系都比我近了。他总能进到——按今天的话讲，是性价比最高的服装。我们每周都要到广州进货，每次回来都要在北京站称重，都会被罚很多超重费。但后来林涛和我每次都只被象征性地罚5块钱，他说他认识了管这块的赵科长。其实不是认识，是行贿。有一次我看到他把几条希尔顿给了赵科长。我因此省了不少钱，但我老觉得像我这种混混可以这么做，他一个文化人不应该违法。

还有在西单市场摊位的事。他最初通过关系租到了一进门的、最显眼的摊位，但后来发现，多数人一进门都是只看不买，然后往里走，货比三家。两天之后，他的摊位就换到了市场中间的位置。顾客走到那里，都觉得看得差不多了，再加上林涛进的货本来就好，他老婆罗红特会说话，他的生意盖过了所有人。我问他怎么能耐这么大,他笑而不答,肯定又是行贿了。

其实我们俩关系一直不错,直到他决定不再做服装,离开市场的时候。我让他把他的摊位转让给我,他死活不肯,说已经租给别人了。我一听就急了,跟他翻车了,在市场里差点动手。也太不仗义了,且不说是我把他引入这行的,就冲这些年哥俩经历了那么多事,这摊位也得给我呀。在广州和北京,我俩都一块挨过饿,挨过打,也打过人,进过医院、公安局、拘留所……他这么做拿我当哥们儿了吗?

他走了,接他摊位的是我们胡同的瘸子马三,我这气消了一点儿。可到今天我也不原谅他,太不给我面子了。瘸子应该帮,我肯定帮,你装什么大尾巴狼,好人都让你做了。

林涛兄弟,我这么骂你是为你好,你最讨厌圣人了。这么多人写你,我估计你看我这篇最舒服。

你哥我现在肾衰竭,估计用不了两年就能见到你了。到那边我接着骂你,你丫等着吧。

刘一同:我是原北京师范学院物理系退休教师。1981年,林涛同学考入我院物理系夜大学习,所以我算他的老师,但我俩同龄。我1975年作为工农兵学员被推荐到北京师范学院物理系,后留校教课,"文革"后读了研究生。因为我的专业知识学得并不扎实,所以让我教夜大。我觉得夜大的同学大多是高考落榜的,所以每次测验出题都相对简单,后来发现,他们中的一些人并不比正式的本科生差。期中考试,林涛很快就交了卷,我一看,满分,而且最后一道大题,他列出了三种解法。他的水平很可能比我高。

我找他聊天,谈吐之间,更发现他绝非凡人。我问他,以他的水平考正式的大学本科,哪怕考清华也没问题,为什么上了师范学院的夜大？他说，1977年高考因为父亲的问题没报上名，一怒之下就不想考了。闲几年后，觉得还是需要系统地学习。但父亲出狱后身体很差，发展到肾衰竭，许多药品不能报销，他必须挣钱。夜大给了他挣钱的时间，他正在卖服装。这样，他就成了我的学生。

我告诉他，我的课他可以不全来，去听一些老教师的课。他后来把物理系几个老先生的课都听了，还去听数学系、中文系和历史系的课。

这样的学生对我这种老师来说压力很大，我备课的时间比以前延长了很多。我真得感谢林涛，在这种压力下，我又出国读了博士，并在自己的学科有了一定的影响力。我敢说，我至少在工农兵学员中是属于学术水平比较高的。这多亏我在比较年轻的时候遇到了林涛这样一个夜大学生。

当然，我还是为这么一个天才最终没有特别的学术成绩感到遗憾。但人各有志，他这样选择一定是基于他的价值观，至于这种价值观是怎样形成的，我等俗人就不得而知了。

读完这些，凌丽已是泪眼婆娑。她觉得以此时的心境必须走向户外。于是她稍作化妆，就出了门。这次不是错觉，而是她清楚地感觉到了楼内楼外的同学对她投来的异样的目光。但此时的她已经全然不在乎了。

天色已晚，太阳已经下山。从小湖的东岸向西边望去，红彤彤一片，五彩斑斓的晚霞映入湖水之中，使得小湖不再文静羞涩，而表现出热烈硬朗的雄性色彩。

不知为什么，看到了那么多人眼中的林涛，凌丽觉得这些天一直压抑的内心似乎舒缓了许多。她甚至发现自己探究林涛的欲望可能已经超过了对罗马失踪线索的调查。这使她感到自责，又不明白何以如此。

　　这两个男人尽管是至交，但也太不相同了。罗马一生奋斗，有时候会不择手段，最后功成名就，但并不幸福。林涛一生散淡，看淡功名，却令人佩服。凌丽觉得自己确实和罗马太像了，所以会更倾向林涛。先混迹职场，后走进学术圈，这两个领域拥挤着无数争名夺利之徒，以致自己都没有领略过林涛那样的人生。凌丽再次怀疑自己那么多付出是否值得。至少从罗马的一生来看，这条路艰难、险恶、无趣，更重要的是，他写了那么多书，得了那么多奖，有哪些是有价值的呢？

　　凌丽举起手机，拍下了西边最后一缕惨淡的霞光。

第六章　致凯恩

尽管此时杨腾依然不认为罗成会作案，但他在去罗马住所后第二天匆匆离开原居所，又将手机停机。这些绝不会是巧合。杨腾责成左蕾迅速寻找与罗成有关的人士，包括亲友，以及他从事影视工作接触的人，务必找到他的行踪。再找不到，就发协查通报。

凌丽也看到了季敏力案，但只是浏览了一下。她不认为向来谨小慎微的罗马会贪污受贿，犯下刑事罪行。她要按照她的逻辑去研究。

她继续搜索林涛。搜出一个叫"The Legend of 1900"的文件夹，她知道这是电影《海上钢琴师》的英文名字。为什么叫这个名字呢？破译大神郭威还专门批注：

有三个文件夹使用了文件夹加密，小 case，解开了，哈哈。这个是其中之一。

她打开了第一个文件夹，打开了第一个 word 文档，很失望，是普希金的一首流传最广的诗：

致凯恩

我记得那美妙的一瞬,

在我的面前出现了你,

有如昙花一现的幻影,

有如纯洁之美的精灵。

在无望的忧愁的折磨中,

在喧闹的虚幻的困扰中,

我的耳边长久地响着你温柔的声音,

我还在睡梦中见到你可爱的面容。

许多年过去了,

暴风骤雨般的激变,

驱散了往日的梦想,

于是我忘记了你温柔的声音,

还有你那精灵似的倩影。

在穷乡僻壤,在囚禁的阴暗生活中,

我的岁月就在那样静静地消逝,

没有倾心的人,没有诗的灵魂,

没有眼泪,没有生命,也没有爱情。

如今心灵已开始苏醒,

这时在我的面前又出现了你,

有如昙花一现的幻影,

有如纯洁之美的精灵。

我的心在狂喜中跳跃,

为了它,一切又重新苏醒,

有了倾心的人,有了诗的灵感,

有了生命,有了眼泪,也有了爱情。

凌丽记得，罗马曾经在一个夜晚给她背诵过这首诗。她还记得他很动情，但两眼望向窗外的黑夜，她当时就知道他不是朗诵给自己听的。他为什么把这首诗抄录在这里？

凌丽迅速注意到文件夹里还有三张黑白照片，都是正方形的照片，她知道这是当年的120照相机拍的。

第一张是两个男孩的合影，背景估计是学校的大门，竖着的牌子上写着"108信箱子弟学校"。凌丽很快认出了罗马，看起来十七八岁。他戴着白边眼镜，表情淡定，露出了那个年龄男孩不应有的成熟。他边上那个肯定是林涛，个子略高，他似乎在跟照相的人说话，脑袋略微前倾，显得很顽皮。终于见到年轻的罗马了！终于见到神秘的林涛了！凌丽发现自己看林涛的时间比看罗马要长，为什么呢？怪怪的。

第二张和第三张都是四个人的合影，加进来两个女孩。从长相上看，凌丽很快确定那个稍矮一点的是罗马的妹妹罗红，而另外一个一定是她！于嘉曾经提到的那个罗马的初恋！

凌丽在电脑上放大了照片，再看那个女孩，她发出了惊叫——那个女孩也太像自己了！她的发型正是自己当年为取悦罗马特意做的那种短发！

她崩溃了吗？她用鼠标把那张照片反复地放大、缩小、左移、右移，她把照片放大到只剩下眼睛。本来就是一张冲印不佳的照片，再经过翻拍，再放大已经模糊不清，出现了许多噪点和马赛克。但那双眼睛依然美丽、从容，这就是我的眼睛！凌丽睁大眼睛，似乎在和屏幕上的眼睛对视、竞争。

你是谁？为什么我们长得如此相像？难道我这么多年的付出只是因为他爱你至深而选择长得像你的我当你的替代品？你为什么会如此吸引他？你们是怎样相爱，又为何分手？你现在身在何方？我知道了，你就是那个他心里的凯恩！

"这时在我的面前又出现了你，有如昙花一现的幻影，有如纯洁之美的精灵。我的心在狂喜中跳跃，为了它，一切又重新苏醒，有了倾心的人，有了诗的灵感，有了生命，有了眼泪，也有了爱情。"——这是他对重逢的想象！太深情了吧，过了吧！

凌丽忽然想起高崇文老师向她要照片，老作家肯定当时就猜出了罗马这两个恋人长得很像。

她恶狠狠地抹掉了眼里的泪水，太使劲了，双眼生疼。她瞪着眼睛，不允许再有一滴眼泪流下。她想要呼喊，号叫。她更想找人倾诉，她以前从未有过这种愿望。

想来想去，没有，没有这样的人，没有这样的人能听她倾诉。

活了35年，没有朋友——一个也没有！

——像那个罗马一样！

——不，罗马可能有，那个林涛和这个女人。

凌丽感到血往头上涌，她喝下了一瓶矿泉水。没有味道，她要喝酒。

酒吧里那个完全自我沉浸的歌手在唱宋冬野的歌，他完全不觉得这些歌似乎已经过时了。

坐在凌丽对面的是杨腾警官。没有朋友的凌丽想跟他——这个前两天有可能拘留他的人聊聊，因为现在他是和自己一样最关注和了解罗马的人。

不穿警服的杨腾似乎变成了一个大学里的研究生，像赵临江那样的师弟。

"谢谢你能来，你这样不违反纪律吗？"

"没有，我也正想找你谈谈。"

"能喝杯啤酒吗？"

"可以，今天是星期天，我们只有周末和休假可以喝酒。"

"喝什么啤酒？"

"我喜欢日本啤酒，朝日、麒麟都可以。"

凌丽越发感觉对面坐的不是个警官了。扎啤杯一碰，碰出了些啤酒沫。

"今天的妆化得太浓了吧，眼睛里有血丝，说明睡眠太少，眼眶微肿，说明哭过。"

闹了半天，对面还是个警官。凌丽苦笑了一下。

"你看了那么多东西，在你面前我几乎是透明的。问个问题，你是不是特别看不起我？"

"为什么这么问？"

"一个外地来的女博士，为了少奋斗几年，为了尽快过上富足的生活，为了顺利进入学术圈，总之为了功名利禄，去勾引一个事业有成、财务自由的知名学者。按这个思路，我也觉得这个人够龌龊的。"

这话怎么接？杨腾知道自己刚才肯定露出了一丝窘态。他对凌丽的看法尽管没有她自己说的那么过分，但他一直认为这种师生恋的学生一方肯定都是从利益而不是从感情出发的。问题是当她主动把自己描述得低俗不堪的时候，肯定在背后隐藏着可以自圆其说的东西。

"我更多的是从分析案情的角度来看那些资料的。作为警官，我必须仅从法律和侦查的角度看待当事人，不能基于情感做判断，甚至不应该有道德判断。至于怎么看待你，我确实没有认真想过，抱歉。"

"算了，不难为你了，可能你给我留了很大的面子。在不违反纪律的前提下，能不能跟我透露一点你的发现？"

"关于整体的破案思路，我当然不能告诉你。但既然你是先拿到了手机和硬盘的恢复数据，我很愿意和你探讨和那些数据相关的问题。罗马教授是否跟你提起过他的弟弟罗成？"

"很少提。我只记得他两次给他弟弟汇款，都是五万，都被退回了。他还通过关系想把他弟弟调进中央电视台,也被拒绝了。他跟我说,他弟弟不容易,他和罗红都离开了乌川,他弟弟一个人照顾父母好多年,直到母亲去世后才来到北京,当了北漂。他先当群众演员,后来学了摄像,拍婚礼什么的,但工作朝不保夕。"

"据你所知,他们在近期联系过吗?"

"我记得半年前有一次罗老师在书房接到了他弟弟的电话,上来就骂。罗马不愿意让我听到争吵,拿着电话下楼了。打完电话,他的脸色发白,气得发抖。我问他是什么事,他说他花了好多钱重修了祖坟,可弟弟一直替外人说话。"

"勘查他的书房时,发现他在看很多关于自杀的书。你发现过他有自杀倾向吗?"

"他不可能自杀。有时酒后他会表达一些厌世的情绪,但以我对他的了解,自杀的念头一定会输给求生的本能。"

"你是否听他说过那个叫季敏力的人?"

"听说过,几个月前,他跟我说,他在乌川的一个朋友被调查了。那天他很感慨,说可惜了,那个人很有才干,也很有魄力,胆子也很大。现在官场上像这样的干部很少见,也很难得。要是不出事,他一定能让乌川经济上一个大台阶。他印象里那个人除了爱喝茅台,总体上还是很清廉的,可能是他隐藏得好?"

"他们俩交往很深,罗马教授不担心这件事会让他受牵连吗?"

"你怀疑他是因为这件事失踪的?我觉得不可能。罗老师这个人我还是了解的,他喜欢钱,但绝不拿非法的钱。在这方面他从来都谨小慎微。前年有人匿名举报他贪污科研经费,学校里也正好有些人想整他。于是就由纪委、文学院、科研处和财务处成立了一个调查组,把他从留校工作以后,包括出国期间的所有经费都查了一遍,结果没查出一分钱的问题。"

"他没有看出季敏力贪腐,说看走眼了,如果你也对他看走眼了呢?"

凌丽怔了一下，似乎这句话戳到了她的痛处。

"我对他确实在某些方面看走眼了，但我坚信，即使他有些小的经济问题，也不足以导致他失踪。"

看到凌丽的情绪有所变化，杨腾举起酒杯，又和她碰了一下。

"也有可能是我看得更走眼。我很可能耽误了最佳的破案时间。局长要求的破案时间明天就到了，又得挨骂了。你刚才说的'看走眼'指的是什么?"

"指的是，我根本不真正了解这个人。我和你的心情不一样，现在我最关心的不是案情的大结局，而是他到底是怎样看我的。当然我依然会尽我所能协助你破案。我下面所说的是我个人最在乎的，我觉得也一定和他的失踪有关。"

凌丽大口喝完了杯中的啤酒。

"你一定会问我受到什么刺激了，是的。这两天我没日没夜地看那些东西，做毕业论文都没有这么投入。结果我发现，他最在乎的人不是我，而是另外两个人，林涛和他的初恋。他失踪的原因肯定和这两个人有关。对我来说，这还不是最悲剧的……"

凌丽打开手机，找到了那张照片。杨腾迅速发现了照片里的人和眼前这个人的相似程度。

"你是说，罗马是因为你长得像他的初恋才喜欢上你的？我觉得这也并不过分吧，这样的事电影里有很多，我到现在遇见长得像我前女友的女孩都会有些不自然。"

"不，你不知道我俩是怎么在一起的。我承认，在不认识他的时候我就很崇拜他，后来为考他的博士我也算费尽心机。但是一个农村出来的女孩子，梦想着在北京出人头地又举目无亲，追求自己喜欢的、未婚的人，这过分吗？要命的是我后来真的爱上了他，却又发现我只是他最爱的人的替代品!"

那个歌手正在唱《斑马斑马》：

斑马斑马你不要睡着啦
再给我看看你受伤的尾巴
我不想去触碰你伤口的疤
我只想掀起你的头发

斑马斑马你回到了你的家
可我浪费着我寒冷的年华
你的城市没有一扇门为我打开啊
我终究还要回到路上

听着对面的哭诉，杨腾本来觉得有些矫情，但他最喜欢的《斑马斑马》配合得太默契了。"你的城市没有一扇门为我打开啊，我终究还要回到路上。"是的，看着凌丽，他想到了彭安妮。安妮要快速拿到北京户口，这过分吗？就算安妮是为了拿到北京户口而开始与自己交往，这有什么不能理解和接受的呢？她毕竟没有像凌丽那样为了自己的追求牺牲尊严，百般算计。但每想到这些，他还是觉得别扭。杨腾提醒自己不要共情，但眼睛有些潮湿。

"好了，谢谢你能倾听我的怨妇式的唠叨，说完了，我也痛快了。一会儿我发给你个东西，是我此生写的唯一一篇短篇小说。本来我不打算给任何人看。但是刚才我看见你那么爱听那首歌，看到你用手挡住眼，看来你对我有些同情。当然，我并不需要同情。"

歌手继续旁若无人地唱着：

斑马斑马你还记得我吗
我是只会歌唱的傻瓜

斑马斑马你睡吧睡吧

我会背上吉他离开北方

杨腾打开了凌丽发来的邮件，小说的名字叫《短发》。凌丽还特意发了说明。

我第二次见罗马的时候特意理了短发，我觉得知识女性大多爱理短发。没想到和我在照片上看见的那个女孩的发型一模一样。我们又长得那么像……

杨腾发现这篇小说使他对罗马和凌丽的印象都有所改观。他依稀记得看到后面，他的眼睛又有些潮湿，他感受到了凌丽的真挚，尤其她说的："成功和优秀可以使你崇拜一个人，而偶然暴露的失败和懦弱才能使你爱上一个人。"这句话还真有哲理，是她经历了情感波折之后，从自己的内心总结出来的。杨腾感到奇怪，自己怎么会对这个可能的犯罪嫌疑人有了些许同情，乃至好感呢？

他给凌丽发了微信。

杨腾：小说写得挺有意思，内心描写很细腻，您可以不搞文学评论，去搞创作了。

凌丽：罗马读完以后也这么说。都是奉承，我自己的东西写得怎么样自己清楚。爱上他之后，我觉得自己应该跟他坦白一切，就写了我平生第一篇小说，准备只给他一个人看。

杨腾：那你为什么又拿出来了？

凌丽：因为小说里那个叫"涵悦"的我上当了。在发现那张照片之后，我知道我长得并不是像他梦见的那个人，而是像生活中真实存在的人，他的初恋。我只是一个替代品，可能就是一个情趣玩偶。

杨腾：那他为什么回避了你很长时间？

凌丽：在他发微信约我的前几天，那个女人自己或他俩之间一定发生了什么重大的事，这件事让罗马感到绝望，于是来找我。我是多么可悲可笑！

杨腾：您把小说发给我，不会是让我了解你们的感情过程吧？

凌丽：当然不是，我是想提醒您，对于一生都在与环境抗争的罗马来说，外在的挫折、物质世界的失败不会压倒他。现在看来，在这个世界上，他在乎的事情不多，包括他的父母、弟弟妹妹，也包括我。他在乎的可能就是那个女人和他的所谓学术地位。想要破这个案子，必须盯紧这个女人。可惜我还不知道她叫什么。——请相信一个曾经深爱他的女人的直觉。

杨腾：尽管我目前还不能完全同意您的判断，但我必须感谢您真诚提供的、含有您个人隐私的信息，谢谢！

第七章　萨里埃利

手机响了一声,是提醒有新邮件。打开邮件的一瞬间,凌丽很吃惊,也感到了久违的温暖。居然是罗马和梁震的微信聊天记录,这肯定是赵临江发来的,他用了一个陌生的邮箱。他明知犯法,却冒险帮助,也许并不是因为他曾经喜欢自己,而是他希望老师能平安归来。凌丽想打个电话,马上想到不行——万一事发,只要她不揭发,赵临江就是安全的。

大量微信聊天都是探讨问题的,大部分都是梁震向罗马请教。由于了解了梁震的为人和二人关系,凌丽明显看出梁震是故意降低身段,以问问题的方式示弱,讨好。凌丽将她认为重要的内容粘贴出来。

2013年6月14日

梁震:祝贺老兄再次获得"全国十佳文艺评论家"称号,向老兄学习!

罗马:嗐,文无第一,武无第二。体育界、文艺界都可以评十佳,文艺评论界评这个有意思吗?比如,我当选了,你就不服。

梁震:我哪敢不服?其他九个人不好说,但您可是实至名归。你不当回事的东西,许多人可是趋之若鹜呀。

罗马:我知道了,明年我就是评委会副主任了,不再参加评选。我一定着力推荐老兄。

梁震：谢谢，没有您一路提携，我现在还是个无名鼠辈呢。

2013年11月1日

罗马：我听了一些闲话，说是你说的，但我不信。有人说你在央视"诸子百家"栏目的策划会上说我的旧学根基不实，连《论语》都没通读过。还说你在某权威核心期刊编辑部说我的英文水平不行，论文里许多自己翻译的外国人的论述都有问题。别在意，我认为都是那些人编的。

梁震：气死我了，世界上竟然有这种小人！请您把说这两件事的人的名字告诉我，明天咱去趟央视那个编辑部，咱们当面对质！

罗马：不用这么生气，我刚才说了我不信。以咱俩的关系，你如果对我有意见肯定会当面提出来，怎么会对外人说呢？

梁震：这造谣的人还真不知道咱俩的关系。四年同窗不说，我在央视上节目，在那个杂志发文章不都是你介绍的吗？如果我恩将仇报，那我还算个人吗？

罗马：好了，就当今天是愚人节。

梁震：我不会饶了那俩人的。

罗马：你知道是谁？

梁震：不知道，我会查出来的。你在学校吗？我找你喝酒去？

罗马：算了，晚上约了几个乌川老乡喝酒，咱回头聚。

看来正如于嘉所说，这个梁震，他一直是凭借罗马的影响力才在学界混出了点名堂。而这个人一面享受着罗马提供的资源，另一面却四处说罗马的坏话。后面这段对话显然是罗马在敲打梁震，尤其是梁震自己说漏了嘴，说要找那两个人算账。罗马很机智，点到为止。

2016年5月30日

　　梁震：围棋网站里有个叫"马晓无春"的3D棋手是不是你？

　　罗马：我6D水平，怎么会是3D？

　　梁震：别装了，你以前说过你叫"马晓无春"。我在论坛里看到了，有个叫"终结者敢死队"的缺德组织，专门阻击马上升级的棋手。刚才我再赢一盘就4D了，你，也就是"马晓无春"把我给赢了。你不惜连续输棋降到3D，也要阻击我，太缺德了。

　　罗马：哈哈，我还真不知道是你，太好了，痛快！输棋的时候抽自己嘴巴了吗？

　　梁震：我就是玩玩而已，你不用那么得意。我不明白你费时费力，自己也没有好处，图个什么？

　　罗马：就是让你们这些正在高歌猛进的人体验一下挫败感。临门一脚射偏了，那种悔恨、愤怒，多好玩呀！别装，你肯定抽自己了。

　　罗马：这就是后现代呀！

　　梁震：你就是个迫害狂！

凌丽笑了，她完全想不到罗马还会来这一出，还会无目的地犯坏。这还真是后现代！

2018年7月17日

　　梁震：有一件重要的事情我必须告诉你。你撰文批判的那本小说《那逝去的轰鸣声》的作者真名叫索维维。尽管你认为你从未谈起此人，但上学时我就知道每月给你寄十块钱和大量通信的人就是索维维。几年前有一次你喝醉了，喊了好几遍这个名字。我当时就知道你最在乎的是她。

　　我通过出版社的总编辑查出了她，是因为我希望你能有机会对你这无心的伤害做出解释。

　　终于知道了这个女人的名字：索维维！怎么还是个作家？凌丽心跳加速，赶忙往下看。

2018年7月18日

　　罗马：抱歉刚看到。我和索维维确实曾经恋爱过，但时过境迁，我们的关系并没有你猜测的那么近。谢谢！

　　梁震：咱俩认识四十年了，我还不了解你，你对她的感情比我说的只深不浅。你上学时写的一个短篇就是写你和她的感情，名字好像叫《山鹰崖》。我不会写小说，但我能洞悉小说作者的内心。

　　罗马：你这本事搞文学评论太屈才了，你应该搞刑侦。我完全不明白，你为什么大学时代就关注我的隐私？

　　梁震：有没有重点？你真的一点都不着急？

　　梁震：怎么这么半天不回复？

2018年7月20日

　　梁震：怎么回事？怎么连手机都关了？

2018年7月22日

　　罗马：明天在南开大学开的那个会我不去了，你跟他们说我胃病犯了。

梁震：老兄，不至于吧，那个会你要做主旨发言。

罗马：你不是一直想做主旨发言吗？正好。

梁震：在你眼里我就是《哈姆雷特》里的叔叔克劳狄斯，随时要弑君篡位。

罗马：这个比喻很准确。

梁震：我不解释了。我知道你很在乎索维维，才帮你探听消息，没想到你把好心当了驴肝肺。

罗马：你是不是特想打击我？正好我一位老朋友也发来微信，《那逝去的轰鸣声》的作者确实是索维维。在你这种高级特工面前我也没法装了，我确实很在乎她。其实也没事，我和她已经好久不联系了，这次我又不是故意攻击她，如果知道是她写的我怎么可能这么做呢？不知道她现在是否看到过我的评论，看到了肯定会生气，过一段时间就没事了。

梁震：我觉得你在装。你连手机都关了，你这些天一定很痛苦。是的，她不会为你批评她的小说生气，但会因为你用意识形态的思维攻击她丑化国家建设而气愤。我这几天又看了看小说，她确实是倾尽了情感，写得很真实。尽管我不了解她的履历，但我觉得那里面的主人公，那个女车间主任就是她自己。她写的是大历史下面的小故事，写的是改革开放的历史进程中付出个人代价的下岗工人群体。所以，她会觉得你们之间是价值观的差异。

梁震：还有，她在小说里表达了对家乡、对工厂深切的情感。而你长年在那里生活，却在评论里说该淘汰的就应该淘汰，她看了肯定会很伤心。在她看来，你一定是一个背弃了故乡、丧失了良知的评论者。

梁震：怎么不回话？你不会生气吧？我写的可都是肺腑

之言。

凌丽想起了梁震那张阴冷的脸。显然，他的每句话都直戳罗马的内心，他不是在帮罗马，而是想使他更加绝望。

两年前罗马阻击他围棋升级顶多是个玩笑，现在他处心积虑地在心灵上摧残罗马，他才是个迫害狂！

2018年7月24日

  罗马：杀人诛心！

  梁震：啥意思？

  梁震：怎么回事？

  梁震：怎么又消失了？

  梁震：再不发声我就去你家找你了。

2018年7月25日

  罗马：萨里埃利，算你狠！

  梁震：您啥意思？是说《莫扎特传》？想多了，且不说我是不是萨里埃利，您有莫扎特的才华吗？

  罗马：我确实没有莫扎特的才华，你却有萨里埃利的毒蝎心肠。你句句带毒，就是希望我疯狂。你如愿了，我这几天确实没怎么睡觉，时而亢奋，时而绝望，整天下围棋。我得写个遗嘱，我要是死了，就是你迫害死的，萨里埃利！

  梁震：我完全是出于对你的关心才去探究这件事的，你这些话也要把我气疯了！

凌丽听说过，但没看过《莫扎特传》这个电影，她急忙查询。

  《莫扎特传》是由米洛斯·福尔曼导演，汤姆·休斯克、F. 莫里·亚伯拉罕主演的一部传记片。该片于1984年9月19日在美国上映。电影1985年获第57届奥斯卡最佳影片、最佳导演、最佳男主角等八项大奖。影片从一个宫廷乐师萨里埃利的角度，为我们呈现了天才莫扎特的一生。萨里埃利是维也纳音乐界里有名的人物，自视甚高的他自从遇到了莫扎特，心里的妒忌之火便熊熊燃烧不能平息。莫扎特总能以他超乎常人的音乐作品赢得全场惊叹，他的《费加罗的婚礼》等歌剧，都成了传颂千古的经典。

萨里埃利对莫扎特又羡慕又嫉恨的心理已经发展到几乎扭曲的地步。他在莫扎特的事业中一次次从中作梗——故意缩短歌剧的上演周期，恶意删改莫扎特的作品，在莫扎特承受着丧父之痛时给他无情的精神折磨。贫穷虚弱的莫扎特在生命最后的几年里，写就遗作《安魂曲》，一代大师35岁就与世长辞，留下不朽作品。而萨里埃利的后半生一直在忏悔中度过。

凌丽点开了《莫扎特传》的剧照，她惊奇地发现，萨里埃利的形象真的和梁震有几分神似。她心中一紧，预感到这个梁震有可能是罗马生病的幕后导演。

2018年7月26日

梁震：罗兄，刚才长谈之后，越发对你的状况感到担忧。没想到一个六十岁的人还这么痴情。希望你能想开些，毕竟你们俩已经分手三十多年了。

罗马：我确实不该跟你说那么多，我很后悔，咱俩的关系没到这个地步，你这个人经常心术不正。可是没办法，我跟谁说这些？我都快憋死了。

梁震：你居然说晚上能清晰地听到索维维说话，还能看见她，这肯定是得了精神分裂症，我在安定医院有朋友，你真的需要去看看医生。

罗马：你才精神病呢！我好好的，我真后悔酒后跟你说那么多。

梁震：你真土，精神病在现代社会是很常见的，在知识分子中更是比比皆是。

罗马：你别管了，我没事。

梁震：作为朋友，我必须对你负责，精神疾病如果不治疗会引起很多麻烦。下面是我查到的资料，你看看是否符合你。

梁震：

精神分裂症阳性症状

1. 幻觉：看到、听到、闻到、尝到、感觉到并不存在的事物，最常见的幻听。这些幻觉对于患者来说非常真实，好像真实发生，而周围其他人感受不到。

2. 错觉：错觉是对一种感觉的错误感受，比如看到一个树影，会认为是一个人影，而产生诸多与人影相关的错误联想等。

3. 思维混乱：患者的想法和谈话内容，让周围的人很难捕捉到。患者很难集中注意力，会从一个想法跳至另一个想法，并且思想和言语会因此变得混乱，难以让他人理解。

4. 行为和思想的异常：患者的行为变得混乱，行为与外表对其他人来讲显得不寻常。患者可能行为不当，或极度激动，无缘无故地大喊大叫，好像完全被别人所控制。或者完全基于一种错误的、不切实际的观念。比如患者可能会认为有人在监视自己，或者认为自己遭受到迫害、骚扰、跟踪等等。

5. 阴性症状：最初的阴性症状，通常被认为精神分裂症的前驱期。随着病情进展，前驱期的症状会逐渐恶化，患者变得社交孤僻，越来越不关心自己的外表，自己的生活、家人以及未来。例如，对生活、社交失去兴趣和动力；注意力不集中，缺乏体验快乐的能力；睡眠模式发生变化。

6. 焦虑、抑郁：情绪问题多见于疾病早期和缓解期，可能属于精神分裂症的一部分，或者继发于疾病的影响。这类患者发生自杀行为，或者滥用精神治疗药物的机会增加，应当特别注意。

7. 攻击暴力：患者攻击暴力行为的可能性比较大，尤其当患者为男性、有品行问题、有反社会人格等情况时。当患者既往发生过暴力、攻击性行为，那么再次攻击暴力的概率很大。

凌丽看完这些，心里觉得恐惧。罗马看完这些会怎么想？这个梁震是不是故意在吓唬罗马？他坏到这个地步了吗？

2018年7月28日

下午三点有一个三分钟的微信通话。

梁震：别急，卫健委赵司长已给医院书记打了电话。让你去安定医院你不去，这家医院的领导费老劲了。一会儿你去给医生道歉。注意平复心情，态度要诚恳。

梁震：事情处理完了吗？要不要我去医院接你？

梁震：打电话也不接？

　　梁震：卸磨杀驴！

2018年7月29日

　　罗马：抱歉！昨天回来后太疲劳了，进门就睡了。今天上午又去医院给那个医生道歉。那个医生很另类，昨天下午书记跟他讲了，但他完全不接受我的道歉。今天算是接受了，还给我看了病。

　　梁震：你在医生面前表现了精神分裂症的攻击性行为。

　　罗马：你别瞎说，医生诊断我是双相情感障碍，和精神分裂症是两回事。当然我还得感谢你让我去医院，还帮我解决危机。恳请您一点，请帮我保密。目前只有你我知道，我看病用的是假身份证，医生也有保护患者隐私的责任。只要我们周边还有第三个人知道，那肯定是你说的。

　　梁震：这个我当然保证。为了研究文艺心理学，我上硕士时旁听了精神病学的许多课程。对双相情感障碍还是比较了解的，它发病期短，也是可以治愈的。

　　罗马：你学了那么多，为什么说我是精神分裂症？你是想让我真的变成疯子吧？

　　梁震：这两种病确实有很多近似的地方。我又不是医生，判断错了也正常。现在医生给你开的什么药？

　　罗马：劳拉西泮。

　　梁震：

　　劳拉西泮（Lorazepam）是由美国Wyeth公司合成的苯二氮䓬类精神药，在日本由日本Wyeth公司开发。

　　【通用名】：劳拉西泮（又译作罗拉西泮）

　　【别名】：氯羟安定、氯羟二氮䓬、氯羟去甲安定

　　【英文名】：LOraZepam

【作用与用途】：用于镇静、抗焦虑、催眠、镇吐等。其作用与地西泮相似，但抗焦虑作用较地西泮强。诱导入睡作用明显，口服吸收良好、迅速。临床可用于焦虑症、肌骼肌痉挛及失眠症等。

【不良反应】：常见有疲劳、嗜睡、轻微头痛、乏力、眩晕、运动失调。不安、激动，与剂量有关。老年患者更易出现以上反应。偶见低血压、呼吸抑制、视力模糊、皮疹、尿潴留、忧郁、精神紊乱、白细胞减少。高剂量时少数人出现兴奋不安。

梁震：看来医生不认为你的病很重，但请注意药品的副作用，您已属于老年患者。据我所知，这种药如果对症效果会很好，如果不对症会产生相反效果。看精神科，必须认真看药品说明书。

罗马：怎么会有这么多副作用？我还真没看说明书。我现在平时很正常，这些副作用要是发生一半，我不就完蛋了吗？我都不敢吃药了。

梁震：副作用只是说有可能，不是每人都会有。药还是要吃的，病情必须控制，只是服药过程中要留心身体的感觉。

两头堵，先用副作用吓人，后说必须吃药。这个梁震是不是在有意扰乱罗马的心绪，加重他的病情？凌丽眼前又出现了梁震那猥琐的嘴脸。

2018年8月1日

罗马：昨天晚上感到浑身乏力和眩晕，看来副作用还真不小。今天又去看了医生，他说这种症状都是服药前期发生的，很快就会好，让我减少1/3药量。我问他什么时候能好，他说坚持吃药，大约得半年。他这句话让我血一下涌到头上，五雷轰顶呀。这什么时候是个头呀？

梁震：老兄少安毋躁。这本来就是慢性病，许多人四五年都好不了。你必须转移注意力，你这次发病是因为和索维维发生的误会，你必须从这里走出来。反正你现在是单身，不如去找个女人，女人能治病。

罗马：我看你的病比我厉害，精神分裂症！

此后好久两人没有微信聊天。凌丽想起，就是在两天之后的8月3日，她正和一个男人在老家唯一的体育酒吧里喝酒，罗马发来了微信："刚从西安回来，这几天有空，你如有时间可面谈。"看来他说从西安回来是谎话。

从此二人开始了这段诡异的恋情。落实了，自己就是在罗马患病之时被唤来填补索维维位置的那个女人。悲从中来。

2019年6月15日

梁震：恭喜您今天收了个美若天仙的研究生。

罗马：少来这套，笔试、面试都是第一名。

梁震：别装了，我的心理学至少是硕士水平。你们俩之前肯定认识，整个面试过程，你们俩一直避免目光相交，这就很说明问题。

罗马：你就瞎猜吧。你这些年研究水平一直徘徊不前，看来心思都用来窥探别人了。烂泥扶不上墙。

梁震：怎么还急了？老弟是真心为你高兴。你是单身，找个对象堂堂正正。你知道吗？学生都在议论你的性取向问题，我也怀疑过，这下谣言不攻自破。

罗马：怎么还没完了？我以前真不认识她。

梁震：好好，不认识，不认识。

2021年11月26日

梁震：转，2021年11月26日，世卫组织举行紧急会议，讨论B.1.1.529变异毒株。会后世卫组织发布声明，将其列为需要关注的变异株，并命名为Omicron。26日，对于在一些国家出现的变异病毒奥密克戎毒株，世界卫生组织紧急召开专门评估会议，将其列为"需要关注"的变异毒株，要求各国加强监测与测序工作。截至2021年11月27日，英国、德国、意大利、以色列等多个国家和地区发现病毒新型变种"奥密克戎"（Omicron），全球有多国不同程度地收紧了防疫措施。

梁震：询问了专家，这种病毒传播率更高，致死率更高，有人悲观地认为，人类难逃此劫。罗兄务必多加小心。

罗马：不是说国内还没有吗？

梁震：这种病毒是阻挡不住的，很快就会蔓延。

罗马：我明天还要去医院呢，药吃完了。

梁震：建议等等再说，我觉得病毒就在空气中弥漫。

2021年11月29日

罗马：看何老的朋友圈，你今天去社科院开会了，怎么这么不小心？

梁震：实在没办法，何老的研究生开题，你不去，我再不去，太不给人家面子了。我们都全程戴N95口罩，一个小时就完事了。

罗马：我这几天一个人躲在屋子里，连外卖都不敢叫，天天吃方便面。老有人让我出去，说现在北京很安全。抗双相情感障碍的药也没了，我又出现幻觉了，我能看见我爸爸就在客厅里帮我用喷雾酒精消毒。这样下去我真的疯了。

　　梁震：可以网上买药呀。

　　罗马：精神科的药网上没有。

　　梁震：你只能自己判断，看看冒险去医院，还是用自己的意志力抗病，哪个更合算。

凌丽想起那段日子，国内疫情并不严重，而梁震故意用海外不实之词吓唬罗马，耽误罗马用药，他自己却在外面活动，这个人太歹毒了！

2022年8月12日

　　梁震：罗兄你最近连续缺席了上海和深圳两次重要的会议，是因为害怕传染吗？

　　罗马：我对你们大城市的事已经不感兴趣了，我的家在乌川，我在那有大事要办。

　　梁震：你不是大城市人吗？怎么还"你们大城市"？

　　罗马：尽管我知道你是个坏人，我还得跟你说。因为除了医生，只有你知道我的病情。我受到了强烈的刺激，它的强度是我此生没有经历过的。你别问，我也永远不会告诉任何人是什么。我觉得我的人生完全失败，我厌恶我拥有的身边的一切，包括这个行业、这个学校和这个城市，我要逃离这个牢笼。我望向远方，看到了一个祥和的地方，那里没有讨厌的人类，没有喧嚣，没有病毒，没有你这样的人的唠唠叨叨。我欲乘风归去，无惧琼楼玉宇，高处不胜寒。今天早晨，我爸爸罗玉田又坐在我的床边看着我，他说，你在这儿过得一点也不好，还不如在老家呢——这个世界上只有他懂我，疼我。

梁震：我猜不出你遇到了什么，在我看来你的一生是非常成功的，是我们这些人无法企及的。心情不好，换个环境待一段日子也是个不错的选择。其实不光是你对这个城市和这个职业充满厌恶，扪心自问，我何尝不是时而感到幻想破灭，生不如死，想要冲破牢笼呢？

罗马：我把这些告诉你，你一定很高兴吧！这个破行业里我那把破交椅眼看就是你的了，拿去！我赤条条来去无牵挂！

梁震：别开玩笑了，这把交椅永远是你的。咱们还是通电话聊吧，方便吗？

这个时间距罗马失踪仅有一个多月，罗马说的"强烈的刺激"是什么？这个日子前几天，他的好友林涛去世了，他肯定很悲伤，但为什么会因此怀疑人生，觉得人生完全失败？从字面可以看出，他写这条微信时正处于发病期，语言混乱、飘忽。但梁震却明显要乘人之危，他不是劝罗马赶快去看病，而是劝他"换个环境"，离开北京。他还说自己和罗马一样有厌世的感觉，这肯定是假的，他在推波助澜。他对一个精神病患者写下这些恶毒的话时，脸上一定露着狞笑。

2022年8月30日

梁震：罗兄，两张电话卡搞到，已快递给你。

罗马：谢谢！

凌丽顾不得宣泄气愤，立即给杨腾发微信。

凌丽：

杨警官好，我有准确的证据证明梁震教授是在精神上迫害罗马老师的恶人，我相信失踪案与他有关。他在两人交往中夸张疫情的危险，夸张罗马的病情，逐步通过心理诱导使罗马病情加重。在罗马因病症、疫情和生活的重大变故开始产生幻觉，怀疑人生，表现出厌世或离开的意思后，他居然表示认同，并赞同罗马离开。——以上信息来源暂不能告知，请谅解。

希望警方传讯他。

杨腾：你如果检举梁震，可以直接到公安局或检察院正式提交，用微信方式是不合适的。你如果去检举，要提交原始证据，否则无法立案。

你目前提供的线索，肯定是根据二人的某种通信交流的记录做出的推断。即使提供了原始证据，估计也无法立案。

要提醒的是，以非法手段获取公民信息涉嫌犯罪，请三思而行。

凌丽：我会对自己做出的一切负责的。依然希望警方重视这个线索，谢谢。

尽管回复得冷静、官方，杨腾还是很佩服凌丽这股敢作敢当，穷追不舍的劲儿。她提供的线索是一个新的视角，不能轻视。他根据上次梁震在公安局留下的邮箱地址给他发去了邮件。

梁震教授您好！

罗马教授失踪的社会反响很大，我也看过您的相关微博。我理解，您认为罗马教授因自认为人生失败而产生了轻生或出走的想法，他因恐惧病毒而产生了心理问题。我想知道您和他交往中具体谈了什么？您在9月10日和他最后一次见面，他除了宣泄恐惧和悲观，还说了什么，有没有提到出走之类的想法？

　　打扰了，谢谢！

与杨腾的官方和客气完全相反，凌丽的微信直截了当。

　　凌丽：梁震，我掌握了你迫害罗马，使其精神疾病加重和利用他的病情以及对疫情的恐惧，怂恿他出走的直接证据。我已准备向公安机关报案，现在给你一次机会，2022年8月28日，你和罗马通了很长时间的微信电话，（看了这个日期，你应该知道我确实掌握了确实的证据。）你们都谈了什么？他有没有谈到计划出走？在疫情防控如此严密的情况下，他居然能在公安局没有查到任何踪迹的情况下离开京城，肯定有人帮忙，是不是你？三个小时内不回复，我就报警。

梁震收到了微信和邮件，先是一惊，认真看过，觉得对方并无确切证据。

杨警官您好！
　　我在微博里只是陈述了一些我与罗马教授交往过程中所观察到的一些现象，并没有认定他因自感人生失败而产生那些不良想法。对于我和他交往中发现的问题我已经在微博中写清楚了，9月10日我们的交谈我也写得很具体，就不再重复了。
　　期待警方早日破案，期待我能早日见到罗马教授。

他微笑了一下，又给凌丽发去微信。

  梁震：凌丽，你通过非法途径窃取了我的微信聊天记录，这已经构成犯罪。你对我进行恐吓虽然不构成犯罪，但根据《治安管理处罚法》可以处以警告罚款甚至治安拘留。

杨腾和凌丽都没想到，这家伙居然油盐不进。凌丽给他发去了一张微信截图。

  凌丽：这张截图可以证明，你帮助罗马用其他姓名购买了电话卡。根据《中华人民共和国电信条例》和《电话用户真实身份信息登记规定》，这属于违法行为。
  有了非实名电话卡，对他匿名出行帮助很大。你不要嚣张，不要等来警方的传唤。至于我是否违法，无所谓，反正我什么都没了。

这回梁震没有回复。

第八章　108信箱

杨腾来到东五环边上这个小区是为了见高崇文，罗马的老师。杨腾觉得高崇文年事已高，又是有些名气的作家，让他到公安局来不太合适。而像这样穿便装，独自一人来拜访，更显得礼貌。

高崇文正坐在客厅里吸氧，见到杨腾进门，他站了起来。这一站让杨腾很吃惊，这个老作家的身高至少有一米八五，跟自己差不多。

"您在吸氧，是生了什么病了？"

"没事，老毛病，肺不太好，每天得吸一个多小时的氧。在乌川的时候，我被下放到铸造车间劳动，当了两年多翻砂工，这肺从那时候起就不舒服。还好我不太严重，那些干了一辈子的工人好多患上了矽肺病。"

"我在网上看到过一些报道，没想到您也身受其害。"

作家高崇文的书房书不多，红木方桌上摆放着笔墨纸砚，墙上和一根铁丝上挂着各种字画。桌上一幅水墨画墨迹未干。

"没想到您如此热衷书画，您这幅新作画的是什么？"

"是山鹰崖，在乌川108信箱厂子的后山。"

"看着也不像山鹰呀，为什么叫这个名字？"

"是这样，这个山崖并不高，从厂区那些平坦的地方走上去，海拔也就上升了四百多米。但它是拔地而起，直上直下，没有任何缓冲。当地人说只有山鹰能飞上去，所以叫山鹰崖。正面基本上是一个垂直的平面，从来没有人上去过。据说108信箱建厂之前，要进行地质地貌勘察，需要从制高点向下拍几张照片。罗马的父亲罗玉田是向导，跟工程师学好了怎么调光圈焦点，怎么按快门，就从后山出发了。据他自己说，他找了几个小时也没找到上山的路径。后来他碰到了一匹狼，为了躲避这匹狼，他胡乱奔跑，居然找到了路。他登上了山鹰崖，拍了照片……但后来他再带人上山，也找不到上次的路了，他的登顶成了绝版。那时候我们年轻，谁都想第二个爬上去，我们经常从后山的几条路寻找登顶的路径，为此还摔伤过好几个人。罗马就是其中之一。"

"他摔伤是在什么时候？"

"是他上高一的时候。"

"谢谢您主动引到了正题，我今天一个人来，不算正式的询问。高级知识分子的案件要研究他的内心世界，我只想从您这里了解一些当年的情况。"

高崇文沏好了茉莉花茶，递给杨腾。

"我尽量客观地讲述，我不知道哪些内容和你们破案有关。您请问吧。"

"我可以录音吗？"

"当然可以。"

与高崇文的谈话录音：

问：罗马和林涛到底是什么关系？

答：这么说吧，两个人是生死之交，林涛救过罗马的命，是因为罗马要爬上我画的那个山鹰崖。罗马自认为他是第一个登顶的罗玉田的儿子，一定要第二个登顶。他用一个月时间研究了登顶的路径，他决心实施他的登顶计划，开始很顺利，但在他攀上难度最大的一个山崖时，他的脚被滑落的石块砸伤了，流了很多血，脚骨骨折。

我们是在几个小时之后才赶到事发地的，我们爬到两个山崖之间的一条沟里看见了罗马。真不知道这七八米高，直上直下，几乎没有抓手的陡峭山崖，他是怎么爬上去的。此时的他声音微弱，无力动弹。我们不知道他的失血量，担心他有生命危险。

几个人试图爬上去，都半途而废。还是林涛聪明，他爬上了对面的山崖，那边比这边略高些。他把绳子绑在山崖滋出的一棵树上，准备用绳子悠荡到对面。两山之间有八九米的距离，他计算了这个距离所需绳子的长度……知道了他的这个方案，我们一致反对。罗马也用微弱的声音喊："别，不要！"太危险了，稍有闪失，他就会摔得头破血流，死亡的概率非常大。林涛大喊一声："别干扰我！"大家立刻安静了，我估计我这辈子心跳最快的就是那个时候。他嘴不停地动着，不知道是在继续计算，还是在默念着什么……绳子开始摆动越荡越高，终于是有惊无险，他站到了对面。他给罗马喝了水，吃了巧克力，然后用绳子绑住罗马，把他顺了下来……这交情，够了吧？

问：罗马是不是在中学时有一个女朋友？

答：我知道您会问我这个问题。凌丽来问我时，我觉得这是个人隐私，没有告诉她。我想随着案情调查的深入，你们肯定会想到她。她叫索维维，比罗马和林涛低一个年级，是我们索厂长的女儿，索厂长叫索铭恩，是军人出身，老革命。108信箱刚建立的时候，索维维没有来乌川，而是留在北京，由爷爷奶奶抚养。后来爷爷奶奶都去世了，她是在初三开学一个月之后才来到子弟学校上学。

她的到来在学校的男生里引起了一阵喧哗。身材高挑，皮肤白皙，身穿国防绿上衣，像个部队的女文艺兵。第一节体育课，她百米就跑了个12秒9，比多数男生跑得都快。后来的乒乓球比赛、歌咏比赛，她都名列前茅。这样的女孩子谁不喜欢？很快传出了一个外号，叫"公主"。听了这个外号，索维维很生气，逐个追踪调查，查出起这个外号的是高一的林涛。于是她找到林涛兴师问罪，林涛笑呵呵地直接道歉，让想要发泄的索维维一拳打在棉花上，哭笑不得，罗马出来解释林涛没有恶意，一来二去，他们就认识了。

其实，林涛起这个外号还是有点"恶意"的。上高一的林涛已经对世界有了自己的思考。尽管他父亲被抓走后索厂长一直很照顾他，但他对这种不懂技术，整天讲政治，搞大批判的干部很有成见。他发现108信箱成立时，全厂职工都把家属带到乌川来了，而身为一厂之长的索铭恩居然把自己的女儿留在北京，按当时的话，这叫"资产阶级法权"。这个女孩来到学校就处处强势，自身条件好当然是事实，厂长女儿的身份肯定也起了作用，于是他给她起了"公主"的外号。在那个时候，公主属于剥削阶级，索维维当然不高兴。

那件事不久，林涛的一篇作文引起了我的注意，他写的是罗马的父亲罗玉田，一个翻砂工每天下班后都把现场清理得井井有条，十年如一日。文笔生动感人，我把他的作文寄给我在省报当编辑的老同学，很快就发表了。

这件事轰动全校，索维维看后很欣赏林涛的才华，主动接近他。但林涛不为所动，只是拉着罗马和她一起交往，交流文学上的见解。其间林涛是否喜欢索维维，我不得而知。反正索维维喜欢林涛，而罗马喜欢索维维。这期间有什么感情纠葛，作为老师我并不清楚。反正是，到了高二，罗马和索维维好了，林涛和罗马的妹妹罗红好了。

问:林涛为什么会喜欢上罗红?

答:这个我还真问过他。他说,罗马的父亲罗玉田非常重男轻女,尤其偏爱长子,学习优异的罗马。他刚住进罗家的时候,只要有肉,有鸡蛋这类稀罕食品都是他和罗马先吃,其他人后吃。罗红那么个漂亮女孩,穿的所有衣服都是他和罗马穿不了的男孩衣服,衣服上或多或少都会有补丁。这个女孩从小倔强,反抗不公平待遇,结果总是遭到一顿暴揍,而她却从没服过软。

林涛从小就喜欢这个有些男孩气的妹妹,碰到好吃的,他经常自己省着不吃,偷偷留给罗红。罗红不爱学习,他就每天监督她,辅导她。罗马这个人活得比较自我,所以罗红和林涛的关系好过他的亲哥哥。

等罗红上初中以后,就不是林涛监督她学习了,而是罗红整天追着林涛和罗马,三个人上学、放学、写作业、打球都在一起。

索维维来了以后,整天和她两个哥哥一起交流文学。罗红似乎有了一种危机感,开始直接追求林涛。林涛只当作玩笑,在他眼里,罗红还是个小女孩。罗红使出了杀手锏,当着罗马的面跟林涛说,如果他不答应,她就再也不上学了。她说到做到,连续一个星期旷课,跑到工厂里,央求各车间的师傅,说要当临时工……那时候,她的父亲罗玉田因为知道这是个打不服的孩子,早就不再打她了,完全拿她没办法。这种情况下,林涛只好说,现在你还太小,等你高中毕业,上了大学,就可以和你好。后来,罗红变了个人,成绩迅速飙升,还当上了班长。

后来,罗红考上了省里的师范大学,毕业以后,两个人就结婚了。林涛说,他真的喜欢这个傻丫头,她身上有一股野性，有一种用北京话叫浑不论的劲。这是在城市姑娘身上见不到的。就她用旷课来要挟这件事，就让林涛在哭笑不得中觉得她特有意思。

　　林涛还提到一件事。罗红在9岁的时候养了两只白兔子，特别可爱。但那年春节，父亲罗玉田非要杀了兔子过年。罗红在头天晚上偷出两只兔子，抱着它们爬到山上。到了半夜，家里发现她和兔子都失踪了，林涛和罗马分头上山寻找。林涛找到了罗红，但她宁可冻死也不交出兔子。林涛就帮着她在山上搭了个窝，两人轮流喂养。但后来两只兔子被狼弄死了，罗红发誓要打死这头狼，多日不去上学。林涛劝她，她不听。林涛就用厂里的设备做了一支猎枪，打死了一只狼，但罗红又哭了，说肯定不是这只狼，这只长得还特别好看，特别温柔，不可能吃兔子……

　　林涛说，他特别爱看罗红笑。她很多时候都在笑，笑声特别爽朗。连吃窝头时都在笑，家里人都说她有病。而这正是林涛最喜欢的。他时常远远地看着她笑。林涛说，看到她就觉得活着特好。

　　问：林涛为什么不上大学呢？

　　答：1977年第一次招生时，他的父亲还没有平反，所以他没拿到准考证。那时他和罗马都已经高中毕业一年多了，其他同学都进厂当了工人，他因为学习成绩优秀，再加上索厂长和其他厂领导都同情他的父亲，就决定让他留在中学教书。他说罗马的成绩比他好，要留应该留罗马，结果两个人一块留校当老师了。

　　听到不让他高考的消息，他一怒之下把复习资料都烧了，说再也不考大学了。几个月以后，他父亲林宗源回到乌川，严厉地要求他考大学，他服从了。但很快林宗源被发现患上了严重的肾炎，林涛马上调回北京照顾父亲。即使像林宗源这样的科学家，当时的规定也要自己出四分之一的进口药费用。林涛又得想办法挣钱，最后只得考了北京师范学院的夜大。

问：罗马、罗红、林涛和索维维，他们后来的交往情况怎么样？

答：后来的事我并不是十分清楚。罗马和索维维的恋爱关系一直维持到罗马上大三的时候，分手原因我不清楚。以我对他们的了解，肯定不是罗马的弟弟罗成说的，罗马成了陈世美那么简单。

罗马和林涛的关系一直比较好，一直有来往。在我看来，林涛过于散淡无求，而罗马过于追求成功。这些观念上的差异使他们在交往中不可能没有冲突。这两个我最看中的学生都让我觉得惋惜。

你这个问题最好的回答者是索维维和罗红，她们应该更清楚。可惜我这里没有索维维的联系方式，罗红在办完林涛的葬礼后马上就出国了。我这里有她的手机号和邮箱号。

问：我还想问一下罗成，他来北京以后和您有过来往吗？

答：我估计罗成才是您此次来的调查重点，因为他对哥哥充满仇恨，而且一个月前我给他打电话，号码已经销号了。也就是说，他和他的哥哥一样在北京失踪了。罗成小学的时候我在教中学，因为他是罗马的弟弟才认识他的。

问：在乌川时，他们哥俩的关系怎么样？

答：罗成上一年级是罗马把他拖进学校的，还踢了两脚。罗成从小就不爱念书，但他这次不愿进学校的原因是家里让他穿罗马穿剩下的衣服，有补丁。尽管罗家穷，但哥哥罗马似乎没穿过有补丁的衣服。罗成觉得父母太偏向哥哥了。

罗成上学后和他哥哥在学校成绩上来了个大反差，哥哥几乎永远是全年级第一，弟弟也不含糊，比较稳定地占据全班最后一名。当时不允许排名，但每个班的老师还是会公布成绩。

罗马开始还管管，后来完全放弃了，从此两人形同陌路。

罗成跟林涛的关系很好，志趣相投。林涛教他做了好多玩具，陀螺、弹弓、冰车……他来北京后，是林涛用一台旧照相机教他学会了摄像。林涛说，他的摄像技术进步很快，如果不是脾气不好，可能早就是大摄像师了。尽管他和罗马形同水火，其实两个人有一点很像，就是都爱攻击别人。他在各种剧组都干过，多数时候都是因为冲撞导演、制片人、主摄像师而被开除，打过好几次架。我不明白这哥俩为什么会在这方面如此相像。

是林涛带着罗成来我家的。两个目的，一个是让我给他讲讲处事之道，不要用过于刻薄的态度对待周边；二是让我给他说说罗马也不容易，不是他想象中的那种奸佞小人。

林涛看错人了，他以为我能讲好语文课，能写好小说，就肯定善于与人沟通。可是当罗成对我讲了剧组里那些人的种种不堪，讲了那些人妄自尊大，拉帮结派，层层盘剥，甚至动辄打骂下属，我觉得我要是罗成，也得跟他们干。我也作为编剧进过剧组，可能是高高在上，从没见过罗成所说的那样的剧组。我只能跟他说，要审时度势，要保护好自己，不要触犯法律——这跟没说差不多，嗐。

再说兄弟关系的事。罗成不待我提及此事，就历数了罗马三大罪状。

一是藐视父母，从不孝顺。二是背叛家乡，数典忘祖。

这两条您肯定在他发在网上的文章里看过了。

三是不择手段，寡廉鲜耻。罗成说：罗马从小学开始的一贯奋斗，就是为了谋取功名和钱财。在这个过程中，他使了多少诡计，害过多少好人，只有他自己清楚。他靠揭发、骂人出名，谁风头正旺他就骂谁。关键是他没有自己的观点和标准，比如，我混过一个月的电视剧《穿过那片云》是穿越题材的，被他批判后迟了两年才播出，公司赔惨了。同期另一个电视剧《归去来》也是穿越剧，题材差不多，连编剧都是一个人，他写了三篇文章吹捧……这是为什么？肯定是有利益关系。这个人太烂了。

——看来罗成是有备而来。我个人对后来的罗马也有看法，曾经多次找他谈，但他的回答是，我这种人靠自己奋斗有了今天，终于可以对那些大人物指手画脚了。过去他们这些人是怎么对待我们这样的穷学生的？别看我现在的文字有些刻毒，其实还不及他们当年给我的屈辱感的十分之一。只要我在这个位置，他们就会怕我，让这些老爷太太在我的诅咒声里瑟瑟发抖吧——这可能是"文革"语言。那天他是在酒后说的这番话，看来是心里话。

我只能对罗成说，他的哥哥对家乡、对父母，包括对妹妹弟弟是有感情的。只不过现在他搭上了飞奔的列车，来不及想，来不及顾及自己的亲人……这些话也没什么说服力。

我对罗成没帮到什么，倒是他多次帮我修电脑。罗成没上过大学，但却是个计算机高手，软件硬件通吃。每次电脑出问题，我都会请他来家里修。他这聪明劲，和林涛相似。我也算个作家，但特别不爱和作家一块儿聚会，我特爱和罗成这种文化程度不高的人聊天，感觉特别舒服，充实。我和罗成也算是忘年交了。

问：关于罗马修祖坟的事，罗成有没有详细说？

答：在罗马出事前些天，罗成带着他们村的一个人来找我，他们说想找罗马要钱，可罗马一直不接电话，去京北大学的宿舍找也没找到他。罗成想问问我他还有没有别的住处，我确实不知道。这件事你们肯定很清楚。

问：那个人是不是比罗成矮一点？是不是叫罗占全？

答：确实矮一点，穿着一件不合身的西服，肯定是借来的，可能就是罗成的。但他叫什么我不记得了。

问：他们俩没说要去哪？

答：那人听说我也找不到罗马就很沮丧。罗成说，没关系，北京就这么大，罗马又是名人，肯定能找到。我劝他们不要胡来，要守法，可以去京北大学文学院找罗马，罗马不是不讲理的人，好好跟他说说情况。他们答应了。后来我给罗马打电话，关机了。

末班地铁空空荡荡，杨腾心绪难平。

列车呼啸着进入了黑洞，窗外呈现的是一个汽车广告。杨腾很喜欢这种利用人眼的视觉暂留现象制作的车窗广告。广告词是"驰骋万里，因为有你"。进入黑色的世界之后，列车风驰电掣。有两条电缆线在窗外格外显眼，像两条跃动的曲线。当列车进入下一站时，在车站明亮的灯光下，它们不再起眼。等到再进入黑洞，它们会再次携手向前。罗马和林涛，又何尝不是这样呢？想到这儿，杨腾突然觉得自己有些矫情，怎么和作家聊了一晚上就变得多愁善感了呢？林涛一定是罗马最看中的人，他刚刚去世，这和罗马的失踪是否存在关系？

杨腾将谈话记录整理存档，经请示闫局长，将这份记录发给了凌丽。同时凌丽还接到了一个短信，凌丽把它视作对她的第二轮讹诈。

这次对方明确署名了，是罗成。

罗成：凌丽你好，我是罗马的弟弟罗成，发此短信是向你要钱。罗马为重修祖坟，勾结地方官吏，强占了三户人家的林地，造成一人被打伤后残疾，一人脑溢血，三个家庭失去林地和主要生活来源，其中两家人债台高筑。我带着当事人在9月中旬在你们的别墅见过他，他答应赔偿林地应收款项和医药费，并适当赔偿三家的损失。稍后我会把他的字据用彩信发给你。请过些天如数汇到我指定的银行卡上。我不知道你是出于什么动机和这么个人在一起的，我不知道罗马是否提起过我。我是一个穷人，但自视是个仗义的人，这些钱是这三户人家的救命钱，我不会留一分钱，会全部分给那三家人，让他们去治病、还债、生活。我希望你是一个明事理的人，我希望通过这个短信和后面发的证据就能使你汇钱，而不要逼我使用其他手段。另外，这是普通人之间的债务纠纷，不要让警察知道，这个你懂的。

紧接着，凌丽收到一条彩信，是个照片。

　　　　　　　　　　欠条

我，罗马。身份证号###############，我在重修祖坟过程中引起了纠纷，给三户村民造成了巨大的损失。我承诺，在2022年11月15日以前，在诉求方提供医药费发票等其他损失的证明后，即付给三户村民赔偿金人民币270万元整。此字据为凭证。

　　　　　　　　　　　　　　　　　　罗马
　　　　　　　　　　　　　　　　　2022年9月13日

欠条上还按有罗马的手印。修祖坟并产生纠纷的事罗马没有瞒着凌丽，但欠条的事她并不知晓。罗成说曾经带人去过别墅，地址肯定不是罗马告诉他的，他肯定跟踪过罗马。看来此人不可小视。她用短信回复。

  凌丽：你是怎么知道别墅的位置的？你们在别墅里对他做了什么？

  罗成：别看不起一个初中没毕业的，我可是网络高手，没有我找不到的人。我是怎么得到你的手机号的？不会是罗马给我的吧？

  凌丽：他的欠条是不是在你们暴力逼迫下写的？

  罗成：你还是太不了解罗马了，他那种屄人还用暴力逼迫？他见到我们，自知理亏，就写了欠条。

  凌丽：是不是你绑架了你哥哥？

  罗成：现在警察肯定找到了我去他家的指纹或监控录像，所以我得躲着他们，别耽误了我要钱的大事。我跟你说，罗马做了那么多坏事，老天会惩罚他的，用不着我动手，那会脏了我的手。

  凌丽：现在你的亲哥哥生死未卜，在弄清他的失踪原因前，我是不会汇钱的。你也不用威胁我，已经有两拨人这么做了，我早就豁出去了。我知道只要钱在我手里，我就是安全的。

  罗成：难道你像罗马一样，对那三户生活无着的人没有一点同情心吗？我还就威胁你了！我随时能找到你，我肯定有办法让你还钱。

  凌丽：你就不怕我报警吗？

罗成：哎哟，谢谢啦，你赶紧报警，警察看见字据也得让你还钱。我现在不愿找警察是因为他们办事效率太低，我要用我的方式帮乡亲讨回公道。等钱到了三家手里，我就去找警察聊聊，我没犯罪，他们不能把我怎么着。

凌丽：那我们做个交易吧。钱我可以给你，但你得帮我弄清你哥失踪的原因，我要了解和联系几个人，他们你都认识。一个是你哥的初恋索维维，现在还在乌川，我见过照片。另一个是你的姐姐罗红，也就是林涛的妻子。还有一个，听说林涛有一个女儿，现在应该有二十岁了，我也想有她的联系方式。

罗成：大姐，你行呀，三言两语就反客为主了。这些人我都认识，都是好人，你一个和罗马那路人整天厮混的人凭什么认识他们？人家也不会搭理你的。

凌丽：这么说话就没有礼貌了。你哥是什么人，有什么缺点，我比你清楚。我是什么人你完全不知道，你没有资格评判我们。就算你和你哥有深仇大恨，就算他罪恶滔天，也不能这么不明不白地就平地消失了呀。你想想你的父母，他们如果还健在，会允许你对哥哥的死活不闻不问吗？

罗成：不许提我爸妈！我知道你想刺激我，你够狠毒的。

凌丽：我不光狠毒，还很执拗，我认准的事是不会更改的。除非你有能耐让我像你哥哥一样失踪。怎么样，做个交易吧，这个交易的结果是双赢。

罗成：你还真是个有野性的狐狸精，难怪我哥——算了，不改了，你把我带沟里了，居然叫他哥——会被你迷住呢。索维维，我只知道她一直没结婚，后来是厂里三产公司的总经理，我有几个同学在她那上班。罗红现在在澳大利亚，我可以给你她的联系方式，但你最好不要找她，那是自讨没趣，她肯定烦你。回头我还可以把林涛他们在北京的住址发给你。可以了吧？

凌丽：我可能要去趟乌川，到时候也请你帮忙。你现在在哪？

罗成：条件还真不少。我不可能告诉你我在哪。

凌丽：一旦我在乌川有了收获，我马上转账。

罗成：那你可得快点，那些人等着用钱呢。

凌丽：你尽快把那些联系方式发给我。

罗成：明天吧。这个电话卡我发完这条短信就扔了，警察盯着我呢，我明天换一个号发给你。我怎么会输给你，和你这样的人合作？

凌丽：和敌人合作是成熟的标志。

凌丽也不明白为什么刚才能把自己塑造成一个杀伐果断、意志力极强的人。这个选择使她获得了收获，至少她进一步调查的线索又有了。尽管她刚才接到了杨腾的邮件，但她决定先不把这些信息告诉杨腾，那样会得罪罗成，耽误调查。

杨腾此刻正在联系罗成的姐姐罗红，他从高崇文那得到了罗红的邮箱。他给罗红发了一封邮件。

尊敬的罗红女士：

您好，首先我对林涛先生不幸去世表示哀悼，敬请节哀。我是负责罗马先生失踪案的警官杨腾，本来不该在您悲痛的时候让您回忆过去，实在是案子的侦破遭遇了瓶颈，必须了解他过去的一些事情。我已经采访了高崇文老师，在此基础上，我们想继续询问一些事情，我想您也肯定希望您哥哥的失踪最终能水落石出。内中可能涉及个人隐私，您如果觉得有些问题不便回答，尽可以选择不答。

1. 罗马先生和索维维女士的关系是我们非常关注的，如果您不介意，请叙述一下他们恋爱关系的开始、进程和结束，如果后面还有延续，希望也能告知。

2. 您的哥哥罗马和您的丈夫林涛是好兄弟，但也有传闻说他们闹过不少矛盾，我们想进一步了解。

最近墨尔本疫情很严重，请您多多保重！

凌丽收到杨腾的谈话记录后，用微信回复：

杨警官好！

感谢您分享的记录！感谢您对我的信任！

我尽量排除个人情感因素，谈谈我的看法。加上我掌握的其他资料以及我在相处过程中对罗马的了解，我认为：

1. 林涛的去世肯定对罗马造成了很大的心理冲击，但不至于造成他的失踪。但这条线索依然很重要，罗马与我交往三年，但从未跟我提及过林涛。尽管我们约定好了不询问对方的过去，但他唯一的男性朋友有什么不能说的呢？除非是同性恋？不可能吧。思来想去，尽管没有任何根据，我怀疑在罗马、林涛和索维维之间存在三角关系，就是两个人都喜欢索维维，而罗马胜出。在罗马心中，这是一段刻骨铭心的人生经历，所以当然不会告诉我。这些完全是一个处于情感波澜的女人的直觉。

2. 我终于知道了她的名字——索维维。我猜想她应该是导致罗马失踪的主因，当然我现在还没有证据。尽管据说罗马上大三的时候，两人的关系就断了，但毫无疑问，罗马对她一直痴心不变。他在京北大学有过两次短暂的情史，但都是因为她结束的。据我调查，有十几年的时间，他招收的硕士生、博士生大多是男生，只招收了四个女生，这四个女生有两个是四十多岁考上研究生的，有一个是教育部一位副部长的女儿，还有一位患有甲状腺功能亢进症，人瘦得只有七十多斤……总之，他在排斥一切可能的诱惑，他在等着索维维。还有一个重要线索：罗马在半年多前取出了一百二十万现金，我怀疑是在索维维遇到困难的时候送给她了。

他很早就发现了我长得像索维维，但是并没有录取我，而是在面试时刷掉了我。其后他又来找我，并迅速占有了我，肯定是他和索维维在这之前发生了巨大的问题。而这次罗马失踪之前，索维维和罗马之间发生了什么？这可能是问题的关键。

3. 尽管罗成肯定看不起我，恨我，但我一定要联系上他。他肯定还知道很多故事。还有，据说索维维一直生活在乌川，我准备去一趟。失踪事件发生在北京，但根子肯定在乌川。在此先向您汇报一下。如果我去乌川会打乱你们的破案部署，比如打草惊蛇之类，请明确告知。

我如此关注此事，当然也是关注我曾经深爱过的人的生死。但其实，我更是想深入了解这个我并不了解的人，判断一下我在欺骗过他之后的真心付出是否值得。这件事的结果可能会影响我未来的人生价值取向。

杨腾现在似乎更加佩服这个女人了，尤其佩服她的直觉。接下去，他开始读另一个女人回复的邮件。

杨警官您好！

谢谢您的关心！墨尔本当下的气候很适于疗伤，这里的人不太拿疫情当回事，生活很正常。我透过窗户直面大海，心态平和。唯有我哥哥失踪的事让我挂心，但我相信他肯定还活着。目前按中国大陆的防疫政策，我暂时无法返回，只能让你们费心了，谢谢！

我先回答您第一个问题。索维维和我哥的关系比您目前调查到的情况要复杂很多，因为涉及了我和林涛，这件事也只有我们四个人知道。

索维维因为和林涛发生了一个小冲突而结识了林涛，其后她就喜欢上了林涛。林涛从来就讨厌强势的人，而索维维身份是厂长的女儿，长得漂亮，学习、体育、文艺都很优秀，说起话来咄咄逼人，正属于这种强势的人。所以林涛开始是回避的，但接触多了，就逐渐喜欢上了。这时我哥把这个消息告诉我了——我到现在也不知道他是不是因为自己想追求索维维而利用我扫清障碍。

听到这个消息之前，我确实一直把林涛看作哥哥。但知道他要和另一个女孩好，我完全不能接受，就找到林涛大闹，一通死缠烂打。林涛是个过于随性的人，他后来跟我说，他喜欢我是因为我简单、天然，相处起来不累。而索维维太优秀，追求的人太多。

当时还发生了一件事。1973年，邓小平复出主持工作期间，很多干部和知识分子得到平反。林涛的父亲林宗源在狱中写了申诉材料。监狱将材料转到部里，部里转到108信箱。厂革委会讨论后认为，厂里只能证明林宗源在厂期间工作积极，未发现任何违法行为。而案件的核心是其在美国留学期间，以及在部里工作期间的表现。厂革委会据此写了回复函件，导致林宗源的申诉没有任何结果。林涛为此找到索维维的父亲索厂长大闹，责问他为什么不去找和林宗源一起在美国留学的，现在仍在部里工作的高总工程师了解情况。其实高总工程师当时也已经下放到干校劳动了。林涛当时情绪激动，高声喊叫，气得索厂长高血压发作。

索维维对此十分气愤，说林涛无理取闹。两人就此闹掰了。后来林涛也承认自己无理取闹，说自己当时太鲁莽，是非不分。索厂长对他一直关爱有加，实在不应该迁怒于他。

那以后，索维维一直情绪低落，我哥总是找她聊文学，聊世界，两人交往逐渐增多。我哥贫困的身世和奋斗的精神让她很感动，但她内心还是更倾向林涛。而这时候我哥对索维维的追求已接近癫狂。他发誓要登上山鹰崖，他要站在山鹰崖上给她朗诵自己写的诗。我爸是唯一一个登上过山鹰崖的人，我哥仔细询问了从后山上山的路，并做了好多天准备，然后约索维维去山鹰崖正面等他登顶，读诗。索维维苦劝他半天，他依然坚持。但最后还是走错了路，在能够望见山鹰崖的另一个山崖上摔伤了。

索维维久等不见人影，哭着跑回厂区求援。我哥被林涛等人救下来以后，脸色苍白，右脚的白球鞋都被血染红了。索维维趴在他身上哭了好久。这下他们的关系被所有人知道了。我哥没攀上山鹰崖，还伤了脚，却由此得到了索维维的爱情，也算值了。这时我发现，林涛再遇见索维维总是有些怪怪的感觉，我知道他内心还是很喜欢索维维的。

后来，我哥和林涛一起留校教书，一年后我哥考上了京北大学。尽管我哥曾经工作过一年，但不是正式编制，所以不能带工资上学。这时家里完全没有能力资助他上学，是索维维省吃俭用，每月寄给他十元钱。

这个时候，开始了拨乱反正，索维维的父亲索铭恩因为在整个"文革"期间一直是厂里的一把手，领导了其间所有的政治运动，成为整肃对象。幸亏他为人善良，一切都是执行上级指示，所以没有被过分处理。部里撤销了他的厂长职务，改任厂工会主席。索维维的父亲觉得自己太冤，一气之下脑溢血发作。祸不单行，她母亲也因为着急心脏病发作。索维维这时候正在准备高考，她和我哥约好在京北大学会师。在家里这种情况下她选择放弃了高考。

世界就这么怪异。就在这个时候，林涛的父亲林宗源被派回108信箱，任命为厂长。但几个月后就住进了医院，被查出严重的肾炎。在厂医院，前后两任厂长的房间居然挨着。据说两人多年后相见，抱头痛哭了好久。一个厂长，一个总工程师，"文革"把这对好搭档拆散了，一个先倒霉，一个后倒霉。索厂长痛悔自己没有保护好林总工，林总工感谢索厂长一直在保护林涛……

林宗源得知，索厂长的病情很严重，如果不及时治疗随时会有生命危险，而部里鉴于他在"文革"中的问题，不同意他到北京治疗。林宗源直接给部长打了电话，部里终于同意了。同时他正式给部里打了报告，提出自己的身体已不适合担任厂长职务，要求返回北京。这样，林宗源夫妇带着林涛，索厂长夫妇带着索维维，一同乘软卧回了北京。当然索厂长一家还都要返回乌川。

我当时还小，听到林涛和索维维要一起在北京待很长一段时间，还是很吃醋的。我写信告诉了哥哥，他回信说，他在北京见到了索维维，他们俩很好。

后来我接到我哥哥的来信，说有三个月了，索维维只是每月给他寄十元钱，不再给他回信了。让我去找她，问问出了什么事。当时索维维已经回厂上班了，因为进步很快，被提拔为车间的技术员。

索维维跟我说,她和我哥在通信中吵架了。我哥要求她参加当年的高考,说她已经耽误一年了。索维维说,父母都随时会有危险,她已经决定不考大学了。索维维给我看了我哥给她写的信的最后一段,大意是:非常理解你对父母的关心和孝顺。但你正处在人生命运的十字路口,错过了高考这个唯一能改变命运的机会,你会后悔终生的。我们都是志存高远的人,不应该为了亲情忘记了我们的理想。

　　索维维说,看了这段话,她的心就凉了。这段话就不是人话!你哥哥不是坏人,但我们俩不是一路人,祝他前程远大。

　　我给哥哥写了信,指责他不应该说那种话。我告诉他索维维现在对他已经绝望了,让他赶紧回来道歉。加上我父亲又住院了,哥哥从上学以后就没回来过,该回来看看了。

　　他回信说,快期末考试了,考完试他马上回来。让我多跟索维维解释。

　　我把他的意思告诉索维维,她淡淡一笑,说,这就是你哥哥,天塌下来也要理性地生活。要是你那位(指林涛),什么期末考试,他当天就会赶回来的。你真幸福,好好复习,考上大学,去北京找林涛吧。后来我和索维维联系很少,尽管我们长时间都在乌川,但毕竟她喜欢过林涛,其实后来也喜欢,这个涉及她的隐私,我就不说了。所以她不愿见我。

　　我哥后来又给我来信,说他接到了索维维的绝交信,现在只能放放了。他一定努力奋斗,在北京混出名声和地位,到那时候再回乌川向索维维赔罪、求婚……

　　关于林涛和我哥的关系,我可能是外人里最能说清楚的,其实我也说不清楚。我想,通过此前对高崇文老师等人的探访,你们应该也知道一些基本情况了。一个是失踪的哥哥，一个是刚刚去世的丈夫，回忆起来真的好难受。

到现在，他们俩认识已经半个多世纪了。因为父亲被抓，在上三年级的时候，林涛被厂里安排到我们家吃住，那时他们就成了好朋友。林涛从他们家里带来了好多我们没见过的东西，有半导体收音机、口琴、照相机、望远镜……还有很多小人书，还有《十万个为什么》，让我和我哥高兴得不得了。有一天我和哥哥翻他的书箱子，找出了一本相册，里面都是林涛在北京的照片，在北海，在天安门，在颐和园……还有游泳的、拉小提琴的、坐转椅的……哥哥瞪着眼睛死盯着看，然后气鼓鼓地到院里找到林涛，说凭什么你有那么多玩具、那么多书，还去那么多地方玩过？我到现在连一张照片还没照过！

林涛像犯了错误的孩子一样，站在那，不敢抬头。忽然他大哭起来，把我和哥哥都弄蒙了。他终于喊出来了："可你有爸爸妈妈，我呢？我爸爸妈妈在哪呢？"林涛到我家以后一直没哭过，这次却止不住了。后来是我爸出来吼了他两句，他才止住。那时候，加上我二哥罗成，我们四个睡一张大炕，半夜他又哭起来了。他说他梦见在北京的家里，他爸爸妈妈被人捆着，用鞭子抽打……他说他一定要回北京，去找爸妈，让我们替他保密。第二天放学的时候，我像平常一样到校门口等他们，但一直不见踪影。我心想坏了，他们俩一块去北京了。我一害怕，就当了叛徒，告诉了老师。

索铭恩厂长得到消息，心急如焚。他下令除了在岗上的工人，其余人全体出动，去找两个孩子。厂区和家属区的各个角落，山上山下都有人寻找。索厂长明确指示，重点是火车站。后来他们告诉我，他们还没走到火车站，就发现有人在找他们，只好先躲到山上的树林里。几次都险些被人发现。天黑以后，他们趁着夜色，翻过铁栅栏，进入火车站。从候车室到检票口到站台，有好几十人在找他们。林涛从小就是个小鬼头，他对我哥说，你得掩护我，等车一进站，你就往站台上跑，吸引敌人注意，我趁机上车。

火车进站了。我哥跑到了站台上，立刻被发现，我爸上去就是一拳，打得他半天爬不起来。印象里这是我爸唯一一次打我哥。趁着这边乱作一团，林涛从火车不开车门的一侧钻到火车下面，爬到另一侧，仗着目标小，混进了车厢。

林涛到北京后找到了叔叔家，叔叔立刻给厂里打了长途电话。因为林涛寄养在我们家，他也比较怕我爸爸，索厂长派我爸爸去北京把林涛接了回来。这件事使他俩的交情又加深了一步。

我有点累了，这里已经是午夜。我睡一会儿再写。

杨警官您好！

吃完早点了，我继续写。可能好多东西与案件无关。一写起来，我还真收不住了。

在他们上初二的时候出过一件事。在农村的奶奶病重，厂里派了一辆卡车，把我们送回了一百多公里外的老家。奶奶当时已经昏迷，别人喊他没有用，大孙子去喊了几声，她就醒了，还坐了起来。她指了指房梁，对哥哥说，那上面有罗家的家谱，让他一定保管好，别让大队干部知道。然后奶奶就闭上了眼睛。丧事办完，哥哥把六本家谱带回了家里。那时候这种当年大户人家的家谱都属于"封资修"的东西，被查出来就属于"变天账"。我爸胆小，让我哥烧掉，我哥坚决不从。

我们一起看了家谱，都是文言文，我们就查字典看。家谱始于明朝中期，止于我爷爷那辈，共记载了十九世传人，跨越了近四百年。罗家头几代的记载不甚清晰，好像都是文人，是为避战乱从山西太原逃至乌川罗家庄村。第四代比较显赫，是明代武将，曾为正二品总兵。不知为什么，他遗训后代"弃武从文"。此后罗家历代除十一世祖一人外，均为文官或文人。共有举人26人，进士5人，探花3人，状元2人。家谱中还选录了各代祖先的诗文作品。原来罗家是个文化世家呀。

罗马看了这些，目光炯炯有神。他跟我说："祖上的荣光到爸这一辈彻底败了，他居然只上过小学，这怎么对得起祖宗？我说我怎么学习那么好，原来是祖上传下来的灵气呀。"——当时我们还不知道有"基因"这个词。当时他正看《三国演义》，说祖上这么多文人，说不定里面就有罗贯中。他为此还多次求教高崇文老师。

他问林涛家有没有家谱，林涛说没听说过。我哥说，就算有，也就是一百来年的风光。我们家可是三百多年的传承呀。我们家出了那么多举人、进士，还出过状元，我得续上。我得上最好的大学，我得成为浩然那样的大作家。当时浩然是我们知道的最有名的作家。我想，我哥从这个时候开始，就觉得文艺创作的成就是最值得追求的成就。

林涛这个人呀，总不爱好好说话。别人沮丧的时候，他会安慰、鼓励；别人稍有些志得意满，他就会上去挖苦。他说过自己胸无大志，也反感有志气的人。他对我哥说，你现在这样子让我想起了阿Q，阿Q说："我们先前——比你阔的多啦！你算是什么东西！"

这下可把我哥气炸了。他抢起板凳就向林涛砸了过去。这以后，他们俩有两个多月没说话。两人和好还是因为家谱。我哥带着一本家谱去厂里的图书馆查相关历史资料，被四车间的支部书记张美霞发现，张书记把这本家谱交到厂里，说这是地主阶级妄图变天的铁证。索铭恩厂长说，一个小孩子，变什么天？罗马是红卫兵干部，肯定是从批判的角度看待家谱。不过这上边写的是第四本，得把前面的三本都交出来——他不知道一共有六本。但我哥只承认有一本。索厂长让人找我父亲证实，这时躲在办公室外面偷听的林涛赶紧跑到家里，跟我爸说，罗马把这家谱看得比命都重要，一定要说只有那一本家谱。那大概是老实巴交的我爸唯一一次对组织说谎。

"文革"结束后，林涛帮着我哥从厂办的文件柜里找回了那本被没收的家谱。

重归于好的两个人还是免不了磕磕碰碰。主要是我哥太好强了，他要在所有方面战胜林涛。就连他那次爬山鹰崖向索维维求爱，也和林涛有关——索维维跟我哥说过，林涛做了一种登山用的钩子，准备爬山鹰崖，我哥这才决定冒险一试。

我估计如果不是索维维和林涛先有了要谈恋爱的意思，我哥也不会那么着急去追索维维。他太好竞争了，这是他一生能够获得成就的原因，也是他始终缺乏幸福感的根源。

当然他们俩仍然是关系最好的兄弟。我哥在上大学之后一直催着林涛和我考大学。林涛说过，当罗马得知他准备上夜大的时候，已经是夜里11点，公交车没有了，他从京北大学出发，连夜走了六七公里，找到林涛。他言辞激烈，连吼带骂，搞得邻居都来抗议。他俩一直喝到天亮，喝了两瓶白酒，我哥也没说服林涛，最后摔门而去。林涛说，看来他是真为我的事上心，好哥们儿。

那时候林涛对现代戏剧特别感兴趣，我哥从图书馆就给他借了好多书，什么易卜生、契诃夫、迪伦马特、尤金·奥尼尔……

林涛做服装生意的时候，我哥还帮他到火车站扛大包……

这次林涛生病，我哥帮着联系了北京最好的医生，还给了一百二十万现金。林涛最后的时刻，是我们几个在一起……

杨腾看完邮件的第一感受是后悔没有早点跟罗红联系，自己被季敏力、罗成、凌丽拖进了各种纷乱之中，而忽视了两个可能是罗马最在乎的人——林涛和索维维。而这三个人竟然还存在着某种三角关系。现在林涛已经故去，而索维维，这个罗马念念不忘的女人肯定在失踪事件中扮演某种角色——这是直觉。最近和彭安妮的接触使杨腾觉得自己根本不懂女人，于是他想和彭安妮聊天。

杨腾：安妮，睡了吗？

彭安妮：一天不理我，这么晚想起来了。

杨腾：这一天太忙了，罗马的妹妹罗红回邮件了，谈到了罗马和他的好友林涛曾经共同爱过一个叫索维维的人。而林涛又是罗红的爱人。

彭安妮：这么乱呀，嘿，你是警察还是八卦记者？

杨腾：我这个人情商太低，尤其不懂女人心理，所以想请你帮着分析分析，这对案件的判断有直接关系。

彭安妮：好像我老谋深算似的，不过我比较好为人师，呵呵。

杨腾：罗马这个人你也大致了解了，他出身贫寒，一生奋斗。他在任何方面都想赢过别人。当他发现索维维喜欢林涛之后，他选择追求索维维。索维维的爸爸是那个厂的厂长。罗马的动机就存在三个选项：1. 战胜林涛，2. 当厂长的乘龙快婿，3. 他确实喜欢漂亮、有才华的索维维。你认为是哪个？

彭安妮：第一个选项使我想到了电影《美国往事》，小团伙的老大麦克斯总要压着主人公面条，电影里面条和三个女人有关系，最后都成了麦克斯的女人。罗马和他最好的朋友之间应该不是这种关系吧。第三个选项太普通，男人喜欢漂亮女人是普遍现象。所以我选二，这事之前我就知道罗马，看过他的微博。他这个人一看就是特别实际，在情感和目标之间，他选择的一定是目标。我们小地方来的人，只要还有野心，在选择的时候常常没有资格偏向情感。

杨腾：怎么还把你扯进来了？你又没有野心。

彭安妮：是，没有野心，但是也有些你们不会在乎的想法。

杨腾：我可不敢不在乎大博士。

彭安妮：开玩笑呢，接着说。

杨腾：罗红说，索维维开始是倾向林涛的，林涛态度暧昧。这时罗马猛攻，不惜冒着生命危险去爬几乎没人上去过的山鹰崖，最终得逞。

彭安妮：我从来没有当过地位优越的公主，只能猜测。我觉得不是罗红的叙述有问题，就是你省略了或曲解了她的叙述，也可能是罗红也没明白索维维为什么会答应罗马。

杨腾：逻辑缜密呀，这是理科生的优势。

彭安妮：索维维这样的人不会因为钦佩一个人对她的执着追求而以身相许。我想，她一定是佩服他的某种品质。对罗马来说，能吸引索维维的肯定是他贫困的家境和他努力奋斗，志存高远之间形成的巨大反差。

杨腾：简直是大神呀，罗红确实提到过你说的内容。你是怎么分析出来的呢？

彭安妮：你自己说过，你不懂女人，其实是你很少换位思考，很少去探究别人的内心。

杨腾：我就先不检讨了。这件事我得出的结论是，索维维是一个善良的、崇尚进取的人。

彭安妮：同意，在归纳总结方面，你比我强。

杨腾：罗红说，两人约好都考京北大学，但索维维的父亲因为在"文革"中一直是厂里的一把手而被审查，就此得了重病，母亲也病了，都需要照顾。索维维决定不考大学了，而罗马写信劝她不要因亲情耽误前程。索维维就此与罗马绝交。

彭安妮：这就和是不是女人没关系了。直接归纳总结：索维维和罗马在这个时候产生了价值观的冲突，索维维认为父母的健康高于一切，理想要为亲情让路。而罗马则相反，他认为通过个人奋斗获取功名是最重要的。索维维在你心目中的形象是不是更可爱了？

杨腾：当然，接着说。显然，在分手之后，罗马依然对索维维念念不忘，他曾经有过短暂的恋情，都是他主动分手的。他常年不结婚，可能也是在等着索维维。在被恢复的他的电脑硬盘里，他把当年和索维维的合影加密保存，还配上了普希金的《致凯恩》。罗马这么一个现实的人会对一个已经六十岁的初恋这么痴心吗？

彭安妮：这是男性心理，得问你自己呀。你对你警官大学的初恋是不是也念念不忘？

杨腾：怎么会扯出这事来？我和她分手的原因很简单，我毕业在北京读研究生，她回到老家云南当了缉毒警察，她工作很忙，俩人距离遥远，后来就分手了。

彭安妮：看来你是个陈世美，留在北京，看不上偏远地区的云南人。如果有真爱，你为什么不能选择和她一起回云南呢？你读完研究生，也可以申请去云南呀。

杨腾：我也是独生子，我父母怎么可能让我去云南呀。我跟你说过。我的父母都在公安部工作，我们学校的副校长是我爸的老战友。她毕业时，我想让我爸说句话，让她留在北京。可是我爸——说起来你肯定不信——他说自己清清白白一辈子，最讨厌的就是走后门。这可能也是她怨恨我的原因之一。毕业一年以后，她主动提出分手。再过一年，她就结婚了，嫁给了那个市政法委书记的儿子。她还把婚纱照给我发过来了。

彭安妮：你看了一定很伤心吧。对了，这是正题，不是要分析罗马的心理吗？

杨腾：看了婚纱照，确实很伤心，那时候正值英语考试，我控制不了自己，基本没复习，结果不及格。失去的都是美好的，以前也没觉得她特别漂亮，一看婚纱照，我失去了一个公主呀。

彭安妮：进入状态了，连格言都脱口而出。提醒你回到正题，到现在，你是不是还后悔失去她？为了工作，不许说谎。

杨腾：你出现之后，她的影子就慢慢淡去了。

彭安妮：不信，我说了，现在不是在聊你的情感，而是在揣摩罗马的想法。

杨腾：确实逐渐忘掉了。不过，你别生气，有时候看到我们局里穿警服的女同事,就会想起她。比如左蕾,长得和她还挺像,气质也接近。

彭安妮:哎,有重大发现。你昨天在电话里跟我说过,因为凌丽长得像罗马的前女友,罗马才和她在一起的。既然如此,你为什么不找左蕾聊聊?

杨腾:不带这么歪楼的,我就知道一说这个你就得找碴儿。左蕾刚大学毕业,才23岁,而且有男朋友。

彭安妮:罗马比凌丽大二十多岁呢,年龄不是问题。

杨腾:行,我明天就去找左蕾。你不是说咱们在工作吗?让我接着想想,我确实有时会想起她,但人家已经结婚,后来还有了孩子。我不可能再幻想着有一天和她破镜重圆。这和罗马不一样,索维维一直没有结婚。而且我们当初的感情也没有他们那么深。

彭安妮:如果有一天,我像凌丽那样在你的电脑里发现你用那样的方式保存她的照片……算了,我不歪楼了。既然罗马似乎一直在等索维维,那么为什么他找了凌丽,而且似乎是准备结婚的?

杨腾:这是问题的关键。按凌丽小说的说法,罗马在凌丽第一次博士面试时就发现了她长得很像索维维,但按兵不动,反而在笔试面试成绩都合格的情况下刷掉了她。而后来又主动联系她。这之间一定发生了什么。

彭安妮:看看,破案还得靠专业人士。分析得太好了!能是什么事呢?索维维结婚了?显然不至于使罗马得病。这么大岁数的人,都是精神上的依恋,不会在乎婚姻这种事。索维维病了?那只会使罗马更加关心她。所以,一定是索维维在精神上给了他很大的打击,才会导致他绝望,开始生病,另寻新欢。

杨腾：我已经不想再互相吹捧了，但你的分析我没有想到，有可能这是和事实最接近的分析。我竟然有点同情罗马了，不管他做了多少错事，一生只爱一个人，而正是这个人给了他致命一击。

彭安妮：我当然更同情索维维，努力爱上了一个最初不爱的人，却发现价值观相左。而这个人给她留下了沉重的烙印。我相信她对罗马的情感是又爱又恨。后来她发现了罗马新的劣迹，才会痛下杀手。女人永远是被动的，可怜的——有想法的女人更是如此。

杨腾：怎么这么哲学？不会是自怨自艾吧？

彭安妮：没那工夫，太晚了，明天我还有个面试呢。

杨腾：怎么还面试？那家制药公司不是已经录用你了吗？你嫌收入低？一入职就和我这工作好几年的差不多，行了吧。

彭安妮：你还是不够关心我，我关注的是户口，这家公司解决不了。明天这家是央企，答应解决户口。

杨腾：我没忘了你这事，正在想办法。

彭安妮：我最好还是自己解决，人得靠自己。

杨腾：这还是责备呀，抱歉！

彭安妮：没事，赶紧休息吧，我希望明天有个好状态。

杨腾：那，祝你好运！晚安。

彭安妮：晚安。

杨腾：对了，我把这些案情信息告诉你可能已经违纪了。请你不要把这些文字让别人看见。谢谢！

彭安妮：放心。

已经过了12点了，但杨腾毫无睡意，他穿好衣服，走出了宿舍。

这个晚上获得的信息太多了，他想在夜风的吹拂下好好梳理梳理。

大街上空无一人，他摘下口罩，新鲜的空气让他感到惬意。远处那几幢三十多层的高楼是某大学的宿舍楼，还有若干窗户亮着灯。圆圆的月亮窥视着这些大楼，楼里可能住着罗马这样的大学者，也可能有凌丽、彭安妮这样的研究生租住其中。里面会有许多夫妻或非夫妻在亲热，会有许多人在彻夜科研或胡编乱造，会有许多人在刷抖音、微博或朋友圈，其中是否会演绎罗马与索维维那种爱恨情仇？是否会有人面临安妮所面临的十字路口？这些楼里有多少人没有北京户口？

和安妮的聊天让他觉得安妮不仅漂亮可爱，而且智商情商都在自己之上。但她对于户口的孜孜以求令杨腾总觉得有一丝别扭。他仔细回想，基本确认安妮是在了解了他的家庭背景，确认加上自己公安系统工作的背景，有解决北京户口的可能之后才开始与他恋爱的。这使得她天真公主的形象在杨腾心目中崩塌了。但这世界上真的有那么纯粹的爱情吗？爱情可能也是一种价值交换，可能存在一种可以量化的交换标准。长相、身高、才华、收入、学历、家庭条件、身体状况……这些可能都在量化之后形成一个综合指数，指数相当的人才会走到一起。是的，如果安妮不是那么漂亮可爱，单凭她的博士学历，她表现出的善良正义，自己会喜欢她吗？

杨腾猛地抽了一下自己的脸。自己把爱情看成了什么？怎么这么龌龊？安妮的要求一点也不过分，自己明天就去询问局里有无照顾家属户口进京的政策，实在不行，就去跟父母死磕。

一辆洒水车呼啸而过，大概是驾驶员心急，平时它应该是每小时二十公里的速度。走在人行道上的杨腾被喷湿了上衣，他下意识地大骂，但洒水车已经远去。骂完了，杨腾觉得痛快了许多。他想，如果能够骂出来，宣泄出来，世界上也许会减少许多精神疾病患者。

罗马是个名人，他没有机会发泄。索维维是个女人，骂大街的可能性也很小。他们就这样隐忍着，相爱相杀。这过于残酷了。目前看来，这两个人的关系可能是这个案件的核心，索维维是一个怎样的女人，能让罗马爱恋终生？先让乌川警方提供一下她的相关材料吧。还有林涛，这个刚刚去世的人与案件也很可能存在关系，一定要继续调查他的信息。

第九章　索尔维格

凌丽抢先了一步，他来到了林涛的家，在鼓楼西大街。从大街往里走，不到一百米的胡同里有超市、理发馆、足疗店……到了一个小十字路口，向左转，再进入一个红色小门，走入一条一米宽的夹道，然后再向右拐见到一个院中小院。

院子里传出了巨大的声响，十分嘈杂的摇滚乐的声音。女青年用沙哑的声音唱着一首凌丽没听过的英文歌，能听出这个乐队有键盘、吉他、贝斯和架子鼓，还挺全乎。待一曲奏完，凌丽按响了摇摇欲坠的门铃。门铃传出的声音竟然是："我没在家，你翻墙进来吧。"凌丽看了一眼，墙确实不高。

门开了，一个高高大大的长发男孩，见了凌丽，他向院里喊了一声："安迪，来了个漂亮姐姐。"凌丽进院，院里有四个人，两男两女，两个男孩都是长发，两个女孩都是短发。这世道怎么了？四个人都在看着她，她有些窘，为了获取主动，她对坐在架子鼓后面的女孩说："你是林涛的女儿吧？安迪。"从那女孩的表情看，她猜对了，这很有面子，还摆脱了被动。

"你是谁？"一听没用"您"，就知道这是常年在国外，而不是常年在北京生活的孩子。

"我是你父亲的朋友罗马的学生。"此话一出，四个人同时露出了诧异的表情，显然他们都知道罗马的事情，也知道凌丽的故事。

"凌丽姐姐，怎么会是你？我们都知道你。"完了，到了这里，先得接受这几个小孩的嘲弄。凌丽无法掩饰自己的尴尬。

"姐姐，你别不好意思，我们都很佩服你，你敢于不顾那些庸俗的眼神，面对自己的内心，太勇敢了。"安迪说这些不像是在打圆场。

"姐姐，我在纽约大学追过四十多岁的钢琴老师，她太美了。可惜她拒绝了，否则我现在都结婚了。"开门的长发男孩说。

是年轻人的世道和成人的不一样，还是国外的世道和国内不一样？凌丽没想到在别处难以启齿的事到了这里会获得赞扬。她本来以为这里只有安迪一个人，以为一亮身份就会被嗤之以鼻。她没有想到这些学生会如此看待这件事。

"我听着你们的歌有点英伦摇滚的意思，你们是在英国留学吗？"凌丽赶紧套近乎。

"我们都是在美国留学，喜欢英伦。"还是那个开门的男孩回答。

"你留什么学呀，上了一年大学就退学了。再介绍一下，我们四个只有一个还在上学，就是他。他也在考虑退学。"安迪指着另一个披着彩色长发的男生说。然后指向那个蓝色短发的女生。"我和她是同学，大三，今年从美国跑回来就没回去，网课太无聊，就退学了。所以我们乐队的名字叫退学联盟，好玩吧？"

"你们太幸福了。我们为了上学都是举全家之力，你们呢，家里花了那么多钱，说退学就退学。安迪，你的父母支持你退学吗？"

"他们从来不管我。我退学时，我爸已经病重，他特别高兴，说我没给他养老，但是可以给他送终了。他说，比尔·盖茨退学弄了微软，不是所有退学的都能成为比尔·盖茨。但对年轻时自己所有主动的选择都不用后悔，为什么非要当成功者？做自己喜欢的事就行了。"

"对不起，我不该提这个。"

"没事，你是来了解罗马教授的事的吧？那是我舅舅，要是你们结婚，我还得叫你舅妈呢，哈哈。"安迪做了个鬼脸，继续说，"咱俩进屋。你们把编曲再弄弄，太low了。"

房子还挺大，有三个二十平方米左右的房间。凌丽走进的这间稍大一些，相当于客厅。里面散放着各种乐器，乐谱架子，沿着墙的几张桌子上有四台电脑，肯定是这四个人每人一台。墙上贴着一些外国歌星的照片，凌丽只认识其中两个。

"安迪，你的中文名叫什么？"

"这就是我的中文名，我叫林安迪。我也不知道我爸为什么给我起这么个名字。"

"也许我不该问，你父亲刚刚去世，你怎么能这么快地平复心情，快乐生活呢？"

"我想我父亲愿意看到我这个样子，他临终前也是这么嘱咐的。他说他这一辈子过得很值，见识了各种各样的人，去过世界很多地方，做事从没违背过自己的意愿。他说从一生的大角度看，没有什么事是非做不可的，没有什么人是离不开的。他和我只是短暂告别，总有一天会在天堂再见。我还好，整天就是这么闹，就是有时候半夜醒来会哭一会儿。"

"你为什么不和妈妈一块儿去澳大利亚？"

"她不让我去，她说我在北京可以和这帮人玩音乐，到了那，谁也不认识。我们俩看到对方都会想起我爸，两个人整天抱着哭？太可笑了。"

"如果没有什么保密的东西，我可以看看你爸的书房吗？"

"书房？他没有书房。"

"三间大屋，应该有间书房呀。"

"他的书很少，他看完的书有的送人了，有的就卖掉了。这个屋子应该算他的操作间。"安迪打开了一扇门。

这真是一个操作间，屋子分了几个区域，东墙边的大方桌是画画、篆刻的，上面还放着一些完成的和未完成的作品。西墙边的区域放着电钻、电磨、电锯，还有一个尚未完成的根雕。北墙前面是一台大电视，电视前放着老式的卡式游戏机和手柄。南墙窗下是一个围棋棋桌和两盒围棋。在窗前，还架着一台将近一米的望远镜，估计得算天文望远镜了。从外观看，一定是林涛自己组装的。

凌丽首先注意到的是墙上的世界地图，和罗马书房的地图一样大，上面也标注了许多城市。如果林涛标注的都是他去过的城市，那他去过的地方太多了。国内所有省份，包括港澳台都标上了，七大洲包括南极洲他都去过。看来这俩人总在竞争，包括去过多少城市，何苦呢？

"姐姐，我来介绍一下，老林——我总是这么叫他——他每天晚上都会拿望远镜看星星，自己说这叫'诸葛亮夜观天象'。他只喜欢当年的任天堂出的那路低级游戏，每天都要打一会儿。这个棋桌是他用乌川山里的原木做的，特别沉。这两筐棋子不是云子，是他在乌川找来黑白两色的石头，自己打磨出来的。小时候他偶尔会催我学习，我就说，你整天打磨围棋子，整天打游戏，凭什么让我学习。这时候他总会笑笑，说你爱学不学，只要你觉得你爸这种没有追求的日子过着也挺好就行。"

"你一定特喜欢这样的爸爸吧？"

"当然，我所有的同学都特羡慕我。我小学是在北京上的。有时候他假装关心我，看看我的课本，一看就骂街，课本里好多题本身就逻辑混乱，这么学越学越傻。我们那个小学作业特别多，每次我做作业一过十点，他就进来关灯。我说明天老师会骂我，他说明天我给老师打电话说你病了。这么点小孩睡眠不足，身体就坏了。你要是一米四的小个，就算读了博士也找不着对象。"

"还会有这样的爸爸！"

"他是真疼我，有一次他催我睡觉我不听，他眼圈都红了。他就这么个人，自己胸无大志，把我也带成这样了。我退学以后，他让我跟他学根雕,让我先从木匠学起。他说大清朝要完蛋的时候,好多八旗老人都让孩子学手艺,学木匠、瓦匠、铁匠、学做饭、剃头……为的是将来能吃上饭。我一个女孩,开始觉得学木匠挺拉风,可天天锯木头,刨木头,学了几天我就罢工了。

凌丽望去,那根雕似乎有了一个身穿长衫,长发长髯的古人的轮廓,但没有五官……

"我看着那形象像个古人?"

"他说叫嵇康,个子特高。我都没听说过这个人。姐姐,你是学文学的,应该知道他吧?"这时屋外的女生喊了一声"大哥,出来一下,等你拿主意呢",安迪答应了一声就出去了,她怎么成了"大哥"?

凌丽暗暗感谢屋外的女生,尽管她本科和博士学的都是文学,可她对古典文学向来不感兴趣,这个嵇康,她上古代文学时学过。在她那个省级师范学院里也有一些学问很好的老师。教他们魏晋文学的是一个个子很矮,头发稀少的老教师。他说,嵇康代表了中国文人的风骨和境界。他对人生看得最为透彻,人生一世,不能违逆自己的内心,要像万物一样,自然地出生、成长、死去。他拒绝功名诱惑,拒绝与暴政合作。这一点很像托尔斯泰和甘地的"非暴力不合作"……其他的都没记住。

为什么林涛最后要塑造嵇康的形象?凌丽赶紧上网查,怕在安迪面前露怯。

嵇康(公元224—263年),字叔夜,谯国铚县(今安徽省濉溪县)人,三国时期曹魏思想家、音乐家、文学家。

嵇康自幼聪颖,身长七尺八寸,容貌出众。他博览群书,广习诸艺,尤为喜爱老庄学说。早年迎娶魏武帝曹操曾孙女长乐亭主为妻,拜官郎中,授中散大夫,世称"嵇中散"。司马氏掌权后,隐居不仕,拒绝出仕。景元四年(公元263年），因受司隶校尉钟会构陷，而遭掌权的大将军司马昭处死，时年四十岁。

嵇康与阮籍等人共倡玄学新风，主张"越名教而任自然""审贵贱而通物情"，成为"竹林七贤"的精神领袖。他的事迹与遭遇对于后世的时代风气与价值取向有着巨大影响。

嵇康工诗善文，其作品风格清峻，反映出时代思想，并且给后世思想界、文学界带来许多启发。又注重养生，曾著《养生论》。今有《嵇康集》传世。

凌丽拿出手机，拍下了未完成的根雕。尽管没有五官，但嵇康头部的轮廓已经出来了，面部清瘦，线条硬朗，和古书里的描述并不一样。这显然是林涛自己对嵇康的想象。

看来这个嵇康就是林涛的精神偶像了，至少他们有着同样的价值观。而这与罗马和自己的追求是完全相悖的。

凌丽看到在画画的桌子上有一本显得很旧的影集，她马上有些紧张，估计影集肯定会告诉她一些东西。果然。前几页是他父母和他的黑白照片。林涛的父亲实在是太帅了，里面有他戴博士帽的照片，有他穿着工服在实验室的照片，还有在美国国会山和自由女神像前的照片……小时候的林涛眼睛显得特别大，前额突出，典型的大锛儿头。照片里很小的他把收音机拆得乱七八糟。

和凌丽的预想一样，后面就是她关注的内容。第五页的三张照片是她在被恢复的罗马硬盘里看到的，一张是罗马和林涛的合影，另外两张是罗马、林涛、索维维和罗红的合影。第六页的照片都是罗马和索维维的：

长跑比赛上，罗马跑到终点，显然是第一名，他双手握拳，高高举起。凌丽从来没有见过罗马这么帅气的照片。

背景上依稀可以看清后面的横幅上写着什么联欢会，索维维穿着浅色的连衣裙在拉小提琴，实在太清秀了。凌丽想起罗马曾经问过她会不会拉小提琴，知道她在中学拉过二胡以后就让她学小提琴。太过分了，他是在重建一个她！

篮球场上，四周似乎都是男生，索维维正在上篮，动作潇洒，姿态优美。这张照片彻底摧毁了凌丽的自信，谁会不喜欢这种文质彬彬又英姿勃发的女孩呢？看来罗红说得没错，林涛也一定很欣赏索维维，否则他不会给她拍这么多照片。

可能是操场的主席台上，罗马抱着一个相框，里面的奖状上写着"乌川市三好学生"。他内心的得意溢于言表，凌丽很少见到他这种自信的表情。

第七页没有照片，是一张作业纸。

保证书

我保证从明天起绝不旷课，绝不不交作业。保证不再一人去山里乱转，保证不再去危险的三、五车间。保证期末考试进入全班前20名。保证去上一所大学。保证不再找索维维姐姐捣乱。以上保证如有一条做不到，永远不找林涛哥哥。如果做到了，林涛哥哥保证对（兑）现诺言，将来娶我。

罗红

凌丽笑了，她从杨腾发给她的与高崇文的谈话记录看到了这个故事。罗红发现索维维喜欢林涛，就以旷课、自暴自弃相要挟，最终与林涛结婚。从把这个保证书郑重地放到影集里这事本身就能看出这对夫妻的生活充满了调侃和幽默，一定挺好玩的。而自己和罗马之间完全没有这些，没有味道，没有趣味。

第八页是罗马在京北大学的照片，显然都是刚入学时照的。很年轻的罗马站在湖边,穿着可能是绿色的军装上衣,头歪着,藐视身边的人流。那眼神望向远方,自信而充满野心。另一张是站在校园西侧的小山坡上,手指着远处的教学区,目光冷峻。照片旁写着一行字:"巴黎,让我们斗一斗吧!"字迹清秀,肯定是林涛写的。凌丽想起这张照片很像巴尔扎克小说《高老头》的插图,外省青年拉斯蒂涅初到巴黎,手指这个奢华的城市,插图下面就是这句话。自己在唯一的短篇小说里也引用过拉斯迪涅这句经典的话。林涛补上这句话,是赞赏,还是嘲讽?

还有一张是林涛和罗马在京北大学的合影,年龄似乎大了一些。罗马把胳膊搭在林涛肩上,林涛表情淡然。

下一页的照片都是剧照,有两张应该是《A型血》的剧照,凌丽一看就是京北大学的礼堂。另外两张的剧场显然是专业剧场,演员都化了外国人的妆,不知道是什么话剧。

"姐姐,偷看什么呢?"安迪突然出现。

"对不起……"凌丽不知所措。

"开玩笑呢,我们家没有秘密。"

"那,你看这是哪个话剧的剧照?"

"我问过我爸,说是易卜生的《培尔·金特》。是中央戏剧学院的学生演的。"

"这和你爸爸有什么关系吗?"

"没有。他就说这是他看过的最好的话剧,我舅舅也特别喜欢。"

凌丽想起来了,尽管没有看过话剧,但她在罗马那里看到过五六个版本的《培尔·金特组曲》的唱片,她还记得不喜欢古典音乐的罗马经常听组曲里的《索尔维格之歌》。她想起罗马在上课时曾经用一个多小时的时间讲《培尔·金特》,还写过文章评论这个剧。当时凌丽没有在意,也没好好听,但现在回想起来,他讲述索尔维格的时候很是动情,说她是北欧文学中最美丽的女人形象。而罗马奋斗的一生和培尔·金特被魔幻化的一生有几分相像,那林涛为什么这么喜欢这个话剧?

"你为什么会对这些剧照感兴趣?"安迪问。

"既然林涛和罗马都喜欢这个剧,至少能从中找到他们的趣味。"

"我爸能用小提琴演奏《培尔·金特》的曲子,特好听。他让我多听古典音乐,我听不下去。"索维维也会拉小提琴,这俩倒真是般配。

"你爸和你舅舅交往多吗?"

"我知道你想通过我了解我舅舅,正好前几天我写了点东西。"安迪将iPad递给凌丽,然后转身出去了。

小时候,舅舅来我家并不多,差不多一个月一趟吧。那时我就觉得我爸的嘴特损,他老是捡舅舅不乐意的说。舅舅到了我家,最不爱听我爸叫他"博士""教授",我爸偏老是叫他"罗教授",动不动就"罗教授昨天的文章是五四运动以来最出色的白话文",我弄不明白,舅舅明明挺不高兴还总是忍着,还老来受这种嘲弄。

我印象最深的是舅舅每次来都会给我买礼物,对我特好。他跟我爸聊一会儿就会不欢而散,然后舅舅就会来找我玩。他比我爸细心多了,给我讲故事,教我英语,陪我做题。有一次他看着我莫名其妙地哭了。我妈问他为什么,他说,我要是有这么个孩子多好呀。我妈说你可以有啊,他就叹气。我上六年级的时候,舅舅连续来了我们家两趟,带来了好多复习资料,好像还带来了一张收据,说是给我报了一个很贵的辅导班。那天我很不高兴,我不想学习。老林为此和他大吵了一架,他就动员我妈,他妹妹,说这孩子很聪明,努努劲就能考上四中,就能进京北大学……我妈跟我爸是一丘之貉,只跟他打哈哈。舅舅见这仨人都是冥顽不化，一句话不说就走了……那是我出国前最后一次见舅舅，想起他走的时候孤独的背影，真觉得对不起他，他是真心为我好呀。

我是知道老林患病后从美国赶回来的。我爸和其他家长不一样，我合租房的同学的父亲也是得了重病，家里为了她的学业一直瞒着她，直到她父亲去世……我爸直接给我打电话，说你爸活不了几天了，你赶紧给我回来，那学先放放。我回来时，父母还在四川玩哪。我在上海隔离七天，回北京后再隔离七天。是我舅到隔离酒店给我送我爱吃的寿司，我告诉他我的房间号，他爬过垃圾站找到了能看见我窗户的地方，向我招手，我俩用手机视频通话。他先说你都成大姑娘了，就哭了。说你那个老林就是个混球，跟他说了不能喝大酒，不能抽烟，可他屡教不改。催他去检查他耗了三个月……我心说，我这亲闺女还没哭呢，你应该安慰我，怎么先哭上了？

我隔离结束，正好父亲从成都回来，舅舅开车接上我，去了机场。从机场开到我家要一个小时，他俩没说一句话。我注意到舅舅总是从反光镜看我爸。从机场回来后，舅舅把一张存着一百二十万的银行卡留给了我妈。我妈执意不收。老林倒痛快，说又不是外人，收了，死之前我得把没吃过的美食都补上。舅舅说，我是让你看病的，你就知道吃，吃死你。老林笑了，说要能吃死就太爽了。又把舅舅给气走了。

此后，舅舅每周来我家两次。老林老说他不必这样，他不能因为朋友的病耽误了中国文学和文化事业的发展。这时舅舅总是竖起一根手指说，你犯规了，罚烟一根。爸爸得的是肺癌，医生说绝对不能抽烟，但他用停药抗议，最后只能允许他每天抽三根。烟在妈妈手里，这时舅舅就会拿出一根烟，当着爸爸的面毁掉。

尽管都知道爸爸时日无多，但两人还是经常争吵。舅舅总是埋怨爸爸天赋奇才，却胸无大志。他说爸爸很像他们班上的一个女生，在那样的竞争中考上了最好的大学，却一天班没上，一篇文章没写，选择去美国相夫教子——早知这样为什么要占据这个名额？舅舅曾经痛心疾首地指着爸爸说，上帝把才华只给了极少数的人，包括你，你浪费了，对这个世界是犯罪……

在我看来他们都是按照自己的意愿选择了自己的生活，舅舅选择了事业，爸爸选择了兴趣，都是成功者。可他们都不觉得自己成功，而且也不觉得对方成功，他们常常吵得不欢而散。我问妈妈，舅舅为什么在这时候还跟爸爸吵架。妈妈说，你不懂，这是这哥俩最真诚相待的时候。

凌丽突然感到眼泪在往外涌，她赶快转身跑向卫生间。卫生间里只有水龙头发出"滴答滴答"的声音，凌丽捂住嘴，但哭声还是传出来了。这些天，她走访了许多人，有罗马的老师、同学、同事……每一个人，即使是对他心存善意的人都会对他贬损有加，好多人完全蔑视他。只有这个安迪内心里感念这个舅舅，罗马竟然会喜欢孩子，竟然会看着一个可爱的女孩痛哭！她从来没有见到他这样可爱的样子，这种人性的灵光一现，从没有找到他内心柔软的地方。这个达尔文主义的信徒不是把世界看成了弱肉强食的斗兽场了吗？

他从来没对自己提起过林涛，这是为什么？凌丽从不曾想过罗马会对一个人如此关怀备至，情深意长。这还是那个自己认识的罗马吗？

再见到安迪，凌丽没有掩饰："我很感动，谢谢你告诉我罗马还有儿女情长的时候。"

"我刚才确实很诧异,你为什么忽然就哭了,我都听到声音了。我看到的罗马舅舅确实就是这样,特温柔,特有耐心,还整天听我爸数落。"

"还有,你另一个舅舅罗成来过吗?"

"老林最后的阶段非要到怀柔山里住,二舅在我们到怀柔的第二天来了。他用轮椅把我爸推到河边和我爸单独聊了一个多小时,然后就哭着走了,连我妈都没理。他们聊的什么,谁也不知道。"

凌丽起身告辞时,看见院子的西侧有一圈半米高的阔叶植物。

"这是猕猴桃树吗?"

"是,这是在我爸爸去世后,舅舅种下的,他的骨灰就埋在这里。"

秋意正浓,黄色成了城市的主题,这个主题是由那些不止于猕猴桃树叶的各种树叶组成的。那些还在树上,还剩下最后一丝生机的树叶,以及刚刚掉落地上随风飘动的树叶,还有那些水分全无,变成褐色的树叶——它们仍在贡献着自己的最后的美感:干枯的它们被脚和车轮碾压后发出"吱吱"的响声,许多人都爱听这种声音。生命的每一个过程都是美好的,包括老去和死去。凌丽笑了,最不喜欢美学的她竟然开始琢磨秋叶的美学,谁触发了她的思考?是罗马还是林涛?

凌丽走回车内,车里响起了《索尔维格之歌》。

冬天早已过去
春天不再回来
春天不再回来

夏天也将消逝
一年年的等待
一年年的等待

我始终深信
你一定能回来
你一定能回来
我曾经答应你
我要永远等待你
等待着你回来

假若你如今还活在人间
愿上帝保佑你

当你跪在上帝的面前
愿上帝祝福你

我要永远忠诚地等待你
我等待你回来
你若已升天堂
就在天上相见
在天上相见

　　女高音的歌声哀婉动人,情真意切。以前凌丽很不喜欢这类女人等待、思念男人的音乐,凭什么总是女人的单相思呢?今天她很感动,她在想是不是自己从来没有真的爱过,以至于不能感受到这种灵魂上的依赖?她开始想为什么罗马和林涛都喜欢《培尔·金特》,是不是因为他们都喜欢索尔维格?

　　汽车吱的一声突然停下,凌丽瞪大眼睛又闭上眼睛,想:索尔维格——索维维,两个名字太接近了,巧合吗?易卜生肯定不知道索维维,索维维的父亲也肯定没有看过《培尔·金特》。问题是,当罗马最初看到这个剧本时,他肯定发现了这个巧合,并为这种巧合而激动不已。她打开了一瓶纯净水,迅速喝干了。

回到学校,凌丽直接去了图书馆的阅览室,她知道《培尔·金特》的剧本网上肯定没有。匆匆读完之后,她给杨腾发了两条微信。

凌丽:

《培尔·金特》剧情简介:

《培尔·金特》(Peer Gynt)是挪威著名的文学家易卜生创作的一部最具文学内涵和哲学底蕴的话剧作品,也是一部中庸、利己主义者的讽刺戏剧。该书通过纨绔子弟培尔·金特放浪、历险、辗转的生命历程,探索了人生是为了什么,人应该怎样生活的重大哲学命题。

乡村破落户子弟培尔·金特生性粗野,放浪不羁而又富于幻想。其行径为众人所不齿,唯少女索尔维格对他另眼相看,并产生爱情。一日,培尔在朋友的婚宴上劫持新娘英格丽特上山同居又抛弃了她。后无意闯入山妖的洞窟,因拒绝与妖女成婚,遭众妖凌辱与折磨,差点丧命,幸而传来黎明的钟声,妖魔分散而去,培尔才死里逃生。

培尔回到林中小屋,与纯真温顺的索尔维格相聚。不料,妖女抱着畸形儿追来,诈称婴儿系培尔所生,吓得培尔逃回老母奥斯身边。但培尔不能安分度日,旋又去森林冒险。奥斯终日盼儿归来,积思成疾。在她弥留之际,培尔赶到家中。奥斯听着儿子送自己去天堂赴宴的奇谈,溘然长逝。

在母亲去世后他流浪海外成为资本家、先知、学者,进过疯人院,经历了离奇古怪的生活。培尔远渡重洋,在非洲发财致富被抢劫一空。培尔混入阿拉伯人部落,谎称是他们的先知,骗得众人的尊敬和信赖,并与酋长之女阿尼特拉相爱。以后,培尔辗转来到美洲,在加利福尼亚淘金成为百万富翁。经历了种种冒险之后,培尔漂洋过海回国,途遇风暴,船只沉没,他又变得一贫如洗。

晚年回到家乡,家乡人全不认识,他只留下一串关于培尔的传说。这时一铸纽扣的人找到培尔告诉他,他的一生已完结并将铸成纽扣,因为他一生都未保持真面目。培尔尽力逃避这个结局,惶恐走投无路时遇到索尔维格,在她的歌声中培尔得到宁静,同时铸纽扣人也在叫他"在下一个十字路口见"。

最后,培尔循着索尔维格的歌声,来到林中小屋,在忠贞的恋人索尔维格怀中找到了真正的归宿。

凌丽:

杨警官好!

我见到了林涛的女儿,获得了一些信息。其中我最关注的是关于易卜生的话剧《培尔·金特》的事情。林涛和罗马都很喜欢这个话剧,尤其喜欢剧中的女主角索尔维格。而索尔维格这个名字和索维维比较接近,这当然是巧合,但罗马肯定把这种巧合视作天意。于是我认真研究了《培尔·金特》的剧情。

如上一条微信所示,培尔·金特是个充满野心的纨绔子弟,用现在的话就是个精致的利己主义者。只有索尔维格理解并包容他。但他经不住邪恶势力的诱惑,四处放荡,也获得了所谓的"成功"。晚年的他走投无路,而索尔维格依然在那里等他,收留他。——罗马是在上世纪八十年代看这个戏的,那时他已经读完研究生并和索维维分手。名字的相似可能使他浮想联翩,在他心目中,索维维就是索尔维格。他一直在幻想着索维维能像索尔维格那样在他浪荡一生后依然在山里的小木屋里等他……

所以我得出了最新的判断:尽管罗马失踪的原因尚不清楚,但他肯定没有死,而是去某个地方找索维维了,当然我认为最大的可能是回乌川了。

我写完了上面的话停了几分钟才发送,现在我更确认我的判断是正确的。

杨腾:

凌丽你好!

感谢你拓展了我的思路。如果你的判断是正确的,那么这可能增加了刑侦学的破案手段,即将文学批评运用于刑侦之中。我会认真探讨你的新思路,谢谢!

敲闫局长的门时,杨腾很紧张。破案期限已经过了两天,连个眉目都没有,一顿臭骂是免不了的。

"昨天在走廊里看见我,为什么躲了?"闫局长看着电脑,头都没抬。

"我,没看见过您。"

"在老刑侦这儿说谎?"

"我怕挨骂。"

"骂两句怎么了?当年我师傅从不骂我,抬脚就踹。"闫局长抬起头,笑了笑,"上级领导说限期破案是表达一种态度,外行的话听听就得了。十年前京北大学实验室贵金属盗窃案,我用了六年才破了。你不会六年都破不了这个案子吧?你肯定比我强。"

"我画了一张当事人的关系图,您看看。"

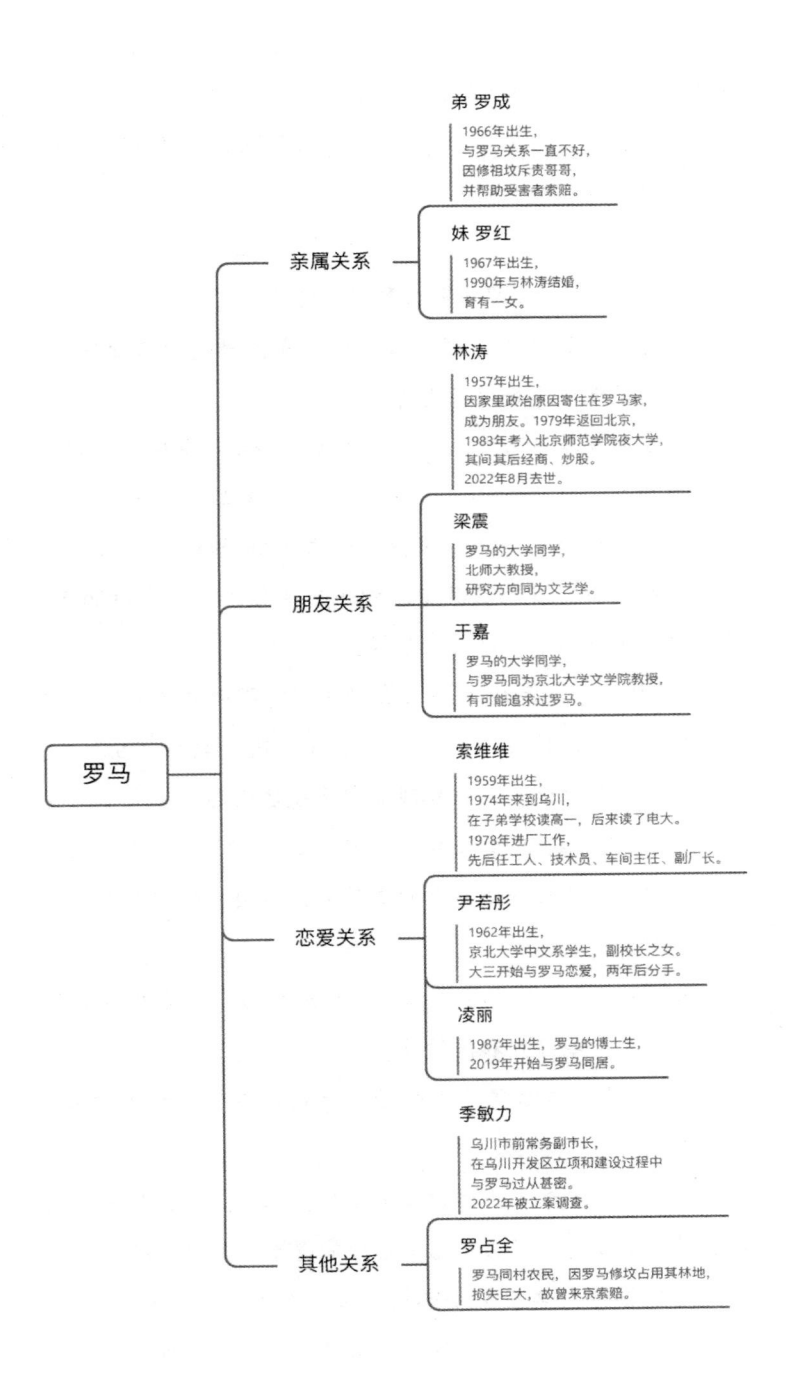

```
                        ┌─ 弟 罗成
                        │   1966年出生,
                        │   与罗马关系一直不好,
                        │   因修祖坟斥责哥哥,
                        │   并帮助受害者索赔。
                        │
              亲属关系 ──┼─ 妹 罗红
                        │   1967年出生,
                        │   1990年与林涛结婚,
                        │   育有一女。
                        │
                        └─ 林涛
                            1957年出生,
                            因家里政治原因寄住在罗马家,
                            成为朋友。1979年返回北京,
                            1983年考入北京师范学院夜大学,
                            其间其后经商、炒股。
                            2022年8月去世。

                        ┌─ 梁震
                        │   罗马的大学同学,
                        │   北师大教授,
              朋友关系 ──┤   研究方向同为文艺学。
                        │
                        └─ 于嘉
                            罗马的大学同学,
                            与罗马同为京北大学文学院教授,
                            有可能追求过罗马。

 罗马 ──┤
                        ┌─ 索维维
                        │   1959年出生,
                        │   1974年来到乌川,
                        │   在子弟学校读高一,后来读了电大。
                        │   1978年进厂工作,
                        │   先后任工人、技术员、车间主任、副厂长。
                        │
              恋爱关系 ──┼─ 尹若彤
                        │   1962年出生,
                        │   京北大学中文系学生,副校长之女。
                        │   大三开始与罗马恋爱,两年后分手。
                        │
                        └─ 凌丽
                            1987年出生,罗马的博士生,
                            2019年开始与罗马同居。

                        ┌─ 季敏力
                        │   乌川市前常务副市长,
                        │   在乌川开发区立项和建设过程中
                        │   与罗马过从甚密。
                        │   2022年被立案调查。
              其他关系 ──┤
                        └─ 罗占全
                            罗马同村农民,因罗马修坟占用其林地,
                            损失巨大,故曾来京索赔。
```

"你这是交作业？列这么多人名干什么？"

杨腾早有准备，他准备先用那张表探路，挨骂，然后再拿出案情分析。

罗马失踪案案情分析

经过七天的调查、取证、走访、资料研究和证物分析，我们大体梳理了导致罗马失踪的一些线索。

一因涉及季敏力案而潜逃或被案件相关人员迫害。罗马与季敏力交往很深。二人1997年相识，其后开始筹划利用罗马在国家部委的关系申请批准建立乌川经济技术开发区，最后申请获批，罗马在其中起到了重要作用。为表示酬谢，季敏力给了罗马很多好处，包括：

1. 让他担任乌川市委政策研究室特聘研究员，每月收入10000元，先后获得科研项目经费五次，共计285万元。但乌川纪委经过调查，未发现其中有违法问题。

2. 罗马获得市政府奖励住宅一套，295平方米。在开发区管委会办公楼内建有他的工作室，占用办公室三间，共计148平方米。

3. 季敏力为罗马重修祖坟，利用权力，以象征性的价格强占马占全等三户农民的林地。

4. 季敏力送给罗马当时世界上最新款的手机和电脑，总价超人民币八万元。

由于罗马与季敏力相识二十多年，二人有什么其他交往和利益交换尚需季敏力案结案后方能得知。目前季敏力案刚从纪委监察部门转至公安部门，乌川警方正在做进一步调查，有些案情对方不便透露。乌川警方只是回答目前未发现季敏力与罗马之间存在严重的经济违法问题。

二因写文章批评一些公司（多为上市公司）的经营、产品和信息披露问题，造成其重大经济损失而被迫害或逃逸。根据罗马的微博、博客，以及相关反馈新闻综合研究，罗马与以下公司存在重大利益冲突。

1. 华盟娱乐有限公司：因罗马披露其财务造假，造成市值亏损13%。

2. 易安欣科技发展有限公司：因罗马指责其生产的儿童玩具含有毒化学物质，被工商、质监部门责令停产整改，经济损失1.6亿元。

3. 大通控股有限公司：因罗马揭露其改制时的国有资产流失、大股东操纵股价等问题，市值损失18%。

4. 大都影业有限公司：因罗马批评其斥巨资投拍的电视剧不尊重历史，造成电视剧延期半年播出，经济损失1.5亿元。

一些批评罗马的文章还指出，他揭露这些公司并不是追求公平正义，而是以文章为筹码，换取经济利益。一种情况是替自己的委托方抹黑竞业对手；另一种情况是发出爆料文章后再与对方谈判，获取利益。有一篇博客说，罗马曾批评某公司拍摄的电影充斥着历史虚无主义，但第二天，文章就撤下了。显然是制作方派人与他勾兑，达成了协议。博客作者还附上了罗马文章的截图。

如果以上说法是事实，罗马自己已经触犯了法律，被当事方迫害也是有可能的。

三因精神方面问题而逃避现实。罗马患有II期双相情感障碍，发病时间为2018年7月。他匿名在专科医院治疗。初诊时因无法接受患病事实曾殴打过主治医生。由于他拒绝对医生说出自己的心结（可能这个心结就是本案的核心），治疗效果一般。他曾对医生表现过自己的厌世情绪，多次表达要离开，要超脱。所以不能排除心理疾病影响的可能性。

四因情感关系导致的精神崩溃。按目前得到的信息，罗马最在乎的是两个人，朋友林涛和前恋人索维维。林涛是他从小在一起的好友，从小学到初中、高中一直在一个班，林涛还常年寄养在他家。两人相互帮助惺惺相惜。在林涛患病后，罗马四处为他寻医问药，并给了他一百二十万元，用于看病。林涛病逝对他造成了巨大的打击。索维维与罗马在高中时相恋。按照罗马的老师高崇文和罗马的妹妹罗红讲述，索维维是一个漂亮、正直、有思想的女孩，还是厂长的女儿。她和罗马分手的原因是她为照顾患病的父亲放弃了高考。但此后罗马一直对她念念不忘，（有罗马在电脑硬盘里把她的照片和普希金的《致凯恩》放在一起为证。）她可能是他一直未婚的原因。

——这是我们目前归纳出的线索。罗马失踪肯定和其中一项有关，或两项同时发生了作用。

闫局长看得很快，说："还行。"

"这是我们几个共同的研究成果……"

"我还没夸你呢。我给你出了道题，你给我回了个选择题。你更倾向于哪一个？"

"这四项是我们分析所有案件信息的结果，我们分工了，每人负责一项，我负责第四项。"

"平均使劲，这是最稳妥的办法，也是最笨的。你真想六年破案，破我的纪录呀？要依赖理性判断，更要相信直觉，要有赌博心理。你的直觉是什么？我早就说过，研究高级知识分子的案件，必须有新的思路，必须了解他们的专业对他们内心构成的影响，这就要靠你们这些高学历的刑警了。你别笑，我希望咱们局的平均学历越来越高。"

"乌川那边出了两个经济大案，所以他们的配合总是不及时。我已经给乌川警方发了三次函，要求他们配合调查罗成、索维维的情况，但是到现在没有回音。所以我想去趟乌川，可是那边的防疫比较紧，北京去的要隔离。隔离那么长时间，我怕误事。"

"你自己判断一下，如果必须去，隔离也没办法。还有事吗？"

"这……"

"我就知道你还有事。那两个文件你都可以发邮件。昨天还躲我，今天就上门来挨骂？肯定有事。"

"什么都瞒不住您。我的女朋友马上博士毕业，她应聘了一家民营企业，解决不了户口。我想问问，咱们公安系统对家属户口进京有没有什么优惠政策？"

"你当警察也不少年了，有没有优惠政策你不知道吗？派出所负责户籍管理，公安局要是放这个口子，得有多少自己人进京呀。留在北京工作，结婚后到年头不就有北京户口了吗？"

"我也是这么想的，可她等不及。咱们北京人不能理解外地人为什么这么看重户口。"

"那是你这种北京人，我理解。这样吧，大道理已经讲完了，我得护着我的手下。你女朋友不是生物学博士吗？让她当警察，咱们的法医正缺人手，我跟市局要个专业指标。她要是能来，咱们局就有两个博士了。我刚才说的学历越来越高马上就有进展了。就是有点大材小用，不知道她愿不愿意。"

"谢谢您！我去问问她。"杨腾自己很高兴，但他估计安妮不会同意，她还对生物学有着特殊的爱好，她的理想是研发疫苗，还准备在专业上继续发展呢。

他完全没有想到，他把这个消息发给彭安妮后，回复的是三个大大的亲吻的表情。

这个世界怎么了？十年寒窗，不，她是十六年寒窗，白瞎了，拥有专业梦想的生物学也不要了。来公安局当一个化验员，竟然那么兴奋。

北京户口，你是什么？你哪来的这么大的魔力？

杨腾觉得有必要和彭安妮谈谈，他想过面谈或通电话，但最后觉得还是发微信比较好，那样可以说一些相对直白的话。

> 杨腾：安妮，你看过易卜生的话剧《培尔·金特》吗？刚才凌丽又发来了新思路。她通过研究罗马非常喜欢的北欧话剧《培尔·金特》，得出了罗马试图像话剧主人公那样在晚年重新回到初恋的身边。我觉得有道理。
>
> 彭安妮：我以为你会继续说我入职的事呢？怎么问这个？我上硕士的时候，因为喜欢格里格写的《索尔维格之歌》，就看了《培尔·金特》的剧本，写得太好了。凌丽说的男主初恋就是索尔维格，但是我觉得这个人物写得太假了，凭什么要等待一个抛弃了自己，四处寻欢作乐的恶棍？这是男人的意淫！
>
> 杨腾：罗马是个有精神疾病的人，意淫也是有可能的。可能对待一个人物，男女在心理上有别，我很想从女性心理上向你请教。
>
> 彭安妮：好呀，等我进了你们局，我们就可以展开业务合作了。
>
> 杨腾：你应聘的那家国企结果出来了吗？
>
> 彭安妮：我一到面试现场就明白了，那个进京名额早就内定了，我就是给人家当分母的。
>
> 杨腾：你真的决定来我们局当警察了？分局的法医部门

在刑警队下面，叫法医室，现在一共四个人，都是本科毕业。分局重要的司法鉴定都送交市里或公安部的物证鉴定中心，所以本科生就够用了。你寒窗十年，做这个你甘心吗？

彭安妮：身为警察，看不起警察？

杨腾：我是怕你内心难受，装作欢喜。我记得咱俩第二次约会是在圆明园，你在湖边说你这辈子的理想是成为顾方舟那样的人，通过研制疫苗保护人类健康。那时已近黄昏，金色的湖光映在你脸上，灿烂、庄严。我当时觉得很自卑，我总是以履职的心态去破案，而你是一个有情怀、有大爱的人。当然，每个人都要有现实考量，但你这一步是否迈得太大了，会不会后悔？

彭安妮：你说对了。我在给你回复了亲吻表情之后就去排球场打球，出了一身汗，宣泄一番，然后去公共浴室冲澡，热水一冲到头上我就哭了，还哭出了声。边上的人都听到了……

杨腾：能不能再想想，在北京找一个与疫苗相关的公司或机构，咱们结婚五年以后，就能解决户口了。

彭安妮：我等不了，我就要马上拿到北京户口。

杨腾：我真的不理解，户口有那么重要吗？它比你的职业理想，不，应该说是人生理想更重要吗？

彭安妮：你非要这么刻薄吗？好，我回答你，户口比理想重要！

杨腾：别生气，我一切都是在为你着想。咱俩在一个单位，每天一块儿上下班，想到这个画面我觉得特有诗意。但是我怕你因为放弃了理想而后悔。

彭安妮：理想是个奢侈品，有些人没有资格有。

彭安妮：我特喜欢赵传的那首老歌，"当我尝尽人情冷暖，当你决定为了你的理想燃烧，生活的压力和生命的尊严哪一个重要？"喜欢这首歌的人太多了，但有几个人能选择生命的尊严？

　　杨腾：我也没有选择生命的尊严。我上警官大学时我父亲让我子承父业，我自己的理想是当个侦探小说作家，以为学了刑侦，干了刑侦就方便写作了，到今天一篇也没写出来。但我觉得你是有机会实现理想的，你为什么会为了户口本上那一张纸放弃自己追求了多年的理想？

　　彭安妮：你看不起我？我在你心里不再是那个单纯的本科女生了？肯定更不是那个索尔维格了。对，其实我一直就是这么一个庸俗的人。我一定要在毕业后直接拿到北京户口，我可以不去你们公安局，只要放弃了狗屁理想，去国家机关，去国家或北京市的卫健委，都能解决户口！

　　彭安妮：免复，我关机了。

杨腾没想到她突然急了，电话打过去，果然关机了。他赶紧来到了彭安妮的学校，门口的保安说因为疫情所有人入校都需要审批，验证健康码、行程码才能进去。杨腾认识这所大学的保卫处长，但总不能说为了找女朋友入校吧。

偏在这时，手机响了一声，是梁震的邮件。

　　杨警官您好，这几天我把我和罗马的几次交往进行了反复回顾，结论是他有可能回老家乌川了。有三条线索可以证明：

　　1. 他用其他姓名购买了新的手机卡，不知是不是为出走做准备。

　　2. 他反复跟我讲述他的家乡、他的父亲，他还托我请我们学校的书法家写下了"锦城虽云乐，不如早还家"。

3. 他多次说，我人生最大的一件事要在乌川完成。我不知道是什么事，估计和他最重视的写作有关。

——以上仍属猜测，仅供警方参考。

过了一会儿，高崇文的微信到了。

高崇文：
杨警官您好！
综合我这些天得到的信息，我得出结论：罗马大概率是回乌川了。以上仅供警方参考。

一个好人，一个很可能是坏人的人，都把目标指向了乌川。梁震给凌丽的邮件是这样的。

梁震：凌丽，我不是因为你的恐吓才告诉你的。只有结论：罗马去乌川了。

第十章　乌川

凌丽不再思考，她按照罗成后来发给她的电话号加了微信。

> 我准备明天去乌川，高铁票已经订好。我在那儿人地两生，不管你现在是否在乌川，你必须找一个对你们厂熟悉的人负责给我当向导。如果你完成了这些，我答应先付给你一半钱。否则就不要再威胁我了，我现在什么都不怕。

高铁真快。罗马说他当年来北京上大学，坐火车要一天一夜，现在只需五个多小时。凌丽座位的周围可能都是返乡的陕西人，似乎有民工、小老板，也有白领。她的邻座和对面两位看来是老乡。她发现他们刚上车时都说普通话，过了一会儿就改成了家乡话。她主动跟他们聊天，得知这三个人都是因为疫情丢了工作，一路唉声叹气。这三个人一个是饭馆大厨，另外两个一胖一瘦，都是建筑工人。

列车转弯向西之后，就是一座又一座山丘。忽然窗外变暗，进入隧道了。离开了阳光普照的世界，外面一片黑暗，感觉从熙熙攘攘的人世来到了想象中的隐秘世界。罗马每次经过这条超长隧道时在想什么？他当年去北京上学，肯定不是走的这条线路，那条老铁路应该是与这条高铁线路平行的。没有座位，挤在卫生间的罗马不会因为恶劣的环境感到烦躁，他内心在憧憬着自己在京北大学的浩荡人生。而身边这些人当年去北京的时候也一定怀着憧憬，不像现在这样垂头丧气。

北京，你有什么样的魔力，吸引了这么多人不顾一切奔去，有几个人能够在那扎根，成为北京人？有几个人能够怀着和去北京时一样的心情荣归故里？罗马算吗？他成功了吗？

火车进站了。让凌丽没想到的是，她一下火车就看见一群穿着防护服的人站在站台上。她将车票递给"大白"，那人看了一眼，就把她带到一个队伍的后面。她听到，因为北京现在有疫情，所有北京来的旅客均需隔离七天。凌丽傻了，她和罗成约定好了，会有人在出站口接她。现在停在站台里的大巴直接把她带走，不知去向何方。

大巴驶出火车站，向右拐弯，上了高速公路。在高速上开了二十多分钟，驶向辅路，然后在山区公路上行驶，进入了一个大院。

院子看起来很大，院门向右有两栋两层小楼，还有十几排平房。院门向左是一个标准操场，操场边上有几个篮球场。

他们被告知，这里是个废弃的学校，经过装修成了临时隔离点。由于这批旅客都是来自低风险地区，可以在院内自由行动，但不能出院，否则要承担法律责任。

听到"废弃的学校"，凌丽忽然想到这里会不会是罗马上学的那个学校呢？会这么巧吗？会因祸得福吗？不对，林涛不是在一年前还在学校教书吗？这么快就废弃了？

凌丽被分在第一排房子。房间是由原来的大教室用薄木板隔出来的。房间大约十六平方米，里面有一张床，一个桌子，一台电视。每栋平房都有一个公用洗手间。

屋子里放着一张午餐券，上面写着"一荤两素"，还不错。凌丽没有食欲，就想到院里转转。

一出门就碰见了车上聊过天的那三个人。

"哟，北京大美女也得在这隔离呀，委屈您了。"那个胖胖的建筑工人主动和她打招呼。

"挺好的,比我想象的好得多,还允许出门。"

"我这是第二次在这里隔离了。以前都不许出门,可屋里没有卫生间,每天还得有人给各屋送饭,打扫卫生。那时候这里的工作人员得有几十个人,成本太高了。来这里的都是本来不该隔离的人,估计是为了节约成本,就让大家出门了。"

"我是第一次在这儿隔离,可这个院子我太熟了,在这儿念了十年书。我们仨都是这学校的学生。"长得很瘦的那个人说。

"这个学校是108信箱子弟学校吗?"

"是,后来叫乌川市京电中学。这个学校现在搬家了。"

"我当时正上高三,听说来了个大神,叫林涛,有钱,教书还特别好。他要是不来,这学校就黄了。他要是早来两年,没准我就考上大学了。"胖子说。

"太好了!你们能带我在学校转转吗?"

两栋二层楼没有重新装修过,也没有住人,显得破破烂烂,好多处墙面上长满了苔藓。其中一栋楼的二层楼顶有一个标语牌,上面写着"考出大山,回馈家乡",日久天长已经字迹模糊,露出了以前的字,隐约可见,是"坚持无产阶级专政下继续革命"。这块标语牌讲述着这里的历史。在阳光的映照下,这里显得格外苍凉。

饭馆大厨说话时带着自豪感:"这栋楼是办公楼。边上那栋是实验楼。我敢说我们实验楼的条件比北京当时最好的中学的条件还要好。物理实验室有六个,化学实验室有五个,生物实验室有四个。我当年最爱在化学实验室玩,什么石蕊、酚酞,放到什么溶液里就变色,我还特愿意把盐酸往水管锈斑上滴,溢出好多水泡来。我当时就想将来上大学学化学。"

"吹吧,吹吧,你告诉一下北京美女,你高考考了多少分?"胖子要揭短。

"分数也不低呀，离京北大学的录取线也就差三百多分。"张老板还挺逗。

"您听说过你们学校有人考上过京北大学吗？"

"当然啦。叫罗马，跟我一个村的。我从上小学就看过他的照片，后来学校把他的照片常年放在宣传栏里，还真有农村的学生家长像拜文殊菩萨似的拜他。老师老给我们讲他的故事，家里穷，用不起电，每天晚上点着煤油灯看书。我们工厂区，点煤油不要钱。还有好多故事，跟'头悬梁，锥刺股'差不多，肯定是老师瞎编的。"

"原来他在这儿都成神仙啦。"

"差不多，也怪了，他考走之后，我们这每年都能考走十几个，就是再没有考上京北大学的。"

他们走到了操场前。标准的四百米跑道，中间的足球场只剩下半个金属球门。场地里杂草丛生，还堆放了几堆建筑垃圾。对面的主席台两侧还写着老标语："发展体育运动，增强人民体质"。当年罗马和林涛就是在这里跑步，获得冠军的吧。

边上的几个篮球场的篮球架子都在，只是篮圈上大多没有球网，有两个有球网的只剩下几根线绳在风中飘荡。凌丽马上想起了她在林涛家看到的索维维打篮球的照片。对，就是在这里，背景是起伏不大的山。在那么多男生的注视下，索维维从容上篮，太潇洒了。自己从没有过这样的高光时刻。有一次她和罗马在办公室谈论文，她发现罗马一直站在窗前向下看，就走到窗前。下面的篮球场上正在举行 WCUBA（Women's Chinese University Basketball Association, 中国女子大学生联赛）选拔赛。比赛很是激烈，那些个子高挑、身材优美的女学生实在诱人。凌丽问罗马看上哪个啦，罗马说都看上了，搞运动的女孩子太有魅力了。此刻凌丽才知道，罗马是又想起索维维了。

他们走回平房，大厨又当起了导游："这些平房是我们的教室，我们学校最兴旺的时候有两千多学生，每个年级都有七八个班。不管罗马后来怎么样，当时他能在七八个班里永远保持第一，也太不容易了。你看那间教室，我的老师说罗马当年就在那间教室上课。"

"我进去看看。"凌丽本想跑过去，还是忍住了，慢悠悠地走向教室。可能因为这间教室过于破旧了，没有被改成隔离房间。凌丽走进教室。里面放着一堆旧桌椅，突出的桌子腿之间长出了若干蜘蛛网，窗外的阳光照射进来，蜘蛛网上呈现斑斓的色彩，让杂乱灰暗的教室有了生机。这似乎在告诉人们，曾经有过许多风华正茂的学生，在这里上课、复习，心中怀着梦想。黑板不是木头的，而是在水泥上涂上黑色。中间部分是一个很长的数学方程式，可能是最后一个在这间教室上课的数学老师留下的。其他的字就乱七八糟了，"感恩母校""我不感恩，我本来应该在北京四中上学""美女班主任马红艳，我想你""流氓！""十年苦读，去学配猪，小猪遍地，老婆却无"……看来这些是后来回到这里的学生写的，好玩。

教室后墙贴着一张世界地图，残破了，南美洲的部分已经没有了。地图上画着一条红线，从陕西经新疆到莫斯科，然后向左，直达意大利罗马。下面有两行字："条条大路通罗马，日日苦读上清华"。凌丽笑了，这肯定是某班主任鼓励学生学习，让他们像罗马那样日日苦读。看来罗马在这所学校真成了神。

凌丽站在教室后面，想象着罗马或林涛坐在哪个位置，想象着他们年轻的样子。

走出教室，那三个人已经不见了。凌丽回了自己的房间。她拿出手机，给罗成发微信。

> 我下火车后被隔离了，七天。正好隔离点就是你们学校的老校区。请在六天后和我联系。我准备去的地方有：你们在厂里的家，你的老家；厂区，山鹰崖；工厂档案室……我希望见的人有索维维、罗占全、罗马的老师和同学等，请你

或代替你的人事先打听一下。罗马现在下落不明，按理我没有权利处置这些钱，但我看到了他的欠条，也觉得你们在理，就决定先还一半救急。我提出的这些要求是为了尽快找到真相，希望你能配合。

罗成很快回了。

好，只要你还钱，我会答应帮你找到那些地方和人，不过索维维可能不在乌川，不一定能找到。在我给你提供了这些信息之后，我要求你在从今天开始的第八天汇钱，那三家人已经熬不住了，另外两家委托罗占全找罗马要钱。罗占全家最缺钱，目前他家的花销都是用我的钱，你知道我没什么钱。

凌丽又给杨腾发了微信。

凌丽：我已到达乌川，出于组织纪律性，我向您报备。巧了，隔离地点正好是108信箱子弟学校，我觉得在这里会有很大收获。

杨腾：你为什么不事先说？你目前还没有完全摆脱嫌疑，不应该离开北京。这是我的工作失误。案情很复杂，你一个人去那里也是有危险的。

凌丽：我能这样理解吗？第一句话是代表警方说的，第二句话是代表你自己说的。我怕一说就来不了了，抱歉！感谢关心，我会小心的。

杨腾：既然去了，有什么发现及时告诉我。

凌丽：一定。

杨腾：我猜你一定是先找索维维，我也觉得索维维是最重要的线索。一会儿我会把索维维的简历发给你，对找到她应该很有用。我现在去不了乌川，你去了也好。我们的目标是一致的。这个简历不要给其他人看，我这样做已经违规了，但我没办法。

凌丽：太感谢了！我想只要找到索维维，事情就水落石出了。

杨腾：这些天罗成找你要过钱吗？

怕杨腾生疑，凌丽回得特别快。

凌丽：没有。

杨腾犹豫了一下，还是将乌川市108街道派出所发来的《索维维情况汇总》发给了凌丽。

索维维，1959年出生于北京，1974年来到乌川，在108信箱子弟学校上学。

1978年高中毕业后进厂工作，历任三车间绘图员，技术员，车间副主任，主任，厂工会女工委员、副主席，曾短暂担任副厂长。其间在中央广播电视大学物理专业学习，获本科文凭。曾获厂先进个人8次，获省劳动模范1次，省三八红旗手1次。

1995年，任厂办第三产业劳动服务公司总经理。

1997年，任手机配件厂总经理。

2008年，108信箱厂部解散，据说回到北京。

2013年，回到乌川，参与筹办以其父名字命名的"乌川市铭恩职业病基金会",其父索铭恩任名誉理事长,其本人未担任任何职务。

其后,很少在乌川露面。

户口簿的"婚姻状况"一栏填写的是"未婚",家庭成员有其父索铭恩,91岁;其继母赵茜,69岁。

彭安妮已经有三天不理他了,连微信都给拉黑了。看着索维维的简历,杨腾在想,看来赵传那句"生活的压力和生命的尊严哪一个重要",只有索维维选择了后者。而彭安妮和凌丽以及自己都选择了前者。他立刻觉得自己太刻薄了,怎么能把自己爱的人和一个出卖自己给一个六十多岁的老男人的凌丽混为一谈呢?

杨腾决定给彭安妮写信。

亲爱的安妮:

三天了,我茶饭不思。案子没有进展,我整天看资料,却也看不下去。

我要郑重地向你道歉,我伤害到了你内心最珍重的东西,你的自尊,你的追求。接触了这么长时间,我发现我并不真的了解你。但我一切都是为了你好,只是弄巧成拙了。我在想,你如此看重北京户口,也许还有什么事你没告诉我。从我的角度看,到现在我都不理解。

思前想后,我觉得必须尊重你的选择。我希望我们能尽快领结婚证结婚,然后办理进公安局的手续。到了局里五年以后,你可以选择留下或调到你喜欢的单位,研究机构或疫苗企业。我憧憬着未来美好的生活。

永远爱你的腾腾

把信放进邮筒的一瞬间，杨腾就后悔了。人家生着气呢，这时候提结婚，气会不会更大？你就是网络上说的那种直男吧？

凌丽无心吃饭，吃了一块巧克力就继续在院里转。平房的后面还有一个比较大的建筑，看上去像个礼堂。

一个中学竟然有这么大的礼堂。一眼望去，座位至少有八九百个，舞台宽三十多米，高二十多米，灯具有三四十个，幕布有三层。凌丽想起了索维维拉小提琴的照片，是仰拍的，后景是一排灯，呈现光晕。肯定是在这个舞台上拍的。难怪罗马这样的人到了北京，到了京北大学，除了没坐过地铁，并没有显出土气，因为这里就是一个小北京。这个学校不光在乌川鹤立鸡群，即使到了当时的北京，也很少有学校能有这么好的礼堂，这么优越的办学条件。

凌丽在天黑之后潜入了办公楼，她觉得这里可能有新发现。白天她看到所有的门都上了锁，但她觉得肯定有办法进去。果然，窗户轻轻一推就开了，她进入的这个房间的门框上还挂着"政教处"的小牌子。有点失望，屋子很空。只剩下几把椅子和一张办公桌。用手电四处照，墙角还有几个大纸箱子。箱子里的东西很乱，有书籍，有文件，还有一些写着文字的纸张。显然是搬家的时候被当作废品没有带走。凌丽后悔没有在白天来，打着手电看这些东西太困难了。里面有很多学习材料，《乌川地区阶级斗争史》《批林批孔学习资料》《反击右倾翻案风资料汇编》《揭批"四人帮"资料汇编》《实践是检验真理唯一标准讨论文件汇编》……这就是一部历史呀，凌丽很想拿走看看，但现在这不是重点。

最先发现的是三个档案袋，分别是1973—1985年、1986—1995年、1996—2003年的学生检查。凌丽把第一个档案袋收到了包里。更重要的发现紧接着就来了，有一捆油印的资料，是《乌川地区优秀三好学生事迹选编》。凌丽拿出一本，第一篇文章就是写罗马的。还有一本油印的《108信箱历史回顾》应该有价值。见好就收，凌丽迅速离开了办公楼,踏着夜色回到了房间。

罗马同学先进事迹

罗马同学是108信箱子弟学校八连一班的红卫兵战士。他政治立场坚定,刻苦学习马列、毛主席著作,在大是大非问题上坚定地站在以毛主席为首的革命路线一边。他以饱满的革命热情积极投身到伟大的无产阶级文化大革命的斗争中,担任了我校革委会成员。他积极贯彻毛主席"好好学习,天天向上"的指示,为将来保卫祖国,建设祖国努力学习,取得了优异的成绩。他积极贯彻毛主席"发展体育运动,增强人民体质"的伟大号召,努力锻炼身体,取得了优异的体育成绩。

一、坚定正确的政治立场

罗马同学一直坚持无产阶级理论的学习。他通读了《共产党宣言》《资本论》《费尔巴哈和德国古典哲学的终结》《反杜林论》《论列宁主义基础》等马恩列斯著作,通读了《毛泽东选集》四卷,这使得他能够用马列主义、毛泽东思想武装自己,成为一名无产阶级革命战士。

在粉碎林彪反党集团后,他积极投入批林批孔运动当中。他认真学习中央文件,认真学习《人民日报》社论和文章。他认真学习批林批孔学习资料,结合相关古文认真研究了儒法斗争史,认清了以孔老二为代表的儒家在仁义道德伪装背后的反革命嘴脸,并写下了全厂第一张批林批孔大字报。在大字报中,他勇敢地揭发了某语文教师在课堂上散布的污蔑法家、污蔑伟大的法家政治家李斯是"酷吏"的反动言论。学校革委会根据罗马同学的揭发对该老师进行了严肃的批判教育,该老师在全校大会上做了痛心疾首的检查。他的行动使我校的无产阶级文化大革命运动走向了深入，也震慑了那些极个别的对文化大革命心存不满的人。为此他作为乌川市红卫兵的代表，参加了全省红卫兵代表大会，并受到了省革委会领导的接见。

二、勇往直前的战斗精神

罗马同学在初一时第一批加入了红卫兵，由于他具有丰富的无产阶级感情和大公无私的革命精神，被校革委会任命为八连（初一年级）连长，后又被任命为学校红卫兵委员会的负责人。1974年10月，他作为唯一的学生代表，成为学校革委会成员。

作为身肩重担的学生干部，罗马同学积极投入到无产阶级文化大革命的洪流之中，组织、参与了多项革命活动。

他组织了全校的忆苦思甜活动。邀请同村的老农民罗田业大伯讲述自己被地主剥削、欺凌，吃糠咽菜的血泪史，激起了师生的阶级仇恨。在报告之后，同学们一起吃忆苦饭，一起品尝解放前贫下中农的苦难。最后大家一起高喊："不忘阶级苦，牢记血泪仇。"

随着文化大革命的继续深入，校革委会号召学生揭发检举教师队伍中少数人背叛无产阶级教育路线的错误言行。广大学生群情激奋，踊跃检举，揭露出一系列错误言行。有语文老师在讲毛主席的《愚公移山》时，不去讲解分析毛主席的伟大思想，将主要部分一带而过，却大讲《愚公移山》作者列子的其他神怪故事，蓄意贬低毛泽东思想。有数学老师在讲三角函数时，刻意强调数学的多数定理、公式都是外国人发现发明的，完全无视我国早在周朝就发现了勾股定理，否定中国人民的创造力。有体育老师不好好上课，让学生在操场上跑圈，自己躲在办公室偷听敌台……罗马同学在校革委会的支持下，同这些老师的反革命行为展开了坚决的斗争。学校组织了对这些错误，甚至反动言行的批判大会，这些老师站在主席台上低头认罪。罗马同学代表红卫兵发言，他逐一批判了这些人的错误言行，分析了产生这些言行的阶级原因。他说，这七个人年龄不同，教的科目不同，但有一点是一致的，那就是出身，他们都是出身于剥削阶级家庭，有地主，有资本家，有反革命。他们的阶级立场决定了他们对无产阶级革命的仇视，决定了他们对无产阶级文化大革命的态度。

很多学生为了满足自己资产阶级的享乐观，都去厂里偷废铜废铁，卖给投机倒把分子去挣钱，然后去吃山楂糕，买糖果，甚至买香烟抽。为此厂里组织了纠察队，日夜巡逻。但这些人总能找到空隙去偷窃。听从厂革委会的号召，罗马同学带领红卫兵战士协助纠察队巡逻。由于他们自己也是学生，知道那些人的活动规律，很快就抓到了16名盗窃者。其中有二连七班的罗成，他是罗马的亲弟弟。在这种情况下，罗马表现出了坚定的无产阶级信念。他大义灭亲，亲手将弟弟罗成押送到厂保卫科，并痛斥他盗窃国家财产的恶劣行为。罗马在此事件中的正义行为获得了广大师生的普遍赞扬。

三、做又红又专的无产阶级革命事业接班人

伟大领袖毛主席教导我们："好好学习，天天向上。"这是他老人家对红卫兵的殷切期望。罗马同学的父母都文化不高，这使得他们在旧社会受尽了剥削阶级的压迫。罗马同学从小立志要学习文化，要给贫下中农争气，要用自己学到的文化同地主资产阶级进行斗争。

罗马同学的老师都说，他并不是一个特别聪明的学生，但他是一个胸怀革命理想和革命抱负并刻苦学习的同学。尽管他担任着繁重的革命工作,但他始终没有忘记学习文化知识。尽管在社会主义的教育体制下,分数只是考查一个学生学习效果的手段,学校也从来不公布学生的分数,更没有排名。但各科老师都知道,罗马同学的所有学科的成绩都是最优秀的,他确实是又红又专的典型。

根据上级指示,1974年开始,中学外语课从俄语改成英语。这是党中央从反帝反修的大局出发做出的重大决策。学校临时调配了师资,从厂里调集了几个学过英语的工程师来教英语,其中有一半人的英语水平并不过关。同学们面对全新的语言都产生了畏难情绪。罗马同学采取了最笨的办法,就是反复背诵。先背字母,后背单词,再背句子和课文。他能够背诵所有的英语课文,后来还开始背诵英文版的《毛主席语录》。他还能够用英文演唱《东方红》《红星照我去战斗》……

综上所述,罗马同学是一个拥有伟大共产主义理想的,又红又专的革命青年,是无产阶级革命事业的可靠接班人。希望他戒骄戒躁,艰苦奋斗,在无产阶级文化大革命中锻炼成长,为伟大的社会主义祖国奉献自己的力量。

减分了。凌丽本以为能从罗马的事迹介绍里看到一个积极进取的青年形象。林涛女儿使她对罗马的评价曲线从一路下跌到绝地反弹,她本希望这个反弹能够在她到达乌川以后延续,但看来这个反弹只是昙花一现。就算是在特殊的年代,他怎么能去揭发老师呢?他怎么能对那些被批斗的老师上纲上线呢?他弟弟偷废铜废铁当然不对,可按高崇文老师的说法,林涛和他自己好像也去偷过呀。还有偷听敌台,他肯定也听过……

凌丽开始查一些自己不明白的事情。

"文革"中学校的半军事化：

1967年开始，很多中学都被派驻了军宣队，它实际上是学校的最高管理机构。各学校的红卫兵组织组成了红卫兵委员会（简称红委会），它类似于后来的学生会，但比学生会的权力要大得多。许多学校成立了红卫兵团，并设有团长。一个年级为一个连，设连长、指导员和副连长；一个教学班为一个排，设排长、副排长和各种委员。

革委会：

《中华人民共和国宪法》（1975年）第二十二条规定：地方各级革命委员会是地方各级人民代表大会的常设机关，同时又是地方各级人民政府。

革命委员会，是"文化大革命"期间中国各级政权的组织形式，简称"革委会"。当时党和政府的权力组织机构均遭破坏，"革委会"成为各级组织事实上的最高权力机构。1967年上海首先发起一月风暴夺权运动，由群众组织夺取中共上海市委和上海市各级政府的权力，组织一个效法巴黎公社的大民主政权机构，由张春桥命名为上海人民公社，以后在毛泽东的支持下，全国各地效仿，纷纷夺权，各地组织的新政权名称并不统一。毛泽东认为上海公社的名称不好，发出了"最高指示"："还是叫革命委员会好"，于是这半句革命委员会好成为全国必须遵守的法律，全国各级政权，从省一级到工厂、学校的政权机构全部改名为革命委员会。

凌丽没想到罗马在"文革"中这么积极，竟然作为唯一的学生代表进入了当时学校的最高权力机构——革委会,这个职务至少相当于教导主任吧?这属于造反派吗?他为什么要冲在前面?是为了出人头地,还是真的有革命热情?在后来的清理整顿中,他怎么做到全身而退的?他后来在文艺评论中所体现的"左"的倾向和这段经历有没有关系?

凌丽想问问罗成。

> 凌丽:我在学校的办公室找到了一份介绍罗马事迹的材料,有几个问题想请教。你们家不是出身不好吗?怎么罗马在大会上还以贫下中农自居?
>
> 罗成:我家出身挺好,是地主。我不认为出身地主不好。抗战的时候我爷爷被日本人杀了,家里由我二爷当家,他抽大烟,把大部分地都给卖了。即使这样,我们家也得划成富农。可巧土改工作队的队长是我家的远亲,把属于我家,但因为打仗一直没种的地算成无主荒地,这才给我家定了个下中农。但这件事村里很多人都知道,一直在咬。罗马长大后一直对此战战兢兢,怕自己成了"落网富农"的后代,所以他一直痛恨家庭。
>
> 凌丽:他抓你偷东西是怎么回事?
>
> 罗成:就是卖弟弟求荣呗。那天他问我妈我每天放学以后都去哪,几点回来。然后他带着人轻而易举就把我们几个抓了。他要反对我偷东西,可以劝阻我呀,这算什么?用现在的话叫钓鱼执法。而且,我知道他和林涛也去厂里偷过二极管什么的呀。
>
> 我叫你一声妹妹吧,就算他活过来我也不想让你当我嫂子。这些天的接触让我觉得你和他不一样,算个好人。罗马这种人,小时候为了当先进连亲弟弟都要算计、出卖,后来

又学了那么多坏,什么事都做得出来。把他逼急了,你也有可能被他出卖。爱信不信。

凌丽:对他我有我自己的判断,就不劳你费心了。

心情更坏了。你明知罗成会说些什么,为什么还要问?你内心是不是想索性彻底地把他污名化?让他在你的心中烂掉?

凌丽打开了档案袋。看了几份检查,她明白了,这不是普通的交给班主任的检查,而是犯了相对严重的错误,直接交到代表校方管理学生的政教处的检查。有旷课一个多月的,有爬墙偷看女澡堂的,有偷听敌台的……最先找到的是罗成的检查。

我是小学二年级,二连七班的罗成。我平时不注义(意)学习毛主席zhu作,总想向(像)地主zi本家那样白吃白he,好几次进厂tou东西,买tang和binggan吃。我po坏了社会主义jianshe,po坏了文化大革命。我低头认zui,在(再)也不gan了。

另一份在两个月以后。

我是二连七班的罗成。我又犯了严重的cuowu,上次罗马zhua了我,我怀恨在心,先是在他的饭合(盒)里放了狗使(屎),后又把他的作业本tou走shao了。我用这么坏的手duan对dai红卫兵干部,是做了jieji敌人想做而做不了的事。这是在po坏文化大革命,zuie tao天。我在(再)也不gan了,我要chong心(新)做人。

下面是红笔批注:

鉴于罗成同学屡教不改，校革委会决定给予其严重警告处分。

凌丽又看笑了。这个罗成也太坏了，竟然把狗屎放到哥哥的饭盒里。看来他对罗马的仇恨由来已久，而且对这个哥哥从不服气。

接下来找到的是林涛的检查。

尊敬的子弟学校革委会领导：

我是八连一班的学生林涛。我犯下了如下罪行：

1. 经常在厂区乱窜，随意使用厂区生产器材，偷盗各种工业原料，用于组装收音机等。这严重破坏了"抓革命，促生产"，干扰了轰轰烈烈的无产阶级文化大革命。

2. 利用自己制作的短波收音机收听敌台，偷听了苏修的莫斯科广播电台和美国之音的广播。我最初偷听敌台的目的是深入了解美帝苏修的反革命本质。我做短波收音机是一种虚荣心使然，学校里好多同学都制作出来收音机，我做出短波收音机是为了显示我的能力。第一次调试就听到了美国之音，开始很害怕，后来听了听，听到的是美国汽车工人大罢工，争取加薪，并受到了美国反动统治者的镇压。第二天，我在《人民日报》看到了同样的消息，只是立场不同。后来又听到了莫斯科广播电台，他们大肆攻击中美恢复关系，说明在毛主席的领导下，中国恢复和美国的关系的英明决策打乱了苏修的阵脚，是中国外交的胜利。尽管如此，我违反了学校的规定，性质极其恶劣。我已经将自己制作的短波收音机上交。

3. 我曾经将我偷听的内容讲给罗马等同学听，当即遭到了他的痛斥，我也是在他的强烈规劝下才主动向政教处老师坦白了自己的罪行。但我可以保证，我每次偷听都是一个人，从没有第二个人在场。

　　我的行为干扰了文化大革命的大好形势，给红卫兵组织抹了黑。我决心加强理论学习，用毛泽东思想武装自己。端正态度，重新做人，努力成为合格的社会主义接班人。

下面的批注是：

　　该同学出身不好，家庭关系复杂，有海外背景。其父是资产阶级学术权威，特嫌。这种背景不可能对他的世界观不产生影响。目前没有查到他偷听敌台与敌对势力有关，其行为也没有构成恶劣的社会影响，故决定在学校内部处理，暂不向乌川市公安局报告。

另一份检查是关于手抄本的。

尊敬的子弟学校革委会领导：
　　这几天政教处的领导连续找我谈话，在她的谆谆教诲之下，我充分认识到自己阅读并传播手抄本的错误，现将我犯错误的过程交代如下。
　　一、关于《曼娜回忆录》：我在今年春节期间曾返回北京，在叔叔家住了十几天。叔叔家邻居的孩子比我大一岁，他拿来了《曼娜回忆录》，我当时看了，这是我政治觉悟不高，没有明辨是非能力的表现。我回到学校后，这个手抄本开始在学校传播，这只是时间上的巧合。我没有抄过这个小说，更没有带回乌川传播。

二、关于《一只绣花鞋》：这是我从北京带回来的。也是叔叔邻居家的孩子给我看的。我的阶级觉悟不高，觉得这就是一本描写我党特工与国民党特工斗智斗勇，最终战胜了反动势力的故事。我觉得故事很精彩，就带回一本。它是用复写纸抄写的，估计抄写者一次复写三张，我那份肯定是最下面那张，很多字都难以辨认。我拿回来后给几个同学看过，当时罗马正在看"活页文选"上的评法批儒原著，他没有时间，没有看。

三、关于一些匿名作者的诗歌的摘抄：有一次我在图书馆外面捡到了一个作业本，上面没写姓名。我打开一看，里面抄录了许多我没看过的诗，没有写作者是谁。我带了回去。还是由于阶级斗争觉悟不高，误以为都是好诗。我当晚抄下了我觉得最好的三首诗，第二天就把作业本放到图书馆借书处的桌子上，我怕丢东西的人着急。后来我曾经在课间朗诵过其中的一首诗，这可能是不对的，也造成了传播。我现在把诗抄在这里，请老师帮我分析其中隐藏的祸心。

  这是四点零八分的北京
这是四点零八分的北京，
一片手的海洋翻动；
这是四点零八分的北京，
一声雄伟的汽笛长鸣。
北京车站高大的建筑，
突然一阵剧烈的抖动。
我双眼吃惊地望着窗外，
不知发生了什么事情。
我的心骤然一阵疼痛，一定是

妈妈缀扣子的针线穿透了心胸。
这时,我的心变成了一只风筝,
风筝的线绳就在妈妈手中。
线绳绷得太紧了,就要扯断了,
我不得不把头探出车厢的窗棂。
直到这时,直到这时候,
我才明白发生了什么事情。
——一阵阵告别的声浪,
就要卷走车站;
北京在我的脚下,
已经缓缓地移动。
……

我第一次读这首诗就感动得大哭不止。我觉得这就是一首咏叹离别,思念家乡,思念母亲的诗。不知道作者是谁,也不知道他是在什么状况下写的这首诗。我长期和母亲和北京分离,我觉得它写出了我的心声。社会主义文艺里有很多像这样表现亲人、战友离别的作品。比如鲁迅的诗句:"谋生无奈日奔驰,有弟偏教各别离。最是令人凄绝处,孤檠长夜雨来时。"表现的也是类似的离愁别绪。

我又犯下了严重的错误,我一定努力改造自己,吸取教训,努力成为无产阶级革命事业接班人。

下面的批语是:

该同学的检查很不深刻,其中充斥着狡辩。关于捡到作业本之事,我们怀疑是他自己编造的,目的是掩护给他提供反动诗歌的人。我们询问图书馆借书处的老师,该老师说从未看到过这个作业本。我们问林涛在北京提供给他《曼娜回忆录》的学生的姓名和所在学校，他说忘了。我们询问他看过《一只绣花鞋》的同学都有谁，他也拒绝回答。他的整体表现是抗拒的，我们建议校革委会将此案报告厂革委会。

凌丽认为在当时的政治背景下，政教处做出的结论并不过分。林涛明显说了谎，保护了提供给他手抄本的北京朋友，保护了看了手抄本的同学，保护了提供给他诗——现在知道是食指的诗——的人，更保护了好朋友罗马。凌丽知道罗马中学时肯定看过《一只绣花鞋》，读过食指的诗。林涛真是个仗义的人，罗马有这样的朋友太幸运了。

凌丽对食指是熟悉的。她在本科、硕士和博士期间参加的诗歌朗诵会，都会有人朗诵食指的《相信未来》。凌丽记得"文革"中这首诗曾被江青点名批判，林涛敢于为食指的诗辩护，看来包括他和审查他的人都不知道这个背景。太危险了。而林涛最喜欢的《这是四点零八分的北京》也是自己最喜欢的。林涛从小与父母分离的遭遇使他对这首诗一定有更深切的共鸣。

在翻动这些检查时，凌丽觉得那个时候的学生的字普遍比较差，除了林涛，大部分学生的字都是歪歪扭扭。当那份字体清秀的检查出现时，她似乎产生了一种感觉，有可能是她。定睛一看，果然是索维维。厂长的女儿也会写检查？

检查

我是高一年级三班的索维维。我被同学举报，在笔记本上抄录了俄国诗人莱蒙托夫的诗歌《帆》。我偶然在图书馆的废书堆里找到了《莱蒙托夫诗选》，我不知道文化大革命前出版的书都是不许看的，自己的思想水平又不足以辨认香花和毒草，觉得这是一首特别好的诗。我今后一定加强无产阶级理论的学习，提高自己明辨是非的能力。

　　但举报人说我迷恋苏修的修正主义文化，这也太没文化了。莱蒙托夫是十九世纪的人，只活到27岁。那时候还没有苏联，也就不可能有修正主义。我记得革命作家高尔基说过："莱蒙托夫是一曲未唱完的歌"，这是多么高的评价。年轻的诗人出身贵族，本可以平淡地混迹于上流社会，但他关切的是底层民众的苦难。他就是那"不安分的帆儿"，他"祈求风暴"，期待变革，只有这样他才能到达他内心中的"安静之邦"。以我目前的思想水平，我看不出这首诗里有什么反动的东西，请老师指出其中的问题。

　　蔚蓝的海面雾霭茫茫，
　　孤独的帆儿闪着白光……
　　它到遥远的异地寻找什么？
　　它把什么都抛在故乡？

　　呼啸的海风翻卷着波浪，
　　桅杆弓着腰嘎吱作响……
　　唉！它不是要寻找的乐疆！

　　下面涌着清澈的碧流，
　　上面洒着金色的阳光……
　　不安分的帆儿却祈求风暴，
　　仿佛风暴里有安静之邦！

后面的批语是：

　　该同学对自己的错误的认识极不深刻，只做了浮皮潦草的检查，就开始为自己的错误辩护。鉴于这首诗是否属于反动诗歌还需考证，暂不对该同学进行纪律处理。

巧了。这也是凌丽最喜欢的诗。在师范学院中文系上外国文学课时，她并不喜欢最著名的俄罗斯诗人普希金，而是迷恋莱蒙托夫。看来这个索维维在高中时的文学修养就非常突出了，17岁的人能够读懂并感悟到诗的内涵，了不起。这个索维维如果坚持写作，真可能成为女作家。凌丽还发现在假检讨，真辩护这一点上，她和林涛如出一辙，难怪她先看上林涛了呢。从时间上看，她追求林涛应该是在写检查之后。

再翻下去，有了重大发现，居然有罗马的检查！

我是初一年级语文老师罗马。伴随着揭批"四人帮"运动不断走向深入，在厂领导、校领导的批评教育下，我逐渐认识到自己在"文化大革命"中犯下了严重的错误，下面我就我的错误事实进行自我批判。

一、思想错误：在林彪、"四人帮"极左思潮的影响下，我忽视了马列主义、毛泽东思想的学习，错误地理解了伟大的无产阶级文化大革命，错误地理解了无产阶级专政下继续革命的理论。对于林彪、"四人帮"宣扬的"造反有理"，"知识越多越反动"等反动思想，我没有抵制、怀疑。

由于我自己不注重思想改造，对"封资修"的东西缺乏辨别能力，居然认为自己是封建文人罗贯中的后人并引以为傲。毛主席1975年指出："《水浒》这部书，好就好在投降。做反面教材，使人民都知道投降派。《水浒》只反贪官，不反皇帝。屏晁盖于一百零八人之外。宋江投降，搞修正主义，把晁的聚义厅改为忠义堂，让人招安了。"我没有认真学习毛主席的指示，居然愿意当封建文人的孝子贤孙，这说明我的世界观需要认真改造。

通过这一段对中央文件和《人民日报》社论的学习，我才充分认识到"四人帮"妄图篡党夺权的狼子野心，认识到他们对我国社会主义建设带来的巨大灾难，认识到华主席领导党中央一举粉碎"四人帮"的重大现实意义和深远历史意义。

二、工作错误：校革委会对我非常关怀和重视，在政治上给了我很多责任，还让我作为学生成为校革委会的一员。但我辜负了领导和群众对我的信任，犯下了许多不可饶恕的错误。

1. 我曾5次参与并主持对学校教师学生的批斗会，除一次对犯有流氓罪的学生的批斗外，另外四次都是错误的，对师生的身心构成了极大的伤害。尽管其中对老师的一些侮辱性措施（比如给老师挂"孔老二传人"的牌子，当众考语文老师数学题，让老师大声念自己批判自己的文章等）不是我主张的，我也曾经试图制止，但我惧怕革委会副主任柳明启（已因在1968年武斗中持枪杀人被逮捕），不敢和他做斗争，致使一些老师受到了严重的人格侮辱。我要揭发柳明启，他出身大地主家庭，在解放战争混入人民军队后，他通过关系把自己家定为中农。"文化大革命"开始后，他利用手中权力大肆迫害学校领导和教师，疯狂进行阶级报复，他是林彪、"四人帮"在子弟学校的代理人。

2. 我在运动中张贴了几张大字报，对几位老师构成了巨大伤害。其中伤害最大的是高崇文老师。批林批孔运动开展之后，柳明启就多次跟我说，这些"臭老九"假装老实，跟着批林批孔，但是让他们批判他们的祖师爷孔老二，比让骂他亲爹还难受。你上课一定要盯着他们有什么反动言论，随时向我报告。那天高老师上课，我正写一篇大批判稿子，没有听到他讲什么。下课后，李奇同学对我说，高老师刚才说李斯是酷吏，可广播里说李斯是大法家，高老师这话反动。如果李奇没对我说这事，即使我自己听见了，我也不会汇报。但他说了，我只好汇报。柳明启听到后如获至宝，逼着我写大字报。慑于他的淫威，我只好写了。尽管我坚持不写高老师的名字，但谁都知道高老师是教我们班语文的。我要诚恳地向高老师道歉！高老师对我恩重如山，经常单独给我补课，给我讲文学，鼓励我创作。我实在对不起高老师，对不起其他被我批判的老师。

3. 在柳明启的布置下，我曾经组织各班红卫兵负责监视重点老师和学生的言行。我们按照出身和现实表现，将出身剥削阶级家庭的，在历次运动中自己或家人曾经被定为历史反革命、右派、五一六分子等的师生作为重点，由专人负责监视，每两周开一次碰头会，了解他们的动向。据革委会统计，先后有74人次的师生被举报，有11名老师和学生遭到批判，有4名老师被下放到车间当工人，2名老师在学校当清洁工。尽管我只是这一行动的被动执行人，但客观上给这些师生构成了巨大伤害，我自己内心十分愧疚。

我是一个犯了严重错误的人，辜负了革委会和广大群众对我的信任和培养，愿意虚心接受组织和群众对我的批评教育。我是一个被林彪、"四人帮"欺骗蒙蔽的青年，我内心中一直对伟大的中国共产党充满热爱，对社会主义祖国充满热爱。我努力在史无前例的无产阶级"文化大革命"中冲锋在前，但由于思想水平太低，走错了路。今后我一定加强马克思主义基本理论学习，一定接受工人阶级再教育，在工作中不断改造自己，争取为祖国的四个现代化做出自己应有的贡献。

下面的批语还盖了革委会的章。

> 此检查材料待罗马同志听取群众意见后重新修改，并由校革委会做出结论，存入档案。
>
> 罗马同志在"文化大革命"中犯有错误，主要是不注重思想改造，不能够认清"四人帮"的反动本质。在坏人的指使下做了一些错事。他的多数错误行为都是在当时的革委会做出决定后实施的，不能由他个人承担。罗马同志的检查是深刻的，触及灵魂的。他积极进行自我揭发，自我批判，态度端正，也获得了多数老师的谅解。校革委会将在进一步审查之后做出正式结论。

减分，继续减分，这是对当年的热血青年，后来的大知识分子道德情操的减分。凌丽相信，即使事先知道他这些，为了走进北京，走进京北大学，她也会做出考博士之前的那些事，但是后来与他真心相爱大概是不可能了。如果不是这个偶然的发现，她绝对无法想象罗马会批斗、揭发老师，会监视和组织监视师生。这个检查和林涛、索维维的检查一样，都在狡辩，但那两个人是不想牵扯，甚至在保护别的人。而罗马把所有错误都安到了已经被逮捕的那个革委会副主任身上，他的所作所为真的都是被动的吗？连揭发高崇文老师这样的事，他都把主要责任推到只是在课间议论的李奇同学身上……

凌丽走出房间，打了个冷战，山区的气候确实比北京冷些。清冷的月亮挂在远处的山上，操场上那些建筑垃圾里肯定有些废玻璃窗，在月光的照射下反射出奇奇怪怪的幽光。那锈迹斑斑的球门架子孤独地站立着，显出了哀伤。它曾目睹这里的运动会、体育课、足球赛，目睹那些风华正茂的学生在这里挥洒汗水，张扬青春。它那时看到的罗马、林涛、索维维是什么样子？年轻、动感、激情……只是看完了那篇检查，她感觉在这个阳光普照的图景中，罗马似乎总站在暗处，不管离其他人多近，其间总是隔着一层边框，像P图时在他身上单独涂了一种颜色，可能是灰色。

凌丽将这些资料都拍了照，发给了杨腾。她又想起了高崇文老师，发去了邮件。

高老师您好！

我已于昨天到达了您曾经工作的乌川。因疫情我被隔离，也因祸得福，我被隔离在子弟学校。这里管控不严，可以在院内自由活动。我进入了政教处，在一堆废品中居然找到了罗马的事迹介绍，还找到了罗马、林涛、索维维和罗成的检查。也许是时间太久远了，搬家时办公室的人认为这些都没价值了。但这些对我很有价值。这些资料里也有提到您的。我想问您几个问题，请您在创作之余回答。

1. 我上次问过您罗马举报您的事，您当时否定了。但罗马在自己的检查中写了这件事。您是不是为了维护他的形象而故意隐瞒这件事？（我这么问很不礼貌，其实我能够理解一个老师对犯错误学生的呵护。）您上次没有提到他当红卫兵头头的事，是不是也在保护他？

2. 林涛在检查中提到，他是在图书馆外面捡到了一个作业本，从而抄到了食指的诗，包括《这是四点零八分的北京》。从后面的批注看，当时的革委会也不相信他的说法。我记得上次您说，是您把食指的诗推荐给他们的。他是不是在保护您？

3. 罗马在"文革"中当了学生里最大的官，还批斗老师，打小报告。按后来的说法，这已经接近"三种人"了。

为什么他没有受到处理？而且还能参加高考？我知道那个时候还是有政审的。

4. 罗马在"文革"中的言行是因为他真的相信了当时报纸上的说法，受骗上当，还是有意积极表现，以获取政治资本？他的行为是像他在检查中说的都是被坏人柳明启指使乃至胁迫，还是有一些主动的行为？

5. 上次我问您索维维，您避而不答。现在我已经看过她的照片和检查了，也算有些了解了。我不再问您她和罗马的关系，想问的是您觉得她的文学才华如何？我在想，让罗马念念不忘的人绝不可能只是长得漂亮。（我后来明白您为什么上次要看我的照片了，您早就猜出来我长得像索维维。）我从她对莱蒙托夫诗歌的理解上看出她从小就有很高的文学素养，我觉得她的文学创作能力应该超过罗马。

一下子问这么多问题，有些肯定是您不愿回忆的，非常抱歉！

听说这几天北京疫情又严重了，请您注意防护！

顺颂秋祺！

第二天中午，她就收到了高老师的回信。

凌丽你好！

果然是个行事果断、敢做敢当的现代女性。只身前往异地，还望注意安全。

这次的邮件和上次的微信聊天变化很大。上次还每每必称"罗老师""我导师"，这次直呼其名了，说明你对罗马的看法有了变化。上次的问题大多是围绕案情相关事宜问的，这次的几个问题大多与案情没有关系。看来，现在的你，找到罗马的愿望被了解罗马这个人的愿望冲淡了不少。我能理解，你想通过深入了解他，判断自己的人生抉择是否正确。

你的第一个问题和第二个问题是相关的。如你所说，我可能有些袒护罗马，没有具体说。罗马确实在大字报上揭发了我上课攻击李斯的事，也确实是在别人已经发现之后不得不写的。我最初也有些生气。但是骂李斯只是我"反动罪行"里最轻的一个。我的主要罪行是让他们看《青春之歌》《牛虻》《红与黑》《普希金诗选》等禁书，最大的罪行是我把食指等人的诗朗诵给他们听，那在当时属于反革命罪行。革委会重点查的是这些，而罗马的身份使他有机会第一时间了解调查重点。他没有向我通风报信，而是在调查和最后结论的撰写中将这些都列为无法查实的事。如果没有他的保护，我就不是下放到车间当翻砂工那么简单了，很可能会以"教唆犯"的罪名被投入监狱。是罗马、林涛等学生千方百计保护我，才使我没有摊上牢狱之灾。

你的第三个问题也和前面有关。罗马在运动中的所作所为都是按照革委会的指示办的，在过程中他没有故意迫害过人。他在公共会议上表现得很左，很积极，但在私下还是保护了我这样的人。在涉及对一个人的结论时，他总是尽量从轻定性。所以"文革"结束，清查的时候，他的民愤不大。所有人都把仇恨算到了柳明启身上。柳明启这个人当兵出身，"文革"前来到学校，在政教处工作。他觉得那些老师看不起他，认为他没文化，心理有些变态。"文革"一开始，他就首先带头造反，成了厂里造反派中一派的首领。我们这里的车间设备原料齐全，他们做了一批仿造枪，摆上街垒和另一拨造反派开战。那场面我见过，真和电影里打仗一样。由于武器和枪法都一般，打了两天，打死了对方三个人。后来在认定的时候，由于柳明启当过兵，都说人是他打死的。但当时厂里的军代表护着复员军人，就没有定案，不了了之。他还当上了学校的革委会副主任，开始飞扬跋扈，迫害师生。直到"文革"结束，他才被逮捕。

关于罗马在运动中表现积极的原因，我想你说的两个方面都有。从那个时候活到今天的人有几个敢说当时没受到极左思潮的影响？除了张志新、遇罗克等少数人，谁能当初就看出了"文革"的本质？罗马一个十几岁的青年，在当时没有明辨是非是正常的。至于他有没有个人野心？肯定有。这个在所有事上都要拔尖的人当然希望在史无前例的年代扬名立万。当然他肯定不是那种只知钻营的帮派分子，否则，索维维在那个时候就不会搭理他了。

索维维的文学造诣非常高。我没教过她，但她的语文老师总把她的作文给我看。她的每篇作文都有新意，文笔比林涛差一点，但她比林涛努力。那个时候她看的小说、诗歌都比那俩人多。

她还是一个勤于思考、勇于否定的人。在我回京之前，她来看过我。我们谈到了"文革"，谈到了她的厂长父亲。她说，尽管她为了照顾生病的父母放弃了高考，但她觉得父亲被撤职是正确的。毕竟索厂长在整个"文革"中一直是108信箱的一把手，"文革"中厂里出了那么多事，那么多人被迫害，应该有人负责——纵然那个人是她爸爸，而且一切都是按上级指示办的。她说108信箱的历史就是中国历史的一个截面，她想写写。尽管她只是上了电大，但我觉得以她的才华和悟性，她肯定能写出好的东西来。

我猜测罗成会找你要钱，上次公安局的警官找我专门问到了他，关于修祖坟的事问得特别详细。罗成这个人表现得很糙，但他是一个充满爱心且爱憎分明的人。知道他为什么被厂里开除吗？当时厂子已经快散摊子了，厂里的几个领导把很好的设备当废铁卖给民营企业，罗成检举揭发，被打击报复。那几个人因为罗成的揭发被调查。他本想这时去北京，但母亲病重，他又在家服侍母亲好几年，才去了北京。

说起这回要钱的罗占全，那可是罗成的仇人。我们这个学校打架成风，一般都是高年级的欺负低年级的。但到了罗成这个年级，突然变了。以前打架，都是先理论一会儿，吹牛、骂人，然后再打。罗成他们这帮孩子打架不说话也不骂人，直接动手。他们年少，不知轻重，直接上刀。这使得比他们年龄大的都十分害怕。罗占全比罗成高两个年级，学习很差，别无所长，就是爱打架。这样他就和罗成对上了，俩人约过三次架，难分胜负。罗成说自己缺的半颗门牙是罗占全打掉的，罗占全额头上的伤疤是他打的……出了修祖坟的事，听了罗占全的哭诉，他马上就站到了他那边。

我曾经给罗马发过微信，表示了我的立场，罗马说他知道错了，会妥善处理。我想，如果罗马认可了赔钱，应当尽快把钱给他，那三户人实在太惨了。

最后想提醒你三点：1. 罗马的精神疾病；2. 罗马对索维维的情感；3. 罗马在父亲去世后表现出的对父亲和家乡的愧疚和情感——这三点都是你要认真对待的。

你能到达一线调查太好了，希望能够快速找到真相，最好能找到罗马。有什么发现望及时通报，有什么需要我帮忙的也请随时联系。

祝君平安！

凌丽将高崇文的回复转给了杨腾。

然后她迅速打开电脑，用U盾为罗成转了第一笔钱。转完之后她感到久违的畅快。这些天接触了那么多负面的东西，她感受了前所未有的绝望。终于做了一件对的事，难得，痛快。似乎这个行为使自己一下变成了一个可以随意享受阳光的人。

罗成很快回了微信。

谢谢！替那三户受苦受难的人感谢你！我一定把你安排的事做好。

杨腾的信发出三天了，彭安妮一直没回。杨腾两次穿便装在学校门口瞭望，希望能见到她，但每次都是空等半天，失望而归。回去的路上，耳畔似乎还回响着师生在校门口扫健康码的"嘀嘀"声。

这时他确信自己情商极低。写了道歉信，却把事情弄得更糟。怎么办？他决定求她帮忙，再写信。

亲爱的安妮：

我知道我又犯错了，我那封信把我的形象变得更丑陋了。被女友拉黑，被案子整蒙，我这几天的生活暗无天日。你现在也不可能原谅我，我想请你帮我分析一下案情，反正你以后也很可能要参与破案。

我梳理了所有线索，现在已经可以做出这样的判断，其他的线索可以放下，索维维这条线是最可能找到真相的。以前你帮我分析了凌丽的内心，分析得头头是道。现在我想请你帮我研究一下这个索维维和林涛，以及他们和罗马的关系。

凌丽初次与罗马见面是在2017年的博士生面试，那时候罗马已经发现她长得很像索维维，并没有录取她。但在半年之后却主动要求见面，成为情人。这之前，也就是2018年开始，他有许多异常。

首先，根据罗马在精神疾病专科医院的病历显示，他是在2018年7月开始自行治疗双相情感障碍的，四个月后才去就医，而他与凌丽第一次幽会的时间是这一年的8月。我查了这段时间他的微博，从7月22日到8月12日一直没有发东西，8月13日到8月26日，每天都发十几条，然后又静默了半个月。

其次，这段时间，大约有一个多月，他基本没有参加什么学术活动，往年暑假是他最忙的时候，满世界飞。他把很多时间用在下棋上，上网下围棋的时间突然骤增，有时连续下棋长达二十小时，而下棋的水平极差，基本上都是胡下。

所以我推断，在7月份一定有大事发生。考虑到凌丽从这之后开始与他同居，这件事一定与索维维有关。一定发生了一件事，使他对自己与索维维的关系彻底绝望了，会是什么事呢？

2022年8月15日，林涛因病去世。此前林涛在乌川办学。二人关系很复杂，价值观差异很大，罗马似乎有些嫉妒林涛的才华，但至少把林涛视为唯一的朋友。据罗马的妹妹说，为给林涛治病，罗马出了一百二十万元。

我依然是从病历和棋谱看他这段时间的心理变化。在林涛从乌川回到北京后，罗马知道他得了绝症，这段时间罗马去了两次精神科医院，医生记录显示，双相情感障碍明显加重，但药物控制效果尚好。这段时间他下棋比较多，也是以胡下为主，一味地大砍大杀。直到林涛临终前，大约是他逐渐接受了林涛早晚要走的现实，他似乎逐渐释然了。从棋谱上看，他下棋的思路变得理性从容了一些，每局棋的时长也从十几分钟变成了一小时左右。专家说从棋的内容上看，心情比较平和，心理狀況比较正常。

　　林涛葬礼之后，他当天来到了精神科医院，但对医生的询问一言不发，他要求住院治疗，医生看他的状况也觉得有必要住院。但疫情期间，这家医院床位十分紧张。他在急诊室待了一夜，第二天还没有床位，他只好回家。医生给他开了重症患者的药。

　　我相信，他两次病情加重，胡乱下棋的这两个时间段发生了什么我们尚不知晓的事和他出走有直接关系。

　　我现在到了山穷水尽的地步，请你帮我分析分析。谢谢！
　　　　　　　　　　　　　　　　　　永远爱你的腾腾

　　彭安妮的回信用的是红蓝花边的老式信封。看着那熟悉的、娟秀的字迹，杨腾感到了温暖。但打开信，一看抬头是"杨腾你好"，他又觉得发凉。以前写信或发信息的抬头都是"亲爱的腾腾"。

杨腾你好：

　　你说要分析索维维和罗马的关系，又加上了林涛，实际上是个三角，存在三个关系。

　　索维维和罗马的关系：你说他们之间存在价值观的冲突，正确。你肯定是站在索维维一边的，我也很钦佩她。但是如果让我做出选择，我也许会认同罗马的想法。1977年恢复高考，对于这十年毕业和没毕业的中学生来说，这是唯一改变命运的机会。索维维选择了放弃，但即使从孝敬出发，是否可以换个角度想呢？她回北京上大学，难道这不是她父母的愿望吗？到了北京，如果发展得好，把父母接回北京，安度晚年，这不是最大的孝顺吗？所以我并不认为在这件事上罗马是错误的一方。

至于你说到的罗马与凌丽相好的那个时间点，肯定与索维维有关。显然，索维维有了男人，甚至结婚都不会对罗马构成这样的震动，所以一定是罗马对索维维构成了新的伤害，使他自己认为自己在索维维心目中的形象彻底崩塌了。关键是，按你所说，罗马和索维维二人一直没有联系，他能有什么机会再次伤害索维维呢？罗马在索维维心中已经是一个不顾一切追求功名利禄的人了，进一步的伤害只能是比这更恶劣的行为。

作为一个女性，我在想，一个自己已经否定了的人，有什么能使她对一个男人更绝望呢？那就是某种行为摧毁了她对他仅存的善念。如前所述，两人价值观的冲突使索维维不愿与罗马在一起，但依然每月给他寄十元钱，说明索维维对他还是有许多认可的东西的。比如努力上进……也许是罗马在某方面的堕落，也许是他在家乡出了什么事情，还有可能是他写的什么文章激怒了索维维。

罗马与林涛的关系：罗马缺少才华，于是他妒忌林涛的才华。这妒忌本身就说明罗马是一个对文学、对思想有着清醒判断的人。作为一个知名学者，他并不满足，甚至有些厌恶自己写的那些论文和博客。他内心依然有崇高的东西。

你在二人之间一定倾向林涛。我觉得，一个人明知自己才华欠缺而勤奋努力，一个人拥有才华却消沉浪费，简单否定前者，公平吗？

在林涛生病之后，罗马先是极其悲痛，后来逐渐接受，但在林涛死后忽然病情加重。一定是在林涛的追悼会上发生了什么事情，比如见到了索维维。所以应该去问罗马的妹妹，那天发生了什么？

林涛和索维维的关系：按你此前的描述，罗马死追索维维，而林涛放弃了，和罗马的妹妹结了婚。林涛后来会不会后悔？别的可以谦让，爱情可以吗？他后来一定和索维维有过联系，你说他后来回乌川办学，谁让他去的？

在你所有的陈述中，林涛成了一个圣人，我不相信圣人的存在，也讨厌圣人。

第十一章　慈善基金会

见到罗成那一刻，凌丽笑了。这对势同水火的兄弟长得实在太像了，区别只是罗马比罗成多了一副眼镜，罗马的眼神里多了些茫然，而罗成眼神里多了些冷漠。

考虑到安全问题，凌丽走出隔离区后先叫了辆出租车，到了罗成指定的位置——厂医院门口。罗成从一辆老旧的212吉普车走下来。

"为什么约到医院？"

"这是整个厂区最好找的地方，我昨天晚上在这陪床。"

"你父母不是都……"

"我一哥们儿的爸，老翻砂工，肺栓塞，快不行了。后面那一栋楼都是有毒有害车间的退休工人。"

"那么多人？"

"没事的时候你可以去看看。别，还是别看了，太惨了。"

厂区的马路很宽，主要大街是双车道的。从医院向西，罗成说就是108信箱的长安街。先是一栋三层楼的建筑，是当年的百货大楼，现在一层是个集贸市场，二三层是各种公司，墙上挂着各种招牌，"动漫城""手机专卖""量贩式KTV""婚纱摄影""三线足疗"……罗成说百货大楼的外形和北京王府井百货大楼一样，就是少了一层，小了不少。它在"文革"结束前是整个乌川市的最高建筑，现在破败了，里面多数房子都是空的。

到达了厂区的中心，罗成把车停了下来。

"这里原来是厂办公大楼，1980年建好的。因为你隔离的那个校区的土地和水都污染严重，几年前，林涛把学校迁到了已经荒废的原厂部大楼，把楼前的广场改建成足球场。"校园里只能看见几个工人在修整操场。

走过了半条大街，大都是衰败、没落的景象，这里让人眼前一亮。校门里面是宽阔的足球场，周边是红色塑胶跑道。远处是白色的四层大楼。楼前是一排法国梧桐。显然是因为防疫，学校没有开学，校园里只能看见几个工人在修整操场。

"这么大的工程，要装修、修操场，这得多少钱呀？"

"学校工程是我同学的公司做的，大概花了一千二百万元。当然有社会集资，但大头儿肯定是林涛弄来的。你看里面有一块石碑。"

隔着铁栅栏门用照相机的长焦镜头往里看，在传达室的边上有一块很新的石碑，上面写着：

捐资助学功德无量

乌川市京电中学（原108信箱子弟学校）原校址毗邻原工厂排污水道，致土质败坏，污泥浊水，不利师生身体健康。公元2016年，赖市领导关怀，将全校迁至厂区中心原厂部办公区。此次校园搬迁行为重大，幸蒙乌川108信箱子弟学校校友会及诸多个人鼎力支持，特立碑铭记。

下面刻着几十位捐赠人的名字，但找不到林涛。有一个名字被白灰遮住，显然这个人后来出了问题，会是谁呢？字是金色的，再加上刻痕很深，名字最上端的白灰有些脱落，可以看出来第一个字上端是一撇，这样的汉字并不多见，应该是"季"字。是那个被抓的副市长吗？季敏力？如果是他，那这个事肯定和罗马有关系。

"你要是想进去,过几天防控松点,我可以找人带你进去。"发动车的时候,罗成说。

前面是一个大空场,装着一些健身器材,两三群大妈都戴着口罩在跳广场舞,还有几拨不戴口罩的老大爷在打牌,抖空竹,闲聊……这跟北京的情景太像了。大空场的上方,呈网格状挂着露天电灯。罗成说,这里叫灯光球场,以前在边上有一排篮球场。每天晚上这里热闹极了。每周三和周六,这里放电影,放映的片子跟北京同步。电影银幕挂在中间,有小一半观众看到的是反的,不过那时候的电影字幕很少,无所谓。

"我们这儿能建得这么好得感谢索厂长,就是索维维她爸爸。他动不动就到部里哭穷,当时部里一个大领导是他在部队的上级,给了我们这最好的供应。包括和北京同步看电影,也是他去文化部大闹才特别安排的。所以"文革"后批判他,多数人都为他叫屈,还有人专门到部里帮他申诉。"

凌丽想起罗马给她讲当时最爱看的电影是罗马尼亚的《多瑙河之波》,里面的女主角太漂亮了,她和船长丈夫在一起亲吻的戏是他看过的最浪漫刺激的爱情场面。他是和索维维一起看的吗?

"你在这儿见过索维维吗?"

"你是想问他是不是和罗马一起看电影?按说在那个年代不应该。"

"你这些天有索维维的消息吗?"

"她的消息没有,有她爹的消息。"

"老人家还活着?"

"当然,九十多了,还住在老家属区,据说耳不聋,眼不花,每天三两二锅头。"

"太好了,咱们先去他家。"

"你去?你太像他闺女了,刚见着你的时候我就想说。"

"长相相近的人多了,我就说我要写关于三线建设的论文,来采访老厂长。"

"这瞎话张嘴就来。"

"不是瞎话，隔离这些天，我对三线真产生了兴趣，四千多万工人，算上儿孙，就牵涉到两亿多人。这可能是世界上涉及人口最多的工程。我肯定要写东西，也许是报告文学。"

"行，我看你真的比罗马有情怀，你要真能写出来，那我代表三线人感谢你。不过你小心，老爷子军人出身，脾气暴。"

汽车拐下大街，那代表着旧日繁华的宽大街道和高大房屋迅速不见了。一排排破旧的砖房早已无人居住，只有路边的厕所还有人进出。再往前是一片整齐划一的四层楼房，罗成说，这是上世纪八十年代建的，当时乌川市里还没有什么楼房。有家室的工人都住进了楼房，那些平房给青年职工住。罗成在一个小超市前停下车，买了牛奶、水果和四瓶二锅头。凌丽感到惭愧，自己怎么没想到给老人家买点东西？

这些楼房住户也很少，很多房子的窗户玻璃是破碎的，有的连窗户都掉下来了。罗成带着凌丽进入一个单元门，敲门。

里面传出了洪亮的声音："跟你说了多少遍了？有事到办公室说。"

"索厂长，您弄错了吧？我叫罗成，罗玉田的儿子。"

"嘻，进来吧。"

索厂长长得人高马大，九十多岁了，依然腰杆笔直，一看就是军人出身。

"您还认识我吗？"

"哪敢不认识您呀，大名鼎鼎。初中被开除，在厂里被开除了两回。我就纳闷了，罗玉田是全厂最老实本分的工人，怎么生出了你这么个捣蛋的兔崽子？"

"别光说我呀，我哥有出息呀。"

"你再敢提那个王八蛋，就给我滚出去。"老人家马上脸色通红，罗成倒无所谓，却着实把凌丽吓着了。

"不提不提。这位是研究经济的博士，叫凌丽，她想写关于三线建设的论文，想采访一下您。这是她给您买的东西。"

索厂长一看凌丽就愣住了，他盯着凌丽看，把凌丽看窘了。

"我也觉得她长得像姐姐，问了一通，人家是东北人。"罗成说。

"世上真有长得这么像的人？冷不丁一瞅，我还以为我是在哪犯了错误呢。对不起。"

"爷爷好，打扰您了。"凌丽叫"爷爷"是为了拉开距离，"罗成跟我说了我长得像您女儿，我还以为是他逗着玩呢。"

索厂长让他们坐下，然后递给他们可乐，自己也打开了一听。

"您也爱喝可乐呀，不怕糖多？"凌丽很会讨老人喜欢。

"怕什么？我烟酒糖茶都不忌，这不活得挺好吗？在朝鲜战场，我见到过美国兵喝完了的可乐瓶，不知道里面装的是什么。1978年我到北京治病的时候，老战友给我喝了一听，还真好喝。"

"您刚才把我们当成谁了？挺生气。"

"我退休三十多年了，前几年他们又给我安了个官，我也有官瘾，就应了。是什么'乌川市铭恩职业病基金会'名誉理事长。你说这理事长的官比董事长是大还是小？瞎干吧。我以为是冯老三又来找我，他爸是十年前因为矽肺病死的。那时候还没有基金会，他说现在应该把他爸当年的治疗费全报了。我一问，不符合章程。可是他没完没了地找我。我跟他说，我不是当年那个一个人说了算的厂长了，我这官是假的，他就是不信。"

"为什么要成立这么一个基金会呀？"凌丽问。

老人的表情变得凝重，许久不说话，点燃了一支烟。

"都是我当年做的孽呀。你要写三线，这个也得写一写。基金会让我写回忆文章，还没写完，你看看吧。"老人把凌丽引到电脑前，没想到他居然会电脑打字。

1965年，我从部队转业，来到108信箱担任厂长。我在部队担任过省军区后勤部副部长，主管过营房建设，可能领导觉得我管的这个工作和工业有点关系，其实我对工业生产一窍不通，什么都不懂。后来我工作中出现的种种错误都与此有关，外行领导内行肯定是不行的。

我上任来到108信箱，看到工人们都住在临时搭建的草屋和板房里，没想到他们的生活比部队还要艰苦。我向部里打报告，要迅速建设厂房和生活区，我部队里的老首长正巧在部里主管基建，迅速落实了项目审批和预算。林宗源总工程师带着一帮人用半个月的时间搞出了厂区和生活区的设计图，我一看图纸就急了。我们这个区域，三面环山，北面和西面都是山，东面是半山地，南面是一块小平原。林总工程师他们把厂区设在了南边，生活区建在北边。我说我们是来这里生产的，厂房当然得建在北边。农村盖房，北房是最尊贵的房。而且为了防空需要，车间应该修建在北边的半山腰，生活区建在南边的平地上。老林跟我争了好几天，最后还是按照我的思路建了。我们这里经常刮北风，车间产生的废气就在住宅区上方形成一个大锅盖。生活区的空气比生产区还要差，很多孩子经常咳嗽。后来把污染最大的两个车间挪到了住宅区的南面，好了一些。这是我犯的第一桩罪。

我的第二桩罪是耽误了锻造、铸造等五个粉尘严重车间的通风改造。1974年就有工人因为矽肺病住院，厂里的工程师提出用"上送上回法"改善车间通风。就是车间两边送风，顶部排风，还要设置天窗、屋顶通风器或屋顶通风机进行全面通风换气。我一看预算，一百多万元，觉得太贵，就打报告到部里要求专项资金。部里来回扯皮，等批下来两年多过去了，1977年才完成改造。其实当时我手里有一笔设备维修经费，四十多万元，这笔费用下一年还有，我可以逐个进行车间改造。改善通风不属于设备改造吗？这三年一耽误，那拨工人里得矽肺病的特别多。

1977年3月，我到厂医院调研，院长告诉我全厂职工加退休职工患呼吸系统疾病的已达821人。我痛心疾首，悔恨交加。我给部里打报告，要求迅速全面地改善所有车间的通风。可就在第一期资金到位，我准备大干一场的时候，部里调查组进驻我厂。他们宣布我在"文革"中犯了一定错误，免去了我厂长的职务。按说我对被撤职是理解的，当时我参加革命已经三十多年了，我们村里出来当兵的三十多人除了我都牺牲在战场上了，只有我活下来了，还当了大官，我太幸运了。我唯一遗憾的是没有完成全厂通风改造，这是我最后的赎罪机会。

林宗源接任我当厂长，准备迅速改善通风。可惜两个月后就因为肾病住院了。继任者是个二百五，他急于增加产量产值，认为通风改造可以慢慢来。因为改造势必会影响生产，他提出只有在车间主要设备大修或生产订单不足的情况下才能改善通风设备。这样到1980年6月，第一期改造完成了不到一半，部里的专项资金没有花完，被撤回45%。

此后又换了一任厂长，又是要产值，要业绩。后来经济改革开始了，企业实行自负盈亏，就更没有闲钱进行改造了。再往后，企业改制，成立合资公司，这事就更没人管了。除了合资公司新建的车间使用了最先进的通风系统，整个108信箱的车间通风半数不合格。

中国的老百姓是世界上最好的老百姓，108信箱的老百姓是中国最好的老百姓。这么多年有那么多人患病，到十几年前从没有任何人闹事。这些年有些患病职工的后代开始反映意见是正常的，说明他们的公民意识在觉醒。我现在就是一个退休老人，但我多次觍着老脸去信访和人事部门，我跟他们说，也许有些患者后代言辞过于激烈，但请包容一些，因为他们的父辈是国家的功臣，他们得病以后的处境太惨了。

前几年，一些108信箱的职工或职工家属提出成立个基金会帮助那些患病职工，他们说让我这个老头当基金会的理事长，可能是因为我在这儿主事多年，大家都认识我。更重要的原因是那些孽也都是我造下的。所以基金会用了我的名字，叫"乌川市铭恩职业病基金会"。这意思是我们不是来施舍的，是来赎罪的。要铭记工人阶级对国家做出的贡献和牺牲，铭记他们的恩情。我爹给我起名的时候就知道我会犯大错，得赎罪，得感恩。

现在基金会已经运营了六年多，它的好处我就不说了，谈几点问题：

一

……

这时进来一位看上去六十多岁的女子，端庄娴静，手里提着一个装满蔬菜水果的塑料袋。她说："来客人了，也不给沏茶，又喝可乐。"凌丽和罗成赶紧站起来。

"不是外人，这是罗玉田的儿子。这是我后老伴小赵。"老伴却把目光投向凌丽。

"看什么？把人家都看傻了。是呀，太像维维了，刚才我还想是不是维维在哪生了个漂亮闺女。"

"你看你，哪有那么说自己亲闺女的？维维听见，又得跟你翻脸。"

"我倒真盼着她能有个闺女呢。得，不聊这个，做饭，罗成，你们俩陪我喝两盅。"

没等凌丽说话，罗成爽快地说："成。"

老伴进了厨房，罗成露着坏笑说："索叔，您这也算老牛吃嫩草了吧？"凌丽很紧张，这也太没大没小了吧？看看老人并不生气，这是因为他们这个地方的人都这么说话，还是因为罗成很了解老厂长爱开玩笑？

"臭小子，罗玉田打你还是打得少。我老伴去世三十年了，我一人过得也挺好。十几年前，维维非让我找个后老伴，说这样她就可以放心四处玩了。小赵是厂医院的大夫，上海人，她老公原来是铸造车间主任，也是得矽肺病死的。要是没有小赵照顾我，我活不到今天。"

"您女儿现在去哪了？"凌丽终于有了问话的机会。

"说不清楚，她一年在家待不了几天。今天在深圳，明天在厦门，后天没准就在大连。要是没有疫情，她说不定就去纽约了。"凌丽明显感觉他在回避着什么。

"索爷爷，我去厨房帮帮忙。"

"别叫爷爷，让我想起我岁数来了。"

南方人就是精细，厨房收拾得干净整洁。

"赵医生，我来做点什么？"凌丽觉得还是这么称呼比较恰当。

"那，你帮着把青菜洗一下。"赵医生倒也没客气。

"索厂长由您照顾，真是太有福气了。"

"能长寿是他自己的造化，老年人最主要的是有个好心态，最好有点事干。这个基金会的人把他当个招牌，他自己可当真了。有时候我跟他去开会，他是把'名誉'俩字给忘了，真以为自己是理事长，还拍桌子，又回到他当厂长时候那一言九鼎的样子了。挺好，当了这个假官之后，他的身体越来越好。"

"女儿也应该退休了，为什么不帮帮她爸爸？"

赵医生看了凌丽一眼，这使凌丽觉得关于索维维，他们有个什么约定。

"她有她自己的事,她不愿意整天在这山沟里待着。她说在这待了半辈子,想多出去看看。"得,看来关于索维维,什么都问不出来。

狮子头、八宝辣酱、清炒鸡毛菜……上海人做的上海菜就是地道。

老人亲自倒好了四杯二锅头,端起酒杯说:"我是山西人,一辈子就爱吃刀削面,没想到,自从她嫁给我就喜欢吃上海菜了。我革命了一辈子,最后还是被上海资产阶级给腐蚀了。现在外面的饭馆都不愿意去了,这样很脱离群众呀。"

"你这可有点凡尔赛呀。"赵医生笑着说。

"都九十多了,还不许凡尔赛呀?"老人居然知道"凡尔赛",这让罗成和凌丽都很诧异。

四人都是一饮而尽。老人忽然想起了什么,说:"这位凌博士,还没说正题呢?你想问我什么问题?"

"我在隔离的时候看了一些咱们厂的资料,对厂史有了一些了解。我现在想了解的是这个厂后来衰落,改制,以及由此产生的问题。其实您刚才提到的职业病问题也是我想了解的。"过去这一个半小时,凌丽一直在想问些什么问题,既然她已经说了要写三线论文。

赵医生插话了:"咱先吃饭,关于改制这部分维维写了一篇短篇小说,回头我给你找找。"

饭后,赵医生带着凌丽走进索维维的房间。窗帘、床罩都是同样的浅蓝色,这可能是索维维的特殊嗜好。凌丽想起罗马住宅的窗帘、床罩,还有浴巾、毛巾都是这个颜色,此时她明白了,可是已经不吃醋了。写字桌上有一台联想台式电脑,屏幕竖放着,凌丽知道这种横竖放置都行的电脑,多数人平常还都是横着放,这个索维维可能是个不愿意和别人一样的人。墙角是一个储物架,上面分层摆着红酒、照相机、望远镜、老式收音机、小提琴……小提琴很旧,应该就是黑白照片上那个。边上登山杖、滑雪杖、高尔夫球杆和折叠好的帐篷。

墙上有一幅油画,画的是清晨的树林。晨雾飘浮在林草间,晨露流淌在树叶上,让人感觉到清晨空气的新鲜怡人。左下角写着画的名字,叫《呼吸》,签名是"维维"。

房间的左侧是两个大书柜和一个书架。有雨果、托尔斯泰、茨威格的书,还有一些技术书,法律方面的书特别多。凌丽注意到,有一本薄薄的《培尔·金特》,怎么?罗马、林涛和索维维都关注这个剧本?凌丽确信自己当初的判断是正确的。因为早有思想准备,这个发现并没有激起她内心的涟漪。

"姐姐的爱好可真广泛呀。"说完她才想到管索厂长叫爷爷,管索维维叫姐姐,辈分乱了。

"是呀,爱看书,也爱运动。爬起山来,别说你,就是那个罗成也不是她的个儿。你叫姐姐是顺着我叫的吧?其实我比她大不了几岁,你看我发福了,是个老太太样,她呢?看上去也就四十多岁,这就是运动的好处吧。"

"这里没有高尔夫球场吧?她上哪去打?"

"她说是工作需要,按我们的经济条件,她是打不起那玩意儿的。"赵医生忽然看了凌丽一眼。

"你真的是要写论文吗?"这一问问得凌丽满脸通红。

"别紧张。从一见到你,我就知道你是为别的事来的。你的笑容,你的表情,你的语速都告诉我你在掩饰什么。你还和维维长得那么像……老爷子粗心,我是个女人,是个医生,上班时每天都见生人,观察人还行。我同时还观察到,你是个善良的人,你看到老爷子一口喝了半两二锅头就特别紧张,一直盯着他,怕他出事。所以你不会是来做坏事的。"

"真对不起……"

"不用。我比维维大七岁,我俩更像姐妹,我们俩认识好多年了。"

我和她爸的事也是她撮合的。我结婚后，老想让她找个人，我单身了八年，知道一个人的日子不好过。有一天我们俩躺在一个床上聊了一夜。她说到了罗马和林涛，她后悔选择了罗马，她痛恨罗马，但也忘不了他。她还提到罗马后来也总是骚扰她，总给她写信，回乌川时也总要找她，但她一直回避。

"我是罗老师的学生，我确实是想通过姐姐找到罗马老师。"

"我有三个多月没见维维了，罗马失踪的事我是从网上看到的。我给维维打电话，她说她不关心这事。现在你来我家，肯定是想弄清罗马的下落。我觉得这事和维维没有关系，因为他俩已经有三十年没联系了。既然你愿意了解情况，我们可以配合。不管罗马是什么人，我也愿意他活着，愿意找到他的下落。我想维维也是这么想的。"

"谢谢！没想到您这么敏锐。"

"你放心，我不会对老爷子说的。他一听罗马这两个字就会发脾气，他觉得罗马毁了她宝贝女儿。有一天看新闻，说意大利罗马疫情大暴发，老爷子说，都是因为那个王八蛋叫罗马，把人家给害了。"

凌丽在书柜里看到了一本书，叫《那逝去的轰鸣声》，作者叫林里。她想起罗成因为罗马批评这本小说而发文痛斥哥哥。这个林里是谁？会不会就是索维维？

"赵医生，我听说过这本小说，也听说过姐姐很爱写作，这本小说是不是她写的？"

"她呀，平时写点小文章还行，长篇小说？她没那本事。"

赵医生淡定地回答，然后从书柜里拿出一本发黄的杂志，说："这是我刚才说的那本书，这是乌川文联办的小杂志，维维的短篇小说就发表在这上面。我们就有一本了，所以您只能在这看，好在很短。我知道，比起108信箱改制，你肯定更关心维维。"

赵医生给凌丽倒了一杯茶，就出去了。凌丽打开杂志。

王永顺下岗

索维维

王永顺在院里来回踱步，不停地望向这排平房西边的道路，盼着儿子王东来赶快出现。只要他把自行车停好，他就会冲上去先给上一脚，然后施以老拳。他又想这孩子皮糙肉厚，拳头他根本不怕。环顾院里，有烧火的铁通条，有挑水的木扁担，还有几根坏了的桌椅腿……铁通条不行，别出人命；桌椅腿上还带着钉子，也很危险，还是用扁担？

王永顺在这十几排平房里以打孩子出名，邻居家吓唬小孩都用他："再不听话，把你送给王永顺。"王永顺有三个孩子，大儿子学习特别好，总考全校第一，给他争脸，他从来没舍得打过。老二是个闺女，性子倔，没少挨打。可是人家有志气，考大学走了。现在他能打到的只剩下老三王东来了。王东来已经二十多岁了，已经进厂当工人了，居然还要挨打，这事也只有王永顺干得出来。

王东来按照王永顺的设想骑车出现在西边的街口，并在院里停好了自行车。

"过来！"王永顺一声大吼没有吓到王东来，这可能是他预想之中的。

"又来这套，烦不烦呀？打可以，别碰着我脸，碰上一点，别怪我跟你拼命。我还指着这张脸找媳妇呢。"这气势一下子盖过了老子。王永顺不知道该怎么下手。

"告领导私自卖设备，你胆子也忒大了，领导会干这种事吗？"

"你为这事呀？你管不着。其实你也不是为这事，你是下岗了，觉得憋屈，拿我出气，来吧！"王永顺伸手过来，不是抽嘴巴，而是堵住了他的嘴。王永顺没想到儿子一下子就看出了缘由。

没用，屋里的老伴听见了。她晃着虚弱的身体跑出来，说："凭什么，凭什么让你下岗，咱可怎么活呀！"

"别听这混蛋玩意瞎咧咧，是有人下岗，没有我。咱是谁呀？年年先进工作者，我们车间留一个就得留我。赶紧回去躺着，心脏病不能乱动。"

"我听得真真的，小三儿能胡说？"

"你怎么信他的，他嘴里有实话吗？你说，我下岗了吗？"他用眼睛使劲瞪着儿子。

"我也没听清楚，反正他们车间有好多人下岗。"儿子不是怕他，是怕老妈着急。

"听见了吧？赶紧扶你妈回屋。"

王永顺转身走了，一出门看见一帮孩子正围着一个卖山楂糕的，他们拿着从厂里偷来的铜丝、铜片换山楂糕吃。这不是倒卖国家物资吗？他走上去，正要发火，几个孩子一看是他，也都把手里的东西装到了兜里。他居然没有发火。咱都下岗了，厂子将来是谁的都不知道……他冲着那帮孩子说："吃吧，酸死你们。"

穿过两排平房，他进了徒弟邹永广的小院，人家现在是车间主任。推门没开，是插上了。

"小广子，大白天插什么门，你想超生呀？罚五千，你给得起吗？"

门开了，邹永广右手拿着热毛巾，捂在脑门上。

"师傅呀，我寻思今天肯定有人找我，要不是您，我还真不敢开。"

"脑门怎么了?"

"宣布下岗名单的会一散,我跑到自行车那儿刚想开溜,张二傻就跟过来了,啥也没说,就用手电筒打了我脑袋,起了一个大包。"

"该!二傻太臭了,用手电筒?要我直接用撬棍。你们这些伤天害理的官儿。"

"嗐,您不是连手电筒也没用吗?"

"一会儿就用。你媳妇也躲娘家去了吧?你头上起大包,手没事吧?给我弄点下酒菜。"王永顺走进屋里,坐在沙发上,跷上了二郎腿。

炸花生米、炸虾片、拍黄瓜、香椿摊鸡蛋,也凑了四个菜。酒是厂里食堂酿的,挺冲。

"师傅,但凡有一点办法,我肯定不会让您下岗。可是文件里明文写了,55岁以上的必须下岗,真没办法。"二两的杯子,邹永广一饮而尽,算是赔罪。

"我老伴心脏病,躺了七八年了,没收入,药费只给报一半,这两年一分都不给报了。我家小三儿告了刘副厂长,肯定开除。我再不挣钱了,我们家就真完蛋了。"王永顺也要一饮而尽,被邹永广拦住了。

"其实也不是所有过了55岁的都退了,电镀车间的张凯比您还大半岁呢,没退。说他当过十次先进工作者。"

"我十次可不止,得二十多次,就一年,为了让你师哥调一级工资,让给他了。我还当过两次省劳模呢。"

"所以呀,您找我没用,去找赵副书记,他可也是您徒弟呀。把您得的奖章、奖状往他办公桌上一扔,看他怎么说。"

"对呀,我怎么把这事忘了,要论奖章、奖状,咱厂谁也没我多。"

醉醺醺回到家，儿子正跷着二郎腿看电视呢，笑个不停。电视里正在演黄宏的春晚小品《打气》，他正在念叨："……十八岁毕业我就到了自行车厂。我是先入团后入党，我上过三次光荣榜，厂长特别器重我，眼瞅要提副组长。领导跟我谈了话，说单位减员要并厂，当时我就表了态，咱工人要替国家想，我不下岗谁下岗？"

王永顺气急败坏地关上了电视："笑，傻了吧唧地笑。黄宏这孙子就是成心埋汰你老子呢，我不下岗谁下岗？我要下了岗就没饭吃了！你赶紧帮我把所有的奖状、奖章都找出来。"

"找那破玩意儿干什么？去年天气潮，有的都让我糊墙了，这事你知道啊。"

"糊了墙的给我起下来，一件都不能少。进里屋轻点，别把你妈吵醒了。"

奖章、奖状放满了桌子，从墙上起下来的还沾着白灰。有"建厂突击队奖状""节约标兵""抓革命促生产标兵""批林批孔运动先进个人""省级劳动模范"……最多的就是年度"先进生产者"，有一大摞。王永顺看着这些发了一会儿呆，走到了院子里。

清冷的月光照着小院，几棵桃树的叶子已经掉光，歪七扭八的树枝虚弱无力地指向天空。鸡笼里的七八只鸡被吵醒了，有些躁动。这些鸡是家里的部分生活来源。鸡蛋只有王永顺的老伴一人可以吃，其他的都得去卖了。王永顺想着自己下岗后可以把养鸡规模扩大。转念一想，自己当农民的时候就为生产队养鸡，当了二十多年工人，得了那么多奖，怎么又成了养鸡的？

王东来蹑手蹑脚走出房门，看见老爹扶着一棵桃树，在"呜呜"地哭着。凶神恶煞般的老爹居然会哭？他从来没见过，这把他吓坏了。

"爹，您要是憋屈就打我一顿，用铁通条打也行。"

"滚！就会贫。咱俩都下岗了，你妈怎么活？"

"您找奖状、奖章干什么？不就是找他们理论去吗？您去一闹，肯定成。"

"是呀，你这样调皮捣蛋的下岗，我这样听话积极的也下岗，天下哪有这样的道理？不说了，睡觉。"

第二天早晨，王永顺走到小院门口就停下来了，低头看了一眼胸前，反身回屋。在儿子的反复劝说下，他今天一身新衣服，连里面的内裤、秋衣、秋裤都是新的。王东来把所有的奖章都给他戴在胸前，还真不少，有十一枚。手里拿着一个装满奖状的公文包，冷不丁看上去，不像个要下岗的工人，倒像个身经百战、战功卓著的老将军。

"别脱呀，不是说好了吗？"儿子扶住他要解扣子的手。

"我老老实实一辈子，不能出这洋相。"

"这样吧，您在外面再罩个工作服。"

胸前有沉甸甸的奖章，外面的衣服被绷得很紧，王永顺觉得自己都不会走路了。厂长办公室的走廊里挤了三四十人，都是来要求上岗的。厂办秘书张罗大家排队，按顺序一个一个进去。王永顺一看这些人大部分是不求上进的，而自己一直是先进，怎么混得跟他们成了一路人了？他想转身就走，却被秘书看见了，让他到长椅上坐。

"王师傅，我这样的下岗可以，您这样的他们也敢让下岗？您不在了咱车间还转得起来吗？"说话的叫常二嘎，身上带着留厂察看处分。

"别说我,你不是跑广东挣大钱去了吗?你不是早就不想上班了吗?"

"我们家老爷子非让我回来,他矽肺病厉害了,我老得送他去医院。要没这事,这破厂子谁愿意来呀。"

"你再说一遍,破厂子?你爹和我在这干了一辈子,你敢说它破?欠揍吧。"

"好厂子,不是连您这好工人都不要了吗?"常二嘎一点也不怕,话说得轻飘飘的,却让王永顺无言以对。

这时里面传出了一个女人的哭声,王永顺赶忙顺着门缝往里看。是机加工车间的钱红玲,她边哭边说:"我们两口子养着一个孩子,三个老人,都下岗,我们怎么活?我给您跪下了,求求您怎么也得留我们俩一个。"她真的跪到了地上,坐在椅子上的赵副书记上前扶她起来,但根本拉不动。他不知所措,半跪在钱红玲对面:"妹子,我真的没办法,您先起来……"说着说着,他也哭了,哭得也是撕心裂肺……这悲剧的场面变得很喜剧,像夫妻对拜,互诉衷肠。

王永顺转身就走。他找了个厕所,脱下外面的工作服,把里面的奖章全都摘了下来,扔到了茅坑里。走出厂子大门的时候,他本想回头看一眼,但是忍住了。

走到家门口,那个卖山楂糕的还在那吆喝。王永顺这时才想起,自己可能从来没吃过山楂糕。一摸兜,新换的衣服,一分钱没有,却摸出了一枚奖章,是铜的。他用奖章换了一块山楂糕。

一入口,特别酸,真好吃。他又咬了一口,觉得更酸了,酸得他泪水长流。

凌丽也是泪水长流，她想起了自己的父亲也是在那个时间下岗了，也是瞒了老婆孩子好多天，每天照常穿着工作服，拿着饭盒去"上班"，其实是找人打扑克……返回开头，又看了看，这个王永顺有三个孩子，两男一女，老大和老三都考出去了，剩下当工人的这个"王东来"肯定就是罗成，太像了！还有王永顺的年龄、脾气、得奖情况……他的原型就是罗马的父亲罗玉田！她为什么以他为原型？

听了高崇文老师的介绍，凌丽对索维维的文笔充满了期待。而这篇小说写得很粗放，没有一点女性的细腻，和凌丽想象中的索维维的文笔大相径庭。也许是长期的工厂生活给她染上了如此强烈的工人气息。

走出老人的家，酒后的罗成显然是不能开车了。他从车里取出凌丽的行李，两人步行去凌丽住宿的酒店。罗成问："你们大学的教授和我们的老厂长比起来怎么样？"

"我知道你想说什么。在北京，我确实没有见过这样的老人，那里的人关心的都是个人的名利。他们对自己犯过的错误不光口头不说，内心也没有一丝愧疚。我们学校有一个女博士自杀了，但他的导师拒绝参加告别仪式，也拒绝见学生家长。他发了一篇微博声明此事和自己无关，事实是，自杀女生的毕业论文是被导师强加的，是导师专著的1/3。那女生完成不了论文才抑郁的……再看看索厂长，他完全可以对工人职业病的情况不闻不问，可他却真心忏悔，九十岁了，还在尽力。刚才他哭的时候，我也想哭。我知道你还想问我，索厂长、索维维和你哥比怎么样？我先不回答这个问题。二位老人都很坦诚，唯独提到索维维时总是躲躲闪闪，这肯定是有原因的。索维维在小说里也提到了矽肺病，我怀疑，那个'乌川市铭恩职业病基金会'的实际操控人就是索维维。"

"这个我真不知道，我离开乌川已经好多年了。这样的好事她为什么偷偷摸摸呀?"

"还有更重要的,你肯定读过《那逝去的轰鸣声》这本小说,这个作者林里到底是谁?"

"我们在群里议论过。"罗成示意凌丽到路边的几个木头箱子上坐下,他打开手机,进入一个叫"108信箱落魄子弟"的群,然后把手机递给凌丽。

初中没毕业(罗成):那本写三线工厂的小说你们看了吗?我用一天时间看完了,哭了好几回。@所有人

何尚武:我看了,把咱们好多事都写进去了,我还行,我爹看了哭得死去活来。

张一:我看到当年咱们厂有汽水管道,车间里能喝到凉汽水,就想起我和罗成当年骑着自行车,把暖壶挂到车把上,后座的人再提两个暖壶,进厂里偷汽水的事。每次都是@何尚武在大门口望风,看到传达室的老头一进屋,他就吹口哨,我们就飞驰过厂门。好像被抓到过两次,有一次还给弄到保卫科去了。你说那时候108信箱多牛呀,没想到现在沦落成这操性。

刘卫国:改制的事跟我经历过的一样。太惨了,我头天刚领了"节能标兵"的奖金,第二天就下岗了。这个叫"林里"的作者是谁?他一定就是咱们108的人,否则不可能写得这么像。

初中没毕业(罗成):可是人家写的是汽车制造厂,好像136信箱就是生产卡车的。

Beerliu(刘文钊):我同意@刘卫国说的,肯定是108的人。山的样貌,车间的样子,机器的型号,工作服的款式,改制的时间……都是108的,就是汽车总装车间写得特别含

糊，说明他根本不了解汽车总装线。问题是，咱们108有几个能写长篇小说的呢？@初中没毕业（罗成）你哥是京北大学中文系的，会是他写的吗？

初中没毕业（罗成）：他？他也就会写字骂街，你也太抬举他了。

Beerliu（刘文钊）：不能因为你恨他，就否定他的一切。

初中没毕业（罗成）：好，他八百年不回108一次，你说的那些细节他怎么写出来？

张一：同意，不可能是罗马。那还有谁？厂宣传部的那个秀才叫栾远明，他爱写诗，厂歌是他写的。十几年前他开始写厂史，是不是他同时写了小说？

初中没毕业（罗成）：看丫那操性，他能写小说？什么破厂歌，从头到尾都是口号。再说了，那孙子就爱显摆，在厂报上发篇短文都四处张扬，要是出了小说，还不跑到大街上嚷去？

何尚武：那原来咱们劳动服务公司的那个总经理索维维呢？她爱写东西，也了解厂里情况。

初中没毕业（罗成）：我最开始也觉得是她写的，可是除了书名有点女人劲，用词挺野，怎么看都是个大老爷们写的。

……

凌丽想起刚刚看完的《王永顺下岗》也不像女人写的，就确信这本小说的作者就是索维维，不可能是别人。

她问罗成："我看过你骂你哥哥的文章，说罗马曾经写文章批评《那逝去的轰鸣声》，他那篇文章是什么时候发的？"

"大概是小说出版半年之后，应该是2017年的春天。咱们能不能先走，我得去趟派出所。"

"怎么？你需要自首吗？"

"我又不是罪犯。前一段北京的警察就来函问我的下落，我想得把钱要到再露面。现在可以说了，我这个人做事向来不计后果，如果你不给钱，我真的可能成为罪犯。对不起，没想到罗马的女人竟然这么善良。现在事解决了，我得跟警察报到了，再拖下去他们真得抓我。"

"好呀，我也算拯救了一个罪犯。"

"我去公安局后，我的手机可能被监控，北京的公安没准早就监控你的手机了，所以以后不打电话了，用微信联系。还有，我给你订了酒店，原来是厂招待所，条件还不错。"

比起其他快捷酒店，这里的房间要宽大许多，层高也要高出一米。窗户是老式木窗，透出了年代感。

凌丽打开手机记事本，查到了罗马第一次约她到北京的时间，是2018年8月12日。她感到一股血涌上了头顶。

她在记事本上写道：

> 破案了。尽管索维维拒绝了他近三十年，但罗马一直贼心不死，总希望索维维能接纳他，这就是他一直不结婚的原因。罗马看到《那逝去的轰鸣声》后习惯性地骂了起来，他当时当然不知道作者是索维维。其后，他也许从哪里知道"林里"就是索维维，他明白自己和索维维彻底完了，因为这意味着二人的价值观截然不同。估计这时候他疯了一段时间，然后他在万念俱灰之后对我抛出了橄榄枝。

凌丽给罗成发去微信。

> 凌丽：明天我想去基金会，还有你们的两个家，老家和

在108信箱的家,还有山鹰崖。

罗成:在108的家早拆了,老家太远了,有二百多公里,大部分是山路,开车得三个多小时,去那干什么?

凌丽:我想从根上了解你哥,他做出这样的事,一定有历史原因。那去老家的事往后放。

放下手机,凌丽迅速跑到卫生间冲澡。她把水温调到身体能承受的最高限度,这是她多年的习惯。水压很大的热水冲击着她的头顶,她觉得这样很刺激,很舒服。她这样冲了20分钟——尽管医生告诉她这样做有危险,但她舍不得这种火热的感受。关上水,她看见浴室的玻璃上凝结了一层小水珠。热水的冲击使她在刚才那段时间把自己的大脑全部清空,现在她觉得神清气爽。她在玻璃上写道:

基金会——索铭恩——索维维

热水浴很管用,她觉得她此刻的思路十分清晰。凌丽决定给杨腾发微信,她知道没有警方,她是找不到罗马的。

杨警官好!

我今天去了索维维家,见到了她的父亲和继母。现在找到索维维是关键,但她父母对此总是含含糊糊。我通过阅读她的小说,看到了她对于108信箱怀有深挚的感情。通过和她父母的谈话发现他们都对108信箱由于早期不重视环境除尘而造成大量工人患有矽肺病极为痛心,并力图弥补。我据此做出了如下猜测:

1. 乌川市铭恩职业病基金会是用索维维的父亲索铭恩的名字命名的,他担任名誉理事长。但我十分怀疑基金会的实际操控人是索维维。索维维的继母说她整天到全国各地去旅游，我觉得她是去各地筹集善款。108信箱是大型国有企业，这里有很多人在改革开放之初就去了深圳等沿海城市，其中有不少成了企业家。

2. 罗马是大V，网上很多人说他是亿万富翁，但我对此并不清楚。他说自己不善理财，把两张银行卡交给了我，卡里也就一千多万元。他的钱大部分都投资了，主要在股市里。我怀疑他是铭恩基金会的主要捐款人之一。

3. 罗马和索维维一直没有和好，他很可能是匿名捐款，而这个捐款的中间人很可能是林涛。他去世前几年一直在乌川办学校。林涛一直不缺钱，但不可能有太多的资金。他迁址108信箱学校花了很多钱，其中很可能有罗马的钱。当然搬迁学校和铭恩职业病基金会的大量资金不可能是他们两个人的钱，肯定还有许多108信箱子弟参与。

4. 罗马在不知道《那逝去的轰鸣声》的作者是索维维的情况下写了批评这本小说的文章，觉得两人关系已经是万劫不复了，于是找了我这个替代品。他找我的时间是2018年8月。

5. 经过这些天的调查，我不得不承认罗马是一个很自我——明确地说是很自私的人。他把自己多数资金投入公益，一定是因为索维维。（当然也不能完全排除他进入老年后对自己的前半生进行了反思。）如果说他从几年前就开始追随索维维和林涛参与公益事业，那么他一定觉得自己离索维维越来越近了。

在这次"探案"过程中，我对罗马的判断经历了许多反复，但总体是越发失望，如果他真的是像我上面所分析的那样做了，我会对他的所作所为有一些理解，也会认为自己当初的抉择并不是完全错误的。

跟您说的这些有些并不属于案情的范畴，但也许对破案有用。

半夜，凌丽接到了罗成发来的微信。

罗成：索维维肯定与乌川市铭恩职业病基金会有关，但具体是什么角色还在调查中。基金会的理事长叫王若新，原为108信箱职工，后在广东做生意，五年前返回乌川。基金会地址在厂医院住院部地下室118/119。

凌丽搜索了乌川市铭恩职业病基金会的网站，网站首页的页面设计得很素雅，似曾相识。想起来了，这就是索维维房间的那幅画，叫《呼吸》。手写体的主题词写道："呼吸是随意的、惬意的，但对有些人是艰难的、昂贵的。"这当然是表明基金会的宗旨是帮助矽肺病患者。创意真好，画是索维维的，创意也一定是她的。自己的判断再次得到了确认。

【机构简介】

乌川市铭恩职业病基金会于2016年5月经陕西省民政厅批准成立，2016年6月15日被认证为慈善组织，2017年4月获得4A级中国社会组织评估等级证书，2017年1月6日获得慈善组织公开募捐资格。乌川地区有国有大型三线企业1家，国有中型三线企业2家，民营采矿企业12家。这些企业在为国家和地区创造了巨大价值的同时，其污染也造成了大量的矽肺病患者。国营企业主要是因为在企业发展的初期和中期忽略了工厂环境和生产工艺的除尘，私营企业是因为缺少对生产安全的制度设计和投入，造成了乌川地区矽肺病患者达到11000人。

"罗哥，我决定不去病房了。"

"为什么？我都跟几个患者说好了。"

"我昨天上网看了几个矽肺病患者的视频，看了很难受。我不愿亲眼去看了。"

这样，罗成领着凌丽从住院部的楼梯直接下到了地下室，看到了"乌川市铭恩职业病基金会"的牌子。

118房间很大，有三十多平方米，左侧是几排长椅，右侧有两张写字台和沙发。墙上张贴着基金会章程，捐资流程，申请资助流程，志愿者招募章程，矽肺病的成因、分级等文件和宣传资料，看来这个房间是用来接待来访者和办各类手续的。

119房间里有三四个人，凌丽一眼就认出了坐在里面一张比较大的办公桌前的基金会的理事长王若新，他比照片看上去要老很多，两鬓斑白，剃成了毛寸。他的眼神显出干练和从容，符合理事长介绍里他常年在深圳生意场打拼的经历。见到凌丽，王若新愣了一下，迅速变得平静。愣神的瞬间表明他发现凌丽酷似索维维。

"王总您好，我受一位朋友委托来找索维维女士。去过他们家，但没得到线索，想到基金会碰碰运气。"凌丽事先和罗成商量过，估计昨天去索维维家的消息早就被知晓了，于是就直接问了。

"索维维？怎么会找到这儿来了？"凌丽注意到，他回答得很快，像是早有准备。

"我们听说，她是基金会最早的发起人。"这话也是瞎猜的。

"是，她是最早的发起人之一，但从未在基金会担任过任何职务。基金会正常运转之后，她就退出了。"

"这之后她去了哪？"

"说不清楚。有人说她云游世界去了，确实有人在国内国外很多地方见过她。"

"我能问一下她离开基金会的原因吗？"

"她离开的时候我还在南方做生意。据说她只愿做个开创者，初始资金落实后，她觉得她在这里的熟人太多，在108信箱，认识她的人有一半以上，这样在确定资助级别等方面找她的人会很多，没法工作，她就退出了。"

这时王若新的电话铃响了，他看了一眼电话，又看了一眼凌丽，示意自己要接电话，就走了出去。回来后他向凌丽抱歉，说要去处理一个救助资金纠纷。

目送王若新的黑色奥迪开走，凌丽示意罗成跟上它。

"越来越像警匪片了，还要跟踪，你跟踪他干什么？"

"我们莫名其妙来找索维维，他一点都不意外。回答关于索维维的问题，他没有经过思考和回忆，回答得太流利了。还有刚才电话铃一响。他看了一眼来电显示，又下意识地看了一下我，有问题，没准电话是索维维打来的呢。"

"原来我身边坐了个女福尔摩斯。我看你这是走火入魔了。"

黑色奥迪穿过中心城区向西部山区开去，凌丽辨认出那就是她被隔离的学校的方向。果然，它拐进了学校边上的一个院子。凌丽让罗成停车，两人爬上了院门对面的小山。

罗成说："他怎么跑这儿来了？这里原来是三产公司，后来变成了体检中心。"

他掏出了望远镜。凌丽很是诧异，也很兴奋。她透过望远镜向院里望去，惊着了——院子里与王若新站在一起的是一位中年女子，身材颀长，穿一件蓝色风衣，正是在索维维家看到的那种浅蓝色！难道真的是她？

"你看看是不是索维维？"她把望远镜递给罗成。

"身材有点像,这是侧面,还戴着口罩,不敢说。而且,我也有十几年没见过她了。不过,她应该过60岁了,就算经常锻炼,也不可能保持这个身材。"

"你继续看着。"凌丽开始打量这个院子。院子大门的牌子上写着"总厂第二医院体检中心",院子里有两排老式平房,前排房子有十几个人在排队,有两个老人坐在轮椅上。凌丽判断这是基金会与医院合作的体检中心,用于检查矽肺病患者的身体状况,确定资助级别。

"罗成,你继续在这观察,我打算进去看看。"

"我们厂的人大都相互认识,你这打扮一看就是外人,而且那个王总刚见过你。"

"你没看到他们身边多了两个人吗?而且好像在争吵。王总向东看,我从他身后过去。"

走到院门口,凌丽就听到了里面的吵架声。那个三十多岁的年轻人显得很激动。

"我爸明明属于Ⅱ期矽肺病,你们就是不承认,今天这个问题不解决,我就不走了。王理事长,你弟弟是我爸的徒弟,看面子您也得批一下呀。"

"别激动,我再给你解释一下。我们派专人把您父亲的胸片送到了西安第四军医大学医院,专家看了说,您父亲肺部的阴影是肺结核造成的,专家还出具了诊断证明。我们基金会章程规定只资助矽肺病等职业病患者,我真的没办法。"

"我爸上班时得的肺结核,也属于因公得病。再说,谁能证明肺结核和工厂环境污染没有关系?"那年轻人越发急躁。

"理论上,肺结核是由结核分枝杆菌感染造成的,和环境污染没有关系。"

"你们号称有上千万元,怎么就在乎这几个钱?"

当凌丽走到那女人的正面时,她正好说话:"小武,基金会募集的所有资金都是爱心人士的捐赠，每一笔支出都要按章程来，每一分钱都要公示。明天我去看看郭大爷，如果需要帮助，从我的公司出，行吗？"

——完了，不是她。说话有明显的乌川口音，长得不错，看岁数也还不到五十，肯定不是索维维。

凌丽不敢在她对面久留，回到了小山上。

"不是吧？咱回去吧。"罗成有些不耐烦了。

"不，你不觉得穿浅蓝色的风衣太显眼了吗？索维维喜欢这个颜色，所以我怀疑她和索维维很熟。"

"分局那个警察叫什么？对，叫杨腾。他可比你差远了。要是让你负责，这案子早破了。"凌丽也听不清罗成的话是赞许还是讽刺。

院子里的纠纷似乎解决了，王若新开车走了，那女人走向了第二排房子。

凌丽让罗成先走，说车老停在这里太显眼了。

凌丽直奔院里第二排房。门牌上分别写着"CT室""X光室"，"取片室"等。凌丽看见在一个没有门牌的房间里，那个女人在和两位老职工谈话。待两位老职工走后，凌丽上前敲门。

见到凌丽，那女人露出了十分惊讶的表情。

"你，你是？"

"我知道您在想什么？我就是想打听她的消息，索维维女士。"

"太像了！"

"我也知道我和她长得像，但真的没有亲属关系，但我和她有共同的朋友。我受人之托来找她。"

"你找不到索大姐，我都快一年没见过她了。"

"她去哪了？"

"不知道。就是基金会成立那年她张罗了一段时间，后来不知为什么她就退出了。可是她每年都会来和王总他们开一两天会，王总很听她的，我觉得她没有真正退出。每年我们都会从南方，主要是深圳得到很多捐款，我猜她是在四处募捐。"看来自己的判断完全正确，凌丽得意地点了点头。

"渴了吧？喝点我的公司生产的饮料。"女人递上一瓶猕猴桃汁。

"我叫马莉莉，我下岗以后，索大姐帮我承包了一家小吃店，后来就做成了大酒楼。有了钱就得像索大姐那样做善事，我就到基金会当义工，现在负责病情审核。"

"这猕猴桃汁真好喝，您真能干。我知道索大姐——我知道我应该叫她阿姨，还是跟着您叫吧——她喜欢这种蓝色，您这件风衣和她有关系吗？"

马莉莉看了一眼挂在挂衣架上的风衣，说："是她送给我的。索大姐是我的偶像，我什么都跟她学，衣着、发型都随着她，爬山、游泳、打羽毛球，包括现在做慈善都是跟她学的。就是这几年她开始打高尔夫，我学不了了，整个乌川没有高尔夫球场。我问她干吗学这个，她说南方好多有钱人都打这个，去那儿得会这个，估计她学这个是为了募捐。我看过她打球的视频，那风度，那气场，别看六十了，我要是小伙子都得迷上她。"

"这么说我也可能成为她的粉丝，您有她的联系方式吗？"

"有，但我不能给你，她说除了他家老爷子的身体出了状况，不能和她联系，可能是有她不愿意见的人在找她。"

"您上次见她是什么时候？"

"去年年底，她说是从深圳回来，我们俩在她办公室聊了好久，我问她最近的一笔五百多万的捐款是不是她拉来的，她说不是……"

"她在这有办公室？"

"这个院子原来是厂里三产公司的办公区。原来她就在这儿办公，后来索老爷子二婚了，她就搬到这儿来住了。是一个套间，其他房的门是冲南开的，这间是冲北开的。"

"我可以去她的房间看看吗？"

"我喜欢你的性格，像我一样直来直去。但这不合适吧。"马莉莉的表情有些严肃。

"非常抱歉！我还想问一句，王若新理事长跟她很熟吗？"

"当然很熟。王理事长中学毕业后在厂里当了三年翻砂工，他们一块儿上了电大，据说他俩经常在一起学习，也曾经谈婚论嫁。后来王理事长去深圳了，生意做得很大，前些年为办基金会才回到乌川。他在深圳娶了一个四川姑娘，但后来离婚了。看得出来，他现在依然喜欢索大姐。你看，你找到我很幸运，我把能说的都说了。你要想找到索大姐，还真得去找王理事长。"

第十二章　索维维

凌丽悻悻地回到宾馆，开始给罗成发微信：

凌丽：那个人叫马莉莉，是基金会的志愿人员。

罗成：我知道马莉莉，她以前因为卖淫被收容过。听说她后来开了两家大酒楼，她也是个奇迹呀。

凌丽：是索维维把她带起来的。说正事，她提供了许多重要信息。索维维有快一年不见了，她在这里有个办公室。马莉莉说，王若新跟索维维关系最近，意思是可能知道索维维动态的只有他。

罗成：这人我看着眼熟，大概是三车间的。咱们直接去找他？

凌丽：找他没用。他可能早就知道了咱们的来意，从他那儿什么也得不到。索维维为什么隐身？我怀疑是你哥哥总想通过各种方式接近她，她就躲了。

罗成：不至于吧，她都六十多了，到现在罗马能怎么着她？你是因为吃醋才这么想的。

凌丽：事到如今我早就不吃醋了，我早就输给索维维了。马莉莉提供了不少线索，可是都没办法跟进。她有索维维的电话，但不告诉我，她知道索维维的办公室在哪，就是不让我进。我想从她的办公室里一定能找到线索，尤其是在她的电脑里。

罗成：我能进她的办公室，打开她的电脑。我还有个本事你不知道，我不会网络黑客那套，但破译开机密码和文件夹密码我还是有一套的。咱做个交易，事成之后你立即把剩下的钱给罗占全？

凌丽：你还在这儿阴着我呢？真找到了线索当然可以，你怎么进去？

罗成：刚才离开那的时候，我看见看门大爷刚来接班。我认识他，二十几年前她闺女追过我，追得死乞白赖。她叫何玉婷，挣了工资不舍得花，给我买酒买烟买衣服。可是我比她大十几岁，还啥都没有，还四处流浪，不能耽误人家。我找人算过，谁跟了我都没好儿。

凌丽：你不和人家好，人家怎么会帮你呢？

罗成：我和她关系一直挺好，她孩子得了重病，是我托人挂了北京儿童医院的专家号，还开车把他们送回乌川。

凌丽：你准备通过他闺女拿到钥匙，进入索维维的房间？这样合适吗？犯法吗？

罗成：你是博士，你当然知道这是否缺德，犯法。可是还能有什么办法得到线索呢？你的动机是找到失踪的罗马，我是为了罗占全一家的死活。咱只要对得起自己的良心，至于做了这件事是否被人谴责，是否会被拘留，我不在乎，你呢？

凌丽：我也不怕。

罗成：我也不愿意这么干，还得去出卖色相。

凌丽：你有什么相？你这样的也有人追？

罗成：我跟你说，我到哪儿一露面，就会有女青年围追堵截，多年的闺蜜会为我打起来。这可是你先歪的楼啊。

凌丽：你打算怎么得到钥匙？

罗成：这你知道的越少越好。这件事是犯法的，我肯定跑不了，你就置身事外吧。你参与了，也减不了我的罪。我知道你比罗马仗义，但这次没意义。

凌丽的眼睛又热了。过了一个多个小时，她接到了罗成的微信。

罗成（语音）：我开车呢。重磅消息：罗马可能来过基金会的院子。我和何玉婷的老爹闲聊，他说前些天有个长得特像我的人来过。那个人和我的区别就是戴眼镜，戴N95口罩，他摘眼镜的时候被老头看见了，还以为是我呢。他一直戴着口罩在院里转悠，老头觉得可疑，就拦住他盘问，他说是替父亲来咨询的，说的是乌川方言。

凌丽：不可能吧，现在疫情防控这么严，他还敢在公共场所转悠？

罗成（语音）：你真不知道我那伟大的哥哥有多大势力？无论是在北京还是乌川，他都认识好多神通广大的人，包括官员、警察、律师……他能在无监控盲点的北京玩消失，谁能做得到？

凌丽（语音）：不管怎样，如果这是真的，那就说明他还活着，太好了，谢谢！不过我在想，他在108信箱生活了那么多年，很多人都认识他。他真的敢来基金会？

罗成（语音）：我也不知道他什么时候学的特工的本事。估计他不敢住在厂区这一带，会不会回老家了呢？我们的老家罗庄村在大山里，人很少，他翻建了祖宅。如果他真的回到了乌川，躲到那儿比较安全。

凌丽（语音）：这倒很有可能，咱们去那儿找他？

罗成（语音）：没戏。最近疫情又紧张了，去往山里的路都封了，不许出也不许进。好了，这事回头再说，我要行动了。

凌丽发现，尽管这些天得到的信息让他对罗马很失望，但听到这个消息，自己还是很高兴的。她开始想象罗马是怎样来到乌川的，现在隐身在哪里？这个消息准确吗？我能找到他吗？她又在想象真见到他，自己该怎样面对？想了几种方案，最后决定：先扇他一个嘴巴，再抱一把。想完这些，她笑了。这时手机响了一声。

罗成（语音）：进屋了，是个套间，卧室的门锁着呢，我可以撬开，但进人家卧室太过分了。联想一体电脑在办公桌上，我在琢磨破解开机密码。

罗成（语音）：打开电脑了。

罗成（语音）：三个文件夹被加密，你要的东西肯定在里面。

罗成：她用了一款最新的加密软件，我得费点时间。这款软件刚发布两个多月，看来她近期来过这里。

罗成：破解成功。正在把内容导进移动硬盘。

凌丽开门，是罗成。罗成把移动硬盘交给了她。凌丽快速打开移动硬盘，里面有三个文件夹。第一个文件夹里面有一些文章，其中有那篇叫《王永顺下岗》的短篇小说。凌丽注意到了这篇《艰难的改制》。

接到让我写改制这段历史的任务，自己很不情愿，不愿意去回顾那段历史。那时的很多情景浮现眼前，有悲凉，有感伤，当然也有欣慰和感动。

一

1992年底，国务院结束了国营企业的统购统销，这是工业改革开放的重要举措。以前我厂也有销售科，但只有四个人，而且无所事事。国家新政策使得销售变成了核心，从按照政策制订生产计划变成以销定产，这使得销售成了全厂工作的核心，销售科迅速增加到三十多人。这时候出现的问题是，厂里没有迅速将生产计划与销售情况紧密挂钩，没有花大力气研究国家产业政策调整动向和市场走势，造成了产品大量积压，进而造成了流动资金的紧张，影响了生产——这是典型的恶性循环。

到1994年底，全厂账面亏损2200万元，半数车间开工不足50%，工厂已濒临破产边缘。这时企业改制已势在必行。人心涣散，前途渺茫，年轻的工程师和技术工人纷纷出走深圳等沿海城市，一些中年的技术骨干也纷纷被乡镇企业挖走。居然还有主要厂级领导将能够正常使用的机器设备以极低的价格卖给乡镇企业。

在这样的背景下，企业开始改制。领导层推出了两项改革措施：

一进行股份制改造：职工以级别、工龄计算积分，折算股份，这是合理的。问题出在"职工全员持股，管理者持大股"的大原则上。管理层最初提出的方案，"管理者"（包括厂级和车间级领导）占股竟高达35%，被职工代表大会直接否决。后来将工程技术人员并入管理层，总占股22%，才勉强以51%的同意率获得通过。

二组建合资公司：经过两轮谈判，与香港HLC公司联合组成合资公司，HLC公司占股55%，我厂占股45%。HLC公司第一年投入人民币2500万元，我厂以技术、劳动人员和设备作为投入。合资公司董事会自行制订用人方案，通过考核遴选优秀的技术骨干进入合资公司。最后从全厂在岗职工中选中了3100人。应当说HLC公司是一个不错的合作伙伴，他们很有市场眼光，及时调整了产品布局，并重建了销售网络。第一年合资公司盈利1100万元。

而留在原厂的约50%的职工（部分职工自行申请停薪留职，也有提前退休的，大约占15%）则处于朝不保夕的境地。主要的技术力量和先进的技术设备都进了合资企业，这使得原厂的生产能力大幅下降，产品质量也出现了问题。第一年，尽管从合资公司盈利中拿出400万元补偿原厂，但工人工资依然不能如数按时发放。这些职工多一半是女工，她们生活压力非常大。但厂领导班子认为，如果不让一部分工人下岗，就可能导致除合资企业外的整个企业破产。初步拟定的下岗职工人数达1900人，主要是女工，厂方只给出8500元到12000元的补偿。作为厂工会的女工委员，我表示坚决反对。因为这些女工普遍文化水平不高，在厂里从事最简单工位的劳动。一旦下岗，他们中大部分人都不具备再就业的能力。

恰在这时，乌川市公安局在市区展开扫黄行动。在清理歌厅、洗头房和洗浴中心的过程中抓获大量卖淫嫖娼人员，其中竟有我厂已下岗和待下岗女工二十八人。我代表厂方去看守所接她们回来，她们中有一半人我都认识，她们在厂里的工作表现都非常好，为什么去做这种没有廉耻的事呢？大巴车上坐在我边上的是我认识的某某某，在车上我半个身子都在座椅外，我嫌她脏，我要离她远点。三十多分钟的车程，我没跟她说一句话。车停下来，她的丈夫居然来接她了，她坐上自行车后座就要走。我喊他们停下，跟她丈夫说，某某某是偶然失足，回家不许打人。某某某说，不是偶然失足，我干这个他知道，晚上没有公交车了，都是他去那接我。我怒火中烧，挥手打了她一个耳光，还想打她丈夫……她笑着说，打吧，最好打死我。你有文化，是车间主任，你又不会下岗。我呢？超生一个孩子，罚了五千，还第一批下岗了。他呢，翻砂十几年，肺完蛋了，一个月就八十块钱。不去卖也行，我想过多少次，一家四口一块去跳河。可是看见孩子，就……

我紧紧抱住她，我第一次当着那么多人号啕大哭。我跟她说，千万别这么想，会有办法的。

我此前上的是电大，我还想圆自己的校园梦。我顺利地考上了北京工业大学机械工程专业的在职研究生。但经历了某某某们那件事之后，我决定不走了，我要和大家一起度过这段艰难岁月。

二

1995年11月，我在职工代表大会上倡议成立劳动服务公司，进入第三产业。我主动申请辞去厂内职务，担任劳动服务公司总经理。厂领导大力支持，除了厂部大楼，所有厂区和家属区的房子随便挑，完全免费使用。厂里还给了我们80万元的启动资金。我们从理发馆、小饭馆、主食加工、被服厂等做起，逐渐发展壮大。我们的经营区域从厂区扩展到乌川市区，我们在市区开设了旅馆、餐厅、主食厨房、熟食店、理发馆、台球厅、卡拉OK厅等。创业之初，极其艰难，尤其是在我们分析了厂区消费力有限，决定进入乌川市区发展之后。每一个经营地址从选址到商谈到工商注册都历经坎坷。我们没有钱请人装修，所有经营场所的装修都是我们自己做的，那段时间我这些人都学会了基本的木工、抹灰工、油漆工等技术，比在厂里的工作累多了。

一年后，初具规模，解决了900多人的就业问题。但我们很快发现，这种集体所有制企业仍然留着全民所有制企业的弊端。尽管大家看到了希望，干劲很高，但分配制度存在问题，利润全部上交，再领取工资。这难以充分调动大家的积极性。在请示厂领导后，我们决定动员大家以劳务或现金入股，然后实行承包制，按劳动服务公司对场所和设备的投入每年上交10%～18%的利润。承包三年后，可与劳动服务公司脱钩。这个改革举措迅速产生了效益，承包之后的所有店铺的年利润都增加了30%以上。某某某和她的丈夫承包了一家小吃店，后来发展成三家，现在在某大城市开了大酒楼。

我们分析认为，我们已经把乌川市区的第三产业产值挖掘到了当时消费能力的极限，必须另辟蹊径。承包者上交的部分利润使我们拥有了流动资金，我们还向厂里申请了闲置厂房。我们通过引进广东企业合资建立了两条手机配件生产线，这种生产线价格便宜，每个环节依然需要工人人工检测，依然属于劳动密集型。这正适合劳动服务公司职工的特点。那些下岗女工重新穿上工作服，走进了车间。第一天看到那个情景，我又哭了。

我们的手机配件厂的年利润一度超过原厂除HLC合资企业的总利润，并达到了HLC合资企业的35%。

令人怀念的日子持续了六七年，智能手机似乎在一夜之间就普及全世界。它的配件更加精密，更加微小，对设备和操作人员的要求提高了很多。其生产线比原来贵了二十多倍，即使贷款买来，我们的工人也操作不了。我们尝试过许多产品，最后确定代工生产出口用半导体收音机，但需求量远远达不到我们的产能。我们开始走下坡路，好在最初抢占了第三产业市场，解决了半数以上下岗职工的生计问题。

祸不单行，由于产业形势的变化，HLC公司在合资协议到期后决定停止合资。它的退出一下子把108信箱推入了绝境。再次重组的工厂几经转产，终告失败，最终被并入省国资委下属的一家国企，多数工人买断工龄下岗。工厂厂部撤销，职工住宅区设置108街道办事处（这是在职工的强烈要求下被市民政局特批的，可能是唯一用数字命名的街道办事处）。唯一值得庆幸的是，HLC合资公司的工人和技术人员经历了现代企业管理，适应了先进生产设备，其职工的一部分加入了HLC公司，另一部分被民营企业招聘，真正下岗的人很少。而劳动服务公司较早占据了乌川市的第三产业市场，解决了部分职工，尤其是女工的就业问题。

三

我是最后一批撤出厂区的108人之一。我们合资企业的大型精密机床被卖给一家民营企业，他们竟然开了一辆大拖拉机来运设备，而且在没有任何包装保护的情况下直接用粗麻绳吊运这么先进的设备。看到他们这样，几个青年工人上前大骂。我拦住他们，跟对方说，我们的工人都把这台设备当宝贝，定期精心保养，每天下班都用棉丝轻轻擦拭，然后盖好，怕它落尘土。它就像我们养了十年的好马，我们舍不得它。现在它是你们的了，你们能不能善待它？对方仍然有些不解，但见我们都很激动，就在我们的指导下重新吊运。我说你们回去有一大段石子路，拖拉机会颠簸得很厉害。我求了一位已经下岗的卡车司机，让他开我们厂的卡车帮他们把机床运了回去。

车间的巨大金属门"吱吱扭扭"缓缓落下，着地时发出了"哐当"一声巨响，回声飘荡了很久，我从来没听到过这么悠长的回声。这时我的心脏剧烈地疼了起来——我不是在形容心理的伤痛，而是，可能是发生了轻度的心绞痛。它来得太是时候了，得感谢它，这种具体的痛缓解了我内心的绝望。

一群孩子跑到车间附近，他们听说工厂倒闭了，要来找点值钱的铜线什么的。这是偷盗国家财产，要在过去，我肯定会管。可今天，我一动不动地看着他们。透过泪水，像在镜头上加了柔光片。夕阳下，朦朦胧胧之中，他们快乐地奔跑着，寻找着，每一个发现都会使他们兴奋不已……这个"犯罪场面"为什么看上去如此诗意？既然现实已经把我们撕得粉碎，就让这个泪眼婆娑下的诗意画面作为我们对这个厂的最后记忆吧。

我从十四岁在这里生活，在这里度过了四十多年。我的母亲就葬在山鹰崖后面的山上，所以这里就是我的家乡。如今的我已年过六旬，回顾走过的道路，小时候的理想没有一个实现了。我曾经想当过小提琴手、科学家、工程师、作家……进厂之后想，我再去读研究生深造，最后成为林宗源总工程师那样的高级工程师吧，结果厂子都没了……但我对自己留厂的选择从没有后悔过。

四

1978年，我曾经在医院里和林宗源伯伯有过一次长谈，当时他刚经历过九年的牢狱之灾，有严重的肾病。他说，出狱后心情很差。自己是麻省理工学院的高才生，几乎所有成绩都名列前茅。但回国以后没有发挥自己业务专长的十分之一，还被关进监狱。

出狱后得知自己的印度同学已经成了印度电子工程学界的领军人物，他的日本同学获得了诺贝尔奖。他说："我并不羡慕他们的名利，但我用心钻研就是为了报效国家，结果报国无门。在历史面前人是渺小的，没有人能够改变世界。'达则兼济天下，穷则独善其身。'前者是说给极少数人听的，后者说给多数人听，但不一定对。

"我们管不了世界，就管自己能管的身边的人和事。所以我也不是一事无成，我坚持把污染严重的车间搬到山下靠南的洼地，还更新了车间的通风设施。尽管迟了，尽管改造得不彻底，但毕竟缓解了污染状况。因为身体原因，我可能不能再在这当厂长了。回到北京，我可能在部里负责技术改造。我得赶紧补课，研究国外车间除尘的最新技术，我要研究出一套针对各类型企业的环境改造方案，在全体部属企业推广。我们不能让我们的工人一退休就住院了。

"我和我的日本同学，那个诺贝尔奖获得者通信了，他听说我最后要做的就是这件事，说以我的才华，这太屈才了。我说，我做的这件事不会有人记住，但能让我自己心安。"

点滴一滴一滴滴进他的血管里，他身体很弱，声音很小。但他的话，包括语调我都记下了，而且铭记一生。

（这篇东西写得不伦不类，原本想理性地回顾，写着写着就煽情了。我爸说我这是小资产阶级情感。没办法，写这一段，无法不触及我的情感。）

索维维的形象在凌丽心中又立体了许多，她越发觉得罗马确实配不上索维维。以目前得到的信息，这个索维维正直善良得有些不真实。世上真的会有这种心怀大爱，没有瑕疵的人吗？另一篇文章的题目吸引了凌丽。

致林涛

林涛兄：

　　我没有去见你最后一面。此刻，估计你的筋骨已化为青烟，我面向着北京的方向写下这些。不写，我会憋死的。

一

　　你知道我是什么时候开始喜欢你的吗？那是在我刚转学到108信箱不久，那天你带着我、罗马和十几个同学离开厂区，上了山，你要向我们炫耀你种的十二棵猕猴桃树。那是山里最美的秋天，十二棵树分两排站立着，有近两米多高，树上结出像小苹果那么大的褐色的猕猴桃。你说要请大家品尝，每人吃一个。你先让我吃，我以为是优待我呢，咬了一大口，眼泪直接下来了。我从来没有吃过这么酸涩的东西，牙齿疼得不行，把手里的果子直接打到你脸上。

　　你不慌不忙开始讲课。你给我们讲了猕猴桃的雌雄异株，雄株需要给母株授粉才能开花结果。还讲了什么剪砧、除苗、解绑……我根本就听不懂。你说你爸爸在国外吃过这东西，叫奇异果。它是一个新西兰人从中国带走的，经过嫁接，不断尝试，成为口感上佳的水果。你说，费了两年多劲，失败了，以现在能看到的资料，恐怕这事是做不成了。不过不后悔，这事让你认识了世界的奇妙，太好玩了。

　　你说这话的时候已经到了黄昏，你的背后是一排树，被后面正在落山的太阳映得通红。你背对着太阳，霞光在你的头上勾出了一圈光边，我看不清你的脸，但觉得你的眼睛特别明亮——不对，你的对面不可能有光源，不可能在你的眼睛上形成反光。看来这是我想象的。那时候你好像还没发育完，个子似乎还没我高。但我不知为什么觉得你像我的哥哥，我不知为什么那天夜里梦见了你，梦见你把酸甜可口的猕猴桃递给我吃。

  从那天起，我见到你就会心跳加速，我开始尽量远离你，不敢和你对视。可没过几天，你就看到厂里有几个老干部平反，你认为是我爸爸没有帮忙，到厂办大闹，把我爸气进了医院。你爸被抓走后，我爸是怎么保护、照顾你的，你不清楚吗？看着躺在病床上的爸爸，我下定决心，再也不理你了。但我管不住自己，忍不住经常偷看你。

  罗马就是在这个时候开始追我的。我对他确实有些好感，佩服他的毅力，佩服他在那样的家境下不懈努力，但实在没有感觉，包括我和他交往的那段时间，从没有心跳加速，从没有怦然心动。这时蹦出来了罗红，尽管那时咱俩不说话，但她追你的整个过程我都很清楚。最初我听罗马说，罗红不上学了，天天跑到厂里要当临时工，以此要挟你跟她好。我听了大笑，一个十几岁的小女孩，懂什么恋爱，闹这一出也太可笑了。没想到过了一个星期她又走进了学校，你还经常去辅导她。罗马说，你答应她，如果她好好学习，等她长大了就娶她。我依然当个玩笑。

  后来她已经出落得亭亭玉立，我看到你用自行车带着她进校门，你们俩好像在一起唱着什么歌。朝霞映在校园的林荫道上，自行车流之中，你俩格外亮眼，显得温情、般配。那一刻我浑身发抖，我瞬间相信那个看似玩笑的承诺可能成为现实，你肯定不会相信，当时我觉得我失去了世界。你们俩拐进操场边那条路后，我就看不见了。我觉得眼前的一切都模糊了，泪水把校园的景色变成了斑驳陆离的世界。那是一个少女的绝望，在此后的好长时间里，她失去了欢笑，甚至像她的情敌一样不爱上学。一次感冒，她能在家赖上一个月。

这时，罗马，一个她并不喜欢的人开始了更疯狂的攻势。她开始努力寻找他的光彩，为的是对冲你带来的黑暗，她也找到了。在罗马为她攀登山鹰崖受伤后，她接纳了他。她和他交往三年，仅限于拥抱，从未接吻，她总觉得有一天她的初吻会献给另外的人。她知道，这对罗马很不公平。

终于，我们有了相聚的机会。我们的两位父亲一起回北京看病，我俩分别陪同。但是，在火车上，在病房的走廊里，我都故意疏远你。这并不是因为我怕成为你和罗红之间的第三者，也不是怕你成为我和罗马之间的第三者，是因为我当时变态的自卑。你的父亲被平反昭雪，而我的父亲却因为"文革"中的错误被撤职。如果不是你的父亲不计前嫌，我的父亲就不能到北京看病，也许会病死在乌川。

如今我们的地位发生了变化，我不愿意以这样的身份关系和你交往。是不是有些变态？我那时候总在默念舒婷的《致橡树》："我如果爱你——绝不像攀援的凌霄花，借你的高枝炫耀自己；……我必须是你近旁的一株木棉，作为树的形象和你站在一起。根，紧握在地下；叶，相触在云里。……仿佛永远分离，却又终身相依。这才是伟大的爱情，坚贞就在这里……"现在看来，这是多么可笑。我因为狭隘的自尊丧失了千载难逢的机会。我为什么非要"作为树的形象和你站在一起"？

罗马上大学后不久，我就和他分手了。除了因为他逼着我放下父母，参加高考外，还有一个重要原因。我爸爸告诉我，你们参加高考时，子弟学校缺老师，你和罗马两个刚留校的新老师只有一个可以参加高考。就在厂里决定谁能参加高考的前一天，刚刚出狱的你爸爸把写着"我已经平反"五个字的电报发到了厂里。由于不是公文渠道，电报就到了厂传达室。但是第二天厂革委会讨论的时候并没有见到这封电报。尽管我爸爸一直很照顾你，但不可能选择出身有问题的你参加高考。会议结束后，下午四点多，电报出现在传达室。我爸爸看到收件时间后就觉得有问题，他让保卫处调查了所有前一天进出过传达室的人，其中就有罗马。我爸爸找他谈话，他坚决否认，还拿出了他前一天领回的一封地区文学杂志的退稿信。我爸爸在部队做过保卫工作，他说从他的表情就能看出他心虚。可是没有证据，只能不了了之。我爸爸一直反对我和罗马交往，他后来跟我说这些是劝我离开他。

林涛兄，原谅我一直没有告诉你这件事，包括我最怨恨罗马的时候。我知道你觉得这个世界很寒冷，我怕雪上加霜，让你陷入绝望。被自己最信任的人陷害，丧失了人生最重要的机会，这个打击，你肯定是承受不了的。

那时候你和罗红还没有结婚，理论上我还是有机会的。我们偶尔会一起吃饭，你也会跟我讨论时事，讨论文学，甚至会对我说心里话。但你在我面前从没有犯窘的时候，总是侃侃而谈，落落大方。这使我觉得在你心中我不是一个女性，而是一个知音，最多是一个红颜知己。

二

后来，你结婚生子，漫长的岁月里，我一直以为是我单相思。直到那天，罗红对我说——

那次我来北京参加部里举办的技术员培训班，你请我在西四延吉餐厅吃饭。你有事先走了，罗红可能是喝多了，她说你一直喜欢我。她说这句话时，窗外下着小雨，102路电车正从窗前经过。也许是遇到了红灯，疾驰的电车忽然减速，就像电影中的正常镜头忽然变成了慢动作。雨中，还有两个穿蓝色雨衣的人骑着自行车缓缓而过，也像是慢动作……是的，世界在这一瞬间变慢了。

她说，林涛爱随意写东西，有时候写在书上，有时随意写在纸条上，夹在书里。他还会把你给她写的信随意夹在书里。罗红经常整理书，也就看见了很多。比如在《培尔·金特》的话剧节目单上，他写道："索尔维格——索维维，名字有些像，人太像了。难道易卜生见过索维维？谁是谁的模特？"在《百年孤独》中间的空白页，他写道："今天是《百年孤独》30岁生日，巧了，也是她的生日。她还是一个人吗？千万别，别弄成百年孤独。那么美，那么让人心疼。"

还有，"今天电影的女主喜欢穿浅蓝色的裙子，但穿起来没有她好看。"

还有，"梦见她结婚了，丈夫是个仪表堂堂的工程师。开始我内心狂喜，后来竟然有点失落。我是个多么无耻的人！"

……

我不断大口喝啤酒，以掩饰这突如其来的情感风暴。兴奋、感动、悔恨、委屈……我的感受不可名状，难以形容。我迅速把自己喝醉，两个女人互相搀扶着走出延吉餐厅。罗红叫了一辆面的把我送回招待所。

你有一个美满的家庭，我早已死心，早已决定把这单相思的故事埋没在个人记忆中。我完全没有想到你竟然如此评价我，我成了索尔维格。你竟然记得我的生日，我喜欢的颜色……这些年我们没少见面，但我对此却浑然不知。是我过于木讷，还是你善于伪装？

我不知道罗红为什么会告诉我这些？是看着我这个孤独

的中年剩女可怜，给我些信心，还是觉得三口之家非常稳定，不怕任何外来干扰？可能最重要的是她信任我的为人，认为我是一个遵从道德的人。

但这次她错了！是的，我发现我的前半生主要是为别人活着，为父母，为朋友，为厂里的兄弟姐妹，为那个实际上已经消失的108信箱。我不允许自己亏欠任何人，我几乎成了人们眼中的圣女。但我不是，也不想是！我不想作为人们心目中道德完美的人死去，我要有劣迹、有丑态、有欲望……其实我只是一个伪装成圣女的人，后来你知道了，我没有结婚但并不是处女……于是我找到你，向你索要了三天时间。

你给了我三天。那是我一生中最美好的三天，我甚至愿意用一生中所有的其他时间换取这三天。"只要多一秒停留在你怀里，失去世界也不可惜。"

我们来到了北戴河。第一次看到北戴河是从你的影集里，在罗马家，放学后罗红偷出了你的影集，我们一起看。我最关注的是你三岁时和林伯伯在海边的合影，那时候我还没亲眼见过大海，好美慕呀。你三岁时的眼睛好亮呀，不像后来，在林伯伯被打倒之后，你的眼睛总是闪烁出灰暗和玩世不恭。我不知道我为什么非要把约会的地点定在这里，可能在我这样一个久居深山的人的印象里，海是浪漫的。

是的，你一路开车，三个多小时的车程，我们连手都没碰过。但一见到大海，我们就拥抱了。波浪滔天，那天是农历十五，我们赶上了大潮。那天太阳、地球和月亮在一条直线上，引出了最大的涨潮。那天还有你和我这两个星球亲密相依，其热烈不逊于海水的浩浩荡荡，排山倒海。

我肆无忌惮地大声哭泣，那声音似乎盖过了浪涛的吼叫。泪水盈眶，使得眼前的海浪虚化为移动的群山或奔跑的马群。哭什么？后悔？委屈？遗憾？是呀，在二十年的光景里，两个彼此倾慕的人竟然互不相知，两个志趣相投的心竟然平行地飘荡在尘世中，从来未曾交集。

我期待的那个激情四射的仪式进行得和我的想象完全不同。进入房间后，可能是为了缓解尴尬，你用walkman播放了格里格的《索尔维格之歌》。这样的旋律使得仪式变得缠绵悱恻。一切都太慢了，而我想燃烧。

你在《索尔维格之歌》的旋律中亲吻着索维维，你一定很失望吧？那个索尔维格从未存在过，她只是易卜生和格里格对理想女性的一种想象。这个想象很男权，很不合理——一个浪荡公子满世界肆意妄为，甚至与女妖为伴，到老年居然还有个索尔维格静静地等待他。你和罗马都看了那么多书，怎么会相信并迷恋这个虚假的索尔维格？

我不是，也不想是她，我宁愿是培尔·金特身边的妖女。正在与你耳鬓厮磨的我就是那个妖女，明知你们拥有一个幸福的家庭，却忍不住肉欲的诱惑与你行苟且之事。我哪有一丝索尔维格的善良、宽容、大度。好在我们事先说好了，这三天之中，我们绝不谈及你的家庭。

我们只睡了一个多小时，闹钟就响了，我们来这里的第一个约定就是看海上日出。银色丝绒一样的海面上出现了一条绛紫色的丝带，它向上舒展，带出了黄色、橙色、粉色和红色。在它的中心，一抹浅浅的黄色飘飘忽忽向上升起，逐渐聚拢为一个黄色的乒乓球。它逐渐变白，却将大海和天空映得五彩斑斓。

这时你哭了。问你为什么，你说，这日出的过程过于壮丽，而我们的人生太烦琐，太呆板了。

三天的时间似乎比日出还短暂。我们告别了，我们说好你开车走，我坐火车走，为的是坚守三天的契约。分手的时候我没有哭，我微笑着，你也微笑着。

三

　　技术员培训班结束了，我要回乌川了。罗红请我吃饭，你没有来。她请我在当时最有名的中关村香港美食城吃粤菜海鲜，那是我第一次吃澳洲龙虾。看来你隐藏得挺好，她并没有发现我们之间的事情。她苦苦劝我一定要成家，还为我介绍了一个清华大学化学系的教授。那个人比我大四岁，海外留学归来，未婚，正在申报科学院院士。看了照片，人很精神，就是长得有点像罗马。我说，我一个夜大毕业生，那个教授，我肯定高攀不上。

　　罗红说，教授的家也是108信箱的，只不过他"文革"一开始就去新疆兵团了。罗红和你是于一次在京108信箱子弟聚会上认识他的。那人对你十分欣赏，特愿意和你喝酒聊天，说你太有才华了。罗红的逻辑是，你我都是夜大毕业，都是因为特殊原因没有参加高考，都很有才华。（这我可不敢当。）教授能看上你，也就能看上我。我笑而不答，她越发着急，头上冒出了汗珠。看着她着急的样子，我想哭，她如此关心我，而我却做出了那么令人不齿的事。

　　我借口要吐，去了卫生间，我实在无法直视她的眼睛。面对着镜子，我的面孔还算美丽，但美丽的背面是肮脏的内心。我怒视着自己，给了自己一个大嘴巴。

　　后来，我删掉了你的手机号，我们不再联系。

　　后来，你回108信箱办学。在帮你做好了前期工作之后，为了不再面对你，我来到了深圳；为了忘掉你，我开始和已经追求我二十多年的王若新同居。我们共同创立了乌川市铭恩职业病基金会。

后来，我用笔名出版了小说《那逝去的轰鸣声》。我们之间没有微信，你给王若新发了微信，说看完第一段就知道作者是我。我听后很是感动，我们至少还是知音。随后看到了罗马批判这篇小说的文章，这使我对他彻底绝望了。我们都那么熟，为什么你能看出是我写的，而他却不能——这不是问题的关键，关键是我们和他的价值观有如此大的差异。

后来，罗马回老家修建坟地，翻修祖宅，还说准备尽快退休，回祖宅常住。你托人问我能不能回来，三人见个面，我拒绝了。一个月后，罗马知道了长篇小说的作者是我，他通过罗红给我写信，没有道歉。他说看到了我发表的短篇小说《王永顺下岗》，觉得里面有他父亲的影子，他觉得非常亲切，表示感谢。他表达了对父亲的感情，并发来了一部长篇小说的开头，名字叫《罗玉田》，主人公是他的父亲。一共不到两万字，说实在的，这是我见过的，他写下的最好的文字，平铺直叙，不事雕琢，关键是情真意切。认真想想，他还真不是网民骂的那种草包教授，无良大Ｖ，他的内心依然存有真情。只不过他过于功利，逐渐丧失了自我。令我自豪的是，你我都保存了本真，都没有迷失自我。

后来，你得病了，回到了北京。我急匆匆飞到北京，已是傍晚，我直接来到了你家院门前。我听到你和女儿正在院里演奏，你拉小提琴，女儿弹吉他，我第一次听到这样的协奏。你说女儿的节奏有问题，她说你的旋律拉得太古典，互相讽刺挖苦。我真佩服你们在这样的状况下还能沉迷于音乐，还能相互指责。从门缝望进去，你明显消瘦了许多，但沉浸在音乐中的眼神是那样清澈明亮，屋里的灯光把你的身体变成了剪影，就像我最初喜欢你的那个瞬间——你向我们炫耀你种的猕猴桃树,把你勾勒成剪影的是夕阳。

我决定不进去了,不是怕打扰你们,是我希望这个美好的瞬间是你留给我最后的印象。我在院门前和你告别,也决定不再来看你,甚至不参加你的告别仪式。当我准备把视线从门缝移开时,你女儿弹错了一个音,你眯了一下右眼,露出狡黠嘲讽的表情。太可爱了,太能代表你了。我笑了,我是笑着和你告别的。

四

现在的你已化作青烟。

与你告别的都是什么人?肯定有你的妻女,有罗马,还有你那些三教九流的朋友。我在遥远的地方为你祈祷,我觉得你这一生是完美的。世俗的人(可能包括罗马)会觉得一个才华横溢的人没有给世界留下什么太遗憾了,罗马曾说过你——浪费了上帝赋予的才华,是对自己和世界的犯罪。

截然相反,我觉得人的一生最重要的是遵从自己的内心去生活,去选择。你选择了自己喜欢的生活方式,选择与你感到舒服的人成为夫妻、朋友,并关爱、帮助他们。你几乎以一己之力拯救了108信箱子弟学校,这证明你并不是一个漠视世界、极端自我的人。我希望自己的人生境界能接近你。

此时,对着北京的方向,我不再哭泣,不再吼叫,而是轻轻地对你说——

我爱你!

总在遭逢意外信息的刺激,即使面对更强的震撼,凌丽也能够保持基本的镇定。前后两篇文章的作者是一个人吗?前者显然是一个胸怀大爱、心系苍生的女强人;后者则是细腻敏感,为爱痴狂的小女人。此前凌丽一直有些疑惑,从她前后得到的信息来看,索维维和林涛都过于完美而不够真实。而两人那三天的幽会呈现了他们的另一面，这种非道德的行为使他们成为在凌丽心目中能够自洽的真实存在的人。形象不再高大上，却更加具体可感，生动亲切。她更喜欢索维维了，她对爱的执着无人能及。

如果罗马看了这些会怎么样？他的人生太失败了。

第二个文件夹有许多捐赠协议，这证明索维维肯定是这个基金会的实际负责人。凌丽注意到了最大的一笔捐赠。

公益捐赠协议书

甲方：王德武
地址：北京市西城区鼓楼东大街甲8号院12号

乙方：乌川市铭恩职业病基金会
地址：乌川市红旗路29号118室
法定代表人：王若新

根据《中华人民共和国慈善法》《中华人民共和国公益事业捐赠法》和《中华人民共和国合同法》等相关法律，为构建社会主义和谐社会，弘扬人道主义精神，促进社会主义公益事业发展，促进乌川市医疗康复事业的发展，经双方友好协商，就合作内容、甲乙双方权利与义务等事项，达成以下协议。

一、合作内容
双方本着平等的原则进行合作，甲方在此自愿向乙方捐赠人民币32,000,000元，用于乌川市职业性呼吸系统疾病的治疗和康复。

二、甲方的权利与义务

1. 甲方应在签约之日起15日内，负责将捐赠资金一次性汇入乙方账号。

2. 甲方有权参与乙方开展的与所捐赠项目有关的社会公益活动，并可以对每期社会公益活动进行实地考察与评估。

3. 甲方有权向乙方查询捐赠资金的使用、管理情况，并可就相关工作的改进完善提出意见和建议。

4. 甲方有权就所捐赠资金的个人所得税税额扣除事宜，要求乙方给予有关协助。

5. 甲方因乙方未按照协议约定用途使用捐赠款物的，甲方有权单方终止本协议的执行。

6. 甲方在本合同第一条项下的捐赠义务为不可撤销之义务，甲方应在其承诺的数额及期限内向乙方移交相关捐赠资金；甲方如无法依约移交捐赠资金（因不可抗力之原因导致无法履行其移交义务的除外）又不向乙方及时通报无法移交的客观原因的，甲方应承担该捐赠义务20%的违约责任。

7. 甲方有权要求乙方保护甲方个人信息，不得对外公布。

三、乙方的权利与义务

1. 乙方应在收到甲方捐赠后的五日内向甲方颁发捐赠证书。根据《中华人民共和国个人所得税法》及其实施条例的规定，纳税人将其所得通过中国境内的社会团体、国家机关向教育和其他社会公益事业以及遭受严重自然灾害地区、贫困地区的捐赠，捐赠额未超过纳税人申报的应纳税所得额

30%的部分，可以从其应纳税所得额中扣除。乙方并应协助甲方办理相关税额抵扣事宜。

2. 乙方有权在基金会章程规定的公益事业活动范围内合理使用捐赠。

3. 乙方有权确定捐赠项目所需费用的5%~10%为项目配套资金，并有权为项目履行之目的使用该配套资金。

4. 乙方对于甲方就捐赠资金或捐赠物品的使用和管理等方面所提查询，应当给予积极配合，并应及时给予客观全面的说明。

5. 乙方于每期公益活动结束后的三十日内向甲方提交该公益捐赠项目的专项报告。

6. 甲方捐赠资金的接收处理如需有权机关批准方可办理的，乙方应协助甲方向有权机关办理相关捐赠资金的批准事宜，乙方所承担的协助办理义务以不违反国家强制性法律的禁止性规定为限。

7. 乙方承诺保护甲方个人信息，不对外公布。

8. 乙方的受助银行账号为：

开户银行：

开户名称：

银行账号：

四、双方可就本捐赠协议履行的其他相关问题，达成其他补充协议，双方一致同意补充协议为本协议的不可分割的一部分，并同本协议具有同等法律效力。

五、如本协议在履行中遭遇不可抗力之因素（如战争、水灾、火灾、地震等）导致迟延履行本协议或无法履行本协议时，遭遇不可抗力一方不负法律责任，但应在客观条件允许的情况下尽快将有关不可抗力因素通知对方，并应依据客观条件及时出具相应证明资料。

六、本协议一式四份，双方各执两份，具有相同法律效力。

七、本协议自甲乙双方有权签约人签字盖章后即刻生效。

甲方：王德武　　　　　　　乙方：乌川市铭恩职业病基金会
法定代表人（授权代表）：王德武　　法定代表人（授权代表）：王若新
签署日期：2019年4月2日　　　　签署日期：2019年4月2日

凌丽注意到甲乙方的权利与义务中都有保护甲方个人信息的条款。她查看了其他捐赠协议，都没有这个条款。相反，却有"甲方有权就公益捐赠事宜向社会宣布，以提高企业社会形象……"这样的条款。凌丽查看了那些个人捐款，从三千元到几百万元不等。除这笔捐款外最大的个人捐款是九百万元。捐款人王德武住址在北京，身份证号和姓名都可能是假的。会不会是罗马？乌川出去的人里，他肯定是有这个经济实力的。

签约时间，是自己与罗马在一起后不久。她仔细回想，2月初罗马并没有离开过北京。那时西北五环的别墅还没买，罗马又不愿意让她出入学校教工小区，怕熟人看见。他说给凌丽租宾馆，凌丽执意自己交钱。那时两人如胶似漆，几乎天天见面。凌丽打开了手机记事本。

2019年3月25日

这段时间他总是郁郁寡欢，但今天这个人很怪。在日料餐厅刚点完菜,他接了一个电话,出去了二十分钟,回来后很是兴奋。问他为什么,他说办成了一件大事,但现在不能告诉我。他大口喝着清酒,手有些抖。过了十分钟,又来了一个电话,他说要去见律师,就匆匆走了。我只能看着好几盘生鲜发愣。对他来说,什么是大事呢?拿国家课题?出专著?股票投资?……都不会让他这么兴奋。连当选大学教授人人趋之若鹜的长江学者,他也只是淡淡说了句,早就该是我了。

2019年3月27日

两天没见面。我电话里说,咱俩有约定,双方不能问对方的过去,但当下发生的事必须如实告知。他说,现在这件事和过去有关,所以不能告诉我。

2019年3月29日

昨天皇上终于垂青我了,激情四射,不知道是不是吃了伟哥。今天早晨九点就坐在电脑旁看股票,九点半一开盘就开始卖。我跟他说,股评都说现在是低点,为什么要卖?他说他问了理财顾问,还有一轮大跌。他一直在卖,到十点半就不操作了。我一直在沙发上复习,没理他,我怕他觉得我关注他的钱。下午股市大涨,真的是理财顾问说错了吗?我怀疑他就是要用钱。

2019年4月2日

今晚他请我到国贸三期顶层用餐,能看到长安街和东三环。俯瞰下去,车水马龙,灯红酒绿。他很是兴奋,讲起了自己是怎样从陕西乌川的工厂区子弟学校考上京北大学的。我第一次听说乌川,第一次听说"三线"。讲起这些他双目泛光,很是精神。看来他对故乡很有感情。是什么使他今天这么兴奋?

2019年4月5日

今天他跟我说，让我改报于嘉教授的博士，说我们的关系早晚会被发现，对我影响不好。我断然拒绝，他也同意了。他为什么突然提出这个？

凌丽确信这段时间正是罗马和索维维的代理人商谈捐赠事宜的关键时刻。批判索维维小说使他知道自己在索维维心中成了一个为个人利益不惜污蔑家乡的势利小人。他在想办法补救，通过捐款挽回一些颜面。他这笔巨款不是捐给基金会的，而是捐给索维维的。他并不想挽回关系，而是要在自己最看重的女人内心留一丝好印象。事到如今，凌丽对此已经麻木了。

凌丽觉得此时必须向警方汇报了。

凌丽：杨警官好，现就一些新情况继续向您汇报。

一、罗马可能到了乌川，有人看见他戴着口罩在基金会附近活动。现在想想，他抛弃一切，突然消失，一定是为了索维维——他最大的精神寄托。

二、已查明，罗马是乌川铭恩职业病基金会最大的捐款人，他以北京居民"王德武"的名字捐款，捐款金额为3200万人民币。

三、罗马在他的老家乌川市铭玉珍罗庄村翻建了祖宅，那里地处深山，交通不便。罗马一直说要续写家谱和关于他父亲的小说，他也许觉得写出以父亲为主人公的小说就可以证明他和索维维在价值观上是一致的。所以如果他到了乌川，躲在那里是合理的。

他家乡那里因为疫情防控已经封山，我们进不去，所以希望警方介入，谢谢！

杨腾：我需要考证消息的可靠性和来源。

凌丽：罗马在乌川，综合分析可能性极大；罗马是基金会最大股东证据确凿。至于消息来源，暂时不能透露，适当时候一定告知。

杨腾：综合你几次发来的信息，你认为罗马是自我失踪。但是，一个成年人，一个资深教授，一个有影响力的大V，会为一段早已断线的情感抛弃一切功名利禄，隐姓埋名，自我放逐吗？我觉得一定另有原因。我觉得似乎还要从他的双相情感障碍上更多想想。

杨腾：因为您和他有情感关系，所以您似乎也更愿意从情感方面探究他出走的原因。

凌丽：您这么一说，我确实觉得我的思路可能有些偏了。尤其是你后边发来的这句话切中要害，我确实是太注意他的情感了。不过，情感肯定是原因之一，目前的情况下，我觉得你们确实应当来乌川，尤其要去罗马的老家罗庄村看看。

杨腾：我会考虑你的建议的。

凌丽：谢谢！

第十三章　密室

杨腾又想彭安妮了。她可能真的已经下了决心跟自己恩断义绝了，从不接他的电话。上次回复是请她帮着分析案情，这次呢？

亲爱的安妮：

　　我不再描述我现在低落的心情了。我只是就自己目前的困境求助于你。

　　昨天闫局长又把我叫去大骂了一顿，说市领导也是这么骂他的。罗马失踪案固然不是大案，但因为失踪人显赫的身份，互联网上炒作得太凶。有人甚至造谣说他已经死了，死于北京某医院隔离病房，还说官方为稳定社会情绪刻意隐瞒真相。

　　现在有消息说，罗马到了他的老家乌川，有人看到了疑似是他的人在慈善基金会一带活动。逻辑是罗马在不知作者是谁的情况下批判了索维维的小说，构成了两人在价值观上的对立，极大地伤害了索维维。于是他给索维维的基金会捐款，他要写出和索维维价值观相同的小说，他不顾一切返回了乌川。但我觉得这个推理存在问题。

　　每次你帮我对案情的分析都准确到位，请你再帮我分析分析，谢谢！

　　　　　　　　　　　　　　　　　　　　永远爱你的腾腾

杨腾驱车前往彭安妮学校，在门口叫住一位女生，让她把信送到安妮宿舍。女生的背影很像安妮，安妮每次进校门走出十几步后都会回头看一眼，有时候会来个飞吻……

没想到两个小时后，安妮主动要求加回微信，杨腾一阵狂喜。

杨腾：谢谢！终于加回微信了。

彭安妮：您别误会，只是不愿意写信。现在学校里连信筒都没有了。

你说罗马和索维维有价值观冲突，其实咱俩的冲突也是关于价值观的。你无非是认为我的价值观接近罗马，所以你想知道我们这类人是怎么想的。我想告诉你和索维维的是，我们做出的是一个弱者或曾经的弱者在现实面前最理性的选择，而且别无选择。所谓选择的权利，只是留给强者的。比如，对我来说，天生拥有北京户口，就是一种权利，就是强者。

至于您提的问题，我替跟我价值观相近的罗马做了现实的思考：我固然一直深爱着索维维，我伤害了她，我十分后悔，也十分愿意通过各种方式帮助她，让她对我还留存一丝好感。但绝不可能因为这段本来就无法挽回的恋情了断尘缘，归隐深山。一定还有更强烈的刺激使我发现我的人生失败得一塌糊涂，我才会在心理疾病的催促下走出这一步。

肯定是凌丽发出了这些信息和推断，这很容易理解——她一方面在找人，一方面在探究这个人的内心世界，所以她总是从情感方面分析人物动机。她有两个目标，而你只有一个，那就是破案，找到人，不管是死是活。现在也无从探究是什么重大事件刺激了他，导致他失踪。综合来看，凌丽的分析有道理，罗马回乌川的可能性很大。

还要提醒你，凌丽为找罗马已经到了接近疯狂的程度。这种被爱伤害的女人做起事来有可能不计后果，不择手段。她很可能已经违法了，你作为公安人员，一定不要沾到她违法的部分。

杨腾：感谢回复！我可能是天下最笨的人，每次想靠近你，却都会伤害你。我从没想过你和罗马在价值观上有什么相似。你不是一直并不认同他吗？我怎么会把你和他联系起来？你是一个有理想、有良知的人，而罗马早已在功名利禄中迷失了自我。我和你只是在具体问题的认知上产生了差异和误会，我们在价值观上没有分歧，请相信我的判断。

你确实比我更适合搞刑侦，不，你的智商太高，你分析问题时的理性、冷静使你做任何事情都会出类拔萃。现在我清楚了，我准备申请去乌川。

杨腾：你现在还好吗？工作的事有结果了吗？咱们已经好多天没见面了，真的想你！

彭安妮：谢谢关心，我已经通过导师联系到了国家卫健委机关，跟部门领导见过面了。只要通过12月的公务员考试，我就可以入职并拿到北京户口了。导师还给我介绍了一位男友，海归博士，现在是某三甲医院神经内科主任。看，我还不如罗马，他至少用情专一，我水性杨花。

感谢你这些日子的陪伴，让我拥有了一段美好的时光，我也会永远记住这段时光。但生活是现实的，我们的价值观确实存在差异。我对不起你，也对不起赵传。

你年龄不小了，现在告诉你这些是怕耽误你，希望你能找到一个懂你、爱你的伴侣。

——我显然不配。

五雷轰顶。

在呆坐了十分钟后,他决定离开办公室。已是深夜,秋风瑟瑟,他发现自己穿少了,打了个冷战。公安局门口的红绿灯看上去很模糊,他抹了一下眼睛,发现眼睛里有泪水,他出门沿着右面的街道走去,发现路边那排法国梧桐的树叶都掉光了,大小树枝杂乱地指向不同的方向,只有几片梧桐树叶还在风中剧烈地抖动,看起来也是奄奄一息了。他想起上次注意这排梧桐的时候,树叶才刚刚泛黄,但依然茂盛,有很多人驻足、拍照。

他在风中无目的地行走,却发现自己向着彭安妮的学校走去。他赶紧转身。

必须尽快离开这个地方,这个城市!他给闫局长发去微信,要求马上去乌川。闫局长迅速回复了。

  闫局:马上出发。乌川方面前一段不太配合,我会给乌川的政法委书记打电话,他是我的老战友。

好久没有得到杨腾的回复,凌丽觉得他不会来了。她就给罗成发了微信。

  凌丽:根据你的分析,我觉得罗马回罗庄村的可能性是很大的。你说过那里因为疫情封山了,有没有办法进去?
  罗成:现在那里的公交车都停了,只有运输生活必需品,比如粮食、蔬菜、水果的车可以通行。每个村口都有人二十四小时把守,村民都很恐惧,这里的防控比北京严多了。不过如果你非要去,我有办法,那里毕竟是咱老家呀。

第二天上午，罗成进入了罗庄村。

罗成：这比鬼子进村还难。幸亏是我。

罗成：到祖宅了。这家伙也不是一无是处，我本来以为他会把祖宅弄成飞檐斗拱、高大阴森的地主大院。还真不错，建筑不高，从远处看，和周围村民新盖的房区别不大。房子也是用我们这里的老方法建的，夯土为墙，石板为瓦。

罗成发来了几张照片，看上去就是农村的土房。凌丽纳闷，他修祖宅并没有瞒着她，请了西安最有名的设计师，还花了很多钱，怎么会弄成这样？这也不是他的审美风格呀？

罗成（语音）：我参加拍过电视剧，这正房就像古装电视剧的布景，太朴素了。书房也是这样，最显眼的是这幅书法作品，我看不懂，你看看是什么玩意儿？

罗成发来了照片，上面写的是："年与时驰，意与日去，遂成枯落，多不接世，悲守穷庐，将复何及！"别看是博士，但凌丽对旧学知之甚少，赶紧百度。

凌丽：这是诸葛亮的《诫子书》的结尾。意思是，年龄随着时间消逝，志向跟着太阳下落，最后一事无成，只落得没给世界留下任何东西的结局。到头来，在狭小的茅庐里悲伤、叹息，又有什么用呢？太悲观了。他有一年多没回乌川了，难道他那时就这么悲观？

罗成：你别着急，我看了你翻译过来的话，觉得他是在警示自己，不要碌碌无为。

罗成（语音）：呀呀呀，再推开一扇门就是另一番天地了。简直是个梦幻迷宫，天花板是蓝色星空，下面好像是海洋。床、沙发、桌子都像是漂在海洋里。你说他这是要干什么？我拍片子时听一个专家说，蓝色被认为对身心有益，因为它产生镇静作用，甚至可以减缓人体新陈代谢。他不会是因为自己有精神病，用蓝色来镇静自己吧？

看到了罗成发来的照片，确实是浅蓝色主题。浅蓝色，又是索维维！

罗成：重磅！您先定定神。

罗成（语音）：确信他最近来过这里！我在书房里闻到了烟味，可以确定是白555的味道，他一直抽这种烟。屋里有新风系统，但人走时给关了，他一定是在书房抽了大量的烟，所以还有残留的气味。而这种气味不会留存很长时间。还可以排除是他找的看房的人留下的烟味，本地人肯定没有抽555烟的，即使有抽的，也不会在书房抽。别的房间没有烟味。

凌丽感到一阵眩晕。终于有了线索，有了他活着的证据，但自己不知是悲是喜。他来了乌川，却躲到了老家，他要干什么呢？

罗成：奇怪，他的电脑竟然没有加密，屏保上写着"请进入"，我看看里面有什么，稍等。

罗成（语音）：他可能预知有人会来这里找他，桌面上有个文件夹叫"欢迎打开"，打开之后，有几个文件夹，都没有加密。第一个文件夹叫《垃圾箱》，里面是一套编好的书，书名叫《罗马自选集》，共六卷，分理论、评论、随笔、翻译等卷。看来是他以前发表的各种文章的合集。从来都没觉得他有这种自嘲的精神，他把这些都视为垃圾？

罗成（语音）：第二个文件夹叫《蒙太奇》，里面全是照片，好像也是编辑好的一本影集。第一页是我爷爷和奶奶的照片，上面写着"天成照相馆，中华民国二十三年"。我爷爷长得比我爸和我们哥俩精神多了，他穿西装，梳背头，戴金丝眼镜，眼睛炯炯有神，像个金融家。奶奶长得跟罗红很像，她穿一套中式服装，和爷爷很不搭。我注意到她手上的大戒指，镶着大宝石，那时候我们家得多有钱呀。

第二页是一张委任状，上面写着"委任罗启贤为山西国立汾河小学校长　此状"，我爷爷竟然当过校长，还是山西的国立小学！他为什么去山西？

罗成（语音）：第三页是爷爷的墓碑的两张照片，墓碑的正面写着"浩气长存"，背面写着"民国二十六年十一月，倭寇沿汾河南下，烧杀劫掠。进城后即令所有院落悬挂日本国旗。国立汾河小学校长罗启贤先生召集学生，手撕日本国旗，旋即被日军枪杀。罗启贤先生系陕西乌川人士。特立此碑，以慰英魂。"罗马在后面注了一行字："此碑已在'文革'中被砸，只存有照片。"

罗成（语音）：我都看哭了，我有这么英勇的爷爷，我竟然不知道！

凌丽：你爷爷真棒！

罗成（语音）：我估计这事我爸也不清楚，肯定是我哥后来从档案里翻出来的。

罗成（语音）：下面是我父母的照片，还有我爸的几张先进生产者奖状的照片。我估计我哥把我父母所有的照片都找到了。我一直恨他看不上父母，看来也不是。

凌丽：你对你哥的看法是不是有所改变，已经两次不是叫他"罗马"，而是"我哥"了。

罗成：那还不一定。

罗成：后面是他小时候的照片，也有好多是我的，这些照片都是林涛给照的，他会照相还会洗相。你肯定关心索维维，是的，索维维的照片有不少，有的是他从合影里抠出来，又放大的，可能还用软件提高了清晰度。

罗成（语音）：后面的我先不看了，拷贝回去给你。

罗成（语音）：还有一个文件夹，但里面是空的。我用软件试着恢复，只生成了两个文件的名字，一个叫《新校罗氏家谱》，一个叫《罗玉田》。我又恢复了一遍，没成，只是出现了文档的字数，185000字。

凌丽（语音）：不可能，他跟我说小说刚开始写，怎么会写了这么多字？

凌丽（语音）：看来他认为重要的事都不会告诉我。我真可怜！

她马上就想到不要自怨自怜了，他安排这一切是要做什么？要自杀吗？得赶紧把新信息告诉杨腾。

凌丽：杨警官好！现在可以肯定的是，罗马在离京后来到了乌川，并且来过罗庄村他翻建的祖宅。他显然知道有人会追到这里，电脑没有加密，屏保上写着"请进入"，电脑里整理了他的所有作品，已经整理成电子版书籍。我有一种不祥的预感，他是不是在整理后事？请您务必派人来到这里！

写完这些，凌丽感到一阵发冷，终于找到了他的踪迹，而这也是被他预知的，还摆出了一副与世界告别的架势。

凌丽：为什么这么久不回复？

凌丽：请速回复！

罗成：我已经出来了。刚才分局的杨腾和四个乌川的警察突然进来了，有两个是穿白大褂的，吓我一跳。他们说我私闯民宅，我说这是我哥的房子。我跟他们说了我怀疑我哥最近来过这里，还给他们展示了电脑里的发现。他们让我留下电话、指纹和脚印，迅速离开。我离开之前，他们已经在采集指纹和脚印。

凌丽：他们来了是好事，是我请求他们来的。凭咱俩的力量是找不到你哥的。你现在在那里没意义了，先回来吧。

罗成：他们有纪律，是不会向咱们通报侦查进展的，我准备留下来看看，然后跟踪他们。

凌丽：如果被他们发现呢？跟踪警察不犯法吗？

罗成：不知道。反正已经犯过法了。

凌丽：唉，你付出太多了。

罗成：别这么说。这些天我对我哥的看法也有了一点变化，我这么做也不光是为你，我也很关心他的生死，毕竟他是我亲哥。现在想想，他还是很关心我的，还帮我找过工作。他能给慈善基金会捐那么多钱，我都不敢相信。其实认真想想，我对他不满，只是对他的处事方法看不惯。

凌丽：到乌川后，我对你哥的看法越来越差，你倒有了一丝好感，也挺好。

凌丽：我马上把欠罗占全的钱全转给你，让他们安心。

罗成（语音）：真让我刮目相看！你竟然这么不贪恋钱

财,其实,我哥生死未卜,在你手里的钱已经是你的了。我替罗占全和那三家人谢谢你!

罗成把212吉普车藏到了路边的一个废弃的院子里,那条路是出村必须经过的。他把军用望远镜放在院墙上,用军用水壶喝水,吃着军用压缩饼干。他一直想当兵,可招兵的人一看他那有好几个处分的档案就都放弃了。

他用望远镜一直观察着罗马改建的祖宅,院墙太高,什么也看不见。他只看见一个穿白大褂的警察出来过两次,一次是从车里拿走了一个黑色的箱子,估计是什么检测仪器;另一次是把一个银色的箱子放进车里,估计是在现场采集的样本。他没想到这些警察在屋里待了四个小时,有那么多要查的吗?他们是不是有新发现?

两辆警车终于离开了祖宅,罗成发动引擎,远远跟了上去。这一跟就跟到了乌川市公安局。杨腾下车后故意向远处罗成的车看了一眼,表明他知道罗成在跟踪,然后就进院上楼了。

罗成想,既然你发现我了,我索性就在门口等了。他猜测杨腾一定找到了重要物证,等着吧,罗成又吃掉了一块压缩饼干。

一个小时之后,杨腾给闫局长发去了微信。

闫局

又有了一点突破。我们带回了门口的一双旅游鞋,DNA检测显示罗马穿过。我们看到鞋底残留物的颜色为浅灰色,不可能是这个村里的,就对残留物进行了化验。其中锌的比例为28%,其他有锰、铝、铁、碳等。我们询问了工程师,他回答,这么高的锌比例只有镀锌车间有可能存在,镀锌工艺里的锌应该在85%左右。他还说,固态的锌一般不会伤害人,除非被人吃进胃里。

我们问了厂里老人，说锌比例这么大的地方一定是废弃的镀锌车间。如此罗马肯定在最近去过那里。现在已是深夜，那些废弃的车间附近都没有电，我们准备明天早晨再去。

清晨，两辆警车开出公安局院门，罗成驾车跟上。他们向厂区方向开去，停在了废弃的镀锌车间门前。这个车间的占地面积至少有半个足球场那么大，巨大的金属门已经生锈，也无从打开。门的下方一片破损严重的铁皮显然是被人扒开了，只能从这里进去。

钻进来之后，杨腾被眼前的景象震撼了。屋顶有三十多米高，从几个很大的天窗照射进来的光柱像聚光灯一样。墙上"抓革命，促生产"的红色标语依然清晰，几个巨大的镀锌池一字排开，一根根悬挂吊索垂在空中，锈迹斑斑，还长了许多蜘蛛网。杨腾想象着这里昔日热气腾腾的生产场面，居然有些感伤。这车间不就像人一样吗？年轻过，青春过，但终将老去，满目疮痍。罗马是这样，自己也会这样。

一小时后，杨腾给闫局长发去了微信。

闫局

仔细勘察了现场，车间地上有大量肉眼可见的浅灰色锌元素粉末，尽管化验结果还没出来，可估计与罗马鞋上残留物的化学成分大致相同。整个车间没有发现罗马的脚印，地面满是浮土，如果有脚印很容易识别。近日下过雨，车间外的脚印无从查找。车间里比较空，看不出他来这里能做什么。

锌元素少量摄入对人体有利，但超量摄入就会直接致人死亡。罗马长期生活在工厂区，不可能不知道镀锌车间有剧毒，现在车间地上的粉末直接食用就足以致命。他会不会在准备自杀的介质？不过想想，大老远到这里来找锌粉自杀？太荒唐了。他看了那么多关于自杀的书，知道各种方法。

整个工厂只有这个车间附近会有这么多锌粉末，罗马一定来过这里，一定有来这里的原因和目的。我准备在附近扩大搜索范围。

闫局长：用锌自杀？扯。执行最后一句话。

在接到罗成通报警察去了镀锌车间后，凌丽也产生了和杨腾同样的担心，又同样觉得不太可能。

镀锌车间后面是一个不小的山丘，闫局长那位当政法委书记的战友又增加了警力，搜索山丘附近每一个角落。

一个半小时后，杨腾又向闫局长发去微信。

　　闫局，十六个人山上山下搜了一个多小时。在车间通向小山的路口捡到两个555牌香烟烟头，还没进行DNA化验，但罗成说罗马只抽这种烟，本地人很少有人抽此烟。可以判断是罗马近期抽的。其余没有任何线索。来协助的干警都是临时从岗位上抽调的，还有交通警，耗费他们太多时间也没有意义，我决定先收队。

四辆警车从车间开走。杨腾特意把车停在罗成的车前，对罗成说："跟踪警察属于妨碍公务，小心点。罗成，你没怎么睡觉吧，辛苦了。你的努力可能白费了，我们什么都没找到。"

警车走了。罗成觉得杨腾的表情有些怪，似乎隐瞒了什么。

　　罗成（语音）：他们走了，说什么也没找到。

　　凌丽：他们既然来镀锌车间，就说明这里肯定有线索。我马上过去，咱们一块儿找。

　　罗成（语音）：十几个警察都没找到什么，咱们更不行。

凌丽（语音）：那怎么办？得抓紧呀，他在电脑里整理了所有作品。我怕他真是要……

　　罗成（语音）：得从头捋捋，现在警方掌握了什么咱们完全不知道，他们为什么搜查镀锌车间？肯定是在祖宅找到了和这个车间有关的证物，肯定是我哥在回乌川以后去过那里。他去那里干什么？得好好想想。我先回去了。

　　凌丽望向窗外，人们排着长队在做核酸检测，那队伍在丁字路口拐了个弯，至少有一百五十人。有好几个轮椅排在队伍中，老人们都安静地等待着。这些人都这么热爱生命，罗马会做出相反的决定吗？

　　凌丽在想，他去那里干什么？是不是有什么重要的东西藏在那里？他能有什么宝贝呢？肯定不是钱财、金条什么的，是他很看重的家谱吗？他一定认为祖宅并不安全，在没人能想到的废弃厂区藏了他认为最重要的东西。

　　罗成的微信来了。

　　罗成：我把钱转给了罗占全，他回了电话，特别激动……他说一年多前在镀锌车间门口见过罗马。当时他想到厂区找点废铜烂铁卖了，弄点小钱。罗马和两个人从山坡下来，他身边的人很有派头，像个大领导，他们一块儿上了一辆奥迪车。占全想喊罗马，但车迅速开走了。占全猜测是罗马也看见了他，逃跑了。

　　他带"大领导"来这里，就可以排除他在这里藏宝。是不是要利用旧厂房做什么事？我知道有的旧厂区改建成文旅小镇，还有人把厂房修好，租给民营企业。他在影视界有很多资源，也可以把车间变成摄影棚。

　　凌丽：一年前已经有疫情了，疫情以后他就意志消沉，不再折腾。像建文旅小镇、摄影棚这样的事，估计他都不会想到。而且，以乌川周边的消费能力和交通状况，这些都不可能赚钱。

　　这个线索很重要。他在乌川最熟的就是现在已经抓起来的副市长季敏力，那个"大人物"估计就是他，他带季敏力来这里干什么？罗马以前肯定对这里很熟悉，他带季敏力来一定是求他帮自己做什么，比如找什么东西。

　　罗成（语音）：想一会儿。

　　罗成：大概在我三四岁的时候，厂里说要战备，挖防空洞。家家都挖，厂里也挖，好像学校的学生也要参加。挖完之后，除了演习过几次，也没什么用，我家的防空洞就成了菜窖，冬天把白菜、萝卜储藏在里面。我上学以后，跟着林涛去过好几个厂里挖的大防空洞，都修在车间附近的山上，直径有三米多，里面有电灯、电话线、水龙头、通风口……我忘了镀锌车间的后山有没有。

　　凌丽：如果有，警察应该能找到。

　　罗成（语音）：他们不知道有地道，也不知道怎么找。这里的地道说是地道，其实不在地下，其实就是窑洞。它的洞口一般是在山脚下的树林里，本来就有掩护，看不见门。多年闲置，肯定杂草丛生，就是当年挖地道的人也不容易找到。我准备去看看。

　　凌丽：我也去。

　　罗成（语音）：等我两个小时，我要去准备一下。

凌丽上了罗成的车，见后座和后备厢装满了东西，有铁锹、铁镐、绳索、电线、镰刀……还有一个银色的箱子，上面写着"电磁波空洞探测仪"，下面的小字写道：

本仪器利用地下电磁波的传播特性，对地下不同物质的电性差异进行探测。在探测地下空洞时，电磁波空洞探测仪能够发现地下空洞周围产生的电磁场异常，推断其位置和大小。

　　凌丽笑了："您这是要去盗墓吗？"
　　"借给我这仪器的人还真没准是盗墓的，一个开古董店的要这玩意干吗？我不管这个，你也别问那人是谁，反正刚才，用了半个小时，我就学会使用了。人太聪明，没办法。"这个没上过什么学的罗成真是个林涛那样的天才。
　　来到镀锌车间，罗成没有上山，而是顺着车间内部的梯子爬上了屋顶，他用望远镜观察了后面的小山，凌丽从下面望上去，他像个观敌瞭阵的将军。
　　下来之后，罗成说，地道口不可能在临近车间的西边，这太容易被发现。也不可能在北面，这里常年刮北风，风力很大，加上地道产生的负压，很容易灌风。他开始向南上山。他用皮尺丈量距离，并做好标记，然后连接电极棒和操作面板。如此只换了三次地点，他就确定地道在脚下。
　　凌丽跟罗成下到山下，罗成看到一片凹进去的矮山，那里的杂草长得相对较矮，会不会是下面有水泥或砖？他用镰刀砍掉杂草和荆棘，开出一条路，竟然看到了一个小山洞，他向洞口走去，大叫一声："就在这！"
　　罗成给了凌丽一把手电，自己点亮头灯进了山洞。山洞很窄，摸索前行十几米后开始变宽。罗成用登山杖敲击墙壁，在右侧听到了空洞的回声，马上找到了一个石门。他用手持电钻破拆了门锁，门一打开，里面居然有应急灯的灯光，前面是一个很长的走廊，走廊两边是两排很小的房子。呼吸顺畅，显然通风设施很好。罗成对凌丽说，索维维的父亲索铭恩曾是志愿军工程兵的营长，在朝鲜战场挖了大量坑道。他修的地道才会这么专业。

左侧第五间房也有应急灯亮着，打开小门，看见屋子比较大，显然是把邻屋的隔断都拆除了，里面就像一间很现代的办公室。这肯定是罗马的隐秘居所！

"谢谢，还是你们有能耐。"突然传来的声音把凌丽吓得惊叫。

杨腾带着两个警察站在他们身后，笑眯眯地说："我是无计可施了，所以宣布收队，让人跟踪你们，这样我们休息了几个小时。罗成要是干刑侦肯定比我强。现在你们的任务完成了，请回吧。"

"既然是我们找到的，能不能一块儿看看？"罗成还不死心。

杨腾眼睛一瞪："我现在就可以抓你！你们回去吧，在不违反规定的情况下，我会向你们通报案情的——还指望你们帮忙呢。"

"再帮你一下，有人在一年前看到罗马和市里某领导在这附近出现过。"

两人气鼓鼓地走出山洞，罗成狠狠地摘下头灯，重重地砸在岩壁上，碎片散落。

杨腾发给闫局长的微信。

闫局

我们找到了罗马在镀锌车间后山地道里的密室。这些地道修建于1970年，属于厂里修建的防空洞，用于人员和重要物品躲避敌机轰炸。如今里面的几个小屋被改造成一个现代化的暗室。有人看到一年多前，罗马曾和市某领导出现在附近，据乌川公安局的同事判断，大概率就是因经济犯罪被逮捕的前副市长季敏力。我们初步认定是罗马请求季敏力帮他改建地道，建立暗室。改建的工程量很大，整个旧厂区已经断电，他们从附近的一个加油站接通了电线和网线，改造了通风系统，还增加了新风系统……这些都不是罗马个人可以完成的。

他的密室是由原地道的三间躲避室打通改建而成，面积约30平方米，里面有单人床、沙发、冰箱、空调等家居用品。我们在屋内只提取到了罗马一个人的脚印和指纹。

书柜里有六本发黄的《罗氏家谱》，还有几套宣纸打印的《新校罗氏家谱》。新家谱的版式和老的一样，竖排，繁体字。罗马对其中一些文字进行了批注，比如"《明史·五行志》载其时其地旱灾，谱记因水灾而赈应有误……"最后一部分加入了他父亲罗玉田的内容，最后两页都只有一个名字，"罗马"和"罗成"，内容空着。他还是遵照古训，没把妹妹罗红放进去。

可能罗马认为早晚会有人找到这里，他在电脑屏保上同样写上了"请进来"三个字，经查上次的关机时间是五天之前，表明他那个时间来过这里。电脑里的内容与祖宅电脑的内容大致相同，只是多了一篇叫《致林涛》的文章。我还没来得及看，稍后发给您。凌丽和罗成对于我们找到这个密室起到了很大作用，他们一个是罗马的情人，一个是弟弟，他们寻找罗马和我们的目的不一样，但我希望能够利用他们尽快破案。所以您看完这篇文章如果觉得没有需要对他们保密的地方，就回复我，我把文章发给他们。

闫局：你先转给他们。你们马上分析罗马弄这么个密室做什么，他在乌川已经出现在两个地方，他下面会去哪？还有，现在疫情防控这么严，他一个没有正常身份的人怎么能在乌川四处走动？他一定有车，有假身份证，一定有人暗中帮他。

第十四章　朋友

凌丽收到了杨腾的邮件。他和索维维怎么不约而同地起了同样的名？

致林涛

林涛兄：

你走了，我也踏实了些，不再惴惴不安。依照你的嘱托，我们把你的骨灰埋在了你家院里，还种上了一圈十二棵猕猴桃树。树苗是我选的，用的是泰山农业科学院研制的泰山一号，它耐寒，很适应北京城区的气候和土壤。据介绍说果实很大，味道酸甜可口，最高亩产达六千斤。我希望它在三年后产出果实，我会狠狠地吃下几个猕猴桃，因为那里面有你——假如我能活到那个时候。

一

你是我在这个世界上最在乎的两个人之一。你是上帝派来挖苦我的人，我的一生在羡慕你、嫉妒你、痛恨你中度过。如今你走了，再没有让我感觉不可企及的人了。我踏实了，活着也没什么劲了。

如果没有你，我肯定是108信箱子弟学校的神童。你漫不经心，玩玩闹闹地不断毁灭我的自信。你的那些小把戏我还能接受，什么做短波收音机，嫁接猕猴桃……都无所谓，但你为什么非要在我最在乎的文学上显摆自己呢？我的亲爹，我那么熟悉，你却写得那么生动。我记得咱俩一块儿写作文，你写这篇作文只用了半个小时！后来经高老师推荐，这篇作文在省报发表。那天我拿到报纸，直接跑到山鹰崖下面，反复看你的作文，写得太好了，好得让我无地自容，好得让我想死。最后我把报纸撕得粉碎。

我到现在也还认为我是罗贯中的后人，所以高考时我五个志愿报的都是不同大学的中文系，后来被京北大学录取了。我上中文系的目的是写小说，那是我到今天依然坚持的最高理想。大二时学了曹丕的《典论·论文》，那激扬的文字把我震到了圆明园，那里没有人，我在那里大声吟诵："盖文章，经国之大业，不朽之盛事。年寿有时而尽，荣乐止乎其身，二者必至之常期，未若文章之无穷。是以古之作者，寄身于翰墨，见意于篇籍，不假良史之辞，不托飞驰之势，而声名自传于后。"

人生一世，都是匆匆过客，唯有文章能够永世流传，我祖上罗贯中的《三国演义》就会永远传播下去。我在圆明园号啕大哭，也发下了誓言，要在罗氏家谱上续写上我的名字，是一个二十世纪的大作家。

于是我日夜苦读中外小说，自认为学到了许多写作技法。我不断地写作、投稿，却都石沉大海。就在我万念俱灰的时候，我看到了你发表的小说《这匹马太犟》。在几个月前，我们在西四延吉餐厅吃冷面，你说起了你写我爸爸的那篇作文，讲了一个新构思，我觉得很有意思，劝你写成小说，你开始说懒得写，后来勉强同意了。你随便一写就得了全国短篇小说奖，让我情何以堪！我实实在在地说，是你摧毁了我的文学梦想，让我一进入创作就觉得你在暗处漫不经心地，略带嘲讽地看着我。

我文学上唯一一次成功是话剧《A型血》。只有你我知道，那个话剧完全是由你构思的，你犯懒，把构思送给了我。这个剧在几所大学巡演，引起轰动。实验话剧院和青艺都提出让我毕业后去他们那里当编剧，我想去，但我敢去吗？我不可能再写出《A型血》这样水平的剧本。

我后来基本不敢写作了。我开始做我最讨厌的文学评论，文化评论，越评越烦，就开始骂人，看到骂人能增加流量，就越发不可收。现下一事无成，让曹丕说中了——"遂营目前之务，而遗千载之功。"这些都拜君所赐。

二

如果没有你，索维维不会一生都看不起我，包括我们"相恋"那三年。我知道她最喜欢的不是我，是你；你最喜欢的不是我妹妹，是她。

尽管索维维很优秀，很漂亮，但我最初并不十分喜欢她，觉得她是遥远的公主。就是你显摆你嫁接的猕猴桃树那天，我看见她看你的眼神特别温柔，透着崇拜，完全不似平常的锐利、傲气。此后我又多次看到这种眼神，我开始内心抓狂。凭什么，凭什么她会喜欢你？凭什么你从不努力却能得到一切？不行，这次我不能再失败了。没有你的与生俱来的本事，我只好"努力"了。

趁着你当时对索维维的想法懵懂不知，我把索维维喜欢你的事告诉了我妹妹罗红，她一直迷恋你，一听这事就急了。于是演出了她以旷课要挟你的闹剧，没想到你还真的答应了。这当然让索维维痛不欲生。

在她的注视下，我经过三个月的苦练获得了全厂越野长跑冠军，我不是体育不如你吗？

在她的注视下，我在地区刊物上发表了一篇散文，那是我的文字第一次变成铅字。

在她的注视下，我当上了学校革命委员会委员，那是学生能担任的最大职务。

在她的注视下，我攀登山鹰崖，尽管失败了，还摔伤了，却获得了她的眼泪和芳心。

应当说，我是因为嫉妒你而关注了她，但关注之后深深爱上了她。但我和她"恋爱"的三年也是若即若离的，我们的关系止步于拥抱。我不认为她是个保守而缺少激情的人，她对我的排斥是因为她没有从心理上真正接纳我，没有爱上我。她与我交往是想对冲失去你的愤懑，当然她对我在"学而不敏"背景下的拼搏精神和毅力还是很欣赏的，是不是有同情的因素？我说不清。

我认为我们的分手也和你有关。我劝她不要因为照顾父母就放弃高考，这有错吗？但她就此说我和她价值观不同。在她决定和我分手后，罗红给我写信说，索维维对我已经完全绝望了，我父亲也病了，让我赶紧回来，向索维维道歉，并看望父亲。我当时正面临期末考试，怎么回去？但罗红在下一封信里说，索维维更加愤怒，说如果是林涛，才不会管什么期末考试，会不顾一切回来。看看，这里又有你。看来我和你俩的价值观确实有差异，但我当时认为，对于我这种农村孩子，放弃一些东西，为自己的理想奋斗是没有错的。现在老了，看惯了世态炎凉，人来人往，发现自己奋斗一生，抛下了许多不该抛下的东西，却什么也没有得到。

为什么在索维维的目光里，你和我永远是被比较的，而我永远比不过你？几年前，罗红给我打电话，说你要回信箱迁移污染的子弟学校，还要去办学。她说索维维就在那里，长时间的接触，怕你俩旧情复燃。我劝她放心，说你俩都是有责任感和道德底线的人。我知道你资金有限，问了你的资金缺口，补上了五百万。我还利用我在乌川的人脉，介绍你认识了季敏力副市长，使你做的都一路绿灯。我要求你不要把这些告诉索维维，这是我对108信箱的情感，不是在献媚她。结果你成了108信箱人人夸赞的善人，罗红转述索维维的话：如果没有林涛，这里的很多学生得到二十里以外去上学，很多学生会辍学。林涛终于在散漫了半生之后做了一件有价值有意义的事。你哥在北京名利双收，也经常回乌川混迹官场，却从来没为108信箱做过一丝贡献。索维维明知罗红会把话转告给我，她是故意说给我听的。看看，我又躺枪了。

我为基金会捐款也绝不是为了讨好索维维。可能是因为我老了，坏人老了也会眼窝子浅。我是从后来抓起来的季敏力副市长那得到这个消息的，他并没有提到索维维，但我在知道基金会是用她父亲的名字命名之前就知道这事是她干的。我特别感动，一个快六十的女人做这么大的事，内心对那些患矽肺病的工人的情感得多么强烈。我通过你认识了她的情人王若新，（我在乌川的眼线早就把他俩在深圳同居的事告诉我了。）没想到他也知道我和索维维的关系。我们约定隐瞒我的身份，但他是否告诉了索维维就不得而知了。其实索维维肯定知道是我，不会有人无缘无故捐这么多钱的。她接受了，也许意味着我还是"可教育好的子女"。

有段时间，我在围棋网站参加了一个叫"终结者敢死队"的组织，专门阻击马上升级的棋手。每每看到那些差一局就升级的棋手被我阻击，看到他们失败后骂我的留言，我都特别兴奋，我自己也说不清为什么，我自己不高兴，也不愿意让别人痛快……

这和我在文艺评论上的疯狂骂街很相似。我得承认有一段时间我骂人上瘾了，我把现代的、当代的作家骂了一个遍。现在想想，可能是我发现费很长时间写出的理论文章根本没人看，而随便找个作家骂骂，就能引起轰动。我的博客和微博在我写出第一篇骂街文章后就涨粉近十万，到后来过了千万。这里面还有巨大的经济利益。认真分析一下我的心理，自己写不出好小说，也不愿意看到有好小说出现，于是就很躁狂。

完全没想到骂惯了，骂到了索维维。偶然在书店里看到了《那逝去的轰鸣声》，回家只用半个小时看了个开头，就开始写博客了。（不看作品就评论是我那段时间的毛病，疯了，当然不止我一人是这样。）我心想，我在"三线"待了那么多年都写不出东西，这小子哪来这么大胆，敢写"三线"？我之所以认为作者是男性，是因为作者"林里"的文笔很粗放，不像女性。

一个恨我、想让我疯的人叫梁震，他告诉我作者是索维维，我找你求证，你说你看了一段就知道作者是谁，看来你比我更了解她。

我知道，如果索维维在此前和我只是因价值观不同而敬而远之，那么这次就是彻底分道扬镳了。其实到了这个年龄，我还会期待和她举案齐眉吗？早就不会了。我只是希望我最在乎的人不要鄙视我。有个大导演，他的前任妻子和女友也都是名人，两个人回忆起与他的交往，用了同一个词"恶心"。绝大多数人在回忆前任的时候都不会用这么极端的字眼。他的人生太失败了，我估计我和他一样。

三

疫情之后,我过度紧张,觉得随时可能死去。我开始反思我的一生,发现我这看似轰轰烈烈的一生没有做任何有价值的、能够留存后世的东西。万念俱灰的我又觉得其实死了也好。怕死和求死的念头轮番折磨着我。

与此同时,我开始走背字。我那段时间骂人太多了,所以就有了反作用力,我成了被群起而攻之的网络暴徒,我的每篇微博和博客下面的评论区都会有很多骂我的帖子。我表面装得无所谓,但骂我的人太多了,也就有些害怕了。我出名之后发论文、出书都很方便,于是就不谨慎了,反正我认为这些东西都是垃圾。因此,我被指出了不少学术错误,甚至被指出了学术不端。学校的学术委员会主任找我谈了话,让我珍惜羽毛。

这事还没完,开始有政府部门找我谈话,有证监局、工商局、网监局……那是因为我利用自己的影响力参与了不少文化类上市公司的营销活动……这方面最近的大事是季敏力副市长被调查,跟我谈话的是乌川市纪委……

我相信没有确凿的证据证明我参与了犯罪,但这么多部门都找我,内心确实觉得自己玩大了。当然如果分析导致我发病的主要原因,这些加起来的占比也不到三分之一,主要还是索维维!

我本来就有轻度抑郁,评论索维维小说的事发生以后,我连续几天睡不着觉,被确诊为双相情感障碍。开始,我想通过爬山这种高强度运动抗击这种病魔,果然,每次爬到山顶,俯瞰山下,都会感到舒畅。但一下山,尤其是回到家里就不行了。有时候,我会觉得自己是这个世界上最成功的人,一个山里孩子,通过个人奋斗,成了大教授、大V,还有了许多钱。以前看不起我的人，那些大教授，那些不给我发论文、小说的编辑，那些乌川的官僚……谁还敢轻视我？我每次回乌川，都是副市长亲自到机场接我……有时我又会觉得自己是世界上最卑微的人，我自己写的那些东西都是垃圾，我举目无亲，没人搭理……这其实是双相情感障碍的典型症状。

我会时常产生幻觉，也怪了，幻觉里出现的不是索维维，而是我的父亲罗玉田。想想在这个世界上，最关心我宠爱我的就是他，这使我经常号啕大哭。父亲的形象和我对他的记忆有些不同，他会看着书柜里我出版的书露出微笑，再摇摇头，说，你还是该干点正事。在他生前，我从没见他有过这种复杂的微笑。

我开始用记事本记下我的幻觉和梦境。记了一些之后我猛然发现这不就是我此前创作时最缺少的灵性的东西吗？双相情感障碍也可能是个好东西，它击毁了我的理性，让我的思维任意驰骋。有时候我会故意停药，让疾病带给我灵感。

我开始创作长篇小说《罗玉田》，它肯定是我这一生最出色的作品。久居京城，见惯奢华，我已经无法描述昔日的岁月。于是我经常住在乌川，我重修了祖宅，新建了祖坟。我坐在多代祖先曾经住过的房子里写我的父亲、爷爷、大伯……幻觉常常产生，他们常常站在我面前。没有你的才华，我只好在叙事所及的地点写作。小说从民国时期，我父亲出生写起，写一个书香门第，名门世家自此开始走向衰落。

我的爷爷罗启贤，应聘到山西担任国立小学的校长，在抗日战争中宁死不当亡国奴，慷慨赴死。因为战乱，我的父亲罗玉田只上过小学，成了地地道道的农民……我觉得我写的是壮丽的史诗。问题是108信箱成立以后，我爸的生活主要在厂里，我就托季敏力在厂区的一个山洞里建了一个密室，这个山洞是我爸带领翻砂车间的年轻人挖的，其间砸伤了右腿。我在这个密室里写了五万多字，写得特别顺，我写小说从来没有这样行云流水，是老爸的在天之灵在帮助我。

　　父亲在我上小学之后就把我看作天才，对我极尽呵护。他对我的偏向让罗成和罗红很是气愤，这些你都看在眼里。因此，关于他的小说里不能没有我，前面还好，在我上大学之后，我就写不下去了。我不是要美化自己，我愿意写下我成为文人之后对他的不敬不孝，以及成名之后的种种荒唐……但主人公和他的儿子之间的巨大隔阂和反差会将主题引向哪里？我百思不解，小说就停下来了……作为一个小说人物，我自己竟然成了小说的拦路虎，绊脚石，可笑吗？悲哀吗？这之后我曾两次试图登上山鹰崖，去感受一下我父亲的高光时刻——那次他登上山鹰崖，他拍下的照片把山下的地貌状况描述得十分清晰，对厂区设计起到了巨大作用。这是他一生最值得炫耀的时刻。我都没爬上去，无法感受他当时的心境，无法感受一个普通工人在灵光一现时的内心感受。我还想去爬山鹰崖。

　　作为"最著名的文学评论家"，我认为目前写出来的部分比你那篇同样以我父亲为原型的《这匹马很犟》要好，如果能写完，这可能使我在整个人生中第一次超越你。这是我人生中最神圣的事，除了逝去的你和索维维，我还没对任何人说，包括我的女友凌丽。

　　但是我能写完吗？

四

　　后来你病了，我的病情也随之加重，只好增加了药量。你肯定是在伪装，伪装得云淡风轻。本该痛苦万分的你把焦虑转给了我。我每次都是吃好药，选自己最平和、最正常的时候去找你，去找你谈笑风生。后来你的身体越来越消瘦，有好几次，我都想对你说起我最对不起你的那件事。

　　恢复高考时，厂里决定，由于"文革"后很多教师调离，你我两个留校任教的人只允许一个参加高考。本来我想听凭厂里安排，但那天我偏偏走进了厂传达室，看见了你父亲给厂里发的电报，说他已经平反。我第一时间还为你高兴，转念一想却出了一身冷汗。我跑到总装车间对着龙头喝了好多冰凉的汽水，想让自己冷静下来，但越想越难受。索厂长他们第二天就要讨论谁参加高考，一旦看了电报，出于对你爸爸的同情，肯定会让你参加高考，我就会失去我当时认为的唯一的机会。你父亲回来肯定继续当总工程师，还可能调回北京，而我没准会在山窝里待一辈子。我回到传达室，偷走了那封电报。网上好多人说我无恶不作，恶贯满盈——冤枉我了，我自己承认的，主观故意的，让我终生愧疚的，彻头彻尾的坏事就这一件。我不必向你描述我当晚的号啕大哭和此后岁月每想及此事的万死难辞的心境。

　　那些人骂得对，我生来就是个"精致的利己主义者"。对，还是你发明的词更准确——"精致的市侩主义者"。

　　你真的折磨了我一生，却坦坦荡荡；我只对你做了一件坏事，却悔恨终生。

五

　　其实，你在死后对我构成的刺激才是毁灭性的，你死后又给了我重重的一刀。这个葬礼一定是你自己设计的，在怀柔的山里，河边。草地上放着白色的桌椅，有水果、小吃、饮料、啤酒……看上去不像葬礼，倒像现在很时髦的露天婚礼。

我是最早到达现场的，那时还没多少人，我看见罗红和安迪正在和两个外国小伙子聊天，那轻松的样子不像刚刚失去了亲人。我不知道这个时候怎么面对这母女俩，看看时间还早，我就顺着小道向山上爬去。此时我仍然难以接受你离去的事实，我想通过奋力的攀爬来纾解一下。

我爬到山顶，向下一看，被山下的景象惊呆了。也就半个小时，草地边上的国道边上弯弯曲曲停下了各种汽车，大概有二三十辆，有小轿车、中型轿车、SUV……怎么还有出租车、农用车、警车？你怎么会认识这么多人？你是何方神圣，怎么会有这么多人来为你送行？

下到离草地十几米的山坡上，我看清了下面的人，有一些是我认识的。有两位画家，一老一少，都是开画坛风气之先的人。有三位作家，他们都有过知青经历，其中有一位是茅盾文学奖获得者。他们都被我骂过，我就不必露面了。右侧那张桌子前居然坐着几位我们学校的教授，有生命科学学院的，医学部的，历史系的。你怎么会认识他们？从没听你说起过。边上的桌子旁站着一些外国人，他们已经开始痛饮啤酒了。有七八个年轻人穿着蓝白相间的校服，你曾经给我展示过，这是你设计的108信箱子弟学校的校服。还有一些带乐器的人，有大提琴、小提琴、贝斯、吉他、架子鼓……他们要在这里演奏？穿警服的，穿出租车工服的，穿外卖工服的，这些人的身份很容易确认，其他人就说不清了，有几个可能是附近的农民……

这可是疫情期间，这么多人冒着风险聚集在一起。林涛，你太牛B了！

第一个讲话的是我的外甥女安迪，她先来了个脑筋急转弯。她说，我爸爸让我问大家一个问题，咱们现在在怀柔，这里最有名的是虹鳟鱼、金鳟鱼，好多人都吃过。问题是，为什么晚上不能吃金鳟鱼？

大家面面相觑，安迪得意地说：我代表我爸爸公布答案，晚上不能吃金鳟鱼是李白定的，"莫使金樽空对月"。下面静了一下，然后哄堂大笑。

她接着说，老林特别喜欢这种无聊的梗，越无聊他越喜欢，现在他也在那边和咱们一起笑呢。但其实他也有伪装，也很痛苦。在他知道时日无多后，他特别想留下一个好作品，是根雕《嵇康》。在他去世前二十天，那时候他走路已经费劲，他让我把他扶到根雕前，让我出去，他想把根雕做完。他一个人待了两个小时，等我回来，发现一点没动。但雕刻工具拿到了比较近的地方。他呆呆地坐在那，眼睛泛着泪光。他说，老林我不是清心寡欲的人，我也想给世界留下独特的东西，可惜我没有达到我要的境界。我小说获奖就不写了，别人都说我不求功名，其实是我写不出更好的东西了。那为什么还要写？刚才我坐到这里的时候，好像有了些感觉，嵇康好像就坐在我对面，可一拿起工具，就不敢下手了，嵇康的影子也没了。看来只能留下这没有五官的半成品了。我就讲这件事，这件事里的老林和大家印象里的不一样。

接下来讲话的是那位我骂过的作家。

他说，他很认同安迪的观点，林涛不是玩世不恭，浪费天才。他后来不写作品，是因为他对自己要求过高。我是通过他的小说《这匹马很犟》知道他的，看完小说，觉得中国文坛又出了一位天才，自己又多了一个对手。此后一直在各个文学期刊等待他的新作，但他从此如泥牛入海。我通过前辈作家高崇文先生找到了他，此时他正在文启中学教书。第一次见面我就发出了责难，他静静地听着，然后说：

我这个人没有大的情怀，所以不可能写出优秀的作品。比如你知道我最崇拜雨果，一部《悲惨世界》写了三十年，这是真正的生命写作。要命的是他对人性黑暗看得那么深刻，而写出来的人性又是那么美好——这只有他这样的对人类充满悲悯情怀的人才能做到。人生苦短，既然我写不出自己认可的伟大作品，我为什么还要写呢？

另外一个重要的原因是，我越来越看不懂这个世界了。你不觉得这些年所有的人都变了吗？人的思想、观念、趣味……都变了，我适应不了这些变化。1942年，已经逃离纳粹魔掌的茨威格自杀了。从他最后写的《昨日的世界》和遗书里我感觉到了他对世界的绝望。他在遗书里写道："我向我所有的朋友致意！愿他们经过这漫漫长夜还能看到旭日东升！而我，这个过于性急的人，要先他们而去了！"对于这个世界，茨威格选择了自杀，我选择了逃避——当然我是完全无法和他相比的。

林涛，你为什么对一个初识的作家说出了这些掏心窝子的话？我罗马认识你半个世纪了，你为什么从未对我说过？你还是看不起我！

发言者变成了一个小伙子，他说：我是代表我妈妈来发言的，她害怕自己来到这里会失控。我妈是文启中学的学生，叫杨瑞霞，是林叔叔的学生。我妈家境不好，我姥爷因为杀人被判死刑，我姥姥靠卖冰棍把她养大。我妈一直心理抑郁，不学习。林老师当年对她格外关心，经常单独辅导她功课，不是语文，而是数学和物理。林老师还专门为她组织过生日聚餐。离开学校后，还时常给她打电话。后来我妈的学习成绩直线上升，考上了师大，现在是师大心理系的教授、博导。她说，尽管后来她很少见林叔叔，但她一直通过各种渠道关注偶像的动态。她说：林叔叔是一个活得最明白最通透的人，他把眼前的功名利禄都视作浮云，他认为在有限的生命里要做有意义有意思的事，而现在我们这些教授的所谓科研大多是在浪费生命。既然没有能力像爱因斯坦那样改变世界，不如先过好自己的生活，然后帮助身边可能帮助到的人。

一个穿着108信箱子弟学校校服的学生站到了话筒前。

他说，我是交通大学大一学生，今天我们在京的十几个108子弟穿着林老师设计的校服来和他告别。我讲讲他给我们上的最后一节课。下课时他说："这是我为大家上的最后一课了，在都德的小说里，那位老师最后在黑板上写下了什么？"我们一起回答："法兰西万岁！"他转身写下了三个字："对不起！"他说："我没有那位法国老师的大情怀，我只能说声对不起。不久后就是高考了，我应该陪你们走过人生这最重要的时刻。但你们的老师是个自私的人。我在想，上帝留给我的时间不多了，最后这几个月我不能再为你们上课了，我得为我自己活着。我本来想去趟西非，全世界我就那没去过了。但疫情期间，这就是妄想了。我决定去趟川西，那是我父亲的老家，但我从来没去过。我父亲临终前嘱咐我让我去祖坟帮他进香磕头。再不去就没机会了。"要知道，他得病后已经坚持为我们上课三个多月了。

　　我相信好多人都会怀疑我在编造一个并不存在的好人，至少是夸张了或升华了很多。在这个世界上真的存在这样的人吗？真的，真的存在！他叫林涛，他是我的老师，是改变了我人生观的人。

　　我的同事，可能是我们学校最年轻的教授付鸣久发言了。

　　他说，我是河南安阳人，上高一时，我父亲因驾驶拖拉机发生车祸去世，全家人没有了经济来源，我经人介绍到北京的医院里当护工。我看护的第二个病人就是林涛老师的父亲林宗源先生。第一次和林涛见面，见我正在看书，就和我聊了起来。他随意问了我几个数学、物理问题，断定我学习不错，就劝我考大学。他说，我爸现在已经卧床不起，除了接屎接尿，工作强度不大。你还年轻，学习又好，必须上大学。我给你找书、找练习册，还可以辅导你。我当时真有重见天日的感觉。他完全履行了承诺，我也还算争气，两年以后考上了京北大学生命科学学院。林老师给我提供了本科四年的全部学费和生活费。考上研究生后，我坚决要求半工半读，他同意了，介绍我在一家生物制药公司兼职……我只说这些，不谈感受了。

　　后面还有快递员、街道大爷、怀柔村民发言……

　　林涛，你不是散漫低调吗？为什么组织这么多人来给你歌功颂德？你不是什么都不在乎的人。

六

　　真的有演出呀。那些长头发的和穿正装的人带着古典和现代的乐器走到一起。

　　先是弦乐重奏，天哪，是《索尔维格之歌》，你为什么要安排这支曲子？小提琴、中提琴和大提琴的和声如天籁一般，那是诗意的、神话的境界。索维维肯定不在这里，你要表达的是什么？你肯定不是在表达具体的情感，你是在表达对人世的美好的眷恋？我尽管还苟活于世，却完全没有这种眷恋。

弦乐和摇滚通过架子鼓的鼓声完美切换。手持话筒的是安迪，她身穿一身牛仔，霸气十足。

  所有曾疯狂过的都挂了
  所有牛×过的都颓了
  所有不知天高地厚的
  全都变沉默了
  ……

我从来没听过这首歌，回去之后才查到，是朴树写的《Forever Young》。

  时光不再
  已不是我们的世界
  它早已物是人非
  让人崩溃意冷心灰
  Just 那么年少还那么骄傲
  两眼带刀不肯求饶
  ……
  Just 那么年少我向你招手
  让你看到我混账到老

唱到最后，安迪已是声嘶力竭，泪水奔涌。全场人按节奏挥舞着手臂，摆动着身体。我也情不自禁地摇摆起来。

林涛，我怎么觉得这歌词是你写的？对，你每每喝酒之后，每每见到社会丑态之后，就是这么个劲儿，"两眼带刀，不肯求饶"。你用这首歌表达什么？它不像人们印象中的你，你是想告诉人们你还有另外一面？你用《索尔维格之歌》歌颂了人世的美好，又用《Forever Young》表达你对人世丑陋的决绝？

六

林涛，你走了，本来孤独的我更加孤单了。不管我以什么方式告别人世，你都是名列第一的杀人凶手，犯罪嫌疑人。你最主要的犯罪现场就是这个葬礼。

葬礼结束之后，我的双相情感障碍严重了很多，开始时加大药量都没有用。那个时候我经常想跟着你去，到那边和你算账。我看了很多关于自杀的书，还在网上的论坛里研究怎样自杀更好。我准备了绳子、手术刀和足以要我性命的药品……但到要动手的时候，我都想到还有事情没有结束，我的小说还没有完成，我到了那边怎么见我父亲和你？我决定回到老家，再试试……

死对我并不可怕，因为不管是天才还是凡人，每个人的存在都不会因肉体的死亡而结束，他可以通过两种方式继续存在下去：

第一种是给世界留下自己的影响、思想或作品。这里没有优劣正误之分，比如林肯和希特勒都影响了历史，他们的思想都不会被历史磨灭，而《解放黑人奴隶宣言》和《我的奋斗》都会存留下来。我希望能留下传世的小说，这个信念被你在生前摧毁了。

第二种是看你生前交了多少朋友，如果你生前展示的思想、趣味和德行会给他们留下无法遗忘的记忆，你就会长久活在他们的记忆中。你有这么多朋友,你做到了,但我没有。

望着山下的人群,我在想,如果将来我死了,会有多少人来参加我的葬礼?当然也会有不少人,我毕竟是个名人,有些是来蹭热度的,还会有许多博主来直播。那会是一场闹剧。真心前来的会有几个人?我的妹妹和外甥女会来,女友会来,罗成来不来不好说。我有几十个硕博学生,也许会来几个人。剩下就没有了。

而你呢?从作家、画家到贩夫走卒,都是带着悲痛和敬意而来。在你"盖棺论定"的时候,我重新认识了你。对我刺激最深的是那些"贩夫走卒",你是怎样交到他们的?怎么会和他们成为朋友?这让我想起了胡适先生和卖芝麻饼的小商贩袁瓞的友谊……我现在明白了,朋友不是"交"来的,是在交往中因价值观、人品、趣味等因素自然走到一起的。

付鸣久,我的同事,一个曾经的医院护工,竟然因你的鼓励成了著名教授!他不仅成了你的朋友,还成了你林涛这个夜大毕业生在京北大学的存在。我也曾经资助过一些我们学校的贫困生,但都觉得那是举手之劳,也是名人必需的装饰。我从未真正关心过他们,他们中的大部分,我都叫不上名字。

双相情感障碍使我能毫不留情地剖析自己:对我来说,人分两种——比我弱的和比我强的,我把前者视为蝼蚁,把后者当作对手,这是从达尔文那王八蛋那学来的?我从来不想以平等的关系去接近人,了解人,帮助人,于是成了孤家寡人。

疫情前咱俩在西四延吉餐厅吃饭，你不断接电话。你对我抱歉说，朋友太多了，真够烦的，岁数大了，朋友得做减法了。你知道你这个"凡尔赛"对我的刺激吗？我认真想了想，我真正的朋友只有你一个——如果你认同的话。这个刺激让我彻夜难眠。

这次你给我来了个更大的刺激，你费尽心机策划的葬礼就是为了通过显摆朋友来刺激我！林涛，你成功了，你点了我的痛点，我的死穴。我因此感到我的人生彻底失败了。

我带出来的抗双相情感障碍的药昨天就用完了，我时而亢奋，时而颓靡，不断产生幻觉，我见到了我的爷爷、奶奶、爸爸、妈妈、索维维、罗红、罗成，我的女友凌丽，高崇文老师，还有一直在精神上迫害我的梁震……当然见得最多的还是你。

我生无可恋，我要去找你——我唯一的朋友。

这该不会是遗书吧！杨腾、凌丽和罗成看后的第一想法都是这样的。

罗成哭了。他一直厌恶的哥哥，在他刚刚发现他的可爱之处的时候就可能走了。他想起父亲罗玉田临终时跟他说，哥哥过得并不痛快，会遇到事，要帮帮他。看来还是老爹最了解他最喜欢的儿子。

凌丽哭了。从罗马失踪开始，她就断定他不会自杀。但看到了上面的文字，尤其是结尾，她看到了真正的绝望和决绝。一路冒充侦探，总有进展，最终迎来的却是最不愿看到的。

杨腾也哭了。他几乎忘记了自己警官的身份。罗马，这个从未谋面的人，通过阅读材料，通过走访问询，他逐渐走近了这个人，并了解了这个人的一生。他奋斗的结果是幻灭，他的幻灭使杨腾第一次见识了人生的残酷，而残酷的人生中最重要的是爱。他又想起了安妮……

三个人在悲伤之后都迅速回到了探寻者的身份,都开始猜测罗马的去处。

杨腾和凌丽的手机几乎同时收到了对方同样的三个字:

凌丽:山鹰崖!

杨腾:山鹰崖!

第十五章　山鹰崖

杨腾把凌丽和罗成请到了乌川市公安局会议室，在座的还有几位乌川的警察。杨腾先让罗成介绍了山鹰崖后山的地貌，然后打开了卫星全景地图，研究如何登上山鹰崖。

罗成急了："那么多人那么多年都爬不上去，现在研究这个没有意义。电脑关机时间是五天前，我哥有可能还没死，必须尽快找到他！我觉得应该用警用直升机把人空降在崖上。"

杨腾二话没说，立即照办。经闫局长和乌川警方沟通，调出了警用直升机。罗成说自己对周边情况熟悉，要求上直升机，杨腾同意了。凌丽坐警车到山鹰崖正面的低谷等候。

罗成人工导航，直升机很快飞抵山鹰崖上空。从空中望去，它是一条东西走向的山脉向南突出的部分，这部分像个梯形。崖的最上端有十多平方米的相对平坦的地方，而崖的南侧直上直下，像竖在地上的石板。北侧的后山长满了树和灌木，已是深秋，树叶残落，满山殷红，透着悲凉。

放眼望去，哪里有上山的路径？杨腾让直升机从崖的南侧向下降，还好，崖下没有发现任何物品，当然也没有罗马跳崖后留下的尸体。他想起高崇文老师画的山鹰崖，他的视角是从南向北仰视，他是不是当时就想到了罗马会来这里？

直升机继续在山鹰崖上面盘旋，罗成最先看见了一个绿色的登山包，难道罗马真的登顶了？直升机悬停，杨腾命令所有人戴好鞋套，依次从悬梯下去。杨腾让罗成站着别动，以免破坏现场。

那个登山包是敞开的，里面有两瓶水、压缩饼干、手电、指南针……居然还有一张打印出来的彩色卫星全景地图，呈现了山鹰崖周边全貌。这肯定是罗马的，一个六十多岁的人居然爬上了山鹰崖！

杨腾走到崖边，发现崖边的一片杂草被压平了，边上有两个啤酒罐，里面都有烟头，取出来一看，都是555牌的。看来罗马曾经坐在悬崖边上，小腿垂在崖壁上，抽烟喝酒，待了很长时间，他在这生死一线的地方想了些什么？

"这里有血迹！"法医指着北边的一片杂草说。这时罗成也不顾警告蹿了过来，他看到那血迹已经干了，是黑颜色的，面积大约有三十平方厘米。那些血迹向北，有三个带着少许血迹的脚印，都是右脚的。然后血迹就消失了。

"这得多少毫升呀？"罗成问法医。

"干了，不好说，至少得三百吧。"

"为什么会出血？他不可能爬上山鹰崖再割腕。"

杨腾让所有人都退到边上，他环顾这片平地，发现除了山崖边，还有几处的草被压平，面积比山崖边的都大出了许多。这时法医又在草丛里看到了动物粪便，罗成一看，马上说："坏了，是狼粪，我哥遇见狼了！"

杨腾当即决定上来的六个人分三组往山崖下寻找。

凌丽坐警车来到了山下。她向上望去，山鹰崖就像一张立起来的桌面，从上到下至少有一百米。这里太壮丽了，确实是自杀的好场景——想到这儿，凌丽打了个冷战。她向上望，看见了一个高个子警察，应该是杨腾。她给罗成发去微信。

凌丽：在上面看到什么了？有没有他的踪迹？

许久没有回答，电话也不接，再发。

　　凌丽：你是没有时间看手机吗？我心急如焚，回一句呀！

又过了二十多分钟，罗成终于回了。

　　罗成：（语音）他真行，他居然真的登上了山顶！他大概在山顶待了好长时间，喝了两罐啤酒，抽了好多烟。后来可能是来了一只野狼，把他咬伤了，现场有血迹，受伤的大概是右腿。现在我们正分三组往山下寻找……还有一丝希望，也许这只狼救了他的命。

凌丽弄不清楚这消息带来的是悲是喜。边上的女警察给她递了一瓶水，她一口气就喝完了。

已近黄昏，西边的夕阳在山鹰崖上涂抹了一层红色，那块直立的崖壁有点像手机的屏幕，不知道会有什么信息被书写在上面。凌丽想起了她和罗马视频聊天的情景，一霎时，她似乎看到罗马的形象出现在崖壁上，对她说着什么，但她听不清……

天黑了……

罗成终于发来了语音微信，很长时间没有声音，然后是一声抽嘴巴的声音。

　　罗成：（语音）我哥没了。一天多了，……他死的时候我还在祖宅那装福尔摩斯呢。我是个混蛋、笨蛋，我要是早一点主动找他，他就不至于……我哥他一点也不想死，他死在逃生的路上!

最后那只靴子掉下来了,凌丽没有号哭。月光下的山鹰崖显得很是宁静,凌丽又拿起了一瓶水,一饮而尽。
杨腾给闫局长发去微信。

　　杨腾:(语音)闫局闫局,找到他了,唉,他已经死了,法医说已经死了一天多了。我们是在距山顶二百多米的地方找到他的。他的右腿小腿肚被狼咬伤了,伤口大约有五厘米长,两厘米宽,他凭借长年登山的野外生存经验,自己用止血带和纱布止住了流血。但他下山下到一百五十米左右时,又摔到了一个很尖的树枝上,伤口再次大量出血,现场观察,出血量大约四百毫升。他处理完伤口,又向下走了五十多米,最后十几米是向下爬的。这十几米的草被压倒,荆棘被压折,还有好多血迹,看来他这时的求生欲很强!

　　杨腾:(语音)闫局,太可惜了,再往下六七十米,就是一条小道了,罗成说他走过这条小道,很多山友都走过,还会有人到这里放羊。如果能到达那里,也许就能被发现、获救。现场发现了一个录音笔,是他最后的遗言,我马上转成文字发给您。

　　杨腾:以下是由罗马录音笔的声音转成的文字。

　　唉,看来我真的要挂了。我的失血量估计已经超过了八百毫升,听说这是人体失血的极限。我已经没有力气往下爬了,我连咬压缩饼干的劲儿都没有了。现在剩点力气,也就是我最后的话了,以后这个世界上不会再有我这个讨厌的人胡说八道了。估计是警方先听见,请把它转给我的女友凌丽、妹妹罗红和弟弟罗成,以及索维维女士。我这些天在乌川隐居得到了一个人的帮助，我很想让你们也转给他，可惜我不能说出他的名字。

我怕我随时会过去，先跟凌丽说几句：冲锋衣的内兜里有一个纸条，里面是我剩余存款的用户名和密码。要还清罗占全等三户村民270万元，然后就随你处理了。我一生最对不起的就是你……

这次上山我本来就是来赴死的，我没有携带手机。不过我并没有想好什么时候死，怎么死。我不确定我能登上山顶，这里来的人很少，路上随便在什么地方摔一跤，没准就死了。

嗯，我的小说《罗玉田》还没有写完，我写下了他的善良、倔强、坚强，但是总觉得把他写得太窝囊了，而我印象里的他，内心是有豪气的，就像我那英勇就义的爷爷。我想来看看他创造人生最大辉煌的山鹰崖，寻找我想象中的豪气。如果我能够找到感觉，我就回去，写完小说再说。

可我已经停药四天了，到山顶时是阴天，满目萧疏，一片落红，抑郁中的我感受到的是悲秋之美。当我在父亲当年拍照的地方想象他当时心情的时候，内心产生的是跳下去的冲动。我努力控制情绪，抽烟，喝啤酒。我没有恐高症，但坐在悬崖边，我总觉得下一秒我就会跳下去。我当时竟然觉得很好玩，很刺激，生死就取决于下一秒的一个念头，一个动作。

天色已黑的时候，我突然听到了一个尖厉的声音，回头一看，他娘的，是一只狼，一只黄色的狼。它卧在山顶北边死死盯着我。我一个将死之人也谈不上害怕，我转回身，面对着它坐着，它的眼神里可以看出点困惑。林涛打过狼，他跟我说过，狼其实很怕人，只要你没有激烈的动作，它一般不会主动进攻。我和它对视了好长时间，大概有半个小时。这时我想起我父亲当年就是被狼追赶着，才找到上山的路的。不知道是不是我的躁狂症发作了，我突然气愤起来。那只狼把我爹送上了山，你来干什么？要撵我下山吗？老子来这寻死，你他妈来捣什么乱？我站了起来，它也站了起来。我冲它喊，有能耐你丫过来，它回敬我一串嚎叫。可能是病态的心理，我看清它的体重比我要小，咱俩谁吃谁还不一定呢，来吧！这可能是我一生最狂妄的时刻，比我用文字骂名人时要狂妄得多，哈哈，老子和武松相比哪个更帅？

我抄起登山杖向它抡过去，它吓得向后一闪，然后扑过来，我一侧身，又是一抡，这回打中了它，那一刻，我真崇拜自己。好景不长，它迅速跳到我身后，咬到了我的右腿肚。我不顾一切，吼叫着跟它拼命，它可能被吓到了，慌忙跑了。

伤口挺大，像一个细白薯，我赶紧扎上止血带，用酒精清理伤口。酒精接触伤口时的疼痛差点让我昏过去。就在那剧痛的一瞬间，我发现自己还想活下去，特别想活下去。也许我得感谢这只狼，它可能是上天派来拯救我的。

我站起身准备下山，却发现还有更大的麻烦，我的左膝盖骨骨折了，每迈动一步都很疼。估计是我在右腿被咬后，左腿跪倒在石头上。我第一次登山鹰崖时才17岁，当时是在另一个山崖摔伤了，这次又是这样。上次有林涛救我，这次他已经先走了……

我后悔没有带来一部手机，那样我就可以拨打110和120了。我自己估计当时失血已经有四百毫升了，左右腿都有伤，我能走下去吗？我想过第二天天亮再说，可在深秋的气温下，一个失血很多的人会不会冻死？那只狼会不会招来一群狼吃我？我清理了行装，扔下了不必要的东西，开始下山……

（下面有二十分钟没有声音）

啊，我刚才不是睡着了，估计是昏迷了，看来我的时间不多了。刚才说到哪了？不知走了多长时间，我摔了一跤，树枝正扎在我的伤口上，又流了好多血。我当时心想完蛋了，就死在这儿得了。这时候另一个声音又在说，你得活下去，还有人希望你活下去……我重新扎止血带，想清理伤口，酒精没了……我坚持向下走，后来爬，就到了这里……到了这里，我确信自己不可能生还了。（哭泣声）我又开始恨那条狼了，没有它我会死得很从容，或者……我是来死的，它的攻击让我又想活了……

我是在病的作用下，因为感到人生失败，才想到死的……现在想想，我固然失败了，固然没有朋友，但还是有人在乎我，我的凌丽，我的罗红，我的外甥女……索维维，她一直对我很冷漠，我在上山前给她发了短信，没指望她回，正要扔掉手机，没想到她马上回了一句：世界上有好多山峰，不只山鹰崖……她还是关心我的……（剧烈的咳嗽声）我没写完的小说在背包里的U盘里，请转给索维维，我相信她能把它写好……

我……我真想活下去，我为什么非要出人头地呢？我为什么不能像我爸妈、我弟弟妹妹那样普普通通地活着呢？

（下面有六分钟没有声音）

我刚才没有昏迷，休息一会儿，攒点力气……我想凌丽了，她最开始肯定是要利用我，后来，后来她对我多好呀，我们本来可以结婚，没准能有个孩子……我老了以后特别喜欢孩子，每次看见外甥女安迪都疼得不行……可我脑子里都是大事……我自己内心里最重要的事都没有对她说，这次还不辞而别。凌丽，我想你，我想再抱抱你，我想亲手给你颁发博士学位证书……完了，完了，凌丽，凌丽，我不指望你原谅我，忘了我吧……我是个混蛋……

我现在仰面望天。林涛，我知道你为什么老爱用望远镜看星星了……我看到了北斗七星，它这勺子的造型太美了……我活了六十多岁，从来没有好好看过它们。现在，我不知道剩下的时间还有多久……我不再说了，我要安静地欣赏这七颗星星……我又有些释然了……我在最后的时刻开始学着做一个正常人该做的事了……

闫局长回微信了，没有谈案情，只有四个字：

闫局：转给凌丽。
杨腾：还没有结案，现在转不符合规定。
闫局：废什么话。

杨腾愣住了，闫局不是总强调规矩吗？他明白了，他想象到了，一向严肃、不露声色的闫局在看这些文字的时候一定也像他一样泪流满面。杨腾的眼睛又湿润了，他不明白自己为什么流泪，罗马和他没有任何关系，案件了结了，应该高兴才是。杨腾想，可能是这个死去的人为他同时讲述了人生之苦和人生之美，而这些是每个人都会面临的。

杨腾把那些文字发给凌丽，过了十分钟，凌丽回复了。

凌丽：杨警官，谢谢！我想听到他的声音！

尽管现场的勘查、收集工作十分繁忙，杨腾还是让一个乌川警察用电脑压缩了音频文件，发了出去。

接到文件，凌丽拿着手机走向山鹰崖崖壁的方向。女警察目送她消失在树丛中，她怕凌丽做出什么异常的举动，开车的老警察摇了摇头，示意她不用管。

凌丽在树丛里待了半个多小时，她在那里倾听了罗马的话语，然后肯定哭了，哭得低回婉转，还是撕心裂肺就不得而知了。她是否和罗马交谈了？是内心的还是有声的？是哀怨、谴责，还是爱意融融？这些只有她自己知道。

直升机悬停在罗马遇难的地方，将遗体和遗物装上飞机。

凌丽接到了罗成发来的一张图片，是印出来的小说《罗玉田》的照片。

  罗成（语音）：在他冲锋衣的口袋里装着这本书，是竖排本，繁体字的，有四百多页，最后几十页是空白的。收拾现场他们不让我动手，为了平复心情，我看了几十页，写得真好，特别朴实，最重要的是情感真实。可惜他没写完，他可能就是因为写不下去了才走上了这条路的。杨腾同意我从U盘里拷走小说，我会把它转给索维维的。我希望我哥哥在那边能看到他一生最优秀的作品的出版。

停在小路边的警车按响了喇叭，催促凌丽上车。凌丽向车走去，却看见从右侧山坡下来的一条小路上一辆浅蓝色的SUV汽车疾驰而去。由于警车的车灯朝向那条小路，凌丽看清了，开车的是一位短发女子。一定是索维维！

罗马说上山前通知她了，她是从深圳赶回来的？她赶回来是要劝阻罗马吗？或者她早就在乌川，她就是这次暗中帮助罗马，帮他在这里隐姓埋名却能四处走动的那个人？她在乌川待了这么多年，公安局里也一定有熟人，杨腾带人上山搜寻后的一切她已经知道了。

可惜罗马不知道她会出现在这里，如果知道他会很欣慰的。这个冷落了罗马一辈子的女人终于在乎他了，终于会为他流泪了。

两个人重复了四十多年前的情景，一个人在山上，一个人在山下。只是两次的结局不同：前一次罗马下山后获得了爱情，后一次他变成了尸袋里的尸体。

第十六章　热搜

第二天一早，罗马可能是最后一次上了热搜。国家级报刊再次报道。

本报记者闫岩报道：2022年10月28日，京北大学文学院教授，著名文艺理论家罗马先生的遗体在乌川市韩家营镇的山鹰崖被发现。9月25日上午9点，罗马先生失踪，其后，北京海淀警方对其住宅进行了搜查，并询问了与其相关的十几名各界人士。但案情调查一直进展缓慢。在乌川警方的配合下，终于找到了他的遗体。警方发言人称，发现时罗马先生已去世30小时左右。现场所见他带着全套登山设备，法医鉴定系失血过多而亡。在记者问及罗马先生是自杀还是意外死亡时，发言人回答，目前案件还在调查之中，无可奉告。同时考虑到尊重死者隐私，在结案后案情细节也将在征求死者家属意见后视情形公布。

梁震的微博。

夜间惊闻罗马先生仙逝，悲从中来，彻夜难眠。想及同学四载，同业一生，他的一颦一笑尚在眼前。罗马先生一生笔耕不辍，著作等身，针砭时弊，挥斥方道。他对中国文艺评论和文化评论做出了巨大贡献。逝者已矣，生者如斯。罗马同道应继续他的事业，弘扬他的精神，将中国文艺评论提到更高的水平。

转发161　评论82

  拒绝意义：梁教授的意思是，罗马死了，您该扛起大旗了？

  有聊：你俩一丘之貉，都是胸无点墨的文盲，还事业，扯淡。

  山海经：我也觉得你有点幸灾乐祸。

高崇文的微博。

  罗马在失踪前给我发过一个微信："老师，我尽力了，真的尽力了！对不起，我没有成为您期待的人，对不起！"我打电话过去，没人接。我去了他的大学住宅，也没有人。2018年7月，他也给我发过类似的微信，后来解释说是喝多了，心情不好。我希望这次和上次一样，又考虑这和案情没有直接关系，涉及个人隐私，就没有和警方说。

  罗马，你度过了顽强奔跑的一生，为了加快速度，你抛下了你携带的很多东西，包括该抛下的和不该抛下的。于是你感到虚妄，感到失落。你没有失败！你为理想和野心奋斗的动态过程令我辈自愧不如。安息吧，罗马，你这辈子最缺的就是安静。

凌丽的微博。

这是在罗马教授失踪后，我第一次公开发表文字。是的，我就是网上流传的那位罗马的女友，也是他的博士学生，我叫凌丽。是的，罗马比我的父亲大三岁，比我的母亲大九岁。你们尽可以嘲笑、猜想，可以把我们的关系视作不伦之恋，也可以把我视作巴结老男人上位的心机女。但我要说，迄今为止，我一直爱着这位大叔。

从罗马失踪开始，我通过各种途径对他进行了调查，各种对他有着不同看法的人向我讲述了他的经历、故事、传闻……哪怕对同一事件的描述都会大相径庭，难辨真假。我还看了他留下的博客、微博、通信记录，甚至他上中学时写的检查……我得承认，我对他的评价曲线一直是越来越低的，直到我看到了他对一位死去的朋友写下的信，直到我浏览了他到去世也没有写完的小说，这条曲线才转弯上升。他犯了许多错误，到临终前又过于执着于他的终极目标了，而生活的本质在过程之中。

我们学校已联系我重新进行博士论文答辩，这是我多年的梦想。但我已经谢绝了学校的好意。罗马死后，我对人生有了新的认识，我决定不拿这个学位了。我不再有那么多想法了，我想找一份普普通通的工作，记者、教师、职员都可以，我想像多数女孩那样和同龄人谈一次普普通通的恋爱……

罗马很喜欢洪应明在《菜根谭》里写下的"宠辱不惊，看庭前花开花落；去留无意，望天空云卷云舒"。只是他的行为与此完全相反，我却要把它好好记在心里。

一小时后，我就会关闭我的微博，你们再骂我，我也听不见了。

一小时之内还真有几篇评论。

转发15　评论8

　　斯诺登：对，你就是巴结老男人上位的心机女。

　　于嘉：好样的，加油！删了微博好，微信常联系。

　　赵临江：师姐真棒！你简直是个侠女，纵横四海。你竟然完成了警察都难以完成的破案工作，罗老师也会为你点赞的。我会和几个同学一块儿去乌川参加老师的葬礼，我查了，现在乌川已经停止了对北京游客的隔离。等着我们！

杨腾在大兴机场下了飞机，打开手机就看到了安妮的微信。

　　安妮：你好。我在网上看到了罗马去世的消息，也看了你发给我的他的遗言。以前我都是以局外人的身份看待他和他的失踪的，这次不知道为什么，我觉得是一个跟我很近的人走了。这个声名显赫的人走得如此凄凉，一个有理想、有野心的人奋斗了一辈子，却落得如此下场，不禁让我唏嘘不已。

　　原谅我在你工作最为繁忙和无助时对你的心理构成了打击。当我的人生面临重大选择的时候，自己的情绪实在无法控制，对不起！

　　卫健委将我视作人才，已经提前批准了我的入职申请，并开始办理户口。也就是说，我现在已经是个北京人了。但得到这个消息后，我完全没有想象中的欣喜，反而暗自神伤。我苦学了二十年，最终却去坐办公室，尽管这个办公室和疫苗管理相关。你当初的担心和劝阻都是对的，就是因为你戳中了我的软肋，我才恼羞成怒的。

我现在回答你的疑问，我为什么那么看重北京户口。那是因为我本来就应该是北京人，我的爷爷奶奶和姥姥姥爷都是地地道道的老北京人，爷爷家原来就住天桥附近的北纬路，姥爷家住在虎坊桥。爷爷和姥爷都是国营建筑公司的工人，"三线"建设一开始，他们就带着妻小，包括我爸爸和妈妈来到了贵州，从此居住在那里。后来我的父母在那里结婚生子，才有了我。他们和索维维、林涛等108信箱的人的情况差不多。我们这里过去也是用信箱命名的，我们是113信箱。

我来北京上本科时就立下了一个志向，那就是留在北京工作，拥有北京户口，把我的父母接回北京，他们的家本来就在这里。我的爷爷奶奶和姥姥姥爷都去世了，他们都希望把骨灰安葬在北京，叶落归根。

我们在贵州的小区有一半北京人，很多老人都还操着地道的北京口音。上次咱俩逛琉璃厂，我听到那些人的北京南城口音就流泪了，你没有注意到。我们小区只有少数人回到了北京，我注意到我爸爸提起他们时那种口气，透着羡慕。谁不思念故乡呀。这就是我如此看重北京户口的原因。

至于我新的恋爱对象，那个神经内科医生，那是我编造的。急火攻心之下，我就想气你，因为我内心在犹豫，就想快速地一刀两断。

罗马的死让我重新思考我的过去和将来。我看了凌丽的微博，我觉得她说得特对。人固然应该有目标，但生活的本质存在于过程之中。而我像罗马一样，把目标看得过于庄严，甚至神圣化了，以至于我不许任何人质疑它，于是伤害了你。

我不指望获得你的原谅，因为我做得太冷酷、太绝情了。我没有脸去找你，现在也不希望你来找我。我们离得很近，我期待着哪天能够偶遇，就像我们初次见面那样。

　　杨腾：事实上，罗马之死对我构成的冲击比你带来的要大很多。回北京之后我还要忙一天，写结案报告。然后我会睡上一整天。

　　然后……等我睡完大觉再说。谢谢你发来的微信！

　　在罗马去世七天以后，他被下葬在他建造的祖坟里。因违规，地方政府此前已经对这里进行了整治，恢复了部分林地。参加他的葬礼的有罗成、罗红、安迪、凌丽，还有他的另外三位学生，跟他自己估计得差不多。三位学生里有赵临江，在凌丽下山一脚踩空的时候，他拉了他一把，凌丽觉得特别温暖。

　　两年后，由索维续写的长篇小说《罗玉田》正式出版。作者是罗马，封面是高崇文画的山鹰崖。

　　但这次没有上热搜。

图书在版编目（CIP）数据

罗马教授 / 李秋生著 . -- 北京：作家出版社，2024. 11. --
ISBN 978-7-5212-3209-7

Ⅰ . I247.5

中国国家版本馆CIP数据核字第20241W7D17号

罗马教授

作　　者：	李秋生
责任编辑：	秦　悦　王　烨
装帧设计：	天行云翼・宋晓亮
出版发行：	作家出版社有限公司
社　　址：	北京农展馆南里10号　　邮　编：100125
电话传真：	86-10-65067186（发行中心）
	86-10-65004079（总编室）
E-mail:	zuojia@zuojia.net.cn
http://www.zuojiachubanshe.com	
印　　刷：	北京博海升彩色印刷有限公司
成品尺寸：	152×230
字　　数：	316千
印　　张：	24
版　　次：	2024年11月第1版
印　　次：	2024年11月第1次印刷
ISBN	978-7-5212-3209-7
定　　价：	78.00元

作家版图书，版权所有，侵权必究。
作家版图书，印装错误可随时退换。